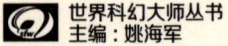

世界科幻大师丛书
主编：姚海军

环形世界

［美］拉里·尼文　著

吴可颖　译

四川科学技术出版社

图书在版编目(CIP)数据

环形世界 / [美]拉里·尼文 著；吴可颖 译.
-成都:四川科学技术出版社,2017.4
(世界科幻大师丛书)

ISBN 978-7-5364-8589-1

Ⅰ.环… Ⅱ.①拉…②吴… Ⅲ.①科学幻想小说–美国–现代
Ⅳ.I712.45

中国版本图书馆CIP数据核字(2017)第062885号
图进字21-2015-58号

世界科幻大师丛书
环形世界

出 品 人	钱丹凝
丛书主编	姚海军
著 者	[美]拉里·尼文
译 者	吴可颖
责任编辑	宋 齐 姚海军
封面绘画	午 未
封面设计	李 鑫
版面设计	李 鑫
责任出版	欧晓春
出 版	四川科学技术出版社
	四川省成都市槐树街2号出版大厦 邮政编码:610031
开 本	140mm×203mm
印 张	13.75
字 数	300千
插 页	2
印 刷	四川南方印务有限公司
版 次	2017年6月成都第一版
印 次	2017年6月成都第一次印刷
定 价	38.00元

ISBN 978-7-5364-8589-1

拉里·尼文和他的《环形世界》

拉里·尼文原名劳伦斯·范·科特·尼文，1938年4月30日出生于美国加利福尼亚州洛杉矶市，在比佛利山中度过了童年时代。

作为一位杰出的科幻作家，迄今为止，尼文已赢得五次世界科幻大奖——雨果奖，这些获奖小说包括：短篇《中子星》(Neutron Star)、《善变的月亮》(Inconstant Moon)、《黑洞人》(The Hole Man)、《太阳系的边疆》(The Borderland of Sol)及长篇《环形世界》(Rin-gworld)，后者同时也为尼文赢得了一座星云奖奖杯。此外，拉里·尼文还曾获得普罗米修斯奖、海因莱因奖和日本的星云赏，并多次获得轨迹奖。

像很多喜欢幻想的年轻人一样，拉里·尼文的人生也曾有过波折。1956年，尼文进入加州理工学院学习,但在求学期间,他被一家堆满旧科幻杂志的书店深深地吸引,学业也就渐渐荒废。一年半之后,因成绩不及格,尼文被迫离开校园。直到1962年,他才在堪萨斯州的瓦希巴大学取得数学学士学位。此后,他又在加州大学洛杉矶分校做了一年数学方面的毕业研究。

走出校园之后,拉里·尼文定居在洛杉矶郊区。1964年,尼文在杂志上发表了他的科幻处女作《最寒冷的地方》(*The Coldest Place*),并得到生平第一笔稿费——二十五美元。当时,写科幻小说收入很低,尼文无法依靠写作谋生,他的生活费主要来自一笔信托基金——那是他的曾祖父、石油大亨爱德华·劳伦斯·多赫尼留给他的。但尼文表示,一直以来,他都在努力争取完全靠写作来维持生活。

纵观拉里·尼文的科幻创作生涯,你会发现,他始终站在科学发展的最前沿。1966年,科学家刚发现中子星没多久,尼文就创作了《中子星》,向人们介绍了中子星这种神奇的天体;而他于2000年创作的《消失的质量》(*The Missing Mass*),其灵感则是来源于有关暗物质的现代科学理论;当他结识了伟大的理论物理学家斯蒂芬·霍金后,又创作了关于量子黑洞的科幻小说。

站在科学最前沿的人看得远,面临的风险也大。尼文的第一篇小说《最寒冷的地方》就没经受住科学的无情考验。这篇小说的背景设置在水星的背光面,当时人们认为,水星背光面永远见不到阳光,所以那儿肯定是太阳系中最寒冷的地方;不料小说刚一发表,天文学的新发现就否定了这一观点。但拉里·尼文并没有因初次受挫而灰心丧气,在以后的四十多年里,尼文继续遨游于幻想的国度,为人们细心勾勒种种奇丽的宇宙景观。

一些与拉里·尼文同时代的科幻作家——比如大卫·布林——

曾半开玩笑地抱怨说，尼文已经把硬科幻领域中的资源开掘殆尽，弄得其他人无事可干了。玩笑归玩笑，但毫无疑问，20世纪80年代一些最重要的硬科幻作家，如格雷格·贝尔，以及其他许多在20与21世纪之交成名的科幻作家，如保罗·J.麦考利、罗杰·麦克布赖德·艾伦和尼文本人最喜欢的科幻作家之一斯蒂芬·巴克斯特，都从尼文身上受益良多。尼文那独辟蹊径的见解和他那深深根植于科技发展的神奇想象，都是其他作家学习的榜样。

拉里·尼文最重要的作品《环形世界》，属于他的"已知空间"系列。20世纪60年代末，尼文受朋友弗雷德里克·波尔的启发，开始撰写一系列背景设置于"已知空间"中的科幻小说。此外，波尔还介绍尼文认识了一位女科幻迷玛里琳——她后来成了尼文的妻子，当然，那是另一段故事了。

在"已知空间"这个设想的宇宙中，尼文引领我们认识了从心理到生理都与人类截然不同的各类外星生命，如性情暴躁、外形酷似大猫的克孜人；科技发达，却胆小如鼠，长着两颗脑袋、三条腿的傀儡师。此外，尼文还勾勒了遥远星球上种种神秘的景象，使得"已知空间"生机盎然。

1968年4月左右，拉里·尼文被"戴森球"深深吸引住了。戴森球这个概念是由美国物理学家和数学家弗里曼·戴森提出的。戴森认为，高度发达的文明发展到一定阶段，维持其社会正常运转就需要吸收恒星散发的所有能量，为此，他构想出一种包围恒星的球状结构，这种结构能拦截和吸收恒星输出的全部能量。不过，戴森并未阐明如何才能建造出戴森球。拉里·尼文经过思考，构想出一种比戴森球更加先进的人工天体，也就是"环形世界"。尼文将这一构思引入自己的"已知空间"，于是诞生了他最著名的科幻作品

《环形世界》。

1970年,《环形世界》甫一出版,立刻在科幻圈内掀起了一场风暴——小说中那些骇人听闻的奇异生命、令人瞠目结舌的宏大背景,再加上尼文独具个性的笔法,让无数读者深深沉浸在光怪陆离而又引人入胜的幻想王国之中。

《环形世界》为拉里·尼文赢得了雨果奖、星云奖、轨迹奖和澳大利亚科幻小说成就奖,并一举奠定了尼文硬科幻大师的地位。

但尼文并未就此止步,他的成就并不仅仅局限于科幻小说:他的"已知空间"系列小说曾被改编为著名的《星舰迷航》(Star Trek)系列电视剧;他与好友合作,为系列电视剧《迷失之地》(Land of the Lost)撰写剧本。他的犯罪小说刊登在《希区柯克推理杂志》上;他的奇幻小说《魔法消失了》(The Magic Goes Away)也备受读者欢迎。

不过,无论后来尼文如何为自己的幻想王国忙碌地开疆拓土,尾随其身后的数以万计的读者却依然流连于《环形世界》这部小说中的种种奇思妙想。在尼文的小说中,从来没有哪一部作品像《环形世界》这样引起如此多的关注、研究与争论。读者们纷纷寄信给尼文,提出他们自己的"环形世界"新设计方案和结构改进办法;甚至还有一些痴迷读者在尼文下榻宾馆的大堂里高呼"'环形世界'不稳当"的口号,提醒尼文撰写续集,进一步巩固和完善"环形世界"的结构。

最终,拉尼·尼文于1980年推出了《环形世界工程师》(The Ringworld Engineers),带领热心的读者们重返"环形世界"。在这部续集里,再次来到"环形世界"的路易斯·吴和探险队员们惊讶地发现"环形世界"的空间位置已经发生偏移,于是他们急忙想办法纠正圆环的姿态,让圆环远离中央那颗炽热的恒星。此后,尼文还为《环形世界》写了《环形世界王座》(*The Ringworld Throne, 1996*)和《环形世界之子》(*Ringworld's Children, 2004*)两部续集。在这些续集里,拉里·尼文为我们揭开了圆环建造者的神秘面纱。

一直以来,都有传言说《环形世界》即将被搬上银幕,但时至今日,我们仍然不得不继续等待,毕竟要想把这样一部备受关注的宏大作品搬上大屏幕,需要超凡的勇气与实力。

除写作之外,拉里·尼文还有许多其他爱好,比如背包徒步旅行、参加科幻聚会、关注人类探索太空的新进展、参与各种讨论科学前沿话题的会议等。值得关注的是,2007年,尼文和其他一些硬科幻作家共同组成的一个名为西格玛(SIGMA)的组织,开始为美国国土安全局提供建议——该组织由科幻作家杰里·波奈尔牵头,专为政府预测可能对反恐等国家策略造成影响的未来发展态势。此外,尼文还是美国前总统罗纳德·里根所提出的"星球大战"计划的顾问。

目前,居住于洛杉矶市的拉里·尼文虽已届古稀之年,但仍没有放慢写作进度的意思,还在不断推出新的作品,进一步充实由自己一手创造的"已知空间"。

目录

CONTENT

目 录
CONTENT

第一章　路易·吴

深夜时分的贝鲁特①市中心，矗立着一排通用地址传送亭。路易·吴闪闪烁烁的身影出现在了其中的一间。他回到了现实世界。

他留着一尺多长的辫子，又白又亮，像人造雪，头皮和身上的皮肤呈铬黄色，虹膜则是金色的。他身穿一件皇家蓝的袍子，上面层层叠叠地绣着一条金龙。路易现身时，正咧着嘴笑，露出珍珠般的、标准到无可挑剔的完美牙齿。他边笑边挥手，但随着笑容的收起，他的脸立刻变得松弛而下垂，仿佛是一张正在融化的橡皮面具。看得出来，路易·吴已经上了年纪。

他驻足观望了一会儿川流不息的贝鲁特大街——不知哪儿来的人们纷纷在传送亭中现身，然后从他身边走过。现在已是深夜，估计自行道已经关闭了。二十三时的钟声响起，路易·吴挺直了身板，迈步进入了眼前的世界。

在拉什特②，他的生日派对闹得正欢。当地时间已是他生日

---

①黎巴嫩首都。(文中注释未特别说明的均为译者注。)
②伊朗西北部城市。

1

过后的第二天凌晨了,但贝鲁特比拉什特迟一个小时。路易来到一家舒适的露天餐厅,请大家喝了几轮拉基酒①,还招呼他们一起用阿拉伯语和星际语唱了几首歌。午夜来临之前,他起身前往布达佩斯②。

不知大家是否已经察觉他从自己的生日派对上消失了。他们大概会以为他不过是跟哪个女人走了,过几个小时就会回来。但路易·吴是独自一人离开的,他不停地跳到午夜时间线之前,生怕被新的一天追上。对一个两百岁的人来说,只有二十四个小时的生日实在太短了。

没有他,大家也会玩得很好。只要是路易的朋友,都能自己照顾自己。在择友方面,路易的标准一向很严。

路易在布达佩斯喝着酒,跳起健身舞。当地人以为他是个有钱的游客,而游客又把他当成有钱的原住民。他纵情跳舞,放胆喝酒,然后在午夜来临前又匆匆离去。

他来到慕尼黑,在街头漫步。

这里空气清新、暖风习习,让他的头脑清醒起来。他踏上照明充足的自行道,在这条速度每小时十英里的道上继续迈步前进。他想起来,世界上每个城市都有这样的自行道,而且都是以每小时十英里的速度在运行。

想到这儿他顿时觉得什么都没劲。他不是第一次意识到这一点,只是今天想起来觉得特别乏味。路易·吴发现,慕尼黑跟开罗、拉什特多么像啊……而且旧金山、托皮卡、伦敦和阿姆斯特丹也是这样。全世界甭管哪个城市中,自行道两侧的商店都卖的是一模一样的东西。就连那些今晚从他身边走过的人都长

①一种土耳其和前南斯拉夫特有的烈酒,用粮食、茴香等香料制作。
②匈牙利首都。

得一模一样,着装也一模一样。地球上不再有美国人、德国人、埃及人了,只有平地人①而已。

仅仅三个半世纪,"通用地址传送亭"就把多姿多彩的地球变成了这副模样。它们覆盖全球,把世界各地连在一起,组成一个可瞬时旅行的网络,从莫斯科到悉尼只需要片刻时间外加十分之一星币。几个世纪过去后,所有的城市都不可避免地混在了一起,连地名都变成了文物。旧金山和圣迭戈不过是一个海滨城市的南北两端——可又有几个人知道哪头是哪头呢?这年头,知道的人简直少得没天理②。

今天可是他两百岁的生日,还想这些,未免也太悲观了点儿。

但城市的融合是真真切切的。路易亲眼看见了这一切。甭管什么地方、什么时间、什么样的风俗,非理性的一切如今都融合成一座巨大的理性之都,像一团单调的灰色面糊,糊得到处都是。今天还有谁说德语、英语、法语或者西班牙语?大家都在说星际语。就连人体彩绘的风格也一下子全变了,全世界一起变,就像一个巨浪袭来,把一切冲刷得干干净净。

莫非又该休假了?独自一人,驾一艘单人飞船,飞进未知空间,让皮肤、眼睛、头发都保持原色,任胡子在脸上疯长……

"疯子,"路易对自己说道,"我才刚刚休完假呢。"——那是二十年前的事。

时间正一分一秒地向午夜逼近。路易·吴找了一间传送亭,把信用卡插进卡槽里,然后拨了塞维利亚③的号码。

①指地球上土生土长的人类,以区别在其他殖民星球上的人类。
②路易·吴的口头禅。
③西班牙西南部内陆城市。

3

他出现在一间充满阳光的房间里。

"没天理啊!这到底是怎么回事?"他疑惑不解地眨眨眼。一定是传送亭的载波系统烧掉了。塞维利亚此时不应该有阳光。路易·吴转身打算重新拨号,但马上又回过头来仔细打量了一下这房间。

这是一个毫无特色的旅馆房间;摆设单调乏味到让住客震惊。

在房间中央,有个东西正面对着他,那东西既不是人也不是人形机器。它三条腿站在那儿,眼睛从两个方向看着路易·吴,那两只眼睛来自两个扁扁的头,它们分别长在两条柔顺而细长的脖子上。在这副令人触目惊心的骨架表面,大部分地方覆盖着手套般柔软的白色皮肤;但两条脖子之间却长着厚厚的、粗糙的褐色鬃毛,那鬃毛顺着脊背往后长,盖住了后腿上看起来极为复杂的髋关节。它的两条前腿分得很开,这样一来,三个带爪的小蹄子几乎构成了一个等边三角形。

路易猜想这东西大概是个外星动物。那两颗扁平的脑袋可能都容不下大脑。但路易注意到,这东西两条脖子根部之间隆起了一个大鼓包,那儿的鬃毛很厚,像一团具有保护作用的墩布……此时此刻,一段一百八十年前的往事浮现出来。

这是一个傀儡师[①],也叫皮尔森星傀儡师[②]。它的大脑和头骨就长在那个大鼓包之下。它不是一个低级动物,智力水平至少跟人类的相当。此时,它的两只眼睛——两颗扁头的下凹骨槽里一边一只——正从两个方向紧盯着路易·吴不放。

路易想打开传送亭的门,但门是锁着的。

[①]作者在"已知空间"(Known Space)系列作品中虚构的一个外星种族。

[②]在"已知空间"系列故事中,皮尔森是第一个和傀儡师接触的人类的名字,傀儡师所在星球即以其名字命名。

　　原来他是被锁在了这个世界之外,而不是房间里面。他可以拨个号就此消失,但他一点儿也没有这种想法。一个皮尔森星傀儡师可不是随随便便就能碰到的。这个物种早在路易出生前就已经离开已知空间了。

　　路易说:"你需要帮忙吗?"

　　"需要。"外星怪物回答。

　　怪物的嗓音足以让一个青春期少年做起春梦。假如路易把这个嗓音幻想为一个女人的话,那么她一定是埃及艳后克里奥佩特拉、特洛伊城的海伦、玛丽莲·梦露和洛蕾丽·亨慈①这些美人合体的样子。

　　"没天理啊!"此时这句口头禅再合适不过。简直没天理啊!这样的嗓音怎么会出现在一只性别模糊的外星生物身上!"不必害怕,"怪物说,"你想跑随时都可以,这你是清楚的。"

　　"我上大学的时候,在教科书上见过像你这样的物种的图片。你们已经离开很长时间了……至少我们是这样认为的。"

　　"我的族类离开已知空间的时候,我没跟他们走。"傀儡师回答,"我一直留在已知空间里,因为我的族人需要我留在这儿。"

　　"那你一直在哪儿藏着呢?我们现在又是在地球的什么地方?"

　　"这个你就不用操心了。你是身份号码为'MMGREWPLH'的路易·吴,对吗?"

　　"你还知道这个?你一直在跟踪我吗?"

　　"是的。我们发现这个星球上的传送亭系统是可以操控的。"

　　这确实是可能的,路易突然明白过来。要做到这点也许得花上一大笔钱行贿,但的确可行。可是……"你们为什么要这样做?"

_____

　　①作者虚构的明星。

"说来话长……"

"你不打算让我从传送亭里出来了?"

傀儡师想了想,说:"我想我必须让你出来。但首先你得清楚,我是有保护装备的。如果你攻击我,我的装备会阻拦你。"

路易·吴厌恶地哼了一声,"我犯得着攻击你吗?"

傀儡师没有作答。

"我想起来了,傀儡师都是些胆小鬼,你们的整个伦理体系都是建立在胆小懦弱的本性之上的。"

"这么说并不准确,但我们可以接受这个观点。"

"嗯,其实我这观点还不算偏激。"路易找了个台阶下。每一种智慧生命都有它的怪异之处。要说起来,这傀儡师算是好对付的了,他们不像泰诺克人①那样在种族观念上偏执得要命;不像那些克孜人②一碰就炸,动不动就杀人;也不像葛罗格人③,这种待着不动的固着生物,一个个长着……替代手的爪子,恶心死了。

看到这个傀儡师,路易尘封已久的记忆突然被打开,仿佛阁

①作者虚构的外星种族,身高5英尺,长着两条长3英尺(约0.9米)以上的细腿,啤酒桶似的躯干,三只眼睛,可以同时看到不同的角度,嘴是三角形的,只有一只长着三个爪子的手,性格上具有偏执狂的特征。

②作者虚构的外星种族,外形像猫,但体型大得多,有8英尺(约2.4米)高,500磅(约227公斤)重。克孜人的最大特点是勇敢好战,他们在已知空间建立了强大的克孜帝国。尽管克孜人是高智慧的生命,但相对人类和傀儡师来说,他们在智力上略低一些,性格上最大的特点是没有耐心,易怒,解决问题时动辄诉诸武力。

③作者虚构的外星种族,具有很强的心灵感应术,可控制其他智慧生命的心灵。但是,只有雌性葛罗格才具备这种能力,雄性和未成年葛罗格既没有这种能力,也不是智慧生命,而是受控于有智慧的雌性。进入成年期的雌性葛罗格会固定在一块岩石上,一动不动,通过超强的心灵感应术来控制周边的一切。成年雌性葛罗格的外形是一个毛乎乎的圆锥体,没有眼睛,也没有鼻子,只有一个很大的没有嘴唇的嘴。手由四个细细的分开的爪子构成,脚与狗爪类似。

楼间的旧物被撬动,稀里哗啦地掉了出来。这记忆有关傀儡师本身以及他们的商业帝国、跟人类的纠葛、令人错愕的突然消失等等。跟这些信息混杂在一起的是路易的记忆,第一口香烟的味道、笨拙而生疏地用手指敲打键盘的感受、一串串必须记住的星际语单词、英语的发音和说英语的体验,还有青春年少时的迷惘和窘迫。是的,大学时代,他曾在一门历史课上研读过傀儡师的历史,之后就把他们给忘了,这一忘就是一百八十年。实在不可思议,一个人的大脑竟然可以将一段记忆雪藏这么久!

"我就待在这里面吧。"路易跟傀儡师说,"如果这样让你舒服一些的话。"

"不行。我们必须面对面地沟通。"

傀儡师的肌肉在他乳白色的皮肤下扭动、抽搐着。他是在给自己鼓气壮胆。这时,传送亭的门打开了,路易·吴迈进了房间。

傀儡师向后退了几步。

路易坐到一把椅子上,此举更多是为了让傀儡师放松,而不是让自己舒服。坐下来会显得没太大威胁。那椅子是一把可自行调节形状的标准按摩椅,专门为人类制作的。路易闻到一股淡淡的气味儿,像香料架抑或是化学仪器的味儿,但还算好闻。

那个怪物盘坐在后腿上,"你一定想知道我为什么把你弄到这儿来。说来话长。关于我的族类,你了解多少?"

"大学时代离现在已有很长的时间了。你们曾建立过一个商业帝国,对吧?我们称作'已知空间'的世界只是这个帝国的一部分。泰诺克人常从你们手里买东西,但我们直到二十年前才第一次见到他们。"

"没错,我们一直跟泰诺克人打交道。不过据我所知,我们基本上都是通过机器人交易的。"

"你们的商业帝国至少有几千年历史,幅员辽阔,少说也有好几个光年。然而你们却突然离开了,全都离开了,把一切都放弃了。为什么?"

"你怎么能把这事儿给忘了呢?我们是在逃避银河核心的大爆炸啊!"

"我知道这个。"路易甚至还模模糊糊地记得那场在银河中心发生的新星爆发,实际上其连锁反应是被别的外星人发现的。"可你们为什么当时就逃跑呢?那些核心的新星爆发是一万年前的事,但还要再等两万年,冲击波才会到达我们这里啊。"

"你们这些人啊,"傀儡师说道,"真不该放任你们不管,那只会让你们伤害自己。你们难道看不到危险吗?光是冲击波前锋的辐射就够让银河系的这一带不宜居住了!"

"两万年可是很长的时间啊。"

"可是两万年之后,灭绝也还是灭绝啊。我的族群往麦哲伦星云那边逃跑了。但我们还有一些人留了下来,以防傀儡师的迁徙遇到什么不测。眼下我们就遇到危险了。"

"哦?什么危险?"

"现在我无权回答这个问题,但是你可以看看这个。"说完,傀儡师伸手去够桌子上的一个东西。

路易刚才还在纳闷傀儡师的手长在哪儿呢,现在才发现,原来它的两张嘴就是它的两只手。

这手还挺好用的呢,路易一面想,一面看着傀儡师小心翼翼地伸过手来,把一张全息照片交给他。傀儡师那松软的、富有弹性的嘴唇向前凸出,离牙齿有几英寸[①]远。他的嘴唇像人的手指那样是干燥的,边缘还有一圈指头模样的凸起。路易还瞥见,在

① 1英寸＝2.54厘米。

他坚固的牙齿后面,一条分叉的舌头忽隐忽现。

他接过那张全息照片,仔细端详。

他一开始什么都没看出来,但他继续看,等着重点慢慢显现出来。照片中有一个小圆盘,发着耀眼的白光,可能是颗亮度为G0、K9或K8的恒星,圆盘的一小部分被切掉了,留下一条笔直的黑边。但这炫目的东西不可能是颗恒星。在它的后面,映衬在太空的黑暗背景上的是一条天蓝色的带子。这蓝色的带子呈一条完美的直线,边缘清晰,坚挺结实,定是人工造物,比那个发光的圆盘要宽。

"像是一颗恒星,它的外侧还环绕着一个圆环。"路易说,"这到底是什么?"

"如果你愿意,可以留着慢慢琢磨。我现在可以告诉你为什么我要把你带到这里来。我想组织一个四人探险队,其中包括我,也包括你。"

"探什么险?"

"我现在还没有权力告诉你。"

"饶了我吧。除非我疯了,否则我才不会跟你去冒险呢。"

"祝你两百岁生日快乐。"傀偏师说。

"谢谢。"路易回答,有点儿不明所以。

"你为什么离开自己的生日派对?"

"这不关你的事。"

"这当然关我的事。满足我的好奇心吧,路易·吴。你为什么离开自己的生日派对?"

"我就是觉得二十四小时对于两百岁生日来说太短了。所以我决定跟午夜线赛跑,赶在午夜到来之前离开一个地方,这样我便延长了生日。你一个外星人是无法理解的……"

"那么，你对你做的这一切还感到满意吗？"

"不是很满意。并不……"

路易想起来，对于今天的事情他并不满意。事实上，正好相反。不过，生日派对还算进展得顺利。

他的生日派对是从凌晨零点零一分开始的。为什么不呢？他的朋友们住在不同的时区里，不应该浪费这一天的任何一分钟。他在房子里到处放着助眠器，谁困了都可以像猫那样快速地进入深度睡眠。他为那些讨厌错过了好事的人准备了一些醒神药，那些药有的会带来有趣的副作用，有的不会。

来客当中，有的人路易已经一百年没见过了，有的则是天天都见，还有的在很多年前曾是路易·吴的死敌。有些女人他几乎一点儿都记不得了，这让他频频地感到惊讶，自己的品位变化可真大。

正如他所料，本应属于生日派对的欢乐时间都花在了互相介绍和寒暄上。事先他不得不记住好长一串来宾姓名！太多的朋友已经变成了陌生人。

然后在午夜来临前的几分钟，路易·吴会走进传送亭，拨号，然后消失。

"我觉得无聊透了，"路易·吴说，"'跟我们说说你的上次休假吧，路易。''你一个人怎么受得了那样的孤单啊，路易？''瞧你多聪明哦，路易！竟然请来了泰诺克的大使！''好久不见，路易''我说啊，路易，粉刷一座摩天大楼为什么需要三个金克斯人①呢？'"

----

①作者虚构的外星种族，居住在人类太空殖民地之一的金克斯星球上。金克斯星球的重力很大，这导致金克斯人的体型又矮又粗、力大无比，但这也给他们的心脏增加了负担，因此他们的寿命都很短。

"什么为什么?"傀儡师的一颗头问。

"为什么需要金克斯人。"另一颗头补充道。

"哦,因为得有一个人拿住喷枪,另外还得有两个人上下摇晃大楼。这故事我上幼儿园的时候就听说过了。全是我生命中的陈年旧事、各种老掉牙的笑话,这些东西充斥了整个房子,我实在是受不了了。"

"路易,你是一个不安分的人。你的'休假'——是你首创的这个习俗吧?"

"我记不得是怎么开始的了,反正后来它就流行开了。现在,我的大多数朋友都会'休假'了。"

"但他们没有你那么频繁。你差不多每四十年左右就会厌倦与他人相处。这时候你会离开有人的世界,到已知空间的边缘去探险。你会一直待在已知空间的外缘,独自一人在单人飞船里,直到你感到再次需要同伴时才会返回。你上次休假回来是二十年前,那是你的第四次休假。

"你很不安分,路易·吴。你在人类空间的每一个世界里都住过很多年,你在每个地方都可以算是当地人。可是今晚你竟然离开了自己的生日派对。是不是又开始不安分了?"

"这是我的问题,对吧?"

"是你的问题。而我的问题是要招募一名探险队员。对于我的探险队,你是一个合适的人选。你喜欢冒险,但会事先预估险情;你不害怕独处;你足够小心,也足够聪明,所以你能活到两百岁;你从不忽视个人健康,懂得保养,所以身体状况还跟二十岁的小伙子一样;最后一点,也是最重要的一点,那就是你其实好像很喜欢跟外星人相处。"

"是这样的。"路易认识一些特别仇视外星人的人,他把他们都看作白痴。对他来说,要是只有人类可以交谈,生活会乏味到极点。

"即便如此,你也不会盲目冒险。路易·吴,有我这么个傀儡师跟你在一起,还不足以让你放心吗?如果连我都不害怕,你还有什么好害怕的?我们族类又聪明又谨慎,这可是众所周知的。"

"的确如此。"路易说。事实上,他已经上钩了。喜欢外星人、不安分,还很好奇,这三个因素加在一起,使得他下定了决心:傀儡师去哪儿,他就去哪儿。不过他还是想多了解一些情况。

何况他还可以乘机讨价还价。一个外星人绝不会出于喜好住在一个这样的旅馆房间里。这个在地球人看来极其普通的房间,一定是为招募探险队员而特别准备的。

"既然你不告诉我要去探的是什么样的险,"路易说,"那你总该告诉我探险的地方在哪里吧?"

"在小麦哲伦星云方向上,距离这里两百光年。"

"那么远,就是以超光速飞船的速度,也要飞差不多两年啊。"

"用不了那么久。我们的飞船比传统的超光速飞船要快得多。它只需要四分之五分钟就能飞跃一个光年。"

路易瞠目结舌。一又四分之一分钟一光年?

"路易·吴,你不应对此感到惊讶啊。要不是有这样的飞船,我们怎么可能送一个代表到银河的中心去考察,了解到那些新星引起的连锁反应呢?你应该推测得出来有这样的飞船存在。如果我这趟探险的使命能够顺利完成,我会把这艘船送给我的船员,附加设计图,他们可以凭此造出更多的飞船。

"那这艘船呢,就算是给你的酬劳……或者薪水,你随便怎么看都可以。当我们追赶傀儡师族的迁徙队伍时,你可以好好观察它的飞行特征。那时你自然就会知道我们探的到底是什么险了。"

追赶傀儡师族的迁徙队伍……听到这里,路易脱口而出:"算我一个。"这可是亲见整个智慧种族大迁徙的机会啊!巨大的飞船在太空飞行,每艘都承载着成千上万,甚至上百万的傀儡师,整个运转着的生态系统……

"好极了。"傀儡师站了起来,"探险队将有四个队员。现在我们该去挑第三个了。"说完,他快步走进了那个传送亭。

路易·吴把那张神秘的全息照片塞进口袋,跟着傀儡师进入了传送亭。路易企图看清他在拨号盘上拨的数字,这样他就能知道要去哪儿。但那傀儡师把号拨得飞快,眨眼间他们就消失了。

路易跟着傀儡师走出传送亭,来到一个光线昏暗、装修奢华的餐厅。看见黑金两色的装潢和丝毫不吝惜空间的马蹄形包间格局,路易认出了这个地方,这是克鲁申科斯饭店,在纽约。

傀儡师所经之处,响起阵阵窃窃私语。一个领班走来,他是个人类,但冷静沉着得像个机器人。他把他们领到一张桌子旁入座。桌旁的一张椅子已经搬走,换成了一个方形的大坐垫,傀儡师把它拿过来夹在屁股和后蹄之间,坐了下来。

"他们知道你要来啊?"路易推断说。

"是的。我事先打过电话。克鲁申科斯经常接待外星客人。"

路易注意到其他的外星食客:邻座的桌子旁是四个克孜人,

还有一个卡达特力诺人①在大堂的中央处。这样的场景倒是能解释通，因为附近就是联合国的大楼。路易拨号点了杯龙舌兰酸鸡尾酒，酒一送来他就端起喝了一口。"到这儿来是个不错的主意，"他说，"我快饿死了。"

"我们来这儿不是为了吃饭，我们是来招募第三名队员的。"

"哦？在餐厅里？"

傀偏师提高嗓门回答他的问题，但答非所问，"你没见过我的克孜朋友——柯楚拉·瑞特吧？它是我养的一只宠物。"

路易差点儿没把酒喷出来。傀偏师后面的那张桌子旁，立着四面橘红色的长了毛的"墙"，这四面"墙"就是四个克孜人。听到傀偏师的话，他们都转过身，龇牙咧嘴露出针尖状的牙齿，看上去好像在笑，但是就克孜人来说，这种龇牙咧嘴的模样并不表示笑。

"瑞特"是克孜族长②的家族姓氏。路易将杯中的酒一饮而尽，心想再怎么失礼也无所谓了。刚才的侮辱已经是致命的了，但人只有一条命，只能被吃掉一次。

离他们最近的那个克孜人站了起来。

他浑身上下是厚厚的橘色绒毛，眼睛周围有几道黑色的斑纹，看起来像只八英尺③高的胖狸花猫。说他胖，但其实那不是脂肪，而是肌肉。这些肌肉群匀称结实、强劲有力，怪异地分布在一副同样怪异的骨架上。它像是套了双黑色的皮手套，尖锐

①作者虚构的外星种族，体型高大，有十英尺高，双手很长，身上长着棕色的甲皮，膝盖和肘关节处有尖利的爪子，很容易被激怒，荣誉感很强。生理上需要很大的居住空间，待在狭窄的空间里就会疯掉，所以不能乘坐窄小的飞船旅行。

②克孜帝国的统治者。

③1英尺=0.304785米。

的爪子打磨得发亮,从皮鞘里弹了出来。

这只重达四分之一吨的智慧型食肉动物巍然耸立在傀儡师面前。他说:"告诉我,你觉得侮辱了克孜族长的人还能继续活着吗?"

傀儡师立刻回答,声音中没有一丝害怕,"本人曾在天琴β星附近的星球上用后腿踢过一个克孜人的肚皮。"

"说下去。"黑眼睛的克孜人说。尽管受到其嘴唇结构的限制,但这个克孜人的星际语还真是讲得不错。他的声音并没有透出愤怒,但他一定感到愤怒了。看着克孜人和傀儡师的表情,路易感觉是在欣赏某种令时间都为之停驻的仪式。

摆在克孜人面前的那块肉还淌着热血、冒着热气——想必在送上来前刚被加热到体温的热度吧。几个克孜人都在笑。

"这个人类,还有我,"傀儡师指着路易说,"要去探险,去克孜人做梦也想象不到的地方。我们还需要一个克孜人。有没有哪个克孜人胆敢跟一个傀儡师去冒险?"

"我一直听说傀儡师是吃草根树叶的,他们一般都会远离战场,而不是走向战场。"

"是不是这么回事到时自会见分晓。假如你能活下来,你的酬劳将会是一艘崭新的、昂贵的太空飞行器的设计图,还有那艘船本身。你可以把这笔费用看作是从事极端危险活动的津贴。"

在路易看来,傀儡师是在尽其所能地侮辱克孜人。你绝不能跟克孜人提危险津贴。真正的克孜人根本就不知道啥是危险!

但这个克孜人只说了一句:"我接受。"

其他三个克孜人对他咆哮起来。

这个克孜人立刻咆哮着回敬他们。

如果说一个克孜人的咆哮听起来像猫打架时发出的声音，那么四个克孜人的剧烈争吵听起来就像一场猫科动物大战。餐厅的消音设备随之自动开启，使咆哮声显得遥远，但争吵还在继续。

路易又点了一杯喝的。根据他对克孜历史的了解，这四个家伙的克制力已经是顶尖儿的了。瞧，起码那傀儡师还好好活着呢。

争吵终于平息了下来，四个克孜人转过身。眼睛上有黑纹的那个说："你叫什么名字？"

"我在人类世界的名字是涅索斯[1]，"傀儡师说，"我本来的名字叫……"一段交响乐般美妙的声音从傀儡师奇异的喉咙里流淌出来。

"嗯，很好，涅索斯，你必须清楚，我们四个是代表克孜帝国驻地球的大使。这位是哈奇，那位是弗坦斯，有着黄色条纹的那位是赫罗斯。我本人嘛，只是一个实习生，出身低贱，没有名字。你们可以用我所从事职业的名字来称呼我：动物对话官[2]。"

路易生气地抬了抬下巴。

"我们的问题是，我们必须留在这里，处理一些伤脑筋的谈判……不过这不关你的事。我们已经决定，我个人的工作可以由别人来代替。如果你们那艘新船的确值价，我就加入你的探险，否则，我一定会通过其他方式来证明我有种。"

"非常好，就这么定了。"傀儡师说完站起身来。

---

①希腊神话中一个渡旅客过冥河的半人马酋公的名字。他用背驮来往的行人过河，并索要渡河费。后来因调戏赫拉克勒斯的妻子得伊阿尼拉，被他一箭射死，但在临死前设计害死了赫拉克勒斯。

②这个克孜人的工作是代表克孜帝国跟人类对话、协商、谈判，但他称自己为"动物对话官"，将人类视为动物，所以下文路易很生气。

路易仍坐着不动,他问那个克孜人:"你的头衔在克孜语里怎么说来着?"

"是英雄语!"克孜人提高嗓门吼起来。

"那你刚才为什么不用英雄语说出你的头衔?这是一种故意侮辱吗?"

"是的。"动物对话官回答道,"我很生气。"

这是路易始料未及的。他以己度人,原本以为这个克孜人会撒谎,那样的话,路易就干脆佯装相信他,以后这个克孜人也会礼貌一些……可现在他没台阶下了。路易犹豫了片刻,然后说:"那按规矩该怎么办?"

"我们必须徒手搏斗——只要你提出挑战。否则我们当中有一人必须道歉。"

路易站了起来。这样做无疑是在自杀;但他太他妈清楚这个习俗了。"我向你挑战,"他说,"以牙还牙,以眼还眼,反正我们也无法在同一个宇宙中和平共处。"

那个叫赫罗斯的克孜人头都没抬,突然发话:"我必须为我的同僚——动物对话官——向你道歉。"

路易感到很意外,"什么?"

"这是我的职责,"有着黄色条纹的克孜人说,"要么道歉,要么战斗,这是克孜人的本性。我们知道我们选择战斗会是什么结果。现在我们的数量还不到我们第一次遭遇人类时的八分之一。我们的领地变成了你们的领地,我们的奴隶族类被解放了,去学习和接受人类的技术和道德准则。每当我们面临道歉或战斗的选择,我的职责是提出道歉。"

路易坐了下来。看起来他的命是保住了。他说:"你的工作我可做不来。"

"就冲你宁肯赤手空拳跟一个克孜人搏斗也不愿低头道歉的性子，显然你做不来。不过，我们族长认为我在其他方面一无是处：我的智力水平不高、健康状况不好、协调性很差。如果不做这个，我还能靠什么立足呢？"

路易咂了口酒，希望有人能换个话题，他觉得这个卑微的克孜人很令人尴尬。

"如果我们的任务不紧迫的话，"那个动物对话官说，"我们接着吃吧。涅索斯，你说呢？"

"一点儿都不着急。我们的队员还没有凑齐呢。我的同事找到第四位合适的人选的话，他们会通知我的。总之，我们开吃吧。"

动物对话官在返回自己的座位之前又补充了一句："路易，我觉得你的挑战太啰唆了。挑战一个克孜人，一个怒吼就够了。就这么简单，大吼一声，直接扑过去。"

"大吼一声，直接扑过去。"路易说，"棒极了。"

第二章 他和他的杂牌军

路易·吴知道,有的人用传送亭时会闭上眼睛,因为景物的跳跃转换会让他们眩晕。在路易看来,这么做很荒谬可笑。但话说回来,他有的朋友要比这怪诞多了。

他拨号时睁着双眼。身边盯着他看的外星人瞬间就不见了。突然他听到有人喊:"嘿,他回来了!"

门口聚集起了一堆人。路易用力推开他们,大声骂道:"你们这些没脑子的! 都还没有回家啊?!"他张开双臂去拥抱他们,然后又像铲雪机一样向前挤,把人们往后身推,"别堵着门,你们这些土鳖! 我还有客人要进来呢!"

"好极了!"一个声音灌入他的耳朵。不知谁抓住了他的手,塞给他一个圆酒杯。路易刚刚张开双臂,就立刻拥抱了七八个请来的客人,同时用微笑表示欢迎他们。

从远处看,路易·吴长着一副东方人的模样,浅黄的皮肤,笔直的白发。他那颜色鲜亮的蓝袍子随意地拖垂着,看起来碍手碍脚的,但实际上并没有。

如果走近了看,你就会发现,这一切都是假象。他的皮肤并不是浅浅的黄褐色,而是光滑的铬黄,漫画书中傅满洲①的那种肤色。他的辫子很粗,白头发也不是因为上了年纪的缘故,而是呈现出一种绝对干净的白,其中夹着一丝难以察觉的蓝色,那是矮星光芒的颜色。像所有的平地人一样,路易喜欢用化妆品打扮自己。

他是个平地人,你一眼就能认出来。他的五官既不像白种人、黄种人,也不像黑人,却带有这三个人种的痕迹:好多个世纪才能形成这种均匀的混合外形。在这颗重力加速度为每秒9.98米的地球上,他的站姿十分自然,毫不刻意。他正握着一个酒杯笑眯眯地看着身边的客人。

凑巧的是,他笑意盈盈的目光正对上了一双银光闪闪的眼睛,那双眼睛离他仅有一英寸远。

一个叫蒂拉·布朗的女人不知怎么就跟他鼻子碰鼻子、胸口顶胸口了。她有着蓝色的肌肤,身穿银线针织网眼衫;发型像熊熊燃烧着的篝火;眼睛则像一对凸面镜。她才二十岁。路易以前跟她说过话。她谈吐肤浅,全是陈词滥调,而且特别容易激动;不过人倒是非常漂亮。

"我得问问你,"她屏住呼吸说,"你是怎么弄来一个泰诺克人的?"

"别告诉我他还在这里。"

"哦,他已经不在了。他的空气用完了,不得不回家。"

"你撒了个善意的谎,"路易指出,"泰诺克人的呼吸仪能管

---

①英国推理小说家萨克斯·罗默(Sax Rohmer)于20世纪初创作的系列小说《神秘的傅满洲博士》(*The Mystery of Dr Fu Manchu*)中的邪恶天才式的人物。这个形象是西方人脑海中"黄祸"想象的化身,反映了那个年代西方人对神秘中国的想象以及恐惧。

好几个星期。不过，如果你真的想知道这事，我可以告诉你。你所指的那个泰诺克人曾经是我请来的客人，他在我这里滞留了几个星期。他的飞船覆没在已知空间的边缘，船上的其他伙伴也全死掉了，我不得不把他护送到马格雷夫星球，在那里他们可以建个环境箱让他存活。"[①]

女孩的眼中闪烁着愉悦和好奇。路易发现他们两人的眼睛在同一高度上，这让他感到既奇怪又开心；原来蒂拉·布朗那柔嫩的美貌让她看起来比实际上要娇小。突然，她的目光越过路易的肩膀，眼睛睁得大大的。路易咧嘴笑着转过身去。

只见傀儡师涅索斯从传送亭匆匆走了出来。

当他们离开克鲁申科斯饭店时，路易就料到会有这种情形。他曾试图说服涅索斯多跟他们讲讲有关探险目的地的事，但涅索斯担心饭店有间谍电波窃听到他的话。

"那就到我家来谈吧。"路易向他提议。

"可你有客人啊！"

"我的办公室里没有客人，而且我的办公室是绝对防窃听的。想想看，如果大家还都没回家的话，你出现在派对上将引起多大的轰动啊！"

这效果正是路易求之不得的。傀儡师那"啪嗒—啪嗒—啪嗒"的蹄声成了房间里唯一的声音。接着，在他的身后，动物对话官的身影也突然闪现出来。面对传送亭周围那一张张人脸的海洋，这克孜人稍稍犹豫了一下，然后慢慢地咧嘴露出了他大大的

①地球上的空气对泰诺克人来说相当于毒气，会导致死亡。相关背景可参见作者1968年发表的短篇小说《有潮汐》(There is a Tide)，故事中，路易到已知空间的边缘探险，跟泰诺克人相遇。在跟路易抢夺一个古文明遗留物的过程中，泰诺克人的船被潮汐撕裂，路易救下了唯一幸存的船员并把他送到了附近的一个人类殖民星球"马格雷夫"。

獠牙。

有人把剩下的半杯饮料倒在一个栽着棕榈树的花盆里。这是一个夸张的姿态。树枝上有一只甘米吉兰①,它生气地吱吱叫起来。传送亭外的人们向后退开。有人说:"你没醉。我也看到他们了。"

"醒酒药? 让我看看口袋里有没有。"

"他搞的这个派对真他妈牛,对吧?"

"好啊,路易,你这个老东西!"

"你知道那玩意儿叫什么吗?"

他们不知道该对涅索斯作何反应。大多数人都采取置之不理的态度。他们不敢议论他,怕说出傻话。他们对动物对话官的反应则奇怪得多。克孜人曾经是人类最危险的敌人,但眼前这个克孜人受到人们的恭敬对待,像个英雄似的。

"跟我来。"路易对傀儡师说。要是大家运气好,那克孜人应该也会跟上他们俩。"对不起,让我们过去。"路易一边大声说着,一边在人群中拨开一条路。人们或激动或迷惑地提出各种问题,他都只是神秘地咧嘴一笑。

他们总算到了路易的办公室,这下子安全了。路易关上门,打开防窃听装置,"行了。谁想来点儿喝的?"

"如果你能热点儿波旁威士忌,那我可以喝点儿。"克孜人说,"但如果你热不了,我也能接受。"

"涅索斯,你呢?"

"什么蔬菜汁儿都行。你有温的胡萝卜汁儿吗?"

"真难伺候。"路易应道,但他还是吩咐吧台做了几杯温热的

_____

①作者虚构的外星种族,是甘米吉星上的一种动物,也是富人们喜欢的装饰品。这种动物的特点是固着在树枝上不动,等待机会,捕食经过的飞虫。

胡萝卜汁儿送过来。

涅索斯盘坐在后腿上休息，克孜人则重重地跌坐在一个充气坐垫上。依他的重量，那坐垫早该像个小气球一样爆开了。这个人类第二古老的敌人，现在端坐在一个对他来说实在太小的坐垫上，样子既古怪又可笑。

人类与克孜人之间发生过无数战争，血腥而残酷。所幸当年在第一场战争中克孜人就输掉了，否则在余下的无尽岁月里，人类就只能当他们的奴隶和食材了。而且，在接下来的所有战争中，克孜人吃尽了苦头。他们总是喜欢不备而战，完全没有耐心，没有怜悯心，也没有战争范围的概念。每一场战争都会让他们数量大减，作为惩罚，还要搭上几个星球的领地。

克孜人已经有二百五十年没有进攻人类的空间了，只因为他们已经没有东西可以跟人类较量了。人类也有二百五十年没有进攻过克孜人的世界了，却没有哪个克孜人能理解这是为什么。人类总让他们摸不着头脑。

总之，他们是粗暴而强悍的种族。而涅索斯，他来自一个公认胆小的种族，却竟敢在一个餐厅公然侮辱四个彪悍强壮的克孜人。

"你们傀偏师一族的特点就是小心谨慎吧？这是众所周知的，对吧？"路易说，"再跟我讲讲这些，我忘了到底是怎么回事了。"

"路易，也许这对你不够公平，因为我没有彻底跟你交底。我的族人都认为我疯了。"

"哦，没关系。"路易端起杯子吸了一口，那杯子是刚才不知谁塞到他手里的，里面是伏特加，兑了浆果汁和刨冰。

克孜人的尾巴不安地甩来甩去，"凭什么我们要跟一个自认是疯子的人同船？你竟然想跟一个克孜人同船，那一定是疯到家了。"

"你不用这么大惊小怪，"涅索斯说道，他的声音温柔而有说服力，好听到让人受不了，"在人类遇到过的傀儡师中，从来没有哪个不是被他的同类视为疯子的。从来没有外来种族见识过傀儡师的世界，也从来没有一个头脑清醒的傀儡师会把自己的命交托给飞船那不可靠的维生系统，或是跑到一个可能有致命危险的未知的外星世界去。"

"一个疯子傀儡师，一个凶猛的成年克孜人，还有我。我们的第四位队员最好是一个精神病医生才行。"

"是啊，可不就得这样？"

"我可不是随便挑的。"傀儡师用一张嘴吮吸着杯子里的饮料，用另一张嘴继续说，"首先，这个队必须有我本人。这趟探险是为了我族利益，因此必须包括我们的代表。这个代表必须疯狂到敢于面对一个未知的世界，但同时又有足够的理智，能靠他的智慧生存下来。我，恰恰就是这样的一个傀儡师，疯狂和理智都恰到好处。"

"我们要挑一个克孜人也是有道理的。听着，动物对话官，我现在跟你说的可是机密。我们观察你们族类已经有相当长的时间了。我们甚至在你们进攻人类以前就知道你们的存在了。"

"那时没露面算你们幸运。"克孜人咕哝道。

"毫无疑问，我们知道你们的存在。开始我们推断克孜是个既没用又危险的物种。我们进行了许多的研究，就想看看是否可以安全地灭绝掉你们这个种族。"

"看我不把你脖子拧成一个蝴蝶结。"

"相信你不会使用暴力的。"

克孜人站了起来。

"他是对的。"路易说，"坐下吧，对话官。杀死一个傀儡师，你也用不着站起来啊。"

克孜人坐了下来。那个充气坐垫依然没有爆。

"那些研究项目后来被取消了。"涅索斯接着说，"我们发现人类与克孜人的战争已大大地限制了克孜人的扩张，使你们的危险性大打折扣。但我们对你们的观察仍在继续。

"在过去的几个世纪中，你们一共进攻人类世界六次。六次都被打败了，每次战争你们都会损失大约三分之二的雄性人口。需要我点评一下你们展现的智力水平吗？不需要？但不管怎样，你们从来都没有濒临灭绝。你们的雌性缺乏感知，基本上没受到战争的影响，因此下一代的数量很快就能够弥补上一代的损失。尽管如此，你们还是在不断地失去领土，那是你们经营了数千年才建立起来的帝国的领土。

"在我们看来，很明显克孜人是在快速地进化。"

"进化？"动物对话官问道。

涅索斯突然用英雄语大吼一声。路易跳了起来。他完全没料到傀儡师的喉咙居然可以发出那样的吼声。

"是的。"动物对话官应道，"我想你刚才说的就是那个词。但我不知道它在这里的意思。"

"进化就是优胜劣汰、适者生存。在几百个克孜纪年的进化过程中，因适应环境而生存下来的是那些有智慧的或者能够克制情绪、不跟人类交战的成员。结果显而易见，那就是克孜和人类之间的和平已经持续两百个克孜纪年了。"

"但这毫无意义！我们一场战争都没赢！"

"但你们的祖先并没有因此止步不前。"

动物对话官吞了一大口热波旁威士忌。他粉色的尾巴光溜溜的，像老鼠尾巴，一个劲儿地甩来甩去，躁动不安。

"你们种族的数量已经大大消减了，"傀儡师道，"如今活下来的全是那些在交战中没死的克孜人的后代。我们有人推测，或许克孜人现在已经具备了必要的智慧，或者同理心，或者自我约束力，可以跟不同于他们的外星种族来往了。"

"所以你才敢冒着生命危险跟一个克孜人去旅行？"

"对，"涅索斯答道，浑身哆嗦了一下，"我有很强烈的动机。如果我能证明我的勇气是有价值的，它可以为我的种族提供有价值的服务，我就将会被允许生养后代。"

"这可算不上一个信得过的理由。"路易说。

"我们要带上一个克孜人还有一个原因。我们将会面对陌生的环境、潜在的各种危险。谁能保护我呢？有谁能比一个克孜人更能胜任保镖这一职位呢？"

"保护一个傀儡师？"

"这听起来很荒谬吗？"

"的确如此。"动物对话官说，"荒谬得使我发笑。那么这位又是怎么回事？这位路易·吴是干吗的？"

"我们跟人类的合作受益很多。自然我们就会选择至少一名人类。路易·格里德利·吴，别看他自在随性、胆大妄为，他可绝对是适者生存的典型，这一点确凿无疑。"

"他的确是自在随性、胆大妄为，居然敢找我单挑。"

"如果赫罗斯没有出来道歉，你真的会接受他的挑战吗？你真的会伤害他吗？"

"然后惹出一场种族冲突，颜面扫尽，被遣送回家吗？我又不傻。所以这些都不能说明问题。"克孜人强调道，"你觉得呢？"

"我恰恰认为这正是问题的关键所在。你看路易还活着。你现在该明白光靠恐吓是镇不住他的。这个结果很能说明问题。"

出于谨慎，路易·吴始终一言不发。如果傀儡师想夸奖他有冷静思考的能力，他何必反对呢？

"你已经说了你的动机了。"动物对话官说，"现在该说说我的了。加入你们的航行，我能得到什么好处呢？"

他们这才切入正题，谈起了生意。

在傀儡师的世界，量子二号超光速引擎没什么大用。不过它可以驱动一艘飞船在一又四分之一分钟内飞过一个光年，而一艘传统的飞船得用三天时间才能走完这段距离。但传统飞船却有巨大的货舱。

"我们把这个引擎装到了一艘'众品四号①'的船体上，这是我们公司造出来的最大的飞船。可是当我们的科学家和工程师完工的时候，才发现船体内部几乎被那个超光速引擎占满了，所以我们这趟外出旅行开着它，你们一定会觉得船里的空间非常狭窄。"

"这么说它是艘实验性的飞船。"克孜人说，"它经过试航？"

"这飞船曾往返过银河系中心。"

但那是它唯一的一次飞行。傀儡师不能亲自试飞，他们也找不到其他族类的人帮他们试飞；那时他们正处在迁徙的途中。尽管这艘飞船的直径超过一英里，却一点儿货物都不能装载。另外，它只有先返回正常空间才能减速。

---

①众品公司是傀儡师一族的产品制造公司，其最成功的产品就是众品船体，分别有一号、二号、三号、四号四个型号，众品船体在各个种族中都很畅销。

"我们已经不需要它了。"涅索斯说,"但你们需要。我们打算把这艘飞船连同该船的设计图送给我们的船员,这样你们就能多造几艘了。毫无疑问,你们还可以改进它。"

"这船能为我挣得一个名字。"克孜人说,"一个名字啊!我一定得看看这船开起来是什么样儿的。"

"在这趟飞行中你自然会见识到。"

"族长会因为这艘船给我一个名字的。我坚信他一定会这么做的。我应该选个什么名字呢?要不就叫……"克孜人提高嗓门嚎叫起来。

傀儡师用同样的语言回应他。

路易不耐烦地换了个姿势。他听不懂英雄语,不知道他们在说什么。他想,就让他们俩聊下去好了。就在这时,他有了一个更好的主意。他把傀儡师那张全息照片从口袋里掏出来,打水漂似的把它撇了过去,照片飞过屋子,落在克孜人毛乎乎的大腿上。

克孜人灵巧地用他那长着肉垫的黑指头将它拿了起来。"这看着像是一颗带环的星球。"他一边端详一边说,"这是什么东西?"

"这跟我们要去的地方有关。"傀儡师回答道,"我不能跟你多说,至少现在还不能。"

"看你搞得神秘兮兮的。好吧,我们什么时候出发?"

"估计也就是几天的事情吧。我的代理人还在寻找第四位队员呢。"

"那我们就等他们找到人再说吧。路易,我们可以去找你的客人玩玩吗?"

路易站起来,伸了个懒腰,"没有问题,我们这就去给他们一个惊喜。不过,对话官,去之前,我想提个建议,别把这看成是侮辱你的尊严。这只是个想法……"

派对上的人分成了几拨:有看三维电视的,有打桥牌和扑克的,有成双成对的情侣或扎堆儿的情侣,有讲故事的,也有百无聊赖的。在室外的草坪上,清晨朦胧的阳光下,穷极无聊的人们和爱凑热闹的人们混坐在一起,其中包括涅索斯、动物对话官、路易·吴、蒂拉·布朗,还有一个累坏了的酒吧服务生。

草坪是按照英国古典花园打理的:从最初播下的草籽到现在已经过了五百年。这五百年的历史被一场股市崩盘中断了,之后路易·吴就发了财,而某个封了爵位的古老世家却破了产,于是这草坪就到了路易·吴的手里。草绿油油的,显然是货真价实的天然草;从来没人动过它的基因去搞什么不靠谱的改良。在那一片绿色的斜坡下面是一个网球场,远远望去,一些小小的身影在跑动跳跃,用力挥舞着手里超大尺寸的"苍蝇拍"。

"运动真美妙。"路易说,"我可以坐在这里看一整天。"

蒂拉大笑起来,让他吃了一惊。他不由得地想起许多她从没听过的笑话——很老很老、老到不再有人讲的笑话。在路易熟记于心的几百万个笑话中,可能百分之九十九都已过时了吧。过去和现在的笑话都在记忆中混为一体了。

酒吧服务生飘到路易身边,弯腰站着。路易的头枕在蒂拉的大腿上,他不愿意坐直身子敲键盘,这姿势让服务生不得不倾斜着身子。他敲键要了两杯摩卡咖啡,咖啡从槽中落下来,他及时抓住,将其中一杯递给了蒂拉。

"你很像我以前认识的一个女孩。"他说,"听说过宝拉·切伦科夫吗?"

"是那个漫画家吗? 波士顿人?"

"是她。她现在住在'安抵星'①上。"

"她是我的高曾祖母。我们曾经去看望过她一次。"

"她曾让我心如刀绞。那是很久以前的事儿。你跟她长得就像一对双胞胎。"

蒂拉咯咯地笑起来,全身颤动着,这颤动沿着路易的脊椎传递开来,令人愉快。她说:"我发誓绝不会让你'心如刀绞',不过你得告诉我那是怎么回事。"

路易回想了一下。"心如刀绞"这词儿是他自创的,仅仅为了向自己描述当年的遭遇。他不常使用它,也从来不需要解释它。人们总是能明白他想表达的意思。

这是一个安静祥和的早晨。如果他这会儿去睡觉,他可以一觉睡它十二个小时。然而,过度疲劳却像毒药,让他在精疲力竭中兴奋到顶点。再说,他的头枕在蒂拉的大腿上还是怪舒服的。路易的客人中有一半是女人,在某些年月里,她们当中的一些人曾经是他的妻子或者情人。在派对的第一阶段,他私下里跟三个女人庆祝了他的生日,这三个女人曾经对路易非常重要,路易对她们也是如此。

三个?四个?不对,应该是三个。现在他好像对那种"心如刀绞"的感觉有了免疫力。二百年的时光给他留下了太多的伤疤。此刻,他正无所事事、舒舒服服地把头枕在一个跟宝拉·切伦科夫长得一模一样的陌生人的腿上。

"我那时爱上她了。"他说,"我们已经认识好几年了,还约过

①原文"We Made It",直译"我们成功了",是作者虚构的绕小犬座α星运动的一颗行星。人类首艘殖民飞船曾在该星上紧急降落,该星因此得名。该星球重力约为地球的五分之三,其自转轴与轨道平面几乎重合,这一点与天王星类似,所以该星球地面上每年都有一半的时间都有时速800公里的狂风,迫使人们居住在地下。该星球的居民被称为"坠星者",个子很高,很多人都患有白化病。

会。有一天晚上我们在一起聊天,突然'嘭'的一下,我坠入了爱河。我以为她也爱上了我。

"那天晚上我们没有上床——我的意思是,没有一起上床。我请求她嫁给我,可她拒绝了我。她那时正是打拼事业的时候。她说,她没有时间结婚过家庭生活。但我们还是安排了一个旅行计划,去亚马孙国家公园,为期一周,算是代替蜜月旅行吧。

"接下来的那个星期简直像坐过山车。首先是兴奋,我拿到机票了,也订到了旅馆。你有过为某人神魂颠倒的时候吗,觉得自己根本配不上她?"

"没有。"

"我那时太年轻了。我花了两天的时间说服自己,让自己相信我是值得宝拉·切伦科夫爱的。我还做了些事情证明这点。然而她却打电话过来取消这趟旅行。我都记不得是为什么了,总之她说了个能成立的理由。

"那个星期我带她出去吃了几顿饭,但这并不能让她改变主意。我尽量克制自己,以免给她造成压力。她却连想都不想我当时所承受的压力。我的情绪就像悠悠球一样忽高忽低。这时她重重地给了我一击,让我彻底失去了幻想。她说她欣赏我,我们在一起很快乐,我们应该永远是好朋友。

"但我不是她喜欢的类型。"路易道,"我还以为我们在恋爱呢。或许她也曾这么认为过,但只持续了一周。她并非冷酷无情。她只是不明白到底发生了什么。"

"那你刚才说的'心如刀绞'又是什么呀?"

路易抬头看着蒂拉·布朗。那双银色的眼睛茫然地看着他,路易意识到,她压根儿一个字都没听懂。

路易跟外星人打过不少交道。凭借直觉或通过训练,当有些概念太陌生、太异质而无法理解或交流时,他是能察觉出来的。眼下就是一种类似的情形——他们之间有一种无法逾越的隔阂。

这是多么巨大的鸿沟啊!它就横在路易·吴跟一个二十岁的女孩之间。他真的老得那么厉害吗?如果真的如此,那他路易·吴还算是人类吗?

蒂拉眼中一片空洞茫然,等待着路易的启迪。

"没天理啊!"路易骂道,一骨碌爬起来。泥点从他的袍子上慢慢滑落,沿着袍子的下摆掉下去。

傀儡师涅索斯在滔滔不绝地大谈伦理道德。他暂停下来回答路易的询问(不夸张地说,他是同时用两个嘴在说,这让崇拜他的听众大为高兴)。他说,他的代理人还没有任何消息。

动物对话官同样也被一群人围着,他四脚八叉地摊在草地上,像一座橘红色的小山似的。两个女人在搔挠着他耳朵背后的毛。这克孜人的耳朵很怪,它们可以像粉红色的中国油纸伞那样打开,又可以折叠起来平平地贴在头上,此刻它们撑得大大的。路易能看见每只耳朵的表面有着精心设计的刺青图案。

"怎么样?"路易对他喊道,"我的主意不错吧?"

"的确不错。"克孜人瓮声瓮气地回答,躺着一动不动。

路易心里暗暗发笑。克孜人是一种可怕的野兽,对不对?但是有谁会害怕一个被人搔耳朵的克孜人呢?这一招让路易的客人感到放松,也让这个克孜人感到放松。任何一种智力水平高于田鼠的动物都喜欢让人搔耳朵。

"他们轮流着给我挠呢。"克孜人低沉着声音说,"刚才有个女的在给我挠耳朵,一个男的走过来看了一会儿,说他也想享受这样的待遇。于是他们两个就一起走了。另一个女的就走过来接替她。在这个种族中，两个性别都是有智慧、有感觉的，能身为其中一员，得是多么有趣啊。"

"但有时这会把事情弄得复杂得不得了。"

"真的?"

克孜人左肩旁的那个女孩有着太空般黝黑的皮肤，上面装饰着星星和星系的图案，她的头发像一条彗星的尾巴那样发着白色的寒光。她停下手里的活儿，抬起头。"蒂拉，你来接替我吧。"她快活地喊道，"我饿了。"

蒂拉二话不说，过来跪在克孜人那颗橘红色的大脑袋旁。路易说："蒂拉·布朗，这位是动物对话官。希望你们两个……"

附近传来一阵不和谐的音乐声。

"……一起玩得愉快。那是什么声音? 哦，是涅索斯。你在说什么?"

那音乐声来自傀儡师神奇的喉咙。只见涅索斯粗鲁地把路易和蒂拉分开，挤进两人中间，"你是蒂拉·简罗娃·布朗吗? 身份号码'IKLUGGTYN'，对不对?"

女孩吃了一惊，但并不害怕，"这是我的名字。我记不住我的身份证号码。有什么问题吗?"

"我们到地球上来已经快一个星期了，就为了找你。现在无意中跑来参加个聚会，居然碰到你了! 我可得好好说说我那些代理人。"

"啊，不是吧。"路易轻声说道。

蒂拉笨拙地站起来，"我又没有躲起来，既没躲你，也没躲任何其他的……外星人。现在，请你告诉我这是怎么回事?"

"等等!"路易站到涅索斯和女孩之间，"涅索斯，蒂拉·布朗显然不是一个探险的料,你还是挑别人吧。"

"但是,路易……"

"等一下。"那个克孜人站了起来,"路易,别多管闲事,让那个食草动物挑他自己的队员好了。"

"可你看看她嘛!"

"还是先看看你自己吧,路易。身长还差一点才到两米,哪怕是在人类当中,也算偏瘦的。你觉得你是个探险的料子吗?涅索斯又是吗?"

"该死的! 这到底是怎么回事啊?"蒂拉追问道。

涅索斯迫不及待地说:"路易,让我们回到你的办公室去。蒂拉·布朗,我们得向你提出一个请求。你没有义务必须接受,也没有义务必须听,但你会觉得我们的请求很有意思。"

争论在办公室里继续。"她符合我所要求的条件。"涅索斯坚持说,"我们必须考虑聘用她。"

"她又不是地球上唯一一个符合条件的!"

"你说得没错,路易,当然不是。但是我们一直无法联系到其他的人。"

"你们到底考虑聘我做什么啊?"

傀儡师开始跟她讲起来。结果蒂拉·布朗对太空一点儿也不感兴趣,她连月球都没去过,而且从来就没有要去已知空间之外的打算。那个量子二号超光速引擎也引不起她的贪欲。当她脸上出现烦恼和迷惑的样子时,路易再次插进话来。

"涅索斯,你说说蒂拉为什么那么符合你的条件吧。"

"我的代理人一直在寻找那些生育权彩票赢家的后代。"

"我要退出。你就是个疯子。"

"别急,路易。我的命令都来自'幕后人',他是我们所有人的最高统帅。他的神志非常清醒。听我解释好吗?"

对人类来说,控制生育从来都很简单。现在只要把一个小小的晶片插到人前臂的皮肤下面就行。这个晶体需要一年时间才能溶化分解。在那一年里,插了晶片的人是无法怀孕的。在早先那些世纪里,使用的则是一些比较笨拙的方法。

在21世纪中叶的时候,地球人口已经稳定在一百八十亿左右。地球生育管理局是一个联合国的下属机构,负责制定和推行生育控制方面的法律。五百多年来,这些法律规定一直保持不变:一对夫妇只能生两个孩子,但具体情况由生育管理局裁判和调整。管理局有权决定一个人可以生几个孩子。也就是说,管理局可以允许某对夫妇多生一个孩子,也可以禁止另一对夫妇生孩子,这一切都取决于那对夫妇的基因是人类需要的还是不需要的。

"不可思议。"克孜人说。

"这有什么不可思议的? 地球已经变得拥挤不堪了,一百八十亿人就困在这个技术原始的星球上。"

"如果我们的族长想在克孜星球推行这样的恶法,我们就会将他斩草除根,谁叫他这么蛮横不讲理。"

但人类毕竟是人类,不是克孜人。五百年来,这些法律执行得非常好。然而,两百年前的时候,出现了一些谣言,说生育管理局有欺诈行为。这个丑闻最后导致了生育控制法的巨大改变:

现在,任何人类都有权生一个孩子,不管他的基因情况如何。除此之外,符合以下条件的可以自动获得第二和第三个孩子的生育权:智商测试高分者;拥有某种实用的超自然力量者,如高原眼①或者绝对方向感，或者具有有利于生存的基因，如心灵感应能力、自然长寿、拥有完美的牙齿等等。

你也可以花钱买生育权，一百万星际币可以生一个孩子。为什么不呢？要知道挣钱的能力也是对生存有利的重要因素，这是久经考验了的。再说，这样也减少了行贿。

你还可以通过在竞技场上的竞争来获得生育权，只要你第一个孩子的生育权还没有用掉。胜利者将得到第二、第三生育权；失败者将失去第一生育权，还会失去他本人的生命。这样就扯平了。

"我在你们的娱乐节目上看过这种比赛。"动物对话官说，"我还以为他们是打着玩的呢。"

"不是，他们是当真的。"路易说道。蒂拉咯咯地笑起来。

"那生育权彩票又是怎么回事呢？"

"这玩意儿是近年来才有的。"涅索斯说，"尽管人类发明了'补生精'②来抗衰老，可地球上每一年死亡的人数还是比出生人数多……"

于是，每一年，生育管理局都会统计该年的死亡人数和移民到外星球去的人数，再减去那一年出生和移民到地球来的人数，得出多少，就做多少生育权彩票，放到新年这一天来卖。

任何人都可以购买生育权彩票。如果运气好的话，你可以生十个甚至二十个孩子——如果这叫好运气的话。甚至连罪犯也可以买生育权彩票。

---

①作者杜撰的一种超能力，具有这种能力的人可以让人对他视而不见，甚至感觉不到他的存在。第一个被发现有这种能力的人住在高原星球上，此超能力便因此得名。

②作者杜撰的一种可以延长人类寿命的药，是居住在金克斯星球的生物学家发明出来的。

"我本人有四个孩子。"路易说,"其中一个就是中生育权彩票出生的。如果你们早来十二个小时,就会见到其中的三个。"

"这听起来既奇怪又复杂。当我们克孜人的人口增长太多时,我们就……"

"你们就进攻离你们最近的人类世界。"

"根本不是这样的,路易。我们就自己人跟自己人打。我们的人口越稠密,一个克孜人冒犯另一个克孜人的机会就越多。我们的人口问题就是这样自行调节的,所以同一个星球上的人口数量从来也没达到过你们那种二乘以八的十次方①这个数量级!"

"我觉得我现在明白是怎么回事了。"蒂拉·布朗说,"我的父母都是中生育权彩票出生的。"她有点紧张地笑起来,"否则我是不会出生的。这么想起来,我的祖父……"

"你前面五代的祖先都是因为赢了生育权彩票才出生的。"

"真的吗? 这我都不知道呢!"

"相关资料记载得非常清楚。"涅索斯向她保证。

"问题依然没解决。"路易道,"那又怎么样?"

"那些傀儡师舰队的统治者认为,地球人的运气也是可以遗传的。"

"哈!"

蒂拉·布朗坐在椅子上,身子前倾,无比好奇的样子。毫无疑问,她从没见过一个疯了的傀儡师。

---

①原文"two times eight to the tenth"应该是"two times eight to the tenth power"的省略。数学上有"2×10 的 8 次方"的说法(two times ten to the eighth power),但没有"2×8 的 10 次方"的说法。作者这里可能是故意用这种错误的说法来嘲笑这个克孜人对数学的半懂不懂,也有可能克孜人使用的是八进制。

　　"想一想那些彩票,路易。想一想进化。七百年来,你们人类是按数字限制来繁殖的:每个人有两个生育权,一对夫妇两个孩子。时不时地,有人赢得第三胎的彩票,有人被拒绝生育第一胎,只要依据充分:糖尿病基因或诸如此类。但大多数的人类都有两个孩子。

　　"然后生育法变了。在过去的两个世纪里,在每一代人中有百分之十到百分之十三的人是因为赢得生育彩票出生的。什么决定了一个人可以存活下来并繁育后代? 在地球上,当然靠的是运气。

　　"而蒂拉是六代生育权彩票赢家的女儿!"

第三章　蒂拉·布朗

蒂拉止不住地咯咯傻笑。

"得了吧。"路易·吴道,"运气怎么遗传啊？又不像浓密的眉毛,靠控制基因就能遗传下去!"

"可你们人类的心灵感应能力却是可以遗传的。"

"这可不是一回事儿。心灵感应并不是一种超自然能力。在我们大脑右侧顶叶关于这种能力的功能区是清清楚楚的。只是大多数人的这部分大脑不起作用罢了。"

"心灵感应曾经被看作是一种超心理现象。现在你却说运气和它不一样。"

"运气就是运气。"此时气氛变得很滑稽,起码蒂拉觉得挺好笑。但是路易意识到了她没发觉的东西。那个傀儡师是当真的。"平均定律是来回摆动的。如果时机不利,你就出局了,就像恐龙一样。如果骰子落的正合你意,你——"

"有些人是可以控制骰子落下的方式的。"

"这么说我打了一个糟糕的比喻。重要的是——"

"是的。"克孜人发出隆隆的声音。如果他愿意,他的嗓音可以让墙壁晃动来，"重要的是，我们要接受涅索斯的选择。涅索斯，飞船是你的，你说了算。那么，我们的第四位队员在哪里呢？"

"就在这个屋子里！"

"该死的，等等！"蒂拉站了起来。银色的针织衫像真的金属那样在她那蓝色的皮肤上闪闪发光；她的头发被空调的风吹着，像一把流动的火焰，"这一切太荒唐了。我哪儿都不会去的。我为什么要去？"

"你另挑别人吧，涅索斯。符合条件的候选人一定会有上百万个。另找他人有什么难的？"

"没有上百万，路易。连续五代凭彩票出生的只有几千个，而且大多数人的电话号码或传送亭号码我们并不清楚。"

"然后呢？"

哒哒哒，哒哒哒。涅索斯开始在屋里走来走去。"这些人当中，很多人因为有明显的坏运气而被取消了资格。剩下来的那些我们又怎么找都找不到。打电话他们都不在，再打过去时，又全都连接不畅。你要找个勃兰特家族的人吧，南美洲的所有电话都响起来，很多人投诉我们。找人的过程中遇到了许多麻烦事。"

蒂拉说："你们还没告诉我你们要去哪里呢。"

"我不能说出我们目的地的名字，蒂拉。不过，你可以——"

"大忽悠！你连这个都不告诉我们？"

"你可以看看路易拿着的那张全息照片。这是目前我能提供给你们的唯一信息。"

路易把照片递给蒂拉，就是那张，上面有一个发出耀眼白光的圆盘，后面有一条淡蓝色的环带划过黑色的背景。她不慌不忙地端详着它;唯有路易注意到,愤怒的血液在往她的脸上聚集。

等她再开口说话时,她一字一顿地把字吐出来,就像吐出一粒粒橘核儿,"这是我听说过的最荒唐的事情。你期望路易和我跟着一个傀儡师还有一个克孜人闯到已知空间之外的地方去,而关于我们要去的这个地方,我们唯一知道的就是一段蓝色的环带和一个发光的亮点! 这也……太荒谬了!"

"我把这理解为你拒绝参加我们的探险。"

这个女孩的眉毛扬了起来。

"我必须得到一个直接的答复。相信我的代理人很快能定位另一个候选人。"

"是的。"蒂拉·布朗回答,"是的,我的确拒绝参加。"

"那么,请记住,根据人类的法律,你必须对你在这里知道的事情严守秘密。我已经给了你一笔咨询费。"

"我能告诉谁?"蒂拉戏剧般地大笑起来,"谁又会相信我的话? 路易,你真的会参加这个荒谬的……"

"是的。"路易已经在想其他的事情了,比如一个巧妙的方法,把她引出办公室,"不过不是此时此刻。派对还在进行着呢。你看,帮我做点儿事,行吗? 把音乐播放机从四号录像带换到五号录像带。如果有人问起我,你就说我马上出来。"

当办公室的门在她背后关上时,路易说:"帮我个忙,也是帮你自己的忙。让我来裁决哪个人类适合到未知空间探险吧。"

"你知道什么样的条件是最重要的。"涅索斯说,"我们至今还没有第二个候选人。"

"你有好几万个人选呢。"

"真没有那么多。好些人失去了资格;而其他的又找不到。

不过你可以告诉我,到底是在哪个方面,蒂拉不符合你自己的条件。"

"她太年轻了。"

"只有蒂拉这一代人,才有合格的人选。"

"运气也能遗传!算了算了,我不想跟你争辩这一点。我认识比你更疯狂的人类。有几个现在还在这里参加派对。这样吧,你就从为你自己好的角度考虑吧,她不是一个喜欢外星人的人。"

"她也不是一个憎恨外星人的人啊。她一点也不害怕我们俩。"

"她没有那种特质。她不是……不是……"

"她没有不安分的性格。"涅索斯说,"她满意自己的现状。这的确是一个不利因素。她没有欲求。可是我们怎么能确定呢? 我们又没问过她。"

"行了,你爱挑谁就挑谁吧。"说完路易大步走出了办公室。

他身后传来傀儡师的笛子般美妙的声音:"路易!对话官!有信号!我的一个代理人找到另外一位候选人了!"

"最好如此。"路易略带厌恶地说道。在客厅的那头,蒂拉·布朗正睁大眼睛看着另一个来自皮尔森的傀儡师。

路易慢慢苏醒过来。他记得自己是戴着助眠器入睡的,他还设定了一小时的通电量。这大概是一个小时以前的事了。在助眠器自动关掉以后,头上如果还戴着这东西就会很不舒服,那种感觉可以让他醒过来……

但是助眠器不在他头上。

他猛地坐了起来。

"是我把它摘了。"蒂拉·布朗说,"你需要多睡一会儿。"

"好家伙,现在几点了?"

"十七点多。"

"我真是个糟糕的主人。派对怎么样了?"

"就剩下二十个人了。不要担心,我跟他们讲我把你的助眠器摘了,好让你多睡会儿。他们都认为这是个好主意。"

"那就好。"路易翻身从床上站起来,"谢谢。我们去找那些还留下没走的人如何?"

"我想先跟你说几句。"

他又重新坐下。睡觉带来的昏昏沉沉的感觉慢慢消失。他问:"你想说什么?"

"你真的要参加那个疯狂的探险吗?"

"我真的要去。"

"我不明白为什么。"

"我的年龄是你的十倍。"路易说,"我不需要为生存而工作。我没有耐心当一个科学家。我曾经搞过写作,但后来我意识到写作是一件非常艰苦的工作,那是我万万没有想到的。我还能干什么呢?我只好使劲儿地玩。"

她摇了摇头,火光在墙上闪动。"可这看起来并不像玩啊。"

路易耸耸肩,"无聊是我最大的敌人。它害死了我的许多朋友,但它不能击垮我。当我感到无聊时,我会冒着生命危险到别处去。"

"但起码你也应该知道是什么样的危险吧,难道这不应该吗?"

"我这趟的报酬不少。"

"但你说你不需要为钱做事。"

"人类需要傀儡师族所拥有的技术。你看,蒂拉,你一直都有听说量子二号超光速引擎的事,对不对? 这是已知空间中唯一快于那三天一光年速度的飞船。它几乎比那个速度快四百倍!"

"谁要飞那么快啊?"

路易没有心思就银河系核心爆炸的事给她上一课,"我们还是回到派对上去吧。"

"不,等一下!"

"好吧。"

她的手很大。她有些不安地用细长的手指梳理着她那火焰般的头发,头发在她的梳理下反射出动人的辉光。"真该死,我把事情搞砸了。路易,你现在正在跟谁恋爱吗?"

这话很让他吃惊,"我不这么认为。"

"我真的长得很像宝拉·切伦科夫吗?"

在卧室半明半暗的光线里,她像是达利①画中那燃烧的长颈鹿。她头发闪闪发亮,如一束橘黄色的火焰,慢慢变暗,化为烟雾。在头发的光亮中,蒂拉身体的其余部分成了一个剪影,被头发上闪烁的光点勾勒出轮廓。但路易依着记忆将画面补充得更加细致:完美修长的双腿,圆锥形的乳房,精致美丽的脸庞。他第一次见她是四天前,当时她被特德龙·多希尼拥在臂弯里,他身材修长,是个"坠星者",特意赶来地球参加路易的派对。

"我还以为你是宝拉本人呢。"他这才开口说话,"她住在安抵星上,我就是在那里认识特德龙·多希尼的。我看到你时,以为是特德龙和宝拉坐同一艘飞船来了呢。

---

①萨尔瓦多·达利(1904-1989),著名的西班牙画家,因超现实主义作品而闻名。

"但仔细一看,我发现你们还是有差别。你的腿形更漂亮一些,但是宝拉走路的姿势更优雅。还有,我觉得,宝拉的脸……很冷。也许这仅仅是记忆中的感觉而已。"

门外传来阵阵电脑音乐,狂野而纯粹,要是没有电脑屏幕上高高低低的光柱,你会觉得它听起来很奇怪,像是缺点什么。蒂拉不安地挪了挪身体,火光的影子在墙上晃动着。

"你心里在想什么呢?请记住,"路易说,"那个傀儡师有好几千个候选人可以挑选。他们随时都有可能找到第四个人。然后我们就会出发。"

"好吧。"蒂拉说。

"那走之前,你会一直跟我待在一起吗?"

蒂拉点了点她那火焰般的头。

两天后,傀儡师又来了。

路易和蒂拉正坐在门外的草坪上,沐浴在阳光之中,极其认真地下着棋。路易刚才杀掉了她的一个马,现在正为此后悔。蒂拉一会儿用智力一会儿用直觉,搞得他无法猜透她下一步会怎么走,而她却大开杀戒。

她轻轻地咬着下唇,考虑着下一步。就在这时,服务机器人滑过来,冲他们发出当当的声音。路易看了一眼机器人身上的监控屏幕,只见两条独眼蟒蛇正从机器人的监控屏幕里往外张望。"把他带到这里。"他愉快地说道。

蒂拉一下子站了起来,动作很不优雅,"你们两个需要单独谈吧?"

"可以。你要干吗?"

"接着读我的东西去。"她用食指指着他说,"你不许碰棋盘哦!"

她在门口碰到正往里走的傀儡师，随意地跟他挥了挥手。涅索斯却一下子跳开六英尺远，闪到一边说："抱歉，"他像笛声一样的嗓音又响了起来，"你把我吓了一跳。"

蒂拉扬起一条眉毛，走进了房子。

傀儡师在路易身边停下，三条腿盘着坐下。他的两个脑袋一个盯着路易，另一个紧张地动来动去，还不停转着圈，将所有角落都扫视了一遍，"那女的会偷听我们讲话吗？"

路易显出很意外的表情，"当然啦。你是知道的，户外没有防窃探装置。你想怎么着吧？"

"任何人、任何东西都有可能盯着我们。路易，我们还是到你的办公室里去吧。"

"没天理啊！"路易对自己所待的地方感到很舒服，不想离开，"你的头能不能停下来，别转圈圈了？求求你，瞧你那副快要吓死的样子。"

"我是很害怕，尽管我知道我的死是微不足道的。每年有多少陨星坠落地球？"

"我怎么知道。"

"我们在地球上很靠近小行星带，随时都濒临灭绝。不过，这已经不要紧了，因为到今天我们还是没能联系上第四位队员。"

"太糟糕了。"路易说。傀儡师的行为让路易感到不解。如果涅索斯是人类就好了——但他不是。"我相信你还没有放弃。"

"对，我还没放弃，但我们在此事上的挫败很令人烦恼。过去的四天里，我们一直在寻找一个叫诺曼·海伍德的人，他的身份号码是'KJMMCWTAD'，他是一个理想的人选。"

"然后呢？"

"他的健康状况很好并且精力旺盛。他年龄是二十四又三分之一个地球年。他的六代祖先都是靠赢生育权彩票出生的。最难得的是,他很喜欢旅行;具有那种我们所需要的不安分的天性。

"当然了,我们想联系到他本人。这三天,我的代理人一直在一系列的传送亭里跟踪他,他一会儿在瑞士滑雪,一会儿在锡兰冲浪,又跑到纽约购物,一转眼又去了洛基山里或是喜马拉雅山里参加家庭派对,总是差一步就追上他。昨天夜里,我的代理总算追上他了,当时他正登上一艘飞往金克斯星球的客船。看着那艘应急船,我的代理有种天然的恐惧,他还没缓过神来,客船已经飞走了。"

"我也有过那样疯玩的日子。你就不能给他发送一个超波信息?"

"路易,我们这趟航行是需要保密的。"

"好吧。"路易看着涅索斯的一个蛇头不停地转圈,寻找着看不见的敌人。

"我们会找到的。"涅索斯说,"上千个候选人呢,哪会都永远躲着我们?你说他们会这样吗,路易?他们甚至都不知道我们在找他们嘛!"

"你一定会找到一个的。一定会的。"

"我祈祷我们找不到!路易,你看我怎么干得了这件事呢?我怎么能跟三个外星人一起乘坐一艘试验飞船?那船按设计只能坐一个驾驶员呢!这实在是疯了!"

"涅索斯,到底是什么让你突然心烦意乱?这趟旅行可完全是你的主意啊!"

"不是的。我得到的命令来自那些当权者,他们在二百光年以外的地方。"

"一定有什么吓着你了。我想知道到底是什么。你到底发现什么了？你到底了不了解这趟旅行的真正目的？是什么让你变成了这样？你头两天还有胆量在餐厅这样的公共场合侮辱四个克孜人呢！嘿，别这样，放轻松点儿！"

傀儡师把两个头和脖子都塞到两条前腿之间，整个身体缩成了一个球。

"行了行了。"路易说，"出来吧。"他用手轻轻抚摸着傀儡师的后脖子——那是唯一露在外面的部分。傀儡师整个身子都在战栗。他的皮肤很柔软，像麂皮一样，摸着很舒服。

"起来，别蜷在那儿。不会有什么伤害到你的。我会保护我的客人。"

傀儡师的恸哭声隔着他的肚皮传来，含糊不清，"我疯了，真的疯了！我真的侮辱了四个克孜人吗？"

"出来吧。没事的，在这里你是安全的。好好，这样好多了。"一个扁扁的头从热烘烘的影子里露出来，"你看，没事吧？这儿没什么可怕的。"

"四个克孜人？不是三个吗？"

"我错了。我数错了，是三个。"

"原谅我，路易。"傀儡师的另一个头也露了出来，至少头上的眼睛露了出来，"我的狂躁期结束了。我处在生理周期的抑郁阶段。"

"你可以做点什么改变这种状况吗？"路易不由想到，如果在某个危急关头涅索斯正好处在他糟糕的生理期，那怎么得了？

"我可以等它自己结束。我可以尽我所能地保护自己。我可以努力不让它影响我的判断。"

"可怜的涅索斯。你真的不知道什么对付它的新法子吗?"

"难道我知道的还不够多吗? 都多到会让任何一个心智正常的人感到害怕了!"傀儡师站了起来,有点摇晃,"为什么蒂拉还在这里? 我还以为她离开了呢。"

"是我让她留下来陪我的,直到你找到第四位探险队员为止。"

"为什么?"

路易也为此问过自己。这跟宝拉·切伦科夫关系不大。跟她分手之后,路易已经变了很多;再说他也不是那种只喜欢同一类型女人的人。

他的睡盘是双人的,不是单人的。但是派对上还有别的女孩……只是都不如蒂拉漂亮。睿智如老路易·吴,岂会仅被美貌诱惑?

她那一双平静的银色眼睛里,还有某种超乎美貌的东西,某种复杂而难以言说的东西。

"为了上床。"路易·吴回答道。他想起来自己是在跟一个外星人说话,他理解不了这么复杂的事情。他意识到傀儡师还在发抖,于是说:"到我的办公室去吧,就在山脚下,那儿没有陨石。"

傀儡师走了以后,路易去找蒂拉。他在图书馆里找到了她,她坐在一个阅读屏幕前,飞快地点击着显示屏幕上的阅读窗,那速度比擅于速读的人还快。

"嗨,"她打了个招呼,把画面固定后转过脸来,"咱们那位双头朋友还好吧?"

"他吓破了胆。把我搞得筋疲力尽。我一直在给一个皮尔森的傀儡师扮演精神病医师的角色。"

蒂拉的脸亮了起来,"跟我说说一个傀儡师的性生活吧。"

"我只是知道他被禁止生育。他为此很郁闷。如果没有某条法律禁止的话,他还是可以生育的。但除了这点以外,他绝口不谈这个话题。对不起。"

"哦,那你们都聊了些什么?"

路易挥了一下手,"他三百年来所受的创伤。涅索斯已在人类空间停留这么长的时间,他几乎记不得傀儡师的星球了。我有一种感觉,三百年来他一直生活在恐惧之中。"路易沉沉地坐进一个按摩椅。为了给这个外星人的情感和遭遇施以理解和同情,他已经耗尽了心思,用光了想象力。

"你呢?你在读什么?"

"核心大爆炸。"蒂拉朝阅读屏幕比画了一下。

屏幕上是无数的星星,一簇簇、一串串、一团团地分布着。你看不见漆黑的夜空,因为星星是如此之多。有可能这是一个群星密集的星云,但实际上并不是,也不可能是。天文望远镜看不到那么远,任何普通的太空飞船都抵达不了那里。

这是银河系的中心。横跨五千光年,在银河系旋涡的轴心处是一个布满恒星的紧密球状区域。两百年前,曾经有一个人到过那里,他驾驶的是一艘傀儡师制造的试验飞船。画面上出现的是红色、蓝色和绿色的星星,几乎全都重叠在一起了,红色的星星最大也最亮。在画面的中心有一块炫目的白色,其形状像一个膨胀的逗号,里面有着线状或点状的阴影;然而这白色亮块里的阴影却比外面所有的星星还亮。

"这就是你们需要傀儡师那艘船的原因。"蒂拉说,"对不对?"

"对。"

"那到底是怎么发生的?"

"那些星星彼此太靠近了。"路易解释道,"平均距离是半个光年。任何星系的核心情况都是这样。越靠近中心,星星之间的距离就越近。在一个星系的中心,星星之间靠得太近就会使彼此温度升高。温度越高,它们燃得越快,就老化得越快。

"一万年前,银河系核心的所有星星可能正好近到足够造成新星爆发。

"于是一颗星星爆炸,变成新星。它释放出大量热能和强烈的伽马射线,附近的星星就变得比原来更热。我想伽马射线也加剧了恒星的活动,于是邻近的几颗星星又爆炸了。

"那就是三波爆炸了。释放出来的能量加在一起又会导致更多的爆炸。这就是连锁反应,很快爆炸就停不下来了。那块白色的地方就是爆炸形成的超新星。如果你愿意,你可以在那盘录像带里找到相关的详细数据。"

"谢谢,不必了。"她说出——可以预料到的回答,"我猜炸到今天已经完事了吧?"

"是的。你看到的已是很久以前发出的光了,尽管它还没有抵达银河系我们这一头。那些连锁爆炸应该在一万年前就停止了。"

"那么,是什么让人们这么焦虑不安呢?"

"辐射。各种各样高速运动的粒子。"按摩椅开始让他觉得轻松起来;他让身子更深地陷进椅子那没有固定形状的大垫子里,让垫子起伏的波纹按摩他的肌肉,"我们这么看吧,已知空间是一个小泡泡,它是由离银河系轴心三万三千光年远的星星构成的。超新星爆发是在一万多年前,这就是说,大爆炸释放出来的合成冲击波前锋,大概两万年后可以到达我们这里,对吧?"

"对啊。"

"冲击波前锋之后,跟着还有一百万个新星释放出来的亚核辐射。"

"……这样啊。"

"在两万年之内,你曾听说过的和更多你未曾听说过的世界的人类都必须被疏散。"

"那可是很长的时间啊,如果我们现在就走,乘坐已有的那些飞船就行了,这不难啊。"

"动动脑子好吗? 如果靠我们那些普通的飞船,三天才能飞一光年,要到麦哲伦星云的话,大约需要六百年。"

"那他们可以每走一年左右就停下来……补给点儿食物,或者换换空气什么的嘛。"

路易大笑起来,"你去试试看能说服谁。你知道我是怎么想的吗? 中心爆炸的光芒终将照亮从我们这儿到银河轴心之间所有的尘埃星云,大概要等到那个时候,人类空间的每一个人才会突然感到惊恐万状。到那时,他们只有一个世纪的时间来撤离。

"傀儡师对此有正确的认识。他们派了一个人到银河系中心去调查,以此作为宣传噱头,因为他们需要筹集研究的经费。这个人发回来一些照片,类似我们刚才看的那张那样的。他还没有回来,傀儡师就撤走了;现在任何人类空间都没有傀儡师了。我们人类不会那样。是的,我们会等,一直等下去,当我们终于决定要离开时,我们得在很短的时间内将数万亿人全部运出银河系。因此,我们需要造出尽可能大、速度尽可能快的飞船,而且越多越好。所以我们现在非常需要傀儡师的那艘船,这样我们现在就可以动手改进它。然后——"

"好啦,我跟你去。"

路易的课才讲了半节就被打断了,他迷惑地说:"啊?"

"我要跟你一起去。"蒂拉·布朗回答。

"你是疯了吧!"

"你不是也要去吗?"

路易闭口不谈爆炸的事儿了。当他终于开口说话时,语气异常平静,"是的,我要去。但是我有理由,你没有。再说,我也比你命大,因为我已经活很久了。"

"但我比你的运气好。"

路易哼了一下。

"我去的理由也许没有你的好,但也足够了!"她的声音带着怒气,变得又高又尖。

"去你的那些没天理的理由。"

蒂拉手指点了一下那个阅读屏幕。一团膨胀的逗号形的新星光芒在她的指甲之下闪亮,"难道这不算是一个好的理由吗?"

"有你没你,我们都会得到傀儡师的那个超光速引擎的。你自己也听到涅索斯这么说了。像你这样条件的候选人有好几千个。"

"而我是他们当中的一个!"

"好吧,你是他们当中的一个。"路易动了肝火。

"该死的,你这么想充当保护人是为了什么?我叫你保护我了吗?"

"我道歉。我不知道我为什么想管你的事。你是一个自由的成年人。"

"谢谢。我决定参加你们的探险队。"蒂拉变得冷冰冰的,一副郑重其事的样子。

我到底是怎么回事?她是一个独立自主的成年人。我不但不能强迫她,而且对她指手画脚都是失礼的举动,况且(更重要的是)这么做根本不管用。

但她是可以被说服的……

"你往这方面想想怎么样?"路易说,"涅索斯对这趟旅行的目的地守口如瓶,这是为什么?他到底想掩盖什么?"

"那是他的事,不是吗?或许我们要去的那个地方有什么东西值得偷。"

"那又怎么样?我们要去的地方离这儿有二百光年之远。我们是唯一能够到那儿去的人,根本没必要保密。"

"那就是飞船本身需要保密吧。"

不管蒂拉多么与众不同,有一点是肯定的:她一点儿也不傻。路易自己还没有想到这一点。"你想想我们的探险队成员吧。"路易说,"两个人类、一个傀儡师、一个克孜人。我们当中没有一个是职业探险家。"

"我知道你想干吗,但实话跟你说,路易,我要去。我不相信你阻止得了我。"

"那么你至少也要知道自己是被扯进什么样的事儿里去了吧。为什么这个探险队的成员组成这么奇怪?"

"那是涅索斯的问题。"

"但我认为这是我们的问题。要知道,涅索斯是直接从那些当权者——傀儡师总部那里——得到这个命令的。我猜他直到几个小时前才搞明白了那些命令的真正目的。他现在吓得要死。在我看来,那些人就像是惜命的牧师大人,他们把咱们四个当成祭品,不管我们要去探什么险,最后得利的都是他们。"

他看到蒂拉听进去了,就继续往下说:"首先是涅索斯。假如说他疯狂到敢在一个未知世界着陆,那么他能不能生还呢?

那些当权者很想知道这一点。他们抵达麦哲伦星云之后，一定会在那里另建一个商业帝国的。这个商业帝国的顶梁柱当然是疯狂的傀儡师一族。

"接下来说说我们那个浑身是毛的朋友。他是出使到异族世界的大使，应该算是克孜人中最世故老练的人之一。但他是否已经成熟圆滑到可以跟我们这些人共事了？他会不会为了一点儿伸胳膊的空间和鲜美的肉食就把我们都杀了？

"再来说说你，还有你那假设有的运气。在我听过的事情中，这无疑是最没有实际意义的素质了。最后就是我，我是典型的喜欢探险的那种人。或许我会成为这个探险队的头儿也说不定呢。

"你知道我在想什么吗？"路易此刻高高在上地站在女孩的面前，斩钉截铁地把自己的话敲进女孩的脑子里，用的是他在七十五岁那年参加联合国竞选时掌握的演说技巧，尽管那次竞选失败了。他会真诚地否认自己有逼迫蒂拉·布朗的意图，但他还是想尽最大的努力说服她。"傀儡师并不在乎把我们送到哪个星球去。他们正在撤离银河系呢，怎么还会在乎这个呢？他们是拿我们这个小小的探险队做毁灭试验，仔细研究我们在死之前是如何互动的。"

"我认为那不是一颗行星。"蒂拉说。

路易火了，"该死的！这跟我刚才说的有什么相干？"

"是这样，听我说，路易，如果我们会因为去那儿探险而死掉，那我们最好还是先知道它是个什么东西。我认为它是一个太空船。"

"你爱怎么认为都可以。"

"那是一艘巨大的环带状太空船，其中有一个强大的冲压磁场吸收星际间的氢。我认为它被造出来是为了汇集氢,然后把氢输送到轴心作为核聚变的燃料。这样船就有了动力,还有太阳般的能量来源。接着,船就可以通过环的旋转获得离心力,然后给环的内侧盖上玻璃盖就行了。"

"嗯。"路易应道,心里想着傀儡师给他的那张全息照片上的奇怪图像。他几乎没花什么时间来琢磨他们要去的目的地,"可能吧,照你说的,这艘船又庞大又原始,还不太容易驾驶。为什么那些当权者会对它感兴趣呢?"

"它可能是一艘避难船。那些靠近银河系核心的太空生命可能比我们先观察到星体之间相互作用的过程,他们离那些恒星是那么近。可能在银河系核心大爆炸之前的几千年,当只有两三个超新星出现的时候,他们就预测出这种结果了。"

"超新星。可能……你把我的话题扯得太远了。我刚才在跟你说,我推测傀儡师在玩什么把戏。不管怎样,我还是要去的,就是为了好玩而已。到底是什么让你想去的?"

"核心大爆炸。"

"利他主义是很了不起,但你也没必要去为两万年之后的事情担心。再说个理由吧。"

"真见鬼!你可以当英雄,我也可以啊!而你对涅索斯的看法也不对。如果这是一个自杀式的使命,那他早就退出了。还有……还有,为什么傀儡师那么想要透彻地了解我们或者克孜人呢?他们拿我们做试验图什么?要知道,他们正在撤离银河系啊,这就意味着他们不会再跟我们有什么关系了。"

没错,蒂拉一点也不傻。但是——"你错了。傀儡师有足够的理由想把我们了解透。"

蒂拉用挑衅的眼神看着他。

"我们对傀儡师的迁徙了解得并不多,但我们确实知道每一个活着的、身体机能和心智正常的傀儡师都在迁徙。我们也知道他们是在以稍低于光速的速度迁徙。傀儡师很害怕超空间。

"听着,他们是在以稍低于光速的速度迁徙,这意味着他们要花八万五千年的时间才能到达小麦哲伦星云。他们抵达那里时期望看到什么呢?"

他向她咧嘴一笑,对她亮出谜底,"当然是我们啦,人类,还有克孜人,至少这样。可能还会看到科达特里诺人、皮尔林人和海豚等等。他们很清楚,我们人类会等到最后一分钟才开始撤离,我们一定会拼死逃命,我们一定会用超光速飞船,我们一定会比他们早抵达麦哲伦星云。等到傀儡师到达那个星云时,他们就不得不跟我们打交道……或者跟那些灭了我们的族类打交道。通过研究我们,他们可以得知如何置我们于死地。总之,他们太有理由研究我们了。"

"好吧。"

"那你还想去吗?"

蒂拉点点头。

"为什么?"

"这一点我不想告诉你。"蒂拉沉着镇定极了。对此路易还能做什么呢? 如果她还在十九岁以下,他可以给她的爸爸或者妈妈打电话。但二十岁她就算是成年人了。因此路易只能另寻办法。

作为一个成年人,她有选择的自由;她也有权让路易以礼相待;她的隐私是神圣不可侵犯的。路易只能劝说,但他的劝说失败了。

因此蒂拉根本不必做出下面这些举动——她突然拉起他的

手,微笑着,恳求着,说道:"带我去吧,路易。我是个有好运的人,我真的是这样的人。如果涅索斯没有选对人,你搞不好会孤枕难眠的。你一定会痛恨落得个孤家寡人的下场,我知道你一定会的。"

她把他难住了。他不可能阻止她登上涅索斯的船。尤其是她可以直接去找涅索斯说,那样他就更无法制止她了。

"好吧,"他只好说,"我们给他打电话。"

说实在的,他的确痛恨一个人睡觉。

第四章　动物对话官

"我想参加探险队。"蒂拉对着电话屏幕说。

傀儡师发出拖长了的低沉叫声："您可以再说一遍吗？"

"对不起，"傀儡师说，"请你明日上午八点整到澳大利亚的内陆基地报到。携带的个人行李重量不得超过五十地球磅。路易，你也一样。啊……"傀儡师仰头哭嚎。

路易急忙问："你是不是病了？"

"没有。我是预见到了自己的死亡。路易，我真希望你的说服力没有那么强。再见。我们在内陆基地见。"

屏幕黑了下去。

"看到没有？"蒂拉得意地笑道，"瞧你那了不起的说服力都换来了什么结果啊？"

"我和我那三寸不烂之舌……唉，我可是把我的口才用尽了。你要是死得很难看，可不要怪我啊。"

那天晚上，当他们合眼沉入梦乡时，路易听到她说："我爱你。我跟你去是因为我爱你。"

"我也爱你。"睡意蒙胧中，他也很有教养地回应道。但猛然间他回过神来,问:"这就是你没告诉我的那句话吗?"

"嗯哼。"

"你要跟着我跑两百光年就因为你不想离开我?"

"是啊。"

"卧室,光线强度,一半。"路易下令。昏暗的蓝光立刻笼罩了整个房间。

他们躺在悬浮睡盘^①上,二人相隔一英尺。为了准备去太空,他们洗掉了皮肤上的染色剂,还剪去了花哨的平地人发型。现在路易的白辫子变成了笔直的黑色发茬儿,头皮是灰色的。他现在有着棕黄色的皮肤和棕色的眼睛,眼角也不再明显地往上挑了。他的模样一下子发生了巨大的变化。

蒂拉的模样也发生了巨变。现在她的头发是黑色的鬈发,从脸庞两侧往后扎着。她有着北欧人的苍白肤色,椭圆形的脸上最引人注目的是那两只褐色的大眼睛和那张严肃的小嘴;她的鼻子小到几乎让人察觉不到。她浮在睡眠场上,就像浮在水面上的一滴油,轻盈极了。

"可你最远还没到过月亮呢。"

她点点头。

"我也不是什么情圣。这可是你自己跟我说的。"

她又点了点头。蒂拉·布朗不是沉默寡言的人。在这两天两夜里,她没有说过一句假话,也不曾隐瞒任何真相,甚至都没怎么回避过问题。路易早应该看出来她是这样的人。她跟他讲

---

①又称"悬浮睡眠场",是作者虚构的利用人造引力设计制造的一种睡床。人一躺上去它就会浮在空中。这种床既可以当单人床使用,也可以作为双人床使用。它比普通的床舒服,因为人在上面身体不承受重力。但它也不是一个完全的零重力场,它的中心设有一个特别的区域可以防止使用者掉下来。

了她最初的两个情人：一个跟她交往了半年就对她失去了兴趣；另一个是她的表哥，他后来得了个机会移民去了"看那山"①。路易几乎没跟她提自己的情史，她似乎也接受他对此缄口不谈。可她自己却无法沉默，她甚至还问了些最不该问的问题。

"为什么看上我呢？"他问道。

"我不知道，"她坦承道，"可能是你的魅力吸引了我吧。你是个英雄，你知道的。"

的确，他是最早接触外星种族的那批人里面唯一还活着的人。他会不会在泰诺克人的传奇里也占有一席之地呢？

他不满意蒂拉的回答，换了个方式继续追问："听着，我认识一个大情圣，他是我的一个朋友。谈情说爱是他的爱好。他还专门写书来讲这个。他有生理学和心理学的博士学位，在过去的一百三十年里他始终……"

蒂拉用手捂住了耳朵。"别说了，"她请求道，"别再说了。"

"我不过是不想让你客死他乡。你还太年轻。"

她露出满脸的迷惑，那种特别的迷惑，意思似乎在说，虽然他使用的是正确的星际语词汇，但词与词之间却完全没有丝毫逻辑。心如刀绞？客死他乡？她是听不懂这些的。路易暗暗叹了口气。"卧室睡眠中心节点合并。"他说完这个指令，悬浮睡眠场便立刻发生了改变。两人原本分别睡在两块平稳的力场上，四边有阻力，防止他们掉下去。此时阻力区逐渐靠拢，合并到了一起。路易和蒂拉顺着合并的方向一起滑落，滚到中间，抱在了

---

①作者虚构的人类殖民星球之一的"高原星"上的一座山，此处指代高原星球。作者在他1968年的小说《来自地球的一个礼物》(*A Gift From The Earth*)中交代，首位着陆高原星的飞船驾驶员第一眼看到这座山的时候说的第一句话是"看那个！"，这座山便因此得名"看那山"。

一起。

"我真的很困,路易。不过没关系……"

"进入梦乡之前想想探险期间咱们的隐私怎么办吧。太空船上可是很挤的。"

"你的意思是上了船我们就不能做爱了? 该死的,路易,我才不在乎呢,他们想看就看吧,反正他们是外星人。"

"我在乎。"

她又是一脸疑惑地看着他,"假如他们不是外星人,你也排斥吗?"

"是的,除非我们跟他们很熟。这让你觉得我是个老古董吗?"

"有一点儿。"

"记得我跟你说的那个朋友吗? 就是那个大情圣。哦,他有一个女同事。"路易说,"她教给我一些从他那儿学来的技巧。但得有重力才能做这个,"他补充道,"关掉睡眠场。"他话音刚落,重力就回来了。

"你想转移话题。"蒂拉说道。

"被你看出来了。好吧,我放弃。"

"好吧,但你要清楚一件事,只一件:你的傀儡师朋友想要的可能是四个不同种族的成员,而不是三个。你搂着的完全可能是一个泰诺克人,而不是我。"

"这主意可真吓人。现在,我们分三个步骤来做这件事,从跨骑体位开始……"

"什么是跨骑体位啊?"

"我来做给你看……"

黎明到来之前,路易始终对他们将一起旅行的事感到很高兴。可当他的疑虑再次出现时,一切都已经太晚了,是的,一切为时已晚。

"局外人"①都是情报贩子。他们高价买进情报,也高价售出情报,可他们一旦买下某个情报,就会卖给多方,因为整个银河系都属于他们的交易范围。在人类世界的所有银行里,他们都拥有几乎无限的信用额度。

他们可能诞生于某个巨大的气态行星的小型卫星上,那里气候寒冷,环境与海王星较大的卫星——利华特②类似。现在他们生活在群星之间,他们的家园就是一艘艘城市大小的太空船,这些船构造精细复杂、形态各异,有光子风帆,更有人类科学完全无法解释的发动机。只要哪个行星系有他们潜在的顾客,也有适合他们居住的空间,"局外人"就会在那里租下一个地方建贸易中心、休闲场所和供给区。五百年前,他们就租住过利华特。

"那儿一定是他们的主要贸易区。"路易·吴说道,"就在下面。"他一只手指着那里,另一只手搁在运输船的控制台上。

明亮的星光之下,是利华特上一片嶙峋的冰冻荒原。这里的太阳看起来就像一个白胖的圆点,明亮程度和满月差不多,照亮了一座矮墙构成的迷宫。能看到一些半圆形的建筑以及一群

①作者虚构的外星高智慧物种,是银河系中从事信息交易的和平商人,其祖先来自没有空气的寒冷小型星球。他们多数时候生存在城市般大小的太空船里,但如果某个星球有较多的客户,他们也会在那里租下地方居住和做生意,因此被称为"局外人"。他们长得像九尾鞭,可以在低重力环境里生存。他们也并非靠从食物中摄取能量维持生命,而是靠自身发电来获得能量。他们的寿命很长,至少能活两千年。

②又称"海卫二",海王星第三大卫星。

来往于地面和绕行轨道的小型穿梭飞船。这些飞船都靠推进器驱动,客舱朝太空敞开着。但总的来说,荒原一半以上都被矮墙占据着。

动物对话官庞大的身躯悬浮在路易身后。他说:"我想知道这些矮墙是做什么用的。防御?"

"这是他们的日光浴场。"路易说,"'局外人'以温差电维生。他们躺在这里,头沐浴在阳光中,尾巴藏在阴影里,头尾之间的温差就会产生电流。那些矮墙就是为了创造更多的阴影区而建的。"

十个小时的飞行让涅索斯平静了下来。他一溜小跑着在检查运输船的维生系统,这儿查查、那儿看看的,两个头和头上的眼睛不停地探向各个角落,沿途还不时回答问题、发表见解。他的压力服松松垮垮的,像充气不足的气球,在隐藏着大脑的地方加了一块衬垫,看上去倒是轻便舒服,只是他的空气和食物再生包小得令人难以置信。

起飞前,他一度表现怪异,让大家摸不着头脑。当时船舱里突然冒出音乐声,婉转动人,充满小调音乐的柔情,像是一台为爱情烦恼的电脑在幽怨地浅唱低吟。涅索斯吹着口哨。他有两张同时是手的嘴,神经丰富、肌肉灵巧。傀儡师简直就是一支移动的交响乐队。

他坚持让路易驾驶这艘船。他对路易无比信任,从他全程都没系安全带就可以看出来。路易怀疑这艘傀儡师制造的飞船有某种特殊的秘密装置,可以保护乘客。

对话官登船时携带了一个二十磅[1]的行李箱。箱子打开时,里面除了一个彻底坏了的微波炉,几乎什么也没有,他是为了加

---

[1]英美制重量单位,一磅合0.45359237公斤。

热肉食才带这个微波炉的。除了这个,还有一块生肉,是某种动物腰腿部位的肉,想必是来自克孜人的星球而不是地球。出于某种原因,路易以为克孜人的太空服会像笨重的中世纪盔甲。其实情况并非如此,他们的太空服是一个多气球综合体,后面配有一个极其笨重的背囊,外加一个鱼缸形状的头盔,里面有样子古怪的按键,可以通过舌头来控制。那个背包里倒看不出有什么显而易见的武器,但就是很像作战装备,涅索斯坚决要求他把背包取下来储存在安全的地方。

在整个飞行过程中,克孜人大多数时间都在睡觉。

现在所有人都站在路易身后张望着,视线越过他的肩膀。

"我把船停在局外人的船旁边。"路易说。

"别。把船往东边开。把我们的'大运号'①停在一个偏僻的地方。"

"为什么?难道局外人会监视你们?"

"不是这个原因。'大运号'用的是聚变引擎而不是推进器。它起飞和降落时产生的热量会惊搅到局外人。"

"为什么叫'大运号'?"

"这名字是贝奥武夫·谢弗②取的,他是唯一开过这艘飞船的智慧生命,现存的银心爆炸的全息照片也是他拍的。'大运'好像是个赌徒用的词?"

"或许他没指望自己能够回来。我得告诉你:我可从来没开过任何聚变引擎飞船。我的船用的是无反作用力推进器,就跟

①原文为"Long Shot",本义是"远距离射击"或"远距离投球",引申义为"风险大的赌注",相当于中文"撞大运"的意思。

②贝奥武夫·谢弗是作者杜撰的名字,但"贝奥武夫"这个名字与英国最古老的英雄史诗的主角同名。在该史诗中,贝奥武夫率领斯堪的纳维亚的武士远航,帮助丹麦王与恶龙作战。

这艘运输船一样。"

"你必须学会。"涅索斯说。

"等等,"动物对话官说,"我有驾驶聚变引擎飞船的经验。因此应该由我来驾驶'大运号'。"

"这不可能。驾驶座是按人类身体结构设计的,控制台也是按照人类习惯设计的。"

克孜人从喉咙深处发出一连串声音,表示愤怒。

"那儿呢,路易,就在前面。"

"大运号"看上去像是一个巨大的透明泡泡,直径超过一千英尺。路易引导运输船绕着这个庞然大物飞行,感觉船身上的每一立方英寸都是青铜色的机械装置,全是超空间并励电动机的部件。这艘船的船体是"众品四号",熟悉太空飞行器的人一眼就能辨识出来。因为这种船体实在太大了,一般只用来运载预制的移民定居点的。它看起来完全不像一艘太空飞行器,而是类似于某种巨型的原始轨道卫星,像是由一个资源有限、技术落后的种族制造的,恨不能利用上每一个丁点儿小的缝隙。

"我们坐哪儿?"路易问道,"顶层吗?"

"船舱在下层。请在船身曲面的下方着陆。"

路易把引导运输船降落在黑暗的冰面上,然后小心地在"大运号"鼓出来的船腹之下向前滑行。

"大运号"的生命维持系统上有灯光,光芒闪烁着透过船身。路易看见两个小小的房间,下面那间满满当当地刚好够放一张缓冲椅、一台质量指示器和以马蹄形排开的一组仪表盘。上面那间的空间也没大多少。他感觉到克孜人来到了他的身后。

"有意思,"克孜人说,"我猜路易会在下面那个舱,咱们三个得用上面那个。"

"是啊。在如此小的空间里安装三个缓冲椅,可让我们费了不少劲儿。为了最大限度的安全,每一个椅子都配置了一个静力场①。因为我们将待在静力场里,所以有没有活动空间倒无所谓。"

克孜人哼了一声,路易感到自己肩膀旁边空了。他让船再前进最后的几英尺,然后关掉了一系列的开关。

"我想声明一下,"他说,"蒂拉和我两人的报酬加在一起才抵得上动物对话官一个人的。"

"你希望再加点儿报酬? 我会考虑你的建议。"

"我想得到一个你们不再需要的东西,"路易对傀儡师说,"你们的人没带走的东西。"他抓住了一个讨价还价的好时机。他不指望自己的要求能得到满足,但这还是值得一试,"我想知道你们傀儡师曾经所在行星的位置。"

涅索斯的两个头摇摆得差点儿甩出肩膀之外,随即它们又合拢回来彼此面面相觑。他瞪着路易,好一会儿才开口问:"为什么?"

"很久以前,傀儡师世界的位置是已知空间中最有价值的秘密。为了保守这个秘密,你们的人愿意付一大笔钱作为封口费。"路易说道,"于是,那些想发横财的人搜遍了看得见的每一颗G级和K级的恒星②,到处寻找傀儡师的星球。甚至到现在,

①又称"奴役者静力场"。这项技术来自一个远古的外星文明——"奴役者帝国"(Slaver Empire),能制造一个使时间停滞的空间。静力场的表面像一面百分之百反射的镜子,场外的任何东西也不能影响到场内的东西;反之亦然。静力场可以为置于当中的物体提供完美的保护,能够避开几乎所有的危险,包括所有已知的武器、爆炸和碰撞。"大运号"上的三张座椅都配备了这样的装置,不管这艘飞船发生任何意外,待在静力场里的人都会安然无恙。

②20世纪初开始,天文学家按光谱给恒星分类,发黄色光的为G级恒星,发橙色光的为K级恒星。

蒂拉和我如果把这个信息卖给任何一家新闻机构,都还能挣上一笔。"

"但如果那个世界在已知空间之外呢?"

"哈,"路易说,"我的历史老师也曾经这么想过。即便如此,这个信息也是值钱的。"

"在我们向终极目的地出发之前,"傀儡师小心翼翼地说,"你会知道傀儡师世界的坐标的。我想你会觉得那个信息没什么用处,但可能会让你吃上一惊。"有那么一刻,傀儡师的两只眼睛再次互相对视。

然后他打破了短暂的沉寂,"我请你注意那四个圆锥形的突出物……"

"看到了。"路易已经注意到了,那些开口的锥形物在双层舱周围向外和向下凸出,"那些就是聚变发动机吗?"

"对。你会发现'大运号'跟无反作用力推进器飞船很像,只不过它没有内部重力。我们的设计师几乎利用了每一寸可利用的空间。有关这艘量子二号超光速飞船的驾驶,有一件事我必须预先提醒你注意……"

"我可有一把变量剑①,"动物对话官说,"我命令你们保持冷静。"

路易好一阵子才反应过来这话的意思。接着他缓缓地转过身,没有任何突然的举动。

克孜人站着,背靠一面弧形墙。他那爪形手握成拳头,拿着一个类似超大号跳绳柄那样的东西。克孜人极其熟练地将剑柄

①一种剑身细如金属丝的剑,它被包围在一个静力场中并被连接到剑柄上。这种剑锋利无比,轻而易举就能切断大多数物质,稍稍用力就能切开金属船壳。剑尖的末端有一个红色的小灯泡。不用的时候,细线可以收在剑柄中。

举到眼睛的高度,离把手十英尺远处有一个发光的小红球。连接小红球和把柄之间的线太细,根本看不见,但路易毫不怀疑它的存在。这细线被奴役者静力场保护着,因此笔直而锋利,可以切断大多数金属物质。如果这会儿路易想躲进缓冲椅,它也能切过椅背。克孜人挑了一个很有利的位置,可以向舱中的任何方向发起袭击。

路易看见克孜人脚下摆着的那块不明外星动物的腰腿肉已经被撕开,里面空空如也。

"我本来想用一种更仁慈的武器,"动物对话官说,"麻醉枪应该最理想。但我一时找不到,只好用这个。路易,把你的手从控制台上移开,背到椅子后面去。"

路易照他的话把手挪开。他想过怎么借助舱内的重力搞点儿小动作,但如果他真动手,克孜人一定会把他劈成两段。

"现在,如果你们都保持镇静,我会告诉你们接下来将发生什么。"

"这是怎么回事?"路易问。他还在寻找还击的机会。小红点是一个指示器,好让对话官看得见自己隐形利剑的末端。如果路易可以抓住剑刃的末端,而且在此过程中不让指头被割断的话——不可能。那个红点太小了。

"我的动机应该很清楚。"对话官说。他眼睛周围的黑色斑纹像是卡通片中匪徒的面罩。克孜人不紧不慢、不慌不忙,他站在一个别人无法攻击到的地方。

"我要让'大运号'掌控在我们克孜人的手里。有'大运号'作为样板,我们可以造出更多这样的船。如果人类没有获得'大运号'的图纸,这样的船会让我们在下一次与人类的战争中占有绝对优势。这下明白了吗?"

路易用嘲讽的语气说道："你该不是害怕去那个地方吧?"

"不是。"这句带侮辱的话被他当成了耳边风。一个克孜人怎么听得出讽刺呢?"你们现在全给我脱光衣服,这样我才能确认你们没有武器。你们脱光后,我会请傀儡师套上他的太空服。我将跟他一同登上'大运号'。路易和蒂拉留在这里,但我会把你们的衣服、行李和太空服拿走。我会让这艘船的运作系统失灵。毫无疑问,'局外人'会好奇你们为什么不返回地球。在你们的生命维持系统停止运作之前,他们会过来帮忙的。都听明白我的话了吗?"

路易·吴放下心来,随时准备抓住克孜人的闪失……路易用眼角瞄了一下蒂拉·布朗,他看到了恐怖的一幕:蒂拉正要朝克孜人猛扑过去。

动物对话官一定会把她劈成两截的。

路易必须先出手。

"别犯傻了,路易。慢慢站起来,移到墙那边去。你将是第一个——"

对话官的话说到半截儿,尾音变成了呻吟。

路易正要跳过去,却一时愣住了。

只见动物对话官橙色的大脑袋猛地往后一仰,像猫一样叫唤起来。这是一声近于超声波的尖叫。他双臂张开,仿佛要拥抱整个宇宙似的,手中变量剑的细线划过一个水箱,几乎没有减速。水开始从水箱的四面流了出来。对话官却毫无察觉。他对一切都视而不见、听而不闻。

"把他的武器拿走。"涅索斯说道。

路易开始行动。他小心翼翼地走近对方,想着如果变量剑劈来该往哪边躲。但克孜人只是轻轻地挥动它,像挥着一根乐队指挥棒。路易从克孜人手中夺过剑柄,奇怪的是,那只手毫无抵抗力。他碰了碰剑柄上的相关按钮,红色小点便缩回到了剑柄上。

"你留着。"涅索斯说。他用嘴衔住对话官的手,把这克孜人拖到了一张缓冲椅上。克孜人一点儿也不抵抗。他不再出声,眼神茫然,似乎在凝视远方,毛茸茸的大脸没有表情,有的只是平静。

"怎么回事?你干了什么?"

动物对话官彻底松懈下来,依然盯着远方,像猫一样发出咕噜噜的声音。

"看着。"涅索斯说。他小心地后退,离开克孜人的缓冲椅。他把两个头挺得又高又直,似乎在瞄准什么目标,同时两只眼睛始终盯着克孜人不放。

突然克孜人的双眼恢复了聚焦,从路易、蒂拉、涅索斯身上一一扫过。动物对话官发出阵阵痛苦的哀号,坐直身体,然后说起了星际语:

"真舒服啊,真舒服。我真希望……"

他停了一下,又接着说:"不管你刚才做了什么,"他对傀儡师说,"都不要再做了。"

"我早看出你是个狡猾的家伙。"涅索斯说,"我的判断是准确的。只有狡猾的家伙才害怕塔斯普。"

蒂拉惊叹道:"啊!"

路易说:"塔斯普?"

傀儡师对动物对话官说:"你要明白,一旦你欺人太甚,我就会动用塔斯普。也就是说,只要你让我感到焦虑不安,我就会用一下。如果你老想尝试暴力,或者经常惊吓我,你就会变得对塔斯普上瘾,离不开它了。塔斯普已经植入我体内,你只有杀了我才能得到它,但就算你能得到它,你还是会受到它的束缚控制,那会很可怜。"

"够精明的。"对话官说,"非常出色的非正统战术。我不会再找你麻烦了。"

"没天理啊!谁可以告诉我塔斯普是个啥玩意儿?"

路易竟然对此一无所知,这让所有人都感到吃惊。还是蒂拉回答了他的问题,"是一种刺激大脑快乐中枢的东西。"

"隔着一段距离也能用?"路易甚至都不知道这玩意儿在理论上是可行的。

"当然。它的功能就跟电流接通到连线大脑一样;只是你根本不需要在脑袋里接一根电线①。一般说来,塔斯普这种装置很小,可以一只手握着瞄准。"

"你被塔斯普击中过吗?当然,我问这个有点儿不太礼貌。"

他的审慎让蒂拉露齿一笑,带几分嘲弄的意思,"是的。我知道那是什么滋味。那感觉是一阵……唉,我无法描述那种感觉。但你不能把塔斯普用在自己身上,你只是用它来对付一个毫无防备的人,而这正是它好玩的地方。警察经常会在公园里抓到使用塔斯普的人。"

"你们的塔斯普,"涅索斯说,"只能往大脑的快乐中枢输入不到一秒钟的电流。我的大约可以输入十秒钟。"

从刚才动物对话官身上所产生的效果来看,其效果是多么可怕。可是路易看到的却是另一层意思,"哇,这太美妙了、太可

---

①指代电流上瘾者,这样的人头部有一根导线植入,与大脑的快乐中枢直接连接。通过转换器,大脑连线者可以接通电源使电流直接刺激大脑的快乐中枢,给自己带来无法控制的快乐。参看作者的另一著作《环形世界工程师》。

爱了！除了傀儡师,谁还会随身带着一种让敌人舒服的武器?"

"有谁害怕享受太多的快乐?除了有自尊的聪明人。傀儡师说得一点没错,"动物对话官说,"我不会冒再次被塔斯普击中的危险的。傀儡师多来几下塔斯普就会让我沦为他意志的奴隶。我是一个克孜人,怎能沦为一个食草动物的奴隶?!"

"我们上'大运号'吧。"涅索斯郑重其事地宣布,"这些鸡毛蒜皮的事已经浪费我们太多时间了。"

路易首先登上了"大运号"。

正如他预料的那样,走下运输船的时候,他的脚在利华特的岩面上"翩跹起舞"。路易知道怎么在低重力环境下移动脚步。但是他的后脑却愚蠢地以为,当他进入"大运号"那密封不透气的舱中时重力会改变,并为此变化做了准备。不过,舱里并没有预期的重力,他跟跄了一下,差点儿摔跤。

"我知道从前可是有重力的。"他边发牢骚边走进舱里,"……啊哦。"

"舱内很原始。到处都是硬硬的直角,随时都会碰到膝盖、胳膊肘,每样东西都是不必要地笨重,各种仪表盘也安得完全不是地方……"

比状态原始更糟糕的是,舱室太小。在制造"大运号"时,曾经将船舱内部设置成了有重力的环境;但是,就算这船有一英里宽,里面却连放机器设备的空间都不够,驾驶员的空间小得可怜。

驾驶舱里有仪表板、质量指示器、一个自动厨房①、一张缓冲椅。缓冲椅后面有一点儿空间,那里可以挤进去一个人,不过他

①一种可以用基本的化学元素制作出各种各样食物的高级尖端技术系统,是太空船生命维持系统的一部分。

的头就得顶着低矮的天花板。路易用劲把身体挤进去,拿出克孜人那把变量剑,打开三英尺长。

动物对话官上了船,有意识地放慢动作。他经过路易时没有减慢动作,径直爬进了路易头顶上的舱室。

顶上的舱室曾经是驾驶员的单人活动室。里面的健身器材和阅读屏幕都被拆掉了,安上了三张崭新的缓冲椅。对话官爬上了其中的一张。

路易跟着他爬上了梯子。他单手扶着梯子,另一只手拿着那把变量剑,尽量不让它太惹眼。然后他猛地把克孜人缓冲椅的盖子扣上,并扳起一个闸刀开关。

缓冲椅变成了一个镜面蛋形罩。在罩子里面,时间将会静止下来,除非路易把那个静力场关闭掉。如果这艘船不幸撞上反物质小行星,它的“众品”船壳或许会被离子化,但克孜人缓冲椅上的镜面却不会有丝毫的划伤。

路易松了口气。所有这一切就像一种仪式般的舞蹈,但它的目的再实际不过了。克孜人太有理由劫持这艘船了,塔斯普也无法保证他会放弃这想法。他不会放过一切机会的。

路易回到驾驶舱,把他的压力服与太空船的电路接通,说道:“咱们上路吧。”

大约一百个小时之后,路易·吴已经飞到了太阳系之外。

第五章　玫瑰花形的行星舰队

在多维空间的数学模型中存在着奇点。按照爱因斯坦的理论，每一个质量足够大的天体周围都有这样的奇点，即黑洞。飞出黑洞的飞船都以超光速飞行，但只要它们飞入黑洞就会消失。

现在"大运号"距离太阳系有八个光时①，早已远离太阳的黑洞。

现在路易·吴处于失重状态。

他感到性腺紧绷，横膈膜很不舒服，胃也让他难受得想打嗝。这些不舒服的感觉总会过去的。现在他有一种矛盾的冲动，想要飞起来……

他曾有过多次失重状态的飞行经验，都是在"出游旅馆号"巨大的透明泡泡里绕着地球的卫星—月亮飞行。而此时在这儿，如果他不小心，哪怕挥下手都可能碰坏某样生死攸关的东西。

他让飞船达到两倍的重力加速度。五天来，他一刻也没有离开过这个驾驶员缓冲椅，工作、吃、睡都在上面进行。尽管缓冲椅设计得优良先进，他还是把自己搞得又脏又乱；尽管睡了五十个小时，他还是感到疲惫不堪。

①光在一小时中所经过的距离。

路易感到他的前景不妙,这趟探险很可能凶多吉少。

深空的景象跟月球上看到的夜空没有多少区别。在太阳系里,肉眼并不能看到多少行星,只能看到一颗特别明亮的恒星在银河系南端闪烁,那便是太阳。

路易启动飞轮控制,"大运号"旋转起来,只见无数的星星从他脚下飞速掠过。

27,312,1000——路易把涅索斯的缓冲椅罩盖上之前,涅索斯给了他这些坐标。这就是傀儡师迁徙的位置。现在路易意识到,这位置既不在大麦哲伦星云,也不在小麦哲伦星云的方向。这傀儡师没说实话。

不过,路易又想,那地方在两百光年之外,并且它在银河系的轴线方向上。很可能傀儡师是沿着一条捷径撤出了银河系,然后再在银河系平面的上方飞行,从那儿飞到小麦哲伦星云去。这样,他们就可以避开各种星际的碎片:恒星、星尘、氢富集区域……

所以也没有什么大不了的。路易像一个即将开始演奏的钢琴师那样,双手在仪表板上举着。

他把手放了下来。

"大运号"消失得无影无踪。

路易尽量不让自己去看那透明的地板。他已经不再琢磨,为什么这一大片瞭望窗没有任何遮挡。曾经很多正常人都因为受不了超空间盲点的现象①,好端端地就疯掉;但居然也有人能

---

①指人类(包括其他外星种族)在超空间旅行时产生的幻觉和心理现象。例如,一个人从窗口望出去看超空间,会看到邻近的墙壁和物体都无限拉伸直到完全覆盖住窗外的景象,因而产生非常令人不安和害怕的心理感受,一些人还会因此疯狂,他们被认为具有"盲点恐惧症"。因此,太空飞船一般是没有窗户的。

受得了。"大运号"当初的驾驶员一定就是这样的人。

他只好看着那个质量指示器:这是一个透明的球体,放在仪表板上方,球的中心发散出来一些蓝色的线条。这是个特大号的,尽管驾驶舱的空间这么有限。路易将身体往后靠,双眼直盯着那些线条。

很明显它们在变化。

路易可以盯住一根线条,看着它慢慢地经过球的曲面。这实在是非同寻常,令人不安。在正常的超空间飞行速度下,这些线条通常会保持几个小时不动。

路易把左手放在紧急开关上。

他右侧的自动厨房槽送出来一份咖啡,味道怪怪的。之后是手抓食物,但到他手里时都散开了,分成不同的层次,肉、奶酪、面包和不知是什么的菜叶子。这个自动厨房的菜单一定是几百年前的了,需要重新设定。质量指示器中的线条突然变大,就像手表上的秒针那样扫到球的顶部,然后又缩回去,什么也看不到了。球的底部有一根模糊的蓝线变得越来越长……路易猛地拉下紧急开关。

一颗陌生的红色巨星正在他脚下闪闪发光。

"太快了。"路易大叫,"太他妈快了!"在任何普通的船中,只需要每六个小时检查一下质量指示器就行。但在"大运号"上,你要始终盯着它看,几乎连眨一下眼都不敢。

路易目光向下,看着那轮明亮、模糊的红色圆盘。它的周围是灿烂的星空。

"没天理啊!我已经在已知空间之外了!"

他转动方向找着星星看。一片陌生的星空像河流一样在他脚下奔流而过。"它们是我的,全都是我的!"路易大声欢呼,两只手掌互相摩挲着。以前到太空休假时,路易·吴经常这样自己找乐子。

那颗红巨星又回到他的视线中,路易把船又转了个九十度。他之前把船开得离那颗星太近,现在不得不绕着它飞了。

他绕着那红巨星飞了一个半小时。

重新调回超光速时,已经过了三个小时。

那些陌生的星星并不使他烦恼。在地球上,城市的灯光淹没了大多数星星的光芒,作为在地球长大的平地人路易,直到二十六岁才第一次看到星星。他检查了一下质量指示器,确认飞船是在开阔空间,周围没有其他星体。他关上仪表板的盖子,终于可以舒展一下身体了。

"哇,我的眼睛像是煮熟的洋葱,软塌塌、火辣辣的。"

他把自己从缓冲系统①中放出来,漂浮着,左手不停做着伸缩动作。在三个小时的飞行里,他的左手一直抓着超空间引擎的开关,从肘部到指头都麻木了。

天花板下悬挂着绳梯,那是用来做静态力量锻炼②的。路易去试着拉了几下。左手肌肉的麻木感稍稍缓解了些,但他仍感到疲惫。

嗯,要不要去把蒂拉弄醒?现在去跟她聊聊倒是不错。真是个好主意。下次我到太空休假的时候,我会带个女人一起去,然后把她放在停滞场里,这是两全其美的好事。但他看了看自己,觉得自己就像是刚从被水淹了的墓地里冲出来的一样,没法充当优雅的伴侣。唉,算了吧。

---

①一种安装在太空飞船上、保护坐在里面的人在碰撞中能保持静止不动的力场,即第四章中的"停滞场"。

②即"不动的运动",如双手在胸前相握用力互推,双手扶在墙上用力推等。

他不应该让她登上"大运号"的。

这可真的不是为他自己考虑啊！其实,她能留下来跟他度过两天的销魂时光,路易已经感到满足了。这就像是路易·吴和宝拉·切伦科夫的故事,这回重写了一个幸福的结局。或许他和蒂拉的故事还要更好些。

不过蒂拉身上还是有些肤浅的地方,这跟她的年龄无关。路易的朋友有各种年龄段的,而某些年纪最轻的反倒很成熟——毫无疑问他们吃过很多苦。似乎受伤害是学习过程的一部分。恐怕就是这么回事吧。

不过,蒂拉的问题在于缺乏同情心,缺乏理解别人痛苦的能力……不过她倒是能够感觉到别人的快乐,对快乐有反应,也能让人快乐。她是一个绝妙的情人:美丽得令人心痛,对爱这门艺术还是个新手,性感如猫,又惊人地无拘无束……

但这一切不代表她有资格当探险队员。

蒂拉一直过着幸福而单调的生活。她曾两次坠入爱情,两次都是她先对对方感到厌倦。她从来没有经历过压力很大的糟糕情况,也从来没有真正受过伤害。可想而知,有朝一日,当她遇到真正紧急的情况时,一定会惊慌万分。

"但我挑她是来做我情人的,"路易对自己说,"该死的涅索斯!"如果发现蒂拉时她正处在一种紧张压力之下,那么涅索斯就会把她当作没有好运的人而不要她了。

把她带上这艘船是个错误。她将会是个负担。很可能当他需要保护自己时,却必须花更多的时间去保护她。

他们会遇到什么样的危险状况呢?傀儡师是精明的生意人,他们绝不会多付报酬。而这趟探险的报酬却是"大运号",如此高昂的报酬,闻所未闻。路易有些担心他们是否真能挣到这艘船,想到这里,不由得打了个冷战。

"今天就到此为止吧。"路易对自己说道。

他坐回到自己的缓冲椅,戴上助眠器睡了一个小时。醒来时,发现飞船行驶出了超空间,他赶紧调整航线,回到超空间的盲点世界里。

离开太阳五个半小时后,他又从超空间掉出来。

傀儡师给他的坐标是从太阳方向看过去的一块小小的方形天空,再加上这个方向的径向距离上延伸出的一段。也就是说,那些坐标划出了边长为半光年的一个立方体区域。在这个立方体内的某处,应该就有一支飞船的舰队。同样在这个立方体中,还有路易·吴和"大运号",除非仪表板出差错了。

他身后很远的地方,是一个群星构成的泡泡,其直径大概有七十光年之长。已知空间看起来是那么小,非常遥远。

这样寻找飞船舰队是毫无意义的。路易不知道该找什么。他去叫醒涅索斯。

涅索斯正用牙齿咬住一个健身单杠,他从路易的肩膀望过去,说:"我需要某些星星做参照点。对准那个发着绿白光的巨星,让它显示在望远屏幕上……"

驾驶舱拥挤起来。

路易俯身护着仪表板,以防傀儡师的蹄子不小心踢到哪个开关。

"快光谱分析……对,对。现在对准两点钟方向的蓝黄色双星……"

"我有方位了。转到348,72。"

"我到底该找什么,涅索斯?是一团聚变火焰吗?不对,你们用的是推进器。"

"你必须用望远显示器。你看到就知道是什么了。"

望远显示屏上是许多不知道名字的星星。路易把放大器的倍数加大，直到……

"五个点构成的一个正五边形，对吗？"

"对，那就是我们的目的地。"

"好极了。让我看看距离有多远。天啊！搞错了吧，涅索斯？它们太远了。"

涅索斯沉默不语。

"反正，它们不会是飞船，即使测距表失灵了，我也能看出这点。傀偬师的舰队一定是以亚光速在行进。我们应该看到他们的动向。"

太空中有五颗暗淡的星星，它们构成了一个正五边形。它们在五分之一光年远的地方，所以肉眼很难看到。在目前望远屏幕的放大倍数下，它们应该已经是全尺寸的行星模样。在显示屏中，有一颗的颜色稍微淡一些，没有其他的那么蓝。

一个克姆佩勒雷尔玫瑰花形[①]。好奇妙啊。

把三个或更多个等质量体分布在一个等边多边形的顶点上，并让它们相对于质量中心的角速度相等。

这样这个图形就有了稳定平衡。那些质量体的轨道可以是圆形或者椭圆形。中心可以有另外一个质量体，也可以是空的，

---

①此处原文为"Kemplerer rosette"，是"Klemperer rosette"（克勒姆佩雷尔玫瑰花形）的误拼，也可能是作者有意为之。克勒姆佩雷尔（1893~1965）是德国物理学家，他于1962年发表论文讨论物体（比如行星或者卫星）绕一个质量重心旋转的问题，提出三个或多个质量相等、间距相等、在同一轨道上运行的星体能形成的稳定对称排列，后来物理学界就把这种对称排列的格局叫作"克勒姆佩雷尔玫瑰花形"。

这没关系。这个图形是稳定的,就像一对特洛伊点①。

让一个质量体被特洛伊点俘获不难,有几个简单的途径(想想木星轨道上的特洛伊点小行星),但要让五个质量体正好构成一个克勒姆佩雷尔玫瑰花形,却不容易。

"这太疯狂了!"路易喃喃自语,"绝无仅有。从来没有人看见过一个克勒姆佩雷尔玫瑰花形……"他的声音渐渐低下来。

在那些行星之间,是什么照亮了它们呢?

"哦,不,你别告诉我……"路易·吴说道,"我才不相信呢!你把我当成白痴了吗?"

"你到底不相信什么?"

"这么没天理,你他妈的当然知道我不相信的是什么!"

"随你便。那就是我们的目的地,路易。如果你能把我们开到那附近,他们将派一艘船过来与我们同步前进。"

接应船用的是"众品三号"的船身,一个两头圆、腹部扁平的圆筒,通身涂成触目惊心的粉红色,一个窗户也没有。看不到发动机的孔径。这船使用的一定是无反作用力引擎,属于人类生产的推进器,或是某种更先进的东西。

按照涅索斯的要求,路易开始调整船速。"大运号"单靠核聚变引擎,需要几个月的时间才能把速度调整到跟傀偏师的"舰队"速度一样。但傀偏师的接应船不到一个小时就把速度调整到与"大运号"一致,眨眼间就出现在"大运号"的旁边,一条玻璃

①即拉格朗日点,指一个小物体在两个大物体的引力作用下,能够在空间中相对于两大物体基本保持静止的一点。这些点的存在由法国数学家拉格朗日于1772年推导证明的。德国天文学家马克思·沃夫发现,在木星轨道上,位于木星前后相对于太阳各六十度的位置,聚集着四千余颗小行星,彼此保持稳定的位置跟木星一起运转而互不相撞。这些小行星皆以特洛伊战争英雄取名。这里所说的这对特洛伊点是指木星拉格朗日点的L4和L5区域。

蛇一样的连通管已经伸向"大运号"的气密舱[①]。

下船会有点儿问题。没有足够的空间可以同时将全部船员从停滞场中放出来。更重要的是,这可能是动物对话官劫船的最后一次机会。

"你觉得他会臣服于我的塔斯普吗,路易?"

"不会。我觉得他还会再冒一次险来偷这艘船的。我跟你说我们最好……"

他们切断了仪表板和"大运号"的核聚变引擎之间的连接。这点儿故障那个克孜人不是不能修好。只要有时间,任何具有机械直觉的工具制造者都可以修好这点儿故障,但是他可能不会有这个时间……

路易看着傀儡师涅索斯走进管道,他背上扛着对话官的宇航服,眼睛紧闭着。好可惜,因为眼前的景象是那么壮观。

"又要经历失重状态吗?"蒂拉打开缓冲椅时叫道,"我感觉不太好。你带我下去吧,路易。怎么回事? 我们到了吗?"

路易带着她走到气密舱,同时跟她讲了一些细节。她听着,但路易猜她的注意力都集中在自己的胃部。胃里翻江倒海的,使她难受极了。"另外那艘船是有重力的。"路易安慰她。

她看到那个小小的玫瑰花形了,那是路易指给她看的。这个由五颗星星构成的五边形,现在用肉眼就能看得见。她满眼疑惑地转过身来。这个动作影响了她内耳的半规管[②]。就在她冲进气密舱前的一瞬,路易发现她的表情突然大变。

她表情改变有两个原因:克姆佩勒雷尔玫瑰花形是一个,失

---

①飞船上的重力过渡舱,用来帮助乘客在两个重力不同的空间之间转换和过渡。

②人和脊椎动物体内维持身体姿势和掌握身体平衡的内耳器官。

重导致的恶心是另一个。路易看着她飘远,衬着陌生的星空。

路易打开克孜人的缓冲椅罩说:"别做任何吓人的事,我可有武器。"

克孜人橘红色的脸上的表情没有丝毫变化,"我们到了吗?"

"到了。我已经切断了核聚变引擎的线路。你没时间把它重新连接上的。还有一对红宝石激光器随时待命。"

"你觉得我会开着超光速引擎飞船跑掉?不会的,我才不会那么干。我们一定是在一个奇点里。"

"你会大吃一惊的。我们是在五个奇点里。"

"五个?真的?可你却骗我说是有激光,路易,你真不要脸。"

还好,那克孜人还算是心平气和地从缓冲椅里出来了。路易跟着他,手里拿着那把变量剑,保持着警惕。走到气密舱时,克孜人猛地停下脚步,他看到那越来越大的五星多边形,一下子愣住了。

他从来没有见过比这更棒的景致。

"大运号"已关闭超光速引擎,滑行着停在了傀儡师"舰队"前方半个光时的位置:大约比地球和木星之间的平均距离稍微短一点。但是那个舰队正以快得可怕的速度前进,仅仅比自己舰队发出的光线慢一点点。所以抵达"大运号"上的光来自比舰队更远的地方。"大运号"停下来跟接应船对接的时候,那个玫瑰花形还太小,肉眼看不见。蒂拉离开气密舱门时,它才勉强可以看见,可现在它却大得令人惊叹,而且每时每分都在以惊人的速度变大。

那是一个由五颗浅蓝色的点构成的五边形,在空中扩散、变大、扩散……

有那么短暂的一瞬,"大运号"被那五个星体世界环绕着,但很快它们又不见了,不是渐渐地离去,而是突然消失,它们那渐暗的光芒变得发红,眨眼就消失得无影无踪。这时动物对话官夺走了变量剑。

"你这个骗子!"路易大声骂道,"难道你没有一点好奇心吗?"

克孜人想了想,"我当然有好奇心,但我的自尊更重要。"他将细线般的剑刃收回手柄,把变量剑交还给路易,"威胁就是挑战。我们可以走了吗?"

傀偏师的接应船是一艘机器人飞船。过了气密舱和生命维持系统之后,就只是一个大大的舱室,里面有四张缓冲椅,每一张都不一样,设计上充分考虑到乘客的不同情况,它们围着一个茶点台,面对面地安置着。

一个窗户也没有。

这船倒是有重力,这让路易松了口气。但它不太像地球那种重力;里面的空气也不太像地球上的空气。空气的压力有点儿过高,也有点儿气味,倒不是难闻的那种,只是怪怪的。路易闻到臭氧、碳氢化合物,还闻到傀偏师——许多的傀偏师——的气味,以及他根本不指望能够分辨出的其他气味。

整个舱室没有一点儿带棱角的东西。圆弧形的墙面跟地板和天花板合为一体;那几张缓冲椅和那个茶点控制台也都是快融化了的样子。在傀偏师的世界里,没有一样东西是坚硬、尖锐的,也没有任何东西可以让人出血或导致瘀青。

涅索斯懒洋洋地躺在他的缓冲椅里,像浑身没有骨头似的,看上去舒服得一塌糊涂,样子十分可笑。

"他不会说的。"蒂拉笑着说。

"当然不会。"傀儡师说,"否则你们到的时候,我又得重新讲一遍。毫无疑问,你们一定在好奇——"

"这个飞行的行星世界是怎么回事?"克孜人接了一句。

"还有克姆佩勒雷尔玫瑰花形。"路易说。这时传来一阵几乎难以察觉的嗡嗡声,船开始动了。他和对话官把行李放好,跟其他两位一样坐进了缓冲椅。蒂拉递给路易一个饮料球,里面是红色的果汁。

"我们还要坐多少时间?"他问傀儡师。

"还得一个小时才能登陆。到了就会有人告诉你最后目的地的信息了。"

"一个小时够了。现在告诉我们吧,为什么是飞行的行星世界?像这样随便把居住的世界拉着到处跑,好像有点儿不安全啊。"

"噢,路易,这是很安全的!"傀儡师无比认真地说,"比如说,它比这艘飞船安全多了,而这艘飞船跟人类设计的多数飞船比,都算非常安全的。迁移整个星球世界,我们已经演习过很多次了。"

"演习?!那能怎么演习?"

"要解释这一点,我必须得先说说热量……以及人口控制问题。你们不会觉得尴尬或者被冒犯吧?"

大家都表示不会。路易能够一本正经地不笑出来,但蒂拉做不到,她大笑起来。

"你们得知道,人口控制对我们来说是件非常困难的事。只有两种方法可以避免生孩子:一是做个大手术;二是彻底禁欲,戒除性行为。"

蒂拉感到非常震惊,"这也太可怕了!"

"做手术是为了给性交造成障碍。别误解我的意思。也就是说，做手术不是禁欲的替代，而是强迫执行禁欲。在今天，这种手术可以逆转，但在过去是不可能的。我们的族类中很少有人愿意做这种手术。"

路易吹了个口哨，"我应该想到这点。这么说，你们的人口能否得到控制完全取决于意志力了？"

"没错。禁欲会产生一些令人不愉快的副作用，在这点上，我们跟大多数的族类是一样的。其结果照例就是人口膨胀。五十万年之前，我们的人口按人类的计数法，就已经达到五千亿了。按克孜人的计数法——"

"我的数学很好。"克孜人打断他的话，"但这些问题似乎跟你们那舰队没有什么关系。"他不是在抱怨，只是发表他的看法而已。对话官从茶点台取出一个为克孜人设计的双耳大肚酒壶，里面装着半加仑的酒。

"有关系，对话官。五千亿个文明生命必然产生出大量的热，这是他们文明的副产品。"

"你们在那么久以前就进入文明阶段了吗？"

"那当然。什么样的野蛮文化能够支撑如此庞大的人口？我们很久以前就把耕地耗尽了，只好将我们星系中的两个行星改造成农业基地。为了这个目的，我们又不得不把它们移到靠近我们太阳的地方。你们现在明白了吧？"

"那是你们第一次移动星球。你们肯定是用机器人飞船。"

"当然……打那儿以后，食物就不再是问题。居住空间也不是问题了。甚至在那时我们就建造很高的楼房，而且我们喜欢住在一起，互相陪伴。"

"这肯定是羊群心理，难怪这艘船闻起来像是有一大群傀儡师在这儿似的,对吧?"

"是的,路易。闻到自己同胞的气味会让我们感到安全和放心。那时,我们唯一的问题是热量。"

"热量?"

"热量是文明生产出来的垃圾。"

"我搞不懂。"动物对话官说。

路易是平地人,完全听得懂傀儡师的话,但他不发表任何看法。(地球可比克孜人的星球拥挤多了。)

"举个例子来说,你会希望晚上有光源,对吧,对话官? 没有光源你就只能睡觉,不管你有没有更想做的事情。"

"这是常识。"

"假设你的光源很理想,也就是说,它只发出了克孜人能够看见的光谱辐射。就算这样,那些无法从窗户散出去的光都会被墙壁和家具吸收,变成随机化的热量。

"另一个例子是,对一百八十亿人口来说,地球的自然淡水远远不够。必须通过核聚变的方法来蒸馏海水。这个过程必定产生热。但我们的世界比地球拥挤多了,如果没有那些制造蒸馏水的工厂,我们一天都活不下去。

"第三个例子是,交通运输总是涉及变换速度,这也会产生热。太空飞船从农业星球满载粮食往返,进入大气层途中也会产生热,并排放到大气层中。它们在起飞时产生的热更多了。"

"可冷却系统……"

"大多数的冷却系统只是把热量排到周围空间中而已,而且系统本身也需要动力来运作,那会产生更多的热。"

"嗯,我开始明白了。就是说傀儡师越多,产生的热也就越多。"

"那你是否明白,我们的文明产生了大量的热,已经让我们的世界没法居住了?"

路易脑子里想到了雾霾,还有内燃机,核裂变原子弹和大气中的聚变火箭,江河湖海里的工业垃圾。我们生产的垃圾已经够把我们弄个半死了。要没有生育委员会,现在的地球已经被自己的废热笼罩着,快奄奄一息了吧?

"真是难以置信。"动物对话官说,"你们为什么没离开呢?"

"谁愿意把命运交给凶险的太空? 除了我,没有第二个了。难不成我们要将世界交给个疯子?"

"也可以把冷冻受精卵送进太空。让疯掉的家伙去开船就行了。"

"谈到性让我很不舒服。我们的生理不适应这种方式,但是毫无疑问,我们可以演化出某些类似的东西……但这又是为了什么呢? 我们的人口还是一样有增无减,我们也还是会在自己造成的废热中灭亡的。"

蒂拉突然完全没头脑地插了一句:"我真希望我们能看到外面啥样子。"

傀偏师大吃一惊,"真的? 你不害怕失重的感觉?"

"在一艘傀偏师的船上?"

"是……是啊。不过,无论如何,我们看看外面也不会增加什么危险的。好,就这样。"涅索斯用音乐般的声音说着,话音刚落,船就消失了。

现在,他们看得见彼此,也看得见虚空之中的四张缓冲椅,中间还有茶点台,但除此之外,就只有黑暗无边的太空了。不过那五颗星的世界就在蒂拉深色的头发后面,闪耀着白色的光芒。

它们的大小一样,角直径大概是地球上所见满月的两倍,构成一个五边形。当中的四个星球被耀眼的发光细线环绕着,这些是环绕轨道的太阳发出的黄白色人造阳光。

第五个星球却没有那种轨道阳光的照射。它自己本身就发光,那一块块的是大陆的形状和阳光的颜色。在斑块之间有一片跟黑色太空一样黑的区域,这块黑暗区域也布满了星星。远远望过去,仿佛太空的黑色正一点点地蚕食那个星球的阳光大地。

"我从来没有见过这么美的东西。"蒂拉说,声音有些哽噎。而见多识广的路易也频频表示赞同。

"实在不可思议。"动物对话官说,"我几乎不敢相信。你们带着整个世界一起迁徙。"

"傀儡师信不过太空飞船。"路易心不在焉地说了一句。他此时想到的是,如果没有参加这个探险,他就会错过这个奇观;那个傀儡师完全可以找到别的人代替他的位置。那样,他这辈子就不会有机会看到傀儡师的玫瑰花形行星舰队了。

"但这是怎么做到的?"

"我已经解释过,"涅索斯说,"我们的文明正在它自己所造成的废热中渐渐消亡。能源的转换技术已经使我们摆脱了文明的所有废品,但废热除外。我们没有选择,除了把我们的世界从它最初的位置移走。"

"难道这么做不危险吗?"

"当然很危险。所以那是非常疯狂的一年。因为这个缘故,那一年在我们的历史中占有很重的分量。还好,我们之前已经从'局外人'那里购买了一个无反作用力引擎,一个无惯性引擎。你们可以想象一下它们的价钱。到现在我们还在分期付款呢。我们已经搬了两个农业星球,在我们系统中没有用的星球上试验'局外人'的引擎。

"总而言之,我们成功了。我们把世界移走了。

"在后来的几千年里,我们的人口达到一万亿。因为缺乏自然阳光,我们不得不在白天也亮着街灯,这也产生了更多的热量。我们的太阳活动很不正常。

"简而言之,我们发现太阳已经成了我们的负担,而不是我们的资源。于是我们把世界搬到了十分之一光年远的地方,把最初的位置留作锚点。我们离不开那两个农耕星球,而且退一步说,让我们的星球随意地在太空中游荡也是很危险的。若不是因为这些,我们就根本不需要有个太阳。"

"原来是这样,"路易说,"难怪从来没人能找到傀儡师的世界。"

"那只是部分原因。"

"我们寻遍了已知空间中的每一个黄矮星,甚至在已知空间之外也找过。等一下,涅索斯,或许曾有人发现过那些农耕星球,在一个玫瑰花形中。"

"路易,他们找的那些恒星都不对。"

"你说什么？你们显然属于一个黄矮星。"

"我们确实是从一个黄矮星的系统中进化出来的,它跟小犬座α星有点相像。你或许知道,在五十万年之内,小犬座α星会膨胀成一个红巨星。"

"我的天！你们的太阳已经膨胀成一个红巨星了？"

"是的。就在我们刚把我们的世界移走不久,我们的太阳就开始进入膨胀的阶段,那时你们的祖先还在用羚羊大腿骨来砸别人的脑袋呢。当你们开始想找我们的世界在哪里时,你们找的轨道不对,找的太阳也不对。

"我们从附近的星系选出了合适的星球,把我们的农耕星球增加到四个,并把它们安排在一个克姆佩勒雷尔玫瑰花形里。在太阳开始膨胀的时候,我们只得把它们全部移走,还得给它们补充紫外线,因为光辐射都变红了。二百年前,到了我们必须放弃银河系的时候,我们已经准备好了。我们练习过星球移动。"

由行星构成的玫瑰花形一直在扩大,已经持续了好一阵了。此时,傀儡师的世界正在他们的脚下发光,上升,上升,直至最后把他们淹没其中。黑色海洋中分散的星星已经变成一个一个岩石嶙峋的小岛,一片片大陆有如太阳火焰般燃烧着。

很久以前,路易·吴曾站在"看那山"的边缘,脚下是虚空的深谷。"长瀑河"是已知空间最长的一条河流。路易曾目不转睛地看着这瀑布往下倾泻,一直看到他的视线无法穿透迷蒙的水雾之处。他的心被那无形的白色虚空深深地触动,精神恍惚的路易曾暗暗发誓要永远活下去,要不然,宇宙间有那么多的壮观景象,他怎么能看得到呢?

此时此刻,他再次坚定了自己的决心。这时,傀儡师的世界升到了他的上方。

"我感到敬畏。"动物对话官说。他那光溜溜的粉色尾巴不安地摆动着,尽管他那毛乎乎的脸和带着喉音的低沉声音都让人感受不到特别的情绪。"涅索斯,你们缺乏勇气,这一点曾很让我们轻视,但是这种轻视蒙蔽了我们。你们才是真正危险可怕的种族。如果你们真的害怕我们,可能早就把我们灭绝了。你们的威力很可怕。我们是无法阻止你们的。"

"可是克孜人肯定不会害怕食草动物。"

涅索斯这话并没有讽刺的意味,但动物对话官却恼怒地回应:"有哪种智慧生命不害怕如此强大的威力?"

"你让我感到恼火。恐惧是仇恨的兄弟。谁都会想,克孜人要是怕谁,就会去进攻谁。"

　　谈话变得敏感起来。此时"大运号"被抛在了几百万英里之外,而已知空间离这儿也有好几百光年,他们的一切全在傀偬师的掌心里。如果傀偬师找到什么让他们感到恐惧的理由了——得转换话题,快! 路易张开了嘴。

　　"嘿,"蒂拉却先开了口,"你们几个一直在说克姆佩勒雷尔玫瑰花形。到底什么是克姆佩勒雷尔玫瑰花形?"

　　两个外星人开始回答蒂拉的问题。路易则在一旁反思起来:他以前怎么会认为蒂拉是个肤浅之人呢? 她明明如此迅速地化解了一次危机。

第六章　圣诞彩带

"让你见笑啦。"路易·吴说，"现在我可知道去哪儿找傀儡师的世界了。很好，涅索斯，你算是履行诺言了。"

"我跟你说过，你会发现这信息没什么用处，但可能会让你吃上一惊。"

"是个不错的玩笑。"克孜人说，"你的幽默感让我吃惊，涅索斯。"

在他们下方，现在能看到一片黑暗的大海环绕着一个鳗鱼形状的小岛，小岛像火蜥蜴一样从海面上凸现出来，路易好像能辨认出岛上一些又高又窄的建筑物。当然啦，像他们这样的外星人是不可能轻易被带到大陆上的。

"我们从不开玩笑。"涅索斯说，"我们的种族没有幽默感。"

"怪了。我还以为幽默是智慧的一部分呢。"

"不，幽默往往与自我防卫机制①受到干扰有关。"

"那还不是一样——"

"对话官，没有哪种智慧生命会干扰自己防卫机制的。"

---

①又称"心理防御机制"，这是弗洛伊德提出的一个心理学名词，指个体面临挫折或冲突的紧张情境时，会产生一些内部心理活动，这些心理活动具有自觉或不自觉地解脱烦恼、减轻内心不安，以恢复心理平衡与稳定的一种倾向。

飞船开始降落,各种光点逐渐显出轮廓:沿街的太阳能板,大楼里的窗户,停车场的照明灯。降落前的一瞬间,路易瞥见一些剑刃般的细长建筑,高达几英里,然后整个城市猛然闪现出来,将他们淹没其中——他们正在降落。

降落在一个公园里,外星植物色彩缤纷。

谁也没有挪动一下。

在已知空间的智慧生命里,论长相最和善无害的,傀儡师可谓名列第二。他们太过羞怯,体型太小,行为又太古怪了,看起来毫无威胁,只是有点儿滑稽而已。

涅索斯突然间回到了自己的同胞当中,他的同胞比人类想象的要强大得多。此刻,这个疯狂的傀儡师正安静地端坐着,脖子摆来摆去地看着他挑选的下属。涅索斯这样子一点也不滑稽。他的同胞能移动星球,而且一次能移五个。

这时蒂拉的笑声就显得格外刺耳。

"我在想,"她解释道,"防止生太多傀儡师宝宝的唯一方法是禁止性生活。对吧,涅索斯?"

"对。"

她又咯咯笑起来,"怪不得说傀儡师没有幽默感呢。"

在一道浮动的蓝光指引下,他们走出了这个过于有序、过于对称、过于规整的公园。

空气中全是傀儡师身上那种化学品的强烈气味,这种气味无所不在。在接应船的单舱室生命维持系统中,它是那么浓烈和造作。而当气密舱门打开时,这气味也不见消散。一万亿个傀儡师已让整个星球染上了这种味道,估计这个星球将弥漫着傀儡师的气味,直到永远。

涅索斯边走边跳,他那带爪的蹄子几乎没碰到那富有弹性的走道表面。克孜人静悄悄地走着,像猫一样,他那光溜溜的粉色尾巴有节奏地来回甩动着。傀儡师的脚步声听起来像是四分之三拍的踢踏舞,而克孜人的一举一动则没有丝毫的声音。

蒂拉走路也几乎悄无声息。

她走路的样子看起来总是笨笨的,但其实并非如此,她一点儿没有磕磕绊绊,也从来不会撞上什么东西。比较而言,路易倒是他们四个当中最不优雅的了。

然而路易·吴又何苦要保持优雅的走路姿势呢?人类不过是另外一种类人猿,他还没有进化到完全适应在平地行走。几百万年来,他的祖先在需要时都是四肢行走,一旦有机会,他们都会往树上爬。

经历几百万年的干旱之后,上新世结束了这种状况。森林大量消失,路易·吴那些身材高大的祖先被抛弃在空旷的平地上,他们又渴又饿,迫不得已开始吃肉。在掌握了羚羊腿骨的秘密之后,他们的生活改善了许多。可不,在许多动物的头骨化石上,都有被羚羊腿骨的双圆头关节点敲击过的凹印。

现在,路易·吴和蒂拉·布朗的脚上依然还长着祖先退化了的脚趾,他们就用这样的双脚与外星人同行。

外星人?在这里,他们都是外星人,甚至这个疯疯癫癫的、被流放的涅索斯也是外星人。此时,他那棕色的鬃毛有点儿邋遢,两颗头不停地四下张望。动物对话官也是一副焦虑紧张的样子,一双眼睛藏在墨镜般的黑色斑纹里,打量着周围的外星植物丛,搜寻着一切可能带毒刺、带尖牙利齿的东西。这也是本能吧——傀儡师哪会让危险动物待在公园里?

他们来到一座圆顶的建筑物前,它像一颗巨大的亮闪闪的珍珠,半埋在地里。这时,那道浮动的光分裂成了两道。

"我得离开一会儿。"涅索斯说。路易注意到傀儡师一副紧张、害怕的神情。

"我要去面对'那些当权者'了。"他用低沉而急促的声音说，"对话官，快告诉我，如果我回不来，你会不会去找我，把我杀了？因为我在克鲁申科斯餐厅侮辱过你。"

"你会有回不来的危险？"

"有的。'那些当权者'可能会不喜欢我要讲的事情。我再问你一次，你会去追杀我吗？"

"此刻我处在一个外星世界，被你们威力强大的生命所包围着，你还会怀疑我一个克孜人的和平愿望吗？"克孜人的尾巴甩了一下，非常同情地说，"我不会去找你。我也不会继续这个探险。"

"这回答足够了。"涅索斯说完匆匆离去，浑身明显地颤抖着，尾随着那道指路的光。

"他到底害怕什么？"蒂拉嘟囔道，"他们要他做的他都做了。他们干吗还会生他的气？"

"我想他是在盘算什么别的事，"路易说，"不便直说的事。但那究竟是什么呢？"

另外那道蓝色光开始向前移动。他们跟着它，走进一个彩虹般艳丽的半球形建筑……

圆顶建筑一下子就消失不见。三张沙发摆放成一个三角形，两个人类和一个克孜人坐在那里，看着窗外那片维护良好的、奇异的外星植物丛，一个古怪的傀儡师正朝着他们的方向走来。要么这圆顶建筑从里面看是隐形的，要么这公园的景象只是个投影图像。

空气中充满了傀儡师的气味，他们能感觉到附近有很多傀傀儡师。

那个古怪的傀儡师在最后一丛垂吊着的红色卷须植物中穿过。（路易想起自己曾经把涅索斯看作"它"，是什么时候渐渐变成了"他"的？倒是对话官是一种路易更了解的外星人，从最开始就被看作"他"。）那个古怪的傀儡师突然停在那儿，位置差不多就在这个珍珠形圆顶建筑所谓的边界处。在涅索斯身上长着棕色鬃毛的部位，他长了一块梳成整洁、考究又复杂的银色卷发，不过他的声音跟涅索斯的一样，都是令人战栗的女低音。

"我必须向你们道歉，无法亲临现场迎接你们。你们可以叫我喀戎①。"

这么说，这一切都不过是投影而已了。路易和蒂拉嘀嘀咕咕，有分寸地表示了不满。动物对话官则龇起了牙。

"你们称为涅索斯的那位，知道你们想要了解的一切。他现在被叫到别的地方去了。不过，他倒是提到你们对我们的工程技术很感兴趣。"

路易皱了皱眉头。

那个傀儡师继续说："这也许是件好事。你们对那些有了详细的了解，就会更容易理解我们面对一些更宏伟的工程时的内心感受。"

圆顶建筑的一半黑了下来。

最令人恼火的是，变黑的那半边正好在傀儡师的全息投影对面。路易找到了开关，把沙发旋转过去，随即意识到，要想同时看得见这圆顶建筑的两个半边，他需要有两颗能转动的头，分别长着可以独立运作的眼睛。这时，只见那黑下来的半边现出了繁星点点的夜空，形成一个背景，衬托着一个小小的发光的圆盘。

①希腊神话中一个半人马的名字，以和善、智慧著称。

一个带环的圆盘。这个景象是路易口袋中那张全息照片的放大版。

那光源很小,明晃晃地发白,很像在太阳系里从木星附近看到太阳的样子。那个环的直径很大,延伸开来占据了圆顶建筑黑暗一侧的一半,但环带本身很窄,只比光源球的轴心部分稍微宽一点点。环的近端呈黑色,它切过光源发出的光,边缘清晰,远的那端则像一条划过太空的浅蓝色带子。

即使路易对奇迹已渐渐习惯,但他也还没有到完全厌倦奇迹的地步,还会时不时做出一些听起来很愚蠢的猜测,所以这时他脱口而出:"这看起来像颗星星,有个环围绕着。它到底是什么?"

喀戎的回答毫无惊喜。

"这是一颗恒星,周围有一个环。"傀偏师说,"一个环,由坚固物质构成。一个智慧生命的制造物。"

蒂拉·布朗拍手大笑起来。过了一小会儿,她努力抑制住咯咯的笑声,装出一副严肃的样子,但两眼仍在兴奋地放光。路易完全明白是怎么回事,他也感到了同样的快乐。那个带环的恒星被他俩当成了玩具:无聊宇宙中冒出来的新鲜事物。

(对于此环,可以展开这样的想象:取一卷圣诞彩带,淡蓝色,一英寸宽,就是用来包装圣诞礼物的那种。在空旷的地板上放一根点燃的蜡烛,然后剪出一条长五十英尺的彩带,以那根点燃的蜡烛为中心把彩带围成一个圆圈,让彩带侧面立着,环的内侧对着烛光。)

克孜人的尾巴在来来回回地甩着。

(毕竟,中间那个不是蜡烛,而是个太阳!)

"现在在你们已经知道了,"喀戎说道,"在过去的二百零四个地球年里,我们一直在沿着银河系轴心的方向往北迁移。用克孜年来算,是——"

"二百一十七年。"

"对。这段迁移时间里,我们自然要观察我们前方的宇宙空间,以便及时知道前方有什么危险,是否有没有料到的情况。我们已经了解到,大约九十天之前,我们的星球舰队到达了一个位置,从那儿看过去,那个环正好把那颗恒星遮住了,于是我们看到此环有明确的边界。进一步的调查显示,此环既不是气体,也不是尘埃,甚至也不是小行星碎石,而是一条拉力相当强大的固体带。我们自然感到害怕。"

动物对话官问:"你们怎么能推测出它的拉力?"

"通过光谱分析和频率位移,我们计算出了速度的相对差异。显然,那个环以每秒770英里的速度绕着它的中心自转,这个速度高得足以抵消来自中心的引力,并且还需要额外每秒9.94米的向心加速度。请想想这个结构需要承受多大的拉力,才能免于被撕裂!"

"重力。"路易说。

"显然是。"

"上面有重力,比地球的稍微小一点。这么说来,一定有人住在那里,就在环的内侧。哇!"路易·吴说着,突然意识到整个事情的重要性,背上的汗毛竖了起来。他听到克孜人的尾巴在空中扫动的嗖嗖声。

人类遇到比他们更高等的生命,这不是第一次。到目前为止,人类还算是很幸运的……

路易突然站了起来,走向圆顶建筑的那面墙。但是没有用,那个环和那颗星在他面前往后退,然后他就碰到了光滑的墙。

但他还是看到了以前没有注意到的东西。

那个环上有交错的光影。沿着它蓝色的背面,有一些形状规则的矩形阴影。

"你能提供一个更清楚的画面吗?"

"我们可以把它放大。"那个女低音说。放大后,那些阴影变得很清楚。这个环好像被分成了一个个矩形的布局:一个发亮的浅蓝色长矩形,之后是一个较深的海军蓝的短矩形,然后又是一个发亮的浅蓝色长矩形,就像点-线-点-线互相交替那样。

"这些阴影是由某种东西造成的。"他说,"轨道上的某种东西?"

"是的,正是这样。这是一个由二十个矩形构成的克姆佩勒雷尔玫瑰花形,它的运行轨道离中心的光源更近些。但我们不知道它们是做什么用的。"

"这个你们当然不会知道,因为没有太阳对你们来说是很久以前的事了。这些按轨道运行的矩形肯定是放在那里区分日夜的。否则,在这个环带上永远都会是大中午的亮度。"

"你现在该知道为什么要找你们来帮忙了吧。你们外星人的见解肯定很有价值。"

"啊哈!那个环有多大?你们对它做了很多研究吗?你们发射探测器了吗?"

"在不影响我们的迁移速度、不会引起其他族群注意的情况下,我们已经对这个环做了尽可能多的研究。当然,我们没有发射探测器,因为探测器必须通过超波来遥控,这样的探测器可以被逆向追踪。"

"追踪超波在理论上是不可能的。"

"或许那些创造了这个环的智慧生命已经发展出不同的理

论了。"

"嗯，或许吧。"

"但我们用其他仪器对这个环做了研究。"喀戎一说完，圆顶建筑墙上的那个画面就变成了一个个黑、白、灰的色块。这些色块的轮廓在不停地变化和波动着。"我们用不同电磁频率给这个环拍下了照片和全息影像，如果你们感兴趣的话……"

"可这并没有显示出多少细节。"

"没错。因为光线被引力场和太阳风弯折得太厉害了，加上其他尘埃和气体的干扰，我们的望远镜无法拍到更多的细节。"

"这么说，你们对它的了解并不多。"

"要我说，我们还是了解了不少。有一点很令人费解：这个环好像能阻挡约百分之四十的中微子①。"

听到这个，蒂拉仅仅是一脸迷惑，但对话官却惊叫了一声，路易则是低低地吹了声口哨。

这意味着它能阻挡一切东西。

正常的物质，甚至一颗恒星的中央压缩得非常紧密的物质，也几乎不能阻挡中微子的穿入。就算是一块好几光年厚的铅块，中微子都有百分之五十的概率穿透它。

一个在奴役者停滞场里的物体可以反射所有的中微子，一个"众晶号"的船身也可以。

但是在已知的物质里面，还没有什么是可以把百分之四十的中微子阻挡在外，而让剩下的通过的。

"哦，这可是个新鲜玩意儿。"路易说，"喀戎，这个环有多

---

①一种神秘的基本粒子，不带电，质量极小，几乎不与其他物质作用，在自然界广泛存在。它能自由地穿过人体、墙壁、山脉乃至整个行星，难以捕捉和探测，因而被称为宇宙中的"隐身人"。

大？质量有多大？"

"这个环的质量是二乘以十的三十次方克，环的半径是零点九五乘以十的八次方英里，而环的宽度稍小于十的六次方英里。"

路易不习惯用"十的多少次方"这种抽象的方式来思维。他试着将那些数字转换成图像。

他之前曾把这个环想象成一个宽一英寸的圣诞彩带，侧立着围成一个圈，现在看来这个想象是对的。这个环的半径大于九千万英里——他估计周长大约六亿英里——但宽度，从边缘到边缘，不超过一百万英里。它的质量比太阳系的行星木星稍微大一些……

"算起来，它的质量似乎不够大。"他说，"像那么大的东西，质量应该跟一颗正常大小的恒星差不多。"

克孜人表示同意，"这简直荒唐：上百万的生命，就栖居在一个比书页还薄的建筑上？"

"你的直觉不准确。"银色卷发的傀偏师说，"考虑到维度，如果这个环是一条船壳金属①材料做成的带，那么，它大约就会有五十英尺厚。"

五十英尺？真是难以相信。

蒂拉的眼睛转向天花板，嘴唇迅速而无声地翻动着，"他说得对，"她说，"从数学上说是对的。但这是用来干什么的？为什么有人要造这样的一个东西？"

"为了空间。"

"为了空间？"

"生存的空间。"路易进一步说明，"这就是环的全部目的所

_____
①傀偏师使用的一种专门用来制造飞船船壳的金属材料。

在。六百万亿平方英里的面积是地球表面面积的三百万倍。这相当于把三百万个地球表面全部展平,边对边地拼在一起。三百万个地球那么大的世界,全都在空中飞车①可以抵达的距离内。这样的世界可以解决任何人口问题。"

"他们面临的问题该是多么严重! 启动一个这么大的工程,绝不可能只是为了好玩。"

"还有一点。"克孜人说,"喀戎,你们在附近的星系搜寻过类似的环吗?"

"搜过,但我们……"

"一个也没找到。正如我预料的。如果这个环的建造者已经懂得超光速旅行技术,那么他们早就会搬到别的星系去居住,没有必要建造这个环了。所以,这样的环只有这一个。"

"是这样的。"

"我放心了。我们至少有一个方面比这个环的建造者强。"克孜人突然站了起来,"我们要去调查这个环的表面吗?"

"亲自登陆? 可能有点痴心妄想了。"

"胡说! 我们必须勘察一下你们准备的那艘飞船。它的着陆设备是多功能的吗? 我们什么时候可以出发?"

喀戎吹起了口哨,发出一阵惊人的不和谐音,"你一定是疯了。想一想环的建造者,他们的威力多么了得! 跟他们一比,我们的文明还在原始人状态!"

"也可以叫胆小鬼。"

"好吧。等你们称作涅索斯的那位回来,你们就可以去查验那艘船。而在那件大事发生之前,你们还需要了解那个环的更

_____

①作者虚构的一种可以飞的汽车,它靠一种叫"联合上升"(lift unites)的反重力装置给车提供飞上天空的上升力。

多数据。"

"你在考验我的耐性。"对话官回了一句,但他还是又坐了下来。

你这个克孜人在撒谎,路易心里说道。不过你装得不错,我佩服你。他返回自己的座位时,感到胃里一阵翻滚。一条淡蓝色的彩带划过群星,人类遭遇到更高智慧的生命形式——这是第二次了。

第一次是克孜人。

当人类第一次使用核聚变飞船穿越群星时,克孜人已经在用引力偏振器来为星际战舰提供动力了,这使得他们的飞船比人类的更快、更灵活。

在第一次"人类-克孜战争"中,人类对克孜人的抵抗只是有名无实,几乎可以忽略不计,但克孜人最后却败于一个"克孜教训":反作用力引擎①是一种毁灭性武器,它的杀伤力跟它的引擎的功率成正比。

克孜人第一次闯入人类的空间领域时,受到的震动非同小可。人类社会已经太平了好几个世纪,时间长得几乎使他们忘记了战争。但是人类的星际飞船使用的是以核聚变为动力的光子引擎,其发射靠的是光子帆,再加上位于小行星上的激光炮。

---

①通过排除反应物质而提供动力的发动机,是利用牛顿第三定律的动力推进方式,一般喷气式发动机就是最常见的一种。在作者的短篇小说《软武器》(*The Soft Weapon*, 1967)中,第一次人类-克孜战争发生于2367~2420年间。在这次战争中,人类因为从"局外人"那里购买了超光速引擎,终于打败了克孜人,这使得克孜人认识到"反应式引擎的功率越高,它作为武器的威力也就越大",即这里所说的"克孜人的教训"。

于是就有这样的事情:一方面,克孜人的通心灵感应术者①在继续报告人类世界什么武器都没有,但同时人类的巨型激光炮却在猛轰克孜飞船,将它们击得粉碎,小型移动激光炮也通过自身光柱压力的推动在克孜人的领域进进出出。

由于受到人类出乎预料的抵抗,又受到光速的阻碍,这次战争持续了几十年而不是几年,本来克孜人是胜券在握的,然而却发生了节外生枝的事情:一艘"局外人"的飞船偶然路过安抵星并在那里停留下来,安抵星是人类的一颗小小的殖民星球,"局外人"以信贷的方式把他们的超光速引擎分流器秘密卖给了这颗星球的市长。那时,居住在安抵星的人类对克孜战争还一无所知,但他们很快就知道了这事,于是赶制出了几艘超光速飞船。

面对超光速飞船,克孜人就一点儿机会也没有了。

后来,傀儡师来到了人类的空间领域,建立起了自己的贸易站点……

人类的运气真是很好。他们曾三次遇到技术上更先进的族类,要不是得到"局外人"的超光速引擎技术,克孜人早就把人类消灭了。"局外人"显然也是技术比人类先进的种族,但他们对人类的东西毫无兴趣,只需要供货基地和一些信息——而这两样,

---

① 根据作者在短篇小说《勇士》(The Warriors, 1966)和《软武器》(The Soft Weapon, 1967)中的描写,克孜人的通心灵感应术者被迫服用"斯松达斯淋巴精华液"。服用这种药的克孜人具有很灵验的心灵感应术,可以看穿他的同胞或其他外星人的心思,但如果他企图读解食草动物(如傀儡师)的心思,他就会疯掉。这种药也会让通心灵感应术者神经过敏,患抑郁症,具有外表无精打采、肮脏邋遢、皮毛蓬乱、尾巴垂吊无力、双眼通红等症状。所以,在克孜人的社会中,通心灵感应术者的社会地位很低,尽管他们具有罕见的心灵感应能力。大多数通心灵感应术者都没有自己的名字,只有职业称呼——通心灵感应术者。

他们花钱买就行了。

是谁建造的环形世界？他们好战吗？

几个月之后，路易就会把对话官的谎话看作他个人的转机了。他本来可以利用那个机会退出的——当然，这是为蒂拉考虑。环形世界光是看那些抽象的数字就够吓人了。更别说要驾驶一艘飞船飞向那里，还要在上面着陆……

但是路易早就看出来了，这个克孜人已被傀儡师的飞行世界吓坏了。他的谎言是想要证明自己的勇气而已。路易现在能表现得像个懦夫吗？

他坐下来，把脸转向那个发亮的投影机，他的眼睛扫过蒂拉时，心里骂了她一句"傻瓜"。好奇和兴奋使得她满脸生辉。她和克孜人都是一副急不可待的样子，只不过她是真的，而克孜人是装的。难道她是太愚蠢了才不害怕吗？

环内侧那面有大气层。光谱分析显示那里的空气跟地球大气层的密度一样，而且成分也大致一样——人类、克孜人以及傀儡师在那里绝对没有呼吸的问题。到底是什么使这些空气没被吹走是一个有待搞清的问题。他们也许需要亲自到那里调查调查。

在这颗 G2 恒星的星系统里，除了那个环，别的什么也没有。没有行星，没有小行星，也没有彗星。

"他们把那些玩意儿全都清除掉了。"路易说，"他们不想让任何东西撞到那个环上。"

"自然是这样的。"一头银色卷发的傀儡师说，"如果真的有什么撞到那个环，那么它便是以每秒至少 770 英里的速度碰撞，这是环本身的转动速度。无论环的建造材料有多么坚固，总会有这种危险：某个天体会越过环带外侧表面，经过中心的恒星，最后撞到另一边的环内侧表面,那是毫无保护的居民区域。"

那颗恒星是个黄矮星,比地球的太阳冷一些、小一些。"在那个环上我们需要穿隔热服吧。"克孜人说——这家伙在设法找借口,路易心里暗骂道。

"不需要,"喀戎说,"环内侧表面的温度对所有的生命来说,都是可以承受的。"

"你怎么知道?"

"环的外表面发射的红外线辐射频率……"

"你看,我真是个傻瓜。"

"没有的事儿!从发现这个环开始,我们一直在研究它,而你才接触了一小会儿而已嘛。红外线辐射的频率表明,那里的平均温度为290K①。我们对细节很关注,不要让它误导你或把你吓着了。"喀戎补充道,"我们不会准许你们在上面着陆的,除非环形世界的工程师们自己出来坚持要你们着陆。我们只是希望你们做好各种准备。"

"有关环的表面构造,你们没有详细资料吗?"

"很遗憾,没有。我们的设备分辨能力很有限。"

"我们可以做一些猜测。"蒂拉说,"比如说,三十个小时的昼夜循环。在他们原来的世界肯定也是转这么快。你们认为他们原来所在的星系就是这样的吗?"

"我们认为是这样的,因为他们显然没有超光速引擎。"喀戎说,"但也有可能他们已经把自己的星球世界移到另外的系统了,用的是我们这样的技术。"

"应该就是这样的,"克孜人瓮声瓮气地说,"他们不会在建造那个环的过程中毁掉他们原来的系统。我认为我们会在附近

---

① 约为17摄氏度。

找到他们原来的系统的,也像这个一样,周围的东西都被清除得干干净净。在采纳这个走投无路的应急办法之前,他们可能已经对他们系统里的所有星球进行过地表改造了。"

蒂拉疑惑地说:"走投无路?"

"然后,在他们完成了这个围绕恒星的环带工程后,就被迫把他们所有的星球世界都移到这个系统中来,以转移和疏散人口。"

"或许不是这样,"路易说,"如果这个环离他们原来的系统并不远,他们可以乘亚光速的大飞船到环上去定居。"

"为什么会是走投无路呢?"

他们都看着她。

"我会认为他们造这个环是为了,为了——"蒂拉皱着眉头说,"是因为他们想要造这个环。"

"为了好玩? 为了风景? 我的天! 蒂拉,想想他们要转移多少的资源吧。记住,他们一定是遇到很严重的人口问题。而等到他们需要这个环作为生存空间时才来造,他们可能已经造不起了。之所以他们造了它,是因为他们需要它。"

"哦。"蒂拉说,一脸迷惑。

"涅索斯回来了。"喀戎说着,转身离去,头也不回地消失在了公园深处。

第七章　踏　碟

"这也太无礼了。"蒂拉说。

"喀戎不想见到涅索斯。没跟你说过吗？他们认为涅索斯是——疯子。"

"他们全都是疯子。"

"嗯，不过他们可不这么看。但你说得没错。你现在还想去吗？"

蒂拉报以一脸的迷惑，就像他当初在对她解释什么是"心如刀绞"的时候一样。"看来你还是很想去。"路易伤心地证实了这一点。

"当然。谁不想去？那些傀儡师到底害怕什么？"

"我知道他们怕什么。"动物对话官说，"傀儡师是胆小鬼。但是我搞不懂他们为何还要坚持了解更多的情况，不满足他们现在所了解的。路易，他们的行星舰队是在以接近光的速度飞行，早就越过那颗带环的太阳了。环的建造者们肯定没有超过光速的旅行工具。因此，他们对傀儡师来说构不成威胁，目前如此，或者永远也会如此。我搞不懂我们在这个事件中到底扮演了什么角色。"

"这是明摆着的嘛。"

"这是对我的侮辱吗?"

"不,当然不是。只是我们人类一直都在为人口问题头疼,一直都在想各种办法对付它。这你怎么会理解得了?"

"确实如此。那就请你解释一下吧。"

路易的眼睛一直在扫视那片精心打理的丛林,等着涅索斯随时出现。"要是涅索斯在就能解释清楚了。很遗憾他还没回来。好吧,想象一下:这个星球上居住着一万亿个傀儡师。你能想象这种情形吗?"

"我能闻到他们每一个的气味。光是想到这个就让我难受。"

"现在,再想象一下,他们是住在环形世界。好多了,是不是?"

"嗯呃,是的。空间增大八乘以十的七次方那么多倍……但我还是无法明白。你是说傀儡师打算占领环形世界? 可占领之后,他们又怎么把自己的人转移到那个环上呢? 他们又信不过飞船。"

"我不知道。而且,他们也不会发动战争。但这不重要。重要的是,环形世界安全吗?"

"嗯呃。"

"你明白了吧? 或许他们是想建造自己的环形世界呢。或许他们是期望在麦哲伦星云那边找到一个没有人居住的环形世界呢。顺便说一句,这种期望不是没有道理的。但这关系不大。对他们来说,最重要的是要搞清楚这个环形世界是否安全,这样他们才能着手制定下一步的计划。"

"涅索斯来了。"蒂拉站了起来,走向那面看不见的墙,"他看上去好像喝醉了。傀儡师会喝醉吗?"

这次涅索斯没有小跑,而是踮着脚在走,他小心翼翼地绕过一根四英尺长的铬黄色羽毛,动作十分夸张:他一次迈出一只脚,同时两个扁平的头猛然乱窜着,四下张望。就在他差不多走到圆顶报告厅时,突然飞出来一个什么东西停在他的屁股上,像是只黑色的大蝴蝶。涅索斯像个女人一样尖叫起来,向前猛地一跃,仿佛在跨越一个高高的栅栏,像球一样滚落在地。他停止滚动时身体还卷成球的模样,弓着背,三条腿都折叠着,头和脖子塞在两条前腿之间。

路易向涅索斯跑过去。"周期性抑郁发作啦!"他大喊着。凭着运气,再加上点儿记忆,路易找到了那个隐形圆顶建筑的门,猛地冲进了公园里。

所有的花草闻起来都是傀儡师的气味。(如果傀儡师的世界里所有生命都有着同样的化学构成,那么涅索斯是怎么从热胡萝卜汁儿里汲取到营养的?)路易顺着一个通道往前走,两旁是一溜修剪整齐但沾满尘土的橘色树篱,所有的转角都呈直角,一阵弯弯拐拐之后,路易来到傀儡师身边。

他跪在涅索斯身边。

"我是路易。"他说,"你没事的。"他把手轻轻地伸到卷成一团抹布的涅索斯身上,摸着他的头轻轻地挠着。这触摸让傀儡师猛地一怔,然后终于平静了下来。

这次真是麻烦。现在还没必要让傀儡师面对现实。路易问:"那东西危险吗?那个停在你身上的东西。"

"那个?不危险。"他那女低音瓮声瓮气,但很纯美,没有一点抑扬变化,"不过是只嗅花虫。"

"你跟'当权者'谈得怎么样啦?"

涅索斯缩了缩身子说:"我赢了。"

"好极了。你都赢什么了?"

"生育后代的权利,还有许多配偶。"

"是这个让你害怕得要死吗?"这不是不可能的,在路易看来,涅索斯相当于一个雄性的黑寡妇蜘蛛,注定要为爱情而死。但转念又想,涅索斯可能还是一个紧张的处男……或处女……或任何性别的处子。

傀儡师说:"路易,本来我会失败的。但是我跟他们针锋相对,最后他们退步了。我恐吓了他们。"

"说下去。"路易意识到蒂拉和动物对话官也来到身边了。他继续轻轻地搔弄着涅索斯的鬃毛。

涅索斯一动不动地缩着。

涅索斯那没有抑扬变化的低沉女中音说:"'当权者'给了我生育后代的合法权利,只要我能从这趟非去不可的探险中生还。但光有生育权还不行,要成为父母我先得要有配偶。可谁愿意跟一个鬃毛乱七八糟的疯子交配呢?

"所以我必须恐吓他们。我跟他们说,给我找一个配偶,否则我就退出这趟航行。要是我退出了,那个克孜人也会退出的,我这样说。他们就勃然大怒起来。"

"我能想象这个。当时你一定是处在狂躁状态。"

"我故意这样的。我威胁他们会毁掉他们的计划,他们就让步了。我说,如果我能从那个环回来,必须要有些无私的志愿者同意跟我交配。"

"太好了。干得漂亮。你得到几个志愿者了吗?"

"我们的人中,有一种性别只是……财产,没有智慧,很愚蠢。我只需要一个志愿者①。那些'当权者'……"

蒂拉插了一句:"你为什么不直接叫他们'领导'呢?"

"我曾试过把它翻译成你们的话。"傀儡师说,"这个称呼的更准确翻译是,'那些在后面领导的'。从这些人当中,又选出来一个相当于'主席'或'发言总代理人'或诸如此类的,他的头衔的准确翻译是'最幕后的那位'。"

"正是'最幕后的那位'接受了我作为他的交配对象。他说他不想让其他人牺牲自尊。"

路易吹了声口哨,说:"这可了得。继续缩着吧,这是你自找的。现在害怕还算好,反正事情已经过去了。"

涅索斯的身体动了一下,稍微放松下来了。

"那个代词,"路易说,"很是让我不好拿捏。我是应该称你为'她',还是应该称'最幕后的那位'为'她'呢?"

"你问这话很不得体啊,路易。跟一个外星种族讨论性的问题是不应该的。"从涅索斯的腿之间露出一个头,眼睛盯着路易,露出不赞同的眼神,"你和蒂拉是不会在我面前性交的,是不是?"

"好奇怪啊,这个话题的确在我们的谈话中出现过一次,蒂拉曾说……"

"我感到被冒犯了。"傀儡师声明道。

---

① 傀儡师的繁殖方式很特别。男性傀儡师和女性傀儡师交配后,授精的卵子放在一个既不是雌性也不是雄性的傀儡师的身体里孕育。这个负责孕育工作的傀儡师叫"陪伴者",可以看作是他们的第三种性别。在傀儡师的文化里,提供精子的傀儡师(相当于人类的男性)和提供卵子的傀儡师(相当于人类的女性)都被看作雄性,都以"他"来指称,而第三种性别的"陪伴者"被看作是雌性,用"她"来指称,她们是没有智慧的傀儡师。这里涅索斯所说的就是这种叫"陪伴者"的傀儡师。

"为什么?"蒂拉问。傀儡师突然把头缩回去找掩护。"噢,出来吧!我不会伤害你的。"

"真的?"

"真的。我说到做到。我觉得你很可爱。"

傀儡师完全展开了身体,"我听到你说我可爱来着,是吗?"

"是啊。"蒂拉转头看着动物对话官那堵橘红色的墙,"你也很可爱。"她大方地说道。

"我没有冒犯你的意思。"克孜人说,"但你绝对不要再说这个了。绝对不要。"

蒂拉满脸的迷惑。

一道脏兮兮的橘色树篱,高十英尺,笔直挺拔,上面有钴蓝色的触须无力地挂着。看起来,这道树篱曾经是食肉的植物。那是公园的边界,涅索斯领着他的小组正向那儿走去。

路易以为树篱中会有一个开口,却冷不丁看到涅索斯径直走进了树篱。只见那道树篱自动打开让傀儡师进去,然后在他身后立即关上了。

他们学着涅索斯的样子走了进去。

他们从一个天蓝色的天空下走了出来;当树篱关上时,天空变成了黑白两色。永恒黑夜般的黑色天空上,漂浮的云朵被下面数英里长的城市之光照得又白又亮。城市就在那里,幻影般笼罩着他们。

乍一看,它跟地球凡尘中的城市也没多大区别,只是这儿的建筑要更厚实、更大块,外观也更统一些,也更高些——可以说高得可怕,以至于整个天空都是明亮的窗户、明亮的阳台,只有一条条细细的黑缝标志着那儿是天顶。到处是直愣愣的直角,这在傀儡师设计的家居物件上是绝不可能出现的,而在这儿,或许是建筑物上直角都太大了,远不可能撞着哪个冒失鬼的膝盖。

可为什么公园另一边的城市不这个样子? 在地球上,很少有建筑物的高度是高过一英里的。而这里却是没有低于一英里的。路易猜想可能是公园边界有"光线折射场"存在。他始终没机会去问清楚这个问题。这算是傀儡师世界里最微不足道的奇迹吧。

"我们的交通工具在岛的那一头。"涅索斯说,"用踏碟,我们一分钟左右就能到达那里。我会教你们怎么用。"

"你现在感觉好些了吗?"

"好些了,蒂拉。正如路易所说的,最坏的事情都已经过去了。"傀儡师欢快地跳到他们前面,"'最幕后的那位'是我心爱的人。只要我能从环形世界回来就行。"

路是软的。它表面上看是混合了彩色颗粒的水泥路,但脚踩上去却是潮湿的、海绵般柔软的泥土。此时,他们已经走过一个很长的街区,来到一个十字路口处。"我们得从这边走,"涅索斯说着,冲他前面的方向点头示意,"不要踩第一个碟子。跟着我。"

在十字路口的中央有一个蓝色的大长方形,四个蓝色的碟子绕着长方形的四条边放着,每一个正对着一条路的路口。"你可以站在那个长方形里,"涅索斯说,"但不要乱踩到碟子上。跟着我。"他绕过离他最近的碟子,走过路中央,快步跳到另一边的碟子上,接着就消失不见了。

大家都愣住了。然后蒂拉像个女妖似的尖叫起来,她向一个碟子跑去,接着也不见了。

动物对话官嗥叫一声,猛地一跳。没有哪只老虎会跳得他那么准。现在剩下路易一个人。

"我的迷雾恶魔①啊!"他惊奇地说道,"他们居然有开放式的传送亭。"

他迈向前去。

他发现自己正站在下个路口中间的广场上,两边站着涅索斯和对话官。"你的伴儿跑到前面去了。"涅索斯说,"我希望她会等着我们。"

傀儡师端直走出长方形,走三步跨上一个踏碟,然后就消失不见了。

"多好的布局!"路易感到无比佩服。只剩下他一人,那克孜人已经跟着涅索斯消失了,"你只需要步行,就这么简单。三步过一个街区。这简直像魔术。你想走多少个街区都可以。"他向前大跨一步。

他感觉穿了一双"千里靴"②。他轻轻地跐着脚趾跑,每三步身边的景物就会变换。建筑物角落的圆形符号一定是地址的代码,所以行人会知道自己是否抵达目的地了。然后他会绕过那些踏碟走到街区的中间。

沿着街道都是些橱窗,路易很想进去瞧瞧。那里的东西会不会是完全没有见过的? 但他们几位已经跑到前面好几个街区了,路易看见他们的身影在建筑物大峡谷的尽头时隐时现,他加快步伐赶上去。

那两个外星人站在他前面,挡住了他的去路。

①作者虚构的居住在人类殖民星球"高原星"上的一种怪物。这里用作感叹表达,相当于"我的天啊"。

②直译为"七里格靴",出自欧洲童话故事中的一种神奇的靴子。里格是古代的长度单位,1里格大约相当于3英里(约5公里)。传说人穿上这种神奇的靴子可以一步跑七个里格。

"我担心你不知道该在这里拐弯。"涅索斯说。说完他带头往左一拐。

"等等——"克孜人也跟着不见了。该死的蒂拉在哪儿？

她一定是跑到前面去了。路易往左拐继续走着。"千里靴"。在这个城里穿梭就好像一场梦。路易跑着，脑海中出现"糖果仙子"跳舞的场景①。高速通道穿过城市，与街道交汇处用不同颜色的踏碟标志着，每十个街区一种颜色。长途踏碟隔一百英里一个，每一个就是一座城市的中心，每个城市的接收广场有一个街区那么大。还有跨越海洋的通道：一步就是一座岛屿！一座座岛屿成了跨越海洋的踏脚石！

开放式传送亭，傀儡师的技术先进得叫人害怕。这些踏碟只有一码之宽，你还没完全站到上面它就开始运作了，只需迈出一步就到了下一个接收广场。它比人类那些传送道要他妈的强多了！

路易跑着，脑子里出现一个傀儡师的幻影，他有好几百英里那么高，正在优雅地踩过一排岛链，小心不要一脚踩偏，把脚踝弄湿。现在这个幻影变得更大了，而他的踏脚石竟是一个个的星球……傀儡师实在是先进得可怕。

他走出了踏碟，来到平静漆黑的海边。在这星球的尽头，有四轮满月排成一条垂直的线，高挂空中，它们的背后是满天的星星。那两个外星人在等着他。

"蒂拉在哪儿？"

"我不知道。"涅索斯回答。

---

①典故出自柴可夫斯基的芭蕾组曲《胡桃夹子》里的"糖梅仙子之舞"。《胡桃夹子》第二幕描写了王子(胡桃夹子的化身)带着小克拉蕾来到了奇妙的糖果王国，糖果仙子跳起舞来欢迎他们。

"迷雾恶魔！涅索斯，我们怎么找她？"

"她会找我们的。不必担心，路易。要是——"

"她在一个陌生的世界失踪了！任何事情都可能发生！"

"在这个世界不会这样的，路易。没有哪一个世界跟我们的一样。要是蒂拉走到岛的边缘，就会发现她用不了去其他岛屿的踏碟。她会沿着海岸找那些碟子，一直找到那个她能用的。"

"你以为我们在说一台丢失的电脑？蒂拉是一个二十岁的姑娘！"

蒂拉突然出现在他身边，"嘿，我刚才有点迷路了。你们在说什么，这么激动？"

动物对话官对着路易咧嘴一笑，露出短剑般的牙齿，充满嘲弄的意味。路易避开蒂拉那迷惑而质疑的目光，脸上一阵发热。涅索斯只说了一句："跟着我。"

他们跟着傀儡师往前走，海岸上，一个个的踏碟连成了一条线。这时他们看见一个土黄色的五角形，就踏了上去……

他们现在站在一块光秃的岩石上，岩石被阳光照得光亮无比。这是一个岩石岛，大小相当于一个私人太空发射站，岛的中央耸立着一座很高的建筑，还有一艘孤零零的太空飞船。

"看啊！我们的船！"涅索斯说。

蒂拉和对话官都显得有点儿失望。对话官的耳朵耷拉着，蒂拉则意犹未尽地回望着他们刚刚离开的那个岛，望着那些密密麻麻并排耸立的建筑构成的光墙。它们高达数英里，背景是星际的夜空。但路易看着那艘船，过于紧绷的肌肉终于放松了下来。他已经看见过太多的奇迹：踏碟，巨大无比的城市，高悬地平线上的四个南瓜颜色的附属星球……所有这一切都让人惊骇不已。但这艘飞船却不，它是个"众品二号"船身加上一个三角形的船翼,翼上装着推进器和核聚变发动机,熟悉的硬件,全都是熟悉的,没有什么问题好问的。

但克孜人证明他错了,"从傀儡师的工程角度来看,这似乎是一个奇怪的设计。涅索斯,如果这船的设备全部包在船身里面,你不会觉得更安全些吗?"

"我不这么认为。这艘船展现了设计上的一项重大革新。来,我带你们看看。"涅索斯快步跳向那艘船。

克孜人提了一个很好的问题。

众品公司是傀儡师拥有的贸易公司,虽然在已知空间销售各种各样的产品,但这家公司的财富主要来自众品船身的生产和销售之上。它们有四种不同型号,从小如篮球般的圆球形船,到直径超过一千英尺的圆球形船——后者就是四号船身,"大运号"用的就是这种船身。三号船身是一个两头圆、腹部扁平的圆柱体,适合用作多船员的客用飞船。几个小时之前,他们就是乘坐这样的飞船着陆在了傀儡师的世界。二号船身则是一个蜂腰状圆柱体,首尾细如针尖。通常它的空间只能容纳一个驾驶员。

众品公司生产的船身是个透明体,也就是说可见光可以自由穿过,但其他别的形式的电磁能量以及其他任何形式的物质都无法穿透它。该公司的名誉是这种品质的担保,而这个担保已经生效好几百年,惠及好几百万艘飞船。众品公司的船身是安全的终极保证。

他们眼前的飞船是在众品公司二号船身的基础上建造的。

但是,就路易所能看到的,除了生命维持系统和超光速引擎分流器装在船身里面,其他的一切都装在那个巨大的三角机翼上——一对喷口朝下的扁平推进器,两个小型核聚变发动机头朝前方,一对较大的核聚变发动机在机翼后部边缘,还有一对巨大的可分离舱在机翼尾端——里面一定装有探测、通信设备,因为路易在别处都看不见这些设备——所有这一切都在三角机翼上!

半艘船的设备都装在机翼上,暴露在一切可能让傀儡师担心的危险中。为什么他们不用一个三号船壳,把全部的部件都装在里面?

涅索斯带着他们在三角形的机翼下走过,来到船身的尖细部分。"我们的目的是尽可能别在船身打洞。"涅索斯说道,"明白了吗?"

透过玻璃般透明的船身,路易看见一个导线管,有他的大腿那么粗,贯穿整个船身进入机翼,在进入机翼的转折点处结构显得很复杂,后来路易才突然意识到,导线管是设计成可以整个收回到船身里面的。然后他看到了控制这部分的发动机,还看到了那扇可以把出口封上的金属门。

"一艘普普通通的飞船。"傀儡师说,"需要在船身上凿很多个孔,以安装一些设备部件,比如说:不使用可见光的传感器,如果需要的话还有反应式发动机,还有通往燃料箱的孔。在这艘船的船身上,我们只有两个开口:一个是那个导线管口,一个是气密舱门。一个让乘客通过,一个让信息通过。这两个都可以关闭。

"我们的工程师给船身的内部表面加上了一层透明的传导材料。当气密舱门关闭、导线孔也封上时,整个船身内部就成了一个连续的传导表面。"

"停滞场。"路易猜道。

"正是。如果遇到紧急状况,整个生命维持系统就会转变为'奴役者型停滞场',几秒钟内就可以。在停滞场中,时间是静止的,因此没有任何东西可以伤害到乘员。我们还不至于愚蠢到只相信船壳,因为激光是可见光,它可以穿透众品公司的船身,杀死乘员而对船身丝毫无损。"

"我以前不知道这些。"

"我们没有广泛宣传。"

路易回到三角机翼的下面,动物对话官正在那里查看那些引擎。"为什么有这么多的引擎?"

克孜人哼了一声,说:"人类不会已经把'克孜人的教训'给忘了吧?"

"哦。"任何一个傀儡师,只要对克孜或人类历史有所了解,都自然知道什么是"克孜人的教训",那就是:反应式引擎是一种武器,其威力跟功率成正比。在这里,推进器是用于和平目的,而核聚变引擎是作为武器用的。

"我现在知道你是怎么学会操作核聚变引擎飞船的了。"

"这还用说,路易,我受过战争的熏陶。"

"以防再来一次人-克战争。"

"需要我展示下武士的技术吗,路易?"

"你会的。"傀儡师插了进来,"我们的工程师是为克孜人用户设计的这艘船。对话官,你有兴趣看看那些操作系统吗?"

"马上就去看。我还需要这个船的性能数据、试飞记录之类的资料。这个超光速引擎是标准的型号吗?"

"是的。但这艘船没有做过试飞。"

真是傀儡师。路易一边想,一边跟他们往气密舱门走去。他们就只是把那东西制造出来然后放在那里等我们。他们不得不这样。不会有哪个傀儡师愿意试飞它。

蒂拉又哪儿去了?

他正要喊,结果她突然现身在五角形的接收碟里。她刚才一直在玩那些踏碟呢,完全不理会这艘船的事。她跟着他们上了船,还在不时地回望黑魆魆的海水外那座傀儡师的城市。

路易站在气密舱门口等着她,正准备狠狠教训下她的漫不经心。你还以为她迷过一次路后就会小心一点了呢!

门开了。蒂拉一副容光焕发的样子。"噢,路易,我真高兴来了这趟旅行!那个城市——实在太好玩了!"她抓过他的手,使劲儿地捏着,兴奋得眉飞色舞,连话都说不出来了。她的笑容像阳光一样灿烂。

他没法儿狠心骂她了。"是很好玩。"他说,重重地吻了她一下。他搂住蒂拉细细的腰,往驾驶舱走去,一边走一边用拇指抚摸她的臀部。

他现在清楚了。蒂拉从来没有受过伤害,从来没学会过小心谨慎,也不知道啥叫害怕。当她第一次受到伤害时,一定会惊恐万分,甚至可能会彻底把她毁了。

或许她在路易的尸体面前会感到悲痛欲绝吧。

神灵不会保护傻瓜。傻瓜自有更能干的傻瓜保护着。

"众品二号"的船身二十英尺宽、三百英尺长,首尾两端逐渐变尖。

这艘船的大部分部件都在船身之外薄薄的超大机翼之上,因而生命维持系统的空间比较宽敞,可以容纳三个卧室、一个长而狭窄的休息室、一个驾驶舱和一排储物柜,加上厨房、自动护理舱、回收机、电池等等。控制台是按克孜人的习惯设计的,也是用克孜语来标注的。路易心想,在紧急情况下他也可以驾驶这艘船,但一定得是非常非常紧急的情况他才会尝试。

　　储物柜里装了许多探险装备,令人感到颇为不祥。尽管路易没法儿指着哪一样说"这是武器"。但里面有许多东西都可以拿来当武器用。还有四辆单人飞行摩托[①]、四个飞行背包(用提升带加上催化冲压发动机)、食物测试器、装着营养补充品的小药瓶、医药包、空气传感器和过滤器。真见鬼,一定有人非常确信,这船一定会着陆到一个从没去过的地方。

　　是啊,干吗不呢?像环形世界居民那样强大的族类,却因为没有超光速引擎而困在那里,他们或许会邀请他们着陆呢。或许这正是傀儡师期待的。

　　涅索斯没办法否认,船上每样东西都是可以当作武器的。没有一样是完全出于单纯目的被带上船的。

　　船上一共有三个不同的族类,如果把人类的男人和女人看成不同的族类的话,也可以说是有四个族类;克孜人和傀儡师的世界里都是把雌雄看成不同族类的。(会不会涅索斯和"最幕后的那位"是同一个性别?难道不可以由两个雄性跟一个没有智慧的雌性来生一个宝宝吗?)或许,这样的安排是为了让环形世界的人一目了然:各种不同的智慧生命是可以和睦友好地相处的。

　　但这类东西还是太多了——激光手电筒、决斗麻醉枪——都可以用作武器。

　　他们用无反作用力的加速器起飞,以避免对海岛造成破坏。半个小时之后,他们已经离开傀儡师那个玫瑰花形的行星舰队所形成的较微弱的重力井。路易突然想到,除了跟他们一起来的涅索斯,除了那个投影图像的喀戎,他们在傀儡师的世界

[①]一种外表很像摩托、可以在空中飞行的交通工具,详细结构和功能见第九章至第十一章。

里,竟然连一个傀儡师也没见到!

　　进入超空间之后,路易花了一个半小时查看储物柜里的每一样东西。小心一点总比发生意外好,他对自己说。但这些武器和其他设备都让他产生一种思之后怕的感觉,一种不祥之兆。

　　太多武器,而且每一样武器都可以做其他用途,比如激光手电筒和核聚变引擎。在超空间飞行的第一天,他们为这艘飞船举行了一个命名仪式,路易建议把这艘船称为"说谎者号"。蒂拉和对话官出于自己的理由都同意这个叫法,涅索斯也打着自己的算盘,并不反对这个名字。

　　他们在超空间飞行了一个星期,走了两个光年多一点的距离。当他们跳回到正常空间时,他们已经在那颗G2恒星环形系统附近了——在路易斯·吴的心中,依然盘桓着那个不祥的预感:

　　肯定有人早就料到,他们一定会降落到环形世界上的。

第八章 环形世界

傀儡师的星球世界以接近光速的速度沿着银河系的北部边缘移动。对话官驾驶着一艘飞船在超空间中盘旋转向银河系南边的G2恒星。同时,当"说谎者号"从超空间的盲点中掉出来后,立刻就以极大的速度径直冲进了环形世界的系统里。

此时看到的G2恒星是个炽烈耀眼的白点。路易曾去过别的恒星系统,在太阳系的边缘看到的太阳跟眼前这颗恒星很相像。但这个恒星几乎没有光环。路易会永远记住这幅图像,这是环形世界给他的第一印象。从这个恒星系统的边缘望去,环形世界是个肉眼能看到的天体。

对话官开足了大型核聚变引擎的马力。他把机翼里的推进圆盘调转过来,将喷射轴线对齐船尾,向火箭施加反向加速度。"说谎者号"退着进入G2星系,燃着的烈焰像两颗孪生太阳,以接近200g的反向加速度慢下来。

蒂拉对此一无所知,因为路易没告诉她。他不想让她担心。假如舱内的重力受到哪怕一瞬间的干扰,他们都会被压得扁扁的,就像被一脚踩死的虫子。

但是舱里的重力十分稳定，没有一丝扰动的痕迹。整个生命维持系统中只有来自傀儡师世界的轻柔拉力，还有核聚变引擎那持续、低沉的震颤声。那轰隆隆的引擎震颤是从唯一的通道挤进来的，那是一个没有人的大腿直径粗的导线管口。这声音一旦钻进来就无处不在。

即便是在超空间飞行，对话官也更愿意驾驶一艘透明的飞船。他喜欢宽阔的视野，超空间的盲点现象似乎对他的精神状态造不成任何影响。这艘船除了私人卧舱外，也还算是透明的，这样的视野花点儿工夫也能适应。

现在，休息室、驾驶舱、墙、地板和天花板，所有这一切都互相重叠在一起，虽不至于完全不可见，但都是透明的。在这明显的空虚之中，有一些实实在在的构成块：驾驶座上是对话官，一个马蹄形工作台环绕着他，上面有一排黄绿色的仪表；走道的边线闪着霓虹的光，休息室大桌子边有一堆沙发，不透明的尾舱区域；当然，还有机翼那扁扁的三角形。在这一切之外以及环绕这一切的是遥远的群星：宇宙看起来近在眼前……而且几乎静止不动。那颗带环的星星正好在船尾方向，被舱室挡在后面，他们无法看见它在逐渐胀大。

空气中有臭氧和傀儡师的气味。

照理说，那200G的隆隆减速声钻进涅索斯耳朵里，已经足够把他吓得缩成一团了。但这时他却跟其他人围坐在休息室的桌子旁，似乎倒也舒服自在。

"他们不会有超波的。"他正念念有词，"系统的数学推算可以证明，超波是一个超光速引擎的数学概念，而他们是不可能有超光速引擎的。"

"但他们完全可能在偶然情形下发现了超波。"

127

"不会的,蒂拉。我们不妨试试超波的波段,反正我们这会儿减速,也没别的什么可试的,但……"

"该死的,还要等啊!"蒂拉突然站了起来,几乎是跑着离开了休息室。

路易看着傀儡师一脸疑惑,生气地耸耸肩算是作答。

蒂拉的情绪糟糕透了。一个星期的超空间飞行已经让她觉得无聊透顶,一想到还得熬过一天半的减速期,还要继续保持不动,她就开始抓狂。但她能指望路易做什么呢?难道让他改变物理定律不成?

"我们必须等。"对话官顺着蒂拉的话说。他是在驾驶舱里接的茬,他可能听不出蒂拉话中的情绪。"超波器没有信号。我敢保证环形世界的工程师不想用任何形式的已知超波跟我们对话。"

通信已经变成首要的话题。除非他们能够跟环形世界的工程师联系上,否则他们出现在这个有人栖居的系统中就有强行入侵的嫌疑。到目前为止,还没有迹象表明他们的出现已被检测到。

"我的接收器是打开的。"对话官说,"如果他们想用电磁频率跟我们沟通的话,我们是会知道的。"

"未必如此,他们或许会用些更明显的方式。"路易反驳道。

"的确如此。许多族类曾使用冷氢谱线来搜寻其他星系的族类。"

"就像卡达特力诺人。他们便用聪明的方法找到了你们。"

"然后我们又用聪明的方法让他们沦为了奴隶。"

星际电波收到了来自不同星系的嘈杂信号,但是二十一厘米波段却是完全安静的,可以传递无数个立方光年内的星际冷氢光谱,它是任何智慧种族都可以用来跟外星种族沟通的频谱。很遗憾,"说谎者号"所排出的废气中含有大量超新星般炽热的氢气,使得这种波段无法发生作用。

"记住,"涅索斯说,"我们的飞行轨道决不能穿过那个圆环。"

"这个你已经说过好多次了,涅索斯。我的记忆好得很。"

"我们决不能让环上的居住者觉得我们会带来危险。我相信你不会忘记这点的。"

"你是一个傀儡师,你不会相信任何东西的。"对话官说。

"行啦行啦。"路易厌烦地说。他们的争吵让路易很恼火。他走到自己的舱室里睡觉去。

几个小时过去了。"说谎者号"朝着那颗带环的恒星落下去,两道如同超新星般明亮炙热的光矛在前面开路。"说谎者号"的速度慢了下来。

对话官没看到有什么连贯的光束照在船身上。也许环形世界的人还没有发现"说谎者号",也可能他们还没有激光通信技术。

在超空间飞行的这一周里,对话官和那两个人类度过了比较轻松的时光。路易和蒂拉喜欢上了克孜人的驾驶舱,因为这儿有稍微大一些的重力,有全息景观展示的橘黄色丛林和古代外星堡垒,还会散发出另一个外星世界那刺激和多变的气味。而他们自己舱室的装饰则毫无想象力,不过是一些城市景观和海水养殖场的照片,那海水养殖场有一半被基因改造的海藻所覆盖。那克孜人倒比他们自己更喜欢他们的舱室。

他们甚至还试着在克孜人的驾驶舱中一起进餐。但是克孜人吃相如饿狼,他还抱怨人类的食物闻起来像烧焦了的垃圾,路易和蒂拉只好就此打住。

现在蒂拉和对话官在用很低的语调交谈着,他们在休息室大桌子的一端。路易享受着这份宁静,聆听着核聚变引擎那轰隆隆的声音,它们有如远处传来的雷声。

他已经很习惯生活在舱室的重力系统里了。他自己的小飞船有30G的重力。但那小飞船用的是推进器,推进器是安静无声的。

"涅索斯。"他的声音压过了那些个小太阳①燃烧的嗡嗡声。

"啥事,路易?"

"你对盲点的了解有哪些是我们不知道的?"

"我不明白你的问题。"

"超空间让你害怕。可我们现在坐在一根火柱②上退回到正常空间——这却没有吓着你。你们的人建造了'大运号',他们一定了解一些我们不了解的超空间的情况。"

"也许吧。也许我们确实是了解一些事情。"

"什么意思?难道这是你们的一个秘密?"

此时对话官和蒂拉都在听着。对话官的耳朵是可以叠起来藏在毛里的,但此刻正像一把半透明的粉色遮阳伞那样撑开着。

"我们都知道人终有一死。"涅索斯说,"我不知你的族类是否如此。但我的同胞没有能永生的,我们的科学家已经证明了这一点了。我们都害怕死亡,因为我们知道死亡是永恒的。"

"然后呢?"

"飞船会在盲点消失。没有哪一个傀儡师会在使用超光速

---

①指运作中的核聚变引擎。

②指"说谎者号",前面说过"说谎者号"是一艘两头尖的圆柱形的飞船,当它机翼上的核聚变引擎工作时,就像一根火柱。

引擎时离奇点太近。但是在我们的船还需要驾驶员的时代,不管离得多远,他们都会消失。我信任建造'说谎者号'的工程师,因此我也信任船舱里的重力。它不会让我们失望的。但就连工程师们也害怕盲点。"

这船有白天和晚上之分。晚上,路易睡得很不好,老梦到许多壮观的场面;而在白天,蒂拉和路易又发现两个人几乎无法相处。她什么都不害怕。路易怀疑自己永远也不会看到她害怕的样子。她只不过是感到无聊透顶而已。

那天晚上,回到正常空间半个小时之后,那颗带环的恒星从尾舱区域的生活–睡眠舱后冒出来。那颗星又小又白,色度和光亮没有人类的太阳强烈,窝在一条发着淡蓝弧光的铅笔细线中。

他们站在对话官的身后,从他的肩膀上看过去,对话官在调节望远镜的屏幕。他找到了环形世界内侧表面的蓝弧线,点了一下放大键。问题的答案立即就出来了。

"环的边缘有东西。"路易说。

"把望远镜对准边缘。"涅索斯命令道。

环的边缘展现在他们眼前。那是一座墙,向环内升起,朝着那颗恒星。他们看得见它那黑色的暴露在太空中的外侧,在恒星照亮的蓝色景观衬托下,像是一道剪影。这是一堵边缘矮墙,但这"矮"只是相对环本身的规模而言的。

"如果这个环的宽度有一百万英里。"路易估算着,"那么这座边缘墙至少有一千英里高。现在我们明白了,正是这座墙使空气被保留在了环内。"

"这真的管用吗?"

"应该管用。环自转产生了重力。千万年来,可能会有些空气从墙的边缘流失掉，但是他们一定补充了新的空气进来。为了造这样的一个环，他们一定掌握了某种廉价的物质转换技术——比如几角星币就能转换一千吨物质。除此之外，他们肯定还有许多其他办法——在我们看来不可能的办法。"

"我很想知道环的里面是什么样子的。"

听到这里，对话官按了一个操作键，屏幕的画面开始滑动。放大率还没大到可以看清细节。只见很亮的蓝色和更亮的白色滑过望远镜的屏幕，还有一个海军蓝的阴影，边缘模糊但笔直……

更多的边缘墙显现出来。现在看到边缘墙有点儿向外倾斜。

涅索斯站在过道里，两颗头都伸到了对话官肩膀的上方，命令道："把画面放到最大。"

屏幕上的图像扩大了。

"山脉，"蒂拉惊叹道，"多可爱啊！"因为边缘墙是不规则的，塑造得像是饱受风化的岩石，有着地球的卫星月亮那样荒凉的颜色，"一千英里高的山脉啊。"

"我没法儿放得更大了。为了看清细节，我们必须离得更近一些。"

"我们开始跟他们联系吧。"傀儡师说，"我们停下了吗？"

对话官查看了一下飞船的控制系统，"我们正在以大约每秒三十英里的速度接近那颗主星。这个速度够慢了吗？"

"够慢了。开始传递信号吧。"

依然没有激光照在"说谎者号"身上。

检验电磁辐射要更困难些。无线电波、红外线、紫外线、X光射线——必须检查整个光谱，从环形世界暗面所发出的相当于室温的热量，到足以分裂为正–反物质对的高能光量子，都得检查。二十一厘米波段也没有信号，同样，它的乘积和约数波段也没有信号——这都是非常适用于氢吸收频带通信的波段。查完这一切，对话官就只有拿着接收器瞎摆弄的份儿了，跟蒙眼捉迷藏①差不多。

"说谎者号"机翼上的巨大通信设备舱已经打开。"说谎者号"正通过氢原子的吸收频率和其他方式发送无线信号，十种不同频率的激光照射着环内侧表面的一块块连续部分，在核聚变发动机一阵阵的爆发中发送着星际语的莫尔斯电码。

"我们的自动驾驶仪最终会把任何可能是信息的内容翻译出来的。"涅索斯说，"我们必须假定，至少他们的地面电脑是管用的。"

对话官刻毒地回应："你们那白痴电脑，难道对于彻底静默也能翻译吗？"

"请专心地把信号发到边缘墙。如果他们有太空飞船发射场的话，那一定会在环的边缘。在边缘之外的其他任何地方降落航天器都是极其危险的。"

动物对话官用英雄语对涅索斯咆哮，说了几句极其侮辱的话。这倒是有效地终止了他们的对话，但涅索斯并没有走开，他原地不动地待了几个小时，他的两个头警觉地保持在克孜人肩膀的上方。

环形世界像一条蓝色的格子彩带在空中划过，远远等待着飞船的逼近。

"你那次想跟我聊戴森球②来着。"蒂拉说。

---

①一种游戏。其中一人被蒙上眼睛，然后搜寻周围的伙伴，捉到某个人时就猜他/她是谁。

②指弗里曼·戴森（1923- ）于1960年提出的构想。他认为当文明发展到一定程度后，为了利用恒星释放出的所有能源，会在恒星外建造一个球体，将恒星"罩"住，并利用人工重力装置解决重力不平均的问题。

"但你却叫我自己去抓头发里的虱子。"之前,路易曾在飞船的阅览室里读到一本描述戴森球的书。他为这个构想感到兴奋,想跟蒂拉分享却没找对时机,当时蒂拉正沉迷在单人纸牌的游戏中,根本不想听他讲。

"现在跟我说吧。"她哄劝道。

"到一边抓虱子去。"

她静静等着。

"好吧,你赢了。"路易说。他已经郁闷地盯着环形世界看了半个小时,现在也跟蒂拉一样感到十分无聊。

"我想告诉你的是,环形世界是一个折中的工程,是戴森球和普通行星之间的折中。

"戴森是古代的一位自然哲学家,他生活在'前小行星带'时期[①],几乎是'前原子'时代之前。他指出,文明的发展受限于其所能够得到的能源。人类要是想最大限度地利用所得到的能源的话,唯一的方法,是建一个球形的壳把太阳包起来,不放过太阳射出的每一道阳光。

"你现在要是能够忍住一分钟不笑,就能理解这个构想。太阳输出的能量,地球得到的连十亿分之一都不到。想想看,如果太阳的所有能量我们都可以利用的话……

"所以,这构想一点也不荒谬。那时,人类对于超光速飞行连理论基础都没有。如果你记得的话,超光速引擎甚至也不是我们的发明,就算是胡乱碰运气,我们也不可能把它发明出来,因为人类从来也没打算过要跑到奇点之外的空间里去做试验。

---

①指作者的"行星带主人"系列(Belter series)科幻小说,其背景是太阳系殖民时期,人类使用亚光速的燃料动力喷气式飞船。环形世界的故事发生在行星带殖民时期之后遥远的未来,其时人类使用超光速推进器进行超光速航行。

"设想一下,要是'局外人'的船没遇到联合国的离子冲压飞船呢? 要是生育控制法无效了呢? 如果地球上有上万亿个人,密密麻麻地站在一起,而最快的交通工具不过是离子冲压飞船,单凭聚变能量,我们能够持续多久呢? 一百年之内,我们就会用光地球海洋里的所有氢元素。"

"但是戴森球的意义不仅是收集太阳的能量。

"这么说吧,假如你造的球壳的半径是一个天文单位。因为你反正都得清理整个太阳系,所以你可以在这个结构中用上太阳系里的所有行星,这会让你造出一层铬钢球壳,比如有好几码厚。然后你在这个球壳的各处安上重力发生装置。这样一来,你这个球的表面面积就会是地球的十亿倍。一万亿人在上面生活,可以一辈子乱走都不会再碰到另一个人。"

蒂拉终于有机会插了一句:"你是用重力生成机把所有的东西都保持在上面吧?"

"是啊,装在球的里侧。我们会用土把里面都填上。"

"要是一台重力生成机坏了呢?"

"你呀,真是吹毛求疵,这个嘛……如果这种情况真的发生,那么成千上亿的人都会因为引力被吸进太阳里去,所有的空气都会尾随他们汹涌过去,还会有巨大的龙卷风,威力足以吞下整个地球。根本不会有任何机会派人去修理,反正在这样的风暴里是没法儿——"

"我不喜欢这个构想。"蒂拉果断地说。

"咱们别那么着急下结论。或许能有其他办法让重力生成机绝对安全。"

"不是因为这个。而是你再也看不到星星了。"

路易倒没有想过这个,"那算了。戴森球的要点是,每一个智慧的、工业化的宇宙种族最终都会需要一个戴森球那样的东西。技术文明发展的总趋势是,随着时间的推移,能量会使用得越来越多。环形世界是普通行星和戴森球之间的折中。也就是说,在这个环上,你得到的空间只是戴森球的一小部分,你截获的阳光也只是阳光总量的一小部分,但是你能看到星星,你也不必担心重力生成机的问题。"

驾驶舱传来动物对话官的大骂声。他在咒骂某件复杂的事情,声音大得整个舱里的空气都震动了起来。蒂拉咯咯地笑了起来。

"如果傀儡师有过类似戴森球那样的想法。"路易继续说道,"那么他们可能就会非常期待看到麦哲伦星云布满了环形世界那样的结构,边对边地连在一起。"

"所以把我们叫到这儿来。"

"我讨厌跟人打赌傀儡师在想什么。但如果我必须这么做,这就是我要赌的。"

"怪不得你整天泡在图书馆里。"

"令人愤慨!"克孜人大叫起来,"这是侮辱! 他们故意不理我们! 他们显然是故意不理我们,这是找打啊!"

"不可能的。"涅索斯说,"如果你找不到他们的无线电传送信号,那就是他们不用无线电。哪怕他们常规地使用激光无线电,我们也能检测出来一些遗漏的信号。"

"他们不用激光,他们不用无线电波,他们不用超波——那他们到底是用什么来进行通信? 心灵感应术? 文字信息? 大镜子?"

"鹦鹉。"路易提出,他站了起来,走到驾驶舱加入到他们中间,"巨大的鹦鹉,特别培育的品种,具有超大的肺,大到飞不起来。它们只好坐在山顶上,互相对着尖叫。"

对话官转过身来盯着路易,"我试着联系环形世界的人,已经努力四个小时了。那上面的居民对我置之不理也长达四个小时。他们确实是蔑视我们。他们连一个词都不回我。我的肌肉因为缺少运动而发抖,我的毛乱得都打结了,眼睛也不能专注,我的舱室太小,我的微波炉只有一挡加热的温度,我不管加热什么肉都只能用这温度,更糟糕的是这温度完全不对,而我也无法修理它。你若提供不了什么帮助或建议,路易,我会崩溃的。"

"会不会他们已经丧失了自己的文明?"涅索斯若有所思地说,"如果是这样,那他们是很愚蠢的,想想看。"

"可能他们都死光了。"对话官恶狠狠地说,"要这样的话,也是很愚蠢的。他们不跟我们联系已经够愚蠢的了。我们干脆登陆到上面去看看吧。"

涅索斯着急地吹起了口哨,"登陆到一个使土生土长的种族都灭绝了的世界?你是不是疯了?"

"那还有什么办法可以了解上面的情况?"

"没错。"蒂拉插了一句,"我们这么大老远跑来,不是为了飞着兜圈子!"

"我禁止登陆。对话官,继续跟环形世界联系。"

"我已经放弃这种努力了。"

"请你重新开始。"

"我不。"

路易向前迈了一步,自愿做起了协调工作,"别吵了,我的毛绒兄弟!涅索斯,他说得有道理。环形世界的人是不想跟我们说话,不然我们早就收到他们的信号了。"

"除了继续尝试,我们还能做什么?"

"我们该干吗干吗。给环形世界的人一点时间,让他们明白我们的意思。"

傀儡师无可奈何地同意了。

于是他们向着环形世界漂移过去。

对话官调整了"说谎者号"的方向,使之能从环形世界的边缘外通过:这是对涅索斯做的让步。傀儡师担心,如果"说谎者号"的航线跟环相交,环形世界的人会把"说谎者号"看作一种威胁。他也指出"说谎者号"的核聚变发动机的样子很像武器,所以"说谎者号"只能靠推进器前进。

光凭眼睛无法判断环的规模。过了几个小时,才感觉环的位置有改变,太慢了。船舱内的重力抵消了从0G到30G的推动力,因此内耳察觉不到船的运动。时间在真空中流逝,自从离开地球以来,路易第一次想要咬指甲。

终于,那个环出现在"说谎者号"的旁边。对话官用推进器刹闸减速,把船挪进了一个圆形轨道,绕着环的边缘飞行,然后让船向环边缘漂去。

现在看到有东西在动了。

环形世界的边缘先是一道模糊的线,遮着几颗星星,现在变成了一道黑色的墙,一道一千英里的高墙,看不清细节,即使有什么细节也会因为转得太快而模糊难辨。这墙在五百英里远处,但还是遮挡了九十度的天空,它以每秒七百七十英里的可怕速度掠过眼前,两侧边线的透视焦点仿佛交汇在无限远处,边线两头都汇聚在宇宙的尽头,而从那两个尽头之处,各自径直向上射出一道细细的淡蓝线。

眺望透视焦点相当于走进另一个宇宙世界,那是一个由直线、直角和其他抽象几何图形构成的宇宙。路易着迷地盯着透视焦点。它到底是个什么点:是源头还是尽头? 那道黑墙是从那个交汇点开始的,还是从那儿消逝的?

突然,从无限远的地方有个东西迅速向他们逼近。

那是一处棱台,仿佛是从墙的最底部长出来的另外一块凸出部分。先是看见棱台,然后才看见棱台之上驾着一排直立的圆环,它们径直朝"说谎者号"冲过来,正对着路易的鼻梁。路易紧闭双眼,猛抬两臂护着头。这时他听到一声悲嗥。

随即而来的应该是死亡。但并没有,他睁开了双眼,那些圆环像一条平稳的河流那样掠过,他发现那些环跟他们相距不到五十英里跨度。

涅索斯吓得缩成一团。蒂拉则把手掌撑在飞船的透明墙上,贪婪地看着外面。对话官倒是无所畏惧,专心致志地盯着仪表板。或许他对距离的判断比路易强。

或许他是装的。说不定那声悲号就是他发出来的呢。

涅索斯展开了身体。他朝外面看着那些圆环,它们现在看着小了一些,逐渐收敛成点。"对话官,你必须把速度调整得跟环形世界的转速一样。用1G的推力,让我们的位置保持不动。我们得看一下这个东西。"

离心力是一种幻觉,是惯性定律的一种体现。真正存在的是向心力,这是一种垂直作用于某个物体运动方向的力,但这个物体会抵抗,会按其惯性做直线运动。

在速度和惯性的作用下,环形世界具有分裂的倾向,但它那坚固的结构阻止了这种可能。环形世界自己承受着自己的离心力。"说谎者号"必须跟那个向心力匹配和协调,才能把速度调得跟环的转速一致,每秒七百七十英里。

139

对话官完成了匹配。"说谎者号"悬停在边缘墙的旁边,以0.992 G的推力平衡着。船上的人都在审视着一个航天港。

航天港是一个狭窄的楼台,它非常狭窄,仿佛一条无维度的线,对话官把船向里面推进了一些,这时它才变得豁然开朗了,那么宽,停在上面的一对巨大飞船也显小了。那是两艘平头的圆柱体飞船,两者的设计相同:很陌生的设计,但很清楚是一种核聚变-冲压飞船。这样的船是可以自产燃料的,在飞行过程中,船上的电磁场会像勺子或进气斗那样收集星际中的氢元素,并使之发生聚变而产生动力。这两艘船中,一艘已被拆开作为修配零件取用,它的腹部敞向真空,内部结构在路易这些外来者眼中暴露无遗。

另外那艘完好无损的船,上半部分有很多窗口绕了一圈,这让那些观察的眼睛能够估计出它的大小。在时有时无的星光下,那些窗户像蛋糕上的糖霜一样闪闪发亮。估计有上千个窗口吧。这是一艘巨大的船。

周围是一片黑暗,整个航天港都是黑暗的。或许使用这艘船的生灵不需要"可见"频率的光,但在路易·吴看来,航天港像是被遗弃了。

"我不懂那些圆环是干吗用的。"蒂拉说。

"是电磁圈,"路易漫不经心地回答,"是为飞船起飞用的。"

"不是。"涅索斯说。

"啊?"

"那种圆圈一定是用来协助飞船着陆的,我们甚至可以想象它的用法。一艘飞船想在环形世界着陆,必须进入沿着墙的轨道,它不用调整自己的速度来与环同步,只需保持距离墙底二十五英里的高度就行。随着环的自转,电磁圈就会带动船体并给它加速,最后让它跟环形世界转速同步。我真佩服环形世界的工程师飞船,永远不需要冒险靠环太近。"

"你也可以用这些圆圈来帮助起飞。"

"不可以。好好看看我们左边的设备。"

"没天理啊!"路易说。

所谓的"设备"不过是一道活板门,大小刚好容纳一艘冲压飞船。

现在一切清楚了。每秒七百七十英里是冲压引擎本身的速度,环的发射设备不过是把飞船推进真空,飞船驾驶员会立即靠冲压-聚变动力加速离开。

"这个航天港像是废弃不用了的。"对话官说。

"有没有正在使用中的能量?"

"我的仪器检测不到。没有异常发热的点,也没发现大规模的电磁活动。至于那些控制线性加速器的传感器,它们使用的能量级别可能小到我们无法探测。"

"有什么建议吗?"

"那些设施可能还处在运作状态。对此我们可以这样来检验一下,接近那个加速器的口并穿过。"

涅索斯吓得缩成一团。

"这个方法不行。"路易说,"可能得有一个关键信号来启动那个设施,而我们对此一无所知。它可能只对金属的船壳有反应。如果我们以环形世界的速度通过那些线圈,可能撞到其中的一个,那一切都会撞得粉碎。"

"我曾在战争演习中,模拟过相似情形下的飞行。"

"多久以前?"

"或许太久了。算了。你有什么建议?"

"飞到下面去。"路易回答。傀儡师立刻展开了身体。

他们慢慢沉到环形世界的下面,在接近其外表面的地方维持着同步速度,并以每秒九点九四米的加速度向环外方向喷射,同环保持着距离。"打开探照灯。"涅索斯说道。

探照灯照亮了五百英里的范围,但是如果光照到的是环形世界的背面,它就没有反射。这灯是为找着陆点而设计的。

"涅索斯,你还相信你们的工程师吗?"

"他们应该预料到会发生这样的事情的。"

"我倒还是相信他们的。如果让我使用那几个核聚变引擎,我可以把环形世界照亮。"克孜人说。

"那就这么着吧。"

对话官把四个引擎都打开:朝向前方的那一对,还有一对朝后的较大的引擎。但朝前的那一对是用于紧急减速的,在应急情况下也能当武器用,对话官将其喷嘴开得大大的。氢气从管道通过得太快,还没彻底燃烧就喷射出来。聚变管道排出的废气通常比一颗新星的核心温度还高,现在它的温度在降,一直降到与黄矮星的表面温度相当,这时两道长矛似的亮光穿过了黑暗,刺向环形世界的底部。

首先,底部的世界不是平坦的,它有起有落,有的地方高高凸出,有的地方凹陷下去。

"我以为它是平的呢。"蒂拉说。

"这一切是刻意塑造出来的。"路易说,"我敢打赌,每个凸起之处,对应的向阳那面一定有一片海;而每个凹陷之处,另一面一定会有一座山。"

但具体的构造小得无法辨认,对话官便把船开得更近些。

"说谎者号"向环形世界的边缘漂去,漂到距离环的底部五百英里的位置。这下清楚了:雕刻般的凹凸错落有致,他们漂浮而过时,心里感到了某种愉悦……

许多世纪以来,人类以类似的方式在地球的月亮表面上游览,那情形跟这里看到的差不多:在那些游船强大的探照灯照射下,月球的暗面显露出死寂的深坑和山峰,以及一块块边缘清晰的黑色与白色。

但还是有不同之处。在月球上方的任何高度,你都能看到月球那微微弯曲的地平线,在黑暗的太空映衬之下呈清晰的锯齿状。

环形世界的地平线没有锯齿,也不是曲线。它是一条笔直的线,一条几何上的直线,出现在无法想象的遥远之处;而且因为是黑衬黑的缘故,它几乎难以辨认。路易感到纳闷,对话官怎么受得了这个? 驾驶着"说谎者号",一小时接一小时地在环形世界这个"人造物"的旁边和底下穿行?

路易打了个冷战。渐渐地,他有了点儿尺度的概念,对环形世界的大小规模有了认识。这过程一点都不令人愉快,正如所有的学习过程一样。

他把视线从那可怕的地平线移开,眼光回到飞船周遭被探照灯照亮的区域。

涅索斯说:"所有的海看上去大小都一样。"

"我看到一些池塘。"蒂拉反驳道,"看,那是一条河。一定是一条河。但我没有看到很大的海洋。"

海倒是有不少,路易看到——如果他没看错的话,那些鼓胀起来的平面就是海。尽管它们的大小不是完全一致,但它们的分布是均匀的,因此没有一个地方是干涸的。还有——"平的,所有的海底都是平的。"

"是的。"涅索斯肯定路易的判断。

"这就证明,所有的海都很浅,环形世界的居民不是栖息在海里的,他们只使用海的最上层,就像我们一样。"

"但所有的海的形状都是弯弯曲曲、不规则的。"蒂拉说,"所有的海岸线都是参差不齐的。你知道这意味着什么吗?"

"海湾。到处都是海湾,任何人都可以使用。"

"尽管环形世界的居民是陆地居民,但他们不怕使用船只。"涅索斯说,"要不然他们不需要有那么多的海湾。路易,这里的人在外表上一定跟人类很相似。克孜人讨厌水,而我们则害怕被水淹死。"

路易心想道,单从它的底部表面看,就可以对一个世界有很多了解。或许哪天他可以写篇专著来论述有关话题……

蒂拉说:"把自己的世界雕刻得这么井井有条,一定感觉不错。"

"难道你不喜欢你自己的世界吗,小伙伴?"

"你知道我说啥。"

"力量?"路易喜欢新奇的事物,但对力量没有兴趣。他不是创造型的人,不喜欢制造东西,他更喜欢寻找。

他看到前方有个什么,是一个很深的凸起物……还有一个突出来的鳍状物,在马力十足的引擎的光照下呈黑色,路易估计这地方有上万平方英里之大。

如果其他的是海,那么这个就是大洋了,洋中之王。它大得无边无际,怎么也飞不出它的范围,而且它的底也不是平的。它仿佛是太平洋的海底地形图:幽深的峡谷、隆起的山脊、浅滩、深水,以及最后可以成为岛屿的山峰。

"他们想要保持他们的海洋生活习惯。"蒂拉说,"他们需要一个很深的海洋。那个鳍状物一定是为了保持深水的低温。是个散热器。"

一个不太深的海洋,大得可以吞下整个地球。

"够了。"克孜人突然发话,"现在我们该看看环的内侧表层了。"

"那我们得先做些测算。这个环真的是圆形的吗?一个小小的偏差就会使环内的空气泄漏到太空去。"

"我们知道有空气,涅索斯。内侧表层水的分布将告诉我们这个环离圆形的偏差有多少。"

涅索斯做出让步,"非常好,等我们抵达另一边的边缘。"

看到了一些流星撞击留下的坑洞。不是很多,但确实存在。路易感到几分好笑,看来环形世界的居民在清扫他们的星系时很粗心。但实际上不是这样的,这些坑洞是从他们星系之外飞来的流星留下的。在核聚变引擎发出的强光的照射下,一个圆锥形的洞口飘过,路易看到底部有光亮在闪烁。一个平滑的东西在反光。

一定是环的底板。环的底板应是一种高密度物质,足以把百分之四十的中子拦截在外,想必非常结实坚固。在环的底板内侧就是土壤、海洋和城市,而在这些东西的上方便是空气了。在环的底板之外,是一种海绵状的物质,像泡沫塑料,用来抵挡流星的冲撞。多数流星会在那厚厚的泡沫物质中蒸发掉,但是少数会穿通这些物质,留下圆锥形的洞口和一些发亮的洞底……

顺着环形世界的长边远远地看过去,几乎在它那无限柔和的曲线之外,路易看到一个凹坑。那么远,凭星光都可以看得见,那一定是个巨大的凹坑,路易心想。

他没有提醒大家注意那个流星凹坑。他的眼睛和头脑都还没适应这环形世界的比例呢。

第九章　阴影方块

　　G2恒星出现在环形世界那笔直的黑色边缘之外,发出耀眼的光芒。那亮度令人很不舒服,对话官打开偏光镜,这才感觉好了些。路易现在可以看那颗圆盘般的恒星了,他发现有道阴影挡住了恒星的部分光辉。路易看到了阴影方块。

　　"我们必须很小心。"涅索斯警告对话官,"如果我们跟环的速度一致,又盘旋在环内侧表面的上空,我们一定会遭到袭击的。"

　　对话官很不屑地嘟囔了几句,算是回答了涅索斯。克孜人想必累坏了,他已经坐在那马蹄形的控制台前驾驶了好几个钟头。"我们会被什么武器进攻? 我们已经证明了,环形世界的工程师连个能用的无线电台都没有。"

　　"我们没法儿猜测他们的通信技术。也许他们用的是心灵感应术,也许是环底板的共振系统,也许是金属线传导的电脉冲。同样,对于他们的武器装备,我们一无所知。在环的表面上空盘旋,我们就可能对他们构成巨大的威胁,他们会使用任何武器攻击我们的。"

路易点头同意。他并不是生性小心翼翼的人，而且环形世界强烈地激起了他的好奇心，但他认为涅索斯是对的。

盘旋在环的表面上空，"说谎者号"就像是一颗流星，巨大的流星。即使仅以同步轨道的速度前进，这样巨大的质量也会带来地狱般的危险，因为只要碰一下大气层，它就会以每秒几百英里的速度尖叫着坠落下去。如果以快于同步轨道的速度飞行，并用引擎控制保持弧线形的航线，这船的危险性可能会小些，但依然不能排除，因为只要引擎失灵，"离心力"就会把船往外或往下甩到有居民的地面上。环形世界的人们可不能小看流星，何况是这样巨大的一个，它只要把环的地层打出个洞，这世界所有供呼吸的空气就会泄漏一空。

对话官把脸从控制台前转过来，双眼直瞪着傀儡师那长在两颗扁头上的眼睛，"那听你的吧。"

"首先把船的速度降到环的轨道速度。"

"然后呢？"

"往那颗恒星的方向加速，趁环在我们下方变小之前，我们还可以对环的宜居表面做一定程度的观察。我们的主要目标是那些阴影方块。"

"这种谨慎完全不必要，而且很丢人。我们对那些阴影方块丝毫不感兴趣。"

他妈的，又吵架了！路易心里骂了一句。他又累又饿，难道他被叫来这里就是为了给这两个外星人劝架的吗？他们已经很久没吃没睡了。路易都觉得这么累，那克孜人肯定已经筋疲力尽，正好找碴儿吵架。

傀儡师说："我们对那些阴影方块绝对感兴趣。它们比环形世界本身能截获到更多的阳光。它们是很理想的温差电流发电机,可以用来给环形世界提供电力。"

克孜人用英雄语咆哮了几句恶毒的话。但他用星际语回答的话却温和得有点儿滑稽,"你真是莫名其妙。我们对环形世界的电力来源压根儿就没有兴趣。不如我们干脆着陆,找个原住民,跟他打听能源的事。"

"我拒绝考虑着陆。"

"你是质疑我的飞船操控技术?"

"你是质疑我作为领导的决策能力?"

"既然你挑起这个话题……"

"对话官,我还带着那个塔斯普呢。在'大运号'和'量子二号'引擎上,是按我的话来行事,在这艘船上我依然是'最幕后的那位'。你好好记住这点……"

"停。"路易制止道。他们朝他看过来。

"你们的争吵很幼稚,"路易说,"为什么不把望远镜对准那些阴影方块?这样你们两个就会有更多的事实依据互相对吵了。那一定会更有趣一些。"

涅索斯自己看着自己,两眼对视。克孜人收回了他的爪子。

"更为实际地说,"路易说,"我们几个都这么疲劳不堪,又累又饿。谁愿意空着肚子吵架?我得去戴助眠器睡一个小时。我建议你们也这么做。"

蒂拉很吃惊,"你不想看了?一会儿就能看到环的内侧了!"

"你好好看吧。等我醒了告诉我都有些什么。"他说完便离开了。

等路易醒过来时,感到昏昏沉沉、饥肠辘辘,是饥饿让他从睡盘之间挣扎了起来,他耐心地在舱室里待了一会儿,点了一份用手抓着吃的食物,然后一手拿着食物,边吃边晃晃悠悠地走进了休息室。

"都发生什么了?"

蒂拉从一个阅读屏的顶部看过来,淡淡地回答说:"你错过了一切。奴役者飞船、迷雾恶魔、太空飞龙、食人星籽,所有这一切一起向我们进攻。对话官不得不独自一人赤手空拳地把它们打垮。如果你在,应该会喜欢的。"

"涅索斯呢?"

傀儡师从驾驶舱里回应他:"对话官和我达成了一致,决定往阴影方块的方向前进。对话官在睡觉。我们很快就会进入一个空旷安全的空间。"

"有什么新情况吗?"

"有,还不少呢。我这就给你看。"

傀儡师按了几下望远镜屏幕的操控键。他一定在什么地方学过克孜语的符号。

望远镜屏幕上的图像很像是从高空中看到的地球,有山脉、湖泊、峡谷、河流,那块辽阔的不毛之地大概是沙漠。

"有沙漠?"

"看起来像是,路易。对话官检测了温度和湿度的光谱。据我们收集到的证据来看,环形世界已退化到蛮荒的状态,至少部分区域是这样的。要不然怎么会有沙漠出现?"

"我们还在环的另外一边发现了一个咸水海洋,跟这边这个一样大小。光谱分析肯定它是含有盐分的。很明显,环形世界的工程师认为平衡如此巨大的水域是有必要的。"

路易咬了一口手中的食物。

"你之前的建议很好。"涅索斯评论道,"你也许是我们当中最有技巧的外交官,尽管对话官和我在这方面都受过训练。正是在我们把望远镜对准阴影方块后,对话官才同意到那儿去做近距离观察的。"

"哦,为什么?"

"我们发现了一个奇怪的现象。那些阴影方块的移动速度要比轨道速度稍快一些。"路易停止咀嚼口中的食物。

"这不是不可能,"傀儡师补充道,"那些阴影方块也许是在稳定的椭圆轨道上运行的,不需要跟主星保持固定距离。"

路易猛地把食物吞下以便开口讲话,"这太疯狂了。这样一来,白天的长度就可能变化了!"

蒂拉说:"这可能是为了区别春天和冬天,通过让夜晚先短一些,然后又长一些。但还是不太讲得通。"

"对,是讲不通。那些阴影方块不到一个月就转了一圈。谁想要一年只有三个星期呢?"

"你看到问题了。"涅索斯说,"这个反常现象太微妙了,在我们的系统中观测不到这种情况。这是什么引起的? 是因为在靠近主星的地方引力会反常地增加,因而要求一个比较高的轨道速度吗? 无论如何,这些方形的东西值得我们去做近距离的观察。"

阴影方块渐次越过恒星,在明亮的星球表面留下一块块轮廓鲜明的阴影,它们标志着时间的流逝。

这时克孜人从自己的卧舱出来,跟休息室里的人类寒暄后,走进了驾驶舱,接替涅索斯。

没过多久,他又从驾驶舱里出来了。没有任何声音表明出了什么麻烦,但是路易突然看到克孜人目露凶光地逼着傀儡师节节后退。对话官就要出手行凶了。

"行啦。"路易叹了口气说,"到底又怎么了?"

"这个嚼叶子的——"克孜人一开口,就被自己的愤怒噎住了。他又重来一遍,"咱们这位有精神分裂症的'最幕后的那位'领导人,趁我休息的时候把飞船定位在耗能最低的那个轨道上了。按这个速度,我们得飞四个月才能到达那个阴影方块区域。"接着对话官就开始用英雄语咒骂起来。

"是你自己把飞船定位在这个轨道的。"傀儡师温和地说。

克孜人的音调又提起来了,"我本来的打算是慢点离开环形世界,这样我们可以好好看看它的内侧表面。然后我们可以直接对着阴影方块的方向加速,这样我们只要几个小时就可以到达,而不是几个月!"

"对话官,没有必要这样大声嚷嚷。如果我们对着阴影方块加速,我们的预计轨道就会跟环形世界相交。我是希望避免这种情况。"

"他可以对着那颗恒星加速啊。"蒂拉说道。

他们都转过来看着她。

"如果环形世界的人害怕我们撞上他们。"蒂拉耐心地解释,"那他们可能就会预测我们的航线。如果我们的预计航线是指向恒星的,我们就没危险了。明白了吧?"

"这说得通。"对话官说。

傀儡师打了个冷战说:"你是驾驶员。随你的便吧,但可别忘了……"

"我并不打算飞过那颗恒星。在恰当的时候我会把航线调整到阴影方块的。"克孜人跺着脚回到驾驶舱。跺脚对克孜人来说并非一件易事。

此刻飞船转到跟环平行的方向上。没什么会发生事情的迹象，克孜人按照指令，只用推进器在飞行。对话官关掉了船的轨道速度，这样船就朝着恒星的方向落去，接着他将船头转向内侧，开始加速。

环形世界是个宽阔的蓝色带子，点缀着翻卷的波浪和一团团白得耀眼的云彩。此刻它正在明显地向后退去。对话官一副匆匆忙忙的样子。

路易点了两个杯囊的摩卡咖啡，将一杯递给蒂拉。

他能理解克孜人的愤怒。环形世界把他吓坏了，但他强迫自己着陆……并不顾一切地想在自己失去勇气之前把这事了结。

这时对话官回到休息室里，"我们将在十四个小时内抵达阴影方块的轨道。涅索斯，我们克孜族长的勇士从小就被教育要有耐心，但是你们这些嚼叶子的，有耐心得跟死人一样。"

"我们的方向在偏移。"路易说道，半立着身子。船的方向正在从恒星的方向偏开。

涅索斯尖叫起来，横冲过休息室。"说谎者号"在半空中亮了起来，像是一个闪光灯的灯泡内部。飞船突然倾向一侧……

操作系统中断。

尽管船舱有重力，但船还是东倒西歪的。路易抓住一个椅子的后背紧紧抱住不放；蒂拉以令人难以置信的准确度摔进她的缓冲椅；傀偏师缩成一团撞到墙壁上。突然一道强烈耀眼的紫光笼罩了一切，黑暗只是持续了一瞬，很快就被耀眼的光亮所取代，是紫外线灯管的色彩。

光线从外而至，来自四面八方。

对话官一定是先把"说谎者号"对准了恒星的方向，然后又把它设到自动驾驶挡上。接下来,路易继续分析着,自动驾驶功能重新检查了对话官所设定的航线,把那颗恒星看成一颗危险的巨大流星,为了避开它就偏移了方向。

舱内重力恢复到正常。路易从地板上爬起来,他没有受伤。很明显,蒂拉也没有受伤。她正靠墙站着,透过那紫色的光线往船尾的方向看出去。

"一半仪表板坏掉了。"对话官宣布。

"一半的设备也坏掉了。"蒂拉说,"机翼没有了。"

"你说啥?"

"机翼没了。"

机翼真的没了。连同附着在机翼上的东西也都没了:推进器、聚变设备、通信设备舱、着陆装置。整个飞船只剩下一个光秃秃的船身,除了被"众品"船舱所保护的那些部件,"说谎者号"什么都没有了。

"我们被击中了。"对话官说,"我们仍然在遭受攻击,我们可能是被X射线的激光击中了。这艘船现在处于战争状态,因此得由我来指挥。"

涅索斯没跟他争辩。他仍缩成个球的形状。路易在他身边蹲跪下来,用手探试着他。

"该死的,我又不是给外星人看病的医生。我看不出来他有没有受伤。"

"他只是被吓坏了。他想躲进自己的肚子里。你和蒂拉把他固定好,别管他。"

路易一点都不惊讶,自己居然会服从对话官的命令。他的手抖得厉害。不久之前,这还是一艘太空船,现在它正向那颗恒星坠落,与一根玻璃针没什么差别了。

他们把傀儡师抬到缓冲椅上，那是他自己的缓冲椅，然后把他固定在缓冲网中。

"我们面对的是非和平的文化。"克孜人说，"X射线的激光是不折不扣的战争武器。如果不是我们这刀枪不入的船壳，我们早就都死了。"

路易说："奴役者停滞场一定也起了作用。不知道我们在停滞场待了多久。"

"就几秒钟而已。"蒂拉纠正他，"那紫色的光一定是我们的机翼燃烧时产生的金属雾，荧光四射。"

"它一定是被激光点燃的。就是这样。我觉得它正在散开。"的确，那光的亮度已经没有那么强烈了。

"很遗憾，我们的自动系统如此死板，只知道防御。怎么能信任傀儡师？他们完全不懂进攻武器！"对话官说，"甚至我们的核聚变引擎也被安装在机翼上。现在敌人还在朝我们开火！不过他们马上会领教，袭击克孜人有什么下场。"

"你要去追击他们吗？"

对话官没有听出话中的讽刺味儿，回答说："是的。"

"你用什么追？"路易终于发火了，"你知道他们给我们留下了什么？一个超空间引擎，加一个生命维持系统而已，就这些！我们连一对喷气式方向调节器都没有。如果你认为凭这个样子也能打仗，那你也太痴心妄想了！"

"敌人也是这样想的！他们完全不知道……"

"什么敌人？"

"敢挑战克孜人的就是……"

"是自动防御系统，你这个白痴！如果是敌人，我们刚一出现在他们的领域里，他们就向我们开火了。"

"我也对他们反常的战术感到纳闷。"

"所以是自动防御系统嘛！这X射线激光是用来爆破流星的,它们的程序已经被设定好了,随时击落任何有可能撞上环的物体。我们的自由落体预定轨道跟环相交的那一刻,嘭,激光就发射出来了。"

"那……倒也是可能的。"克孜人开始关掉操控板上那些失灵的仪表,"但我希望你说得不对。"

"当然啰,有个替罪羊你会感觉好一些,对吧?"

"如果我们的航线没跟环相交的话,情况会好些的。"克孜人已经关掉半个操控板。他一边说一边继续关掉剩下的仪表盘。"我们的速度很高,这会把我们带出这个星系,远离目前的困境,然后就可以用超光速引擎飞回傀儡师的行星舰队了。但我们首先得让航向偏离那个环。"

路易没有想那么远。"你很着急,是不是?"他有点挖苦的口气。

"至少我们得躲开这颗恒星。只要我们的航线绕着恒星,防御系统就会开火。"

"激光还在发射呢。"蒂拉报告,"透过火焰我已经可以看见星星了,但火焰还在,这意味着我们的方向仍冲着环的表面,对吗?"

"如果那些激光是自动发射的,那就符合现在这种情况了。"

"如果我们撞到那个环上,我们会死吗?"

"去问涅索斯吧。'说谎者号'是他们造的。看看能不能让他把身体打开。"

克孜人厌恶地哼了一声。现在他把操控板上所有的仪表都关上了。只有几个小灯亮着,表示"说谎者号"的部分设备还在工作。

蒂拉·布朗向傀儡师弯下腰去,傀儡师仍蜷成一团,躺在缓冲网的柔软网格之中。自从飞船遭到激光袭击,蒂拉没有表现出丝毫惊慌,这跟路易之前预料的正相反。只见她的手顺着傀儡师的脖子根儿轻轻抓挠着,以前她见路易这么做过。

"你这傻乎乎的胆小鬼。"她责骂着被吓坏了的傀儡师,"好啦,把你的头露出来吧。好啦,看着我。不然你会错过所有刺激好玩的事情的!"

十二个小时过去了,涅索斯仍处在高度紧张的症状中。

"我越想哄他出来,他就缩得越紧。"蒂拉眼泪都快掉下来了。他们已退回到舱室里吃晚餐,但蒂拉什么也吃不下。"我没弄对,路易,我知道。"

"你一直在跟他强调刺激。涅索斯不是追求刺激的人。"路易指出,"别管他了。他既不伤害自己,也不伤害我们。当有人需要他时他会展开的,哪怕只是为了保护他自己。就让他藏在自己的肚子里好啦。"

蒂拉很别扭地踱着步,磕磕绊绊的,她还没有完全适应船舱重力和地球重力之间的不同。她开口要说什么,却又改变了主意,转念又想了想,再次改变了主意,最后突然开口说:"你害怕吗?"

"嗯。"

"我想也是。"她点点头,又开始踱步。这时她又问:"为什么对话官不害怕?"

自从受到攻击以来,克孜人一直忙得不可开交:给武器分类;做基本的三角运算来谋划他们的航线;时不时发出几个简短、合理的命令。别人一看他的做派就感到信服了。

"我觉得对话官也被吓坏了。记得他刚看到傀儡师世界时的反应吗？他其实被吓坏了，只是不想让涅索斯看出来而已。"

她摇摇头，"我不明白。不明白！为什么每个人都吓坏了，就我没有？"

路易的内心深处交织着又爱又怜的感情，伴随着一种久远的痛苦，几乎已被遗忘，像是一种全新的感觉。此刻蒂拉心里一定在说：我在这里是个新手，除了我，所有的人都明白是怎么回事！"涅索斯说对了一半。"他试着解释，"你从来没有受过一点儿伤害，对吧？你的运气太好了，什么也伤害不到你。我们害怕被伤害，这点儿你不能理解，因为这种事情从来没有发生在你身上。"

"真的不可思议。我从来没碰到过骨折或之类的事情——但这并不是一种超自然的能力！"

"没错，运气不是一种超能力。运气属于统计学，你就是一个数学上的侥幸者。在已知空间中，人类的数量为四百三十亿，如果涅索斯在这么多人当中找到的不是你，那倒是令人惊讶的。你还不明白他的用意吗？

"他选了一组人，这些人都是中了生育彩票的人的后代。他说这样的人有好几千个，但我敢打赌，如果他没有在这几千人当中找到他想要的，他可能会继续在更大的一组人当中寻找，也就是那组有一两个祖先是靠赢生育彩票出生的人。这便会给他提供上百万个人选……"

"他在找什么？"

"找你。他把那几千个人列出来，把那些运气不好的删去。比如，这个男人十三岁时弄折了一根指头；这个女孩有性格问题；而那个又有青春痘；这个男人跟人打过架但打输了；那个男人架倒是打赢了，可是却输了官司；这个家伙开过模型火箭，但后来把拇指的指甲盖给烧了;这个女孩玩轮盘赌老是输……明白了吧? 你是那个永远都赢的女孩。即使把吐司弄掉到地上,也不会是涂了黄油的那面朝下。"

蒂拉一副若有所思的样子,"那就是个概率问题了。不过,路易,我玩轮盘赌并不总是赢的。"

"但你也从来没有输到受伤的地步。"

"这倒没有。"

"这就是涅索斯寻找的。"

"你是在说我像是个怪胎。"

"不是这个意思,该死的! 我在说你不是怪胎。涅索斯不断地把那些运气不好的人删去,直到他发现了你。他认为他找到了某种基本的原则。他实际上做的是,在符合条件的人当中挑选最拔尖的。"

"根据概率理论,像你这样的人是存在的。不过这个理论也说,下次你扔硬币时,输赢的概率跟我的是一样的:都是百分之五十,因为幸运女神根本没有记性。"

蒂拉瘫倒在椅子里,"闹了半天,我是一个运气绝佳的人。可怜的涅索斯,我辜负他了。"

"他活该。"

她的嘴角抽动了一下,"我们可以来验证一下。"

"验证什么?"

"拿一片吐司扔一扔,看它哪面朝下。"

阴影方块的颜色比绝对的黑色更加黑暗,胜过了中学实验使用的昂贵的黑体[1]。阴影方块的每一个尖角都叠加在蓝色的

---

[1]一种能吸收全部入射辐射的理论上的理想物体。

环形世界上,显得格外清晰。以那个黑色尖角为基础,大脑和眼睛就能勾勒出阴影方块的整体轮廓:一块漆黑的长方体。它遮蔽了一小块天空,那片天幕当中看不到一丝星光;它占据了一块不小的面积,而且还在不断扩大。

路易戴着圆鼓鼓的护目镜,它是用一种特别的材料做的,能将直射过来的强光显示为黑点。飞船的偏光器已经不够用了。对话官也戴着一副,他仍在驾驶舱中操作那些还能操作的东西。他们又找到了两个分开的镜片,每个连在一根很短的带子上,给涅索斯勉强地戴上了。

路易通过护目镜看到,那颗远在一千二百万英里之外的恒星,是一圈边缘模糊的火焰,环绕着一个宽大的、死黑的圆盘。船上的每一样东西都热得烫手。空气制造机已经开始生成呼啸的狂风了。

蒂拉打开她卧舱的门又急忙关上。等她再次出现时,已经戴着护目镜了。她来到休息室里,坐到桌子旁。路易坐在那儿。

阴影方块若隐若现,就像一块湿布抹过一块黑板,抹去一大片粉笔画出的星星。

空气机的呼啸声太大,交谈已无法进行。

这空气机怎么可能把船舱里的热气排出去呢?那颗恒星是一个无处不在的高温炉。排不出热气的,路易下了定论。相反,它一定还在累积热量。在空气机的循环线路上,一定有某处的热度已经跟一颗恒星差不多了,而且还在不断升温。

又多了一件操心的事。

那个黑色的长方形在继续扩大。

它在靠近,但它的大小使得这个过程显得很慢很慢。这个阴影方块跟那颗恒星一样大小,宽度差不多一百万英里,而长度要大多了，有二百五十万英里长。几乎是突然之间，它就变得巨大无比。它的边缘滑向那颗恒星，瞬时黑暗就降临了。

那个阴影方块遮住了半个宇宙。它的边界不知道在哪里，黑色衬着黑色，完全没法儿看清楚。

在船舱区的后面，有些地方在发着白亮的光。那是空气机在奋力工作，放出废热。路易耸了耸肩，转过头来继续观察着那个阴影方块。

空气机的呼啸声突然消失了，大家耳朵里还回荡着它的余音。

"啊，不叫了。"蒂拉怪怪地喊了声。

对话官从驾驶室走出来，"好可惜，望远镜屏幕失去了所有的连接。它本来可以回答许多问题的。"

"哪些问题?"路易半喊叫着。

"为什么阴影方块的移动速度比轨道速度快？它们真的是环形世界工程师的发电机吗？是什么力量使它们保持面向恒星？那个嚼叶子的家伙的所有问题。如果我们有个能用的望远镜屏幕，都可以得到答案。"

"咱们是要去撞那颗恒星吗?"

"当然不是。我已经告诉过你，路易。我们将在这个阴影方块后面待半个小时。然后，再过一个小时，我们将穿过下一个阴影方块和恒星之间的间隙。如果舱内的温度变得太高，我们任何时候都可以打开停滞场。"

耳中的嗡声逐渐安静下来。那个阴影方块是个毫无细节的黑暗区域，大得无边无际。人类的眼睛无法从纯粹的黑暗中得到任何信息。

此时那颗恒星冒了出来。舱室里再一次充满了空气机的咆哞声。

路易两眼扫视着前方的天空,找到了另一个阴影方块,正看着它向飞船逼近过来,这时船又一次被闪电击中。

看起来像闪电,像闪电一样毫无征兆地猛然出现。刹那间一道可怕的光闪过,又白又亮,带着一层淡紫。飞船猛烈地摇摆起来……

一切停止运作。

又一阵晃动,光亮就消失了。路易将两根指头伸进护目镜,揉了揉被强光闪花了的双眼。

"怎么回事?"蒂拉大声叫着。

路易的视觉总算慢慢恢复过来。他看到涅索斯露出一个戴着护目镜的头,对话官正在一个储物柜前忙着,而蒂拉正怔怔地看着他。不对,是看着他身后的什么东西。他转过身去。

此时的恒星是个巨大的黑盘,比原先看起来要小些了,一圈黄白两色的火焰描绘出它的轮廓。在他们进入停滞场的那一瞬,它已经大大地缩小了。那一瞬一定持续了几个小时吧。空气机的咆哮声已经减弱,变成了令人不快的呻吟声。

还有其他东西在那里燃烧。

那是一根循环绕圈的黑线,很细,镶着紫白两色的细边,似乎没有端点,它一头消失在那遮住太阳的黑色斑块里,另一头往"说谎者号"的前方延伸,一直远到看不见。

这线像一只受伤的蚯蚓,扭动着。

"我们好像撞到什么了。"涅索斯平静地说,仿佛他一直都很镇定似的,"对话官,你必须到外面去检查一下。请穿上你的太空服。"

"我们处于战斗状况。"克孜人回答,"我在指挥。"

"好极了。那你现在准备做点儿什么啊?"

克孜人还算知趣,他不说话了。他差不多已经套上他那捆气球与沉重背包的组合体了,那就是他的太空服。显然他是打算出去调查一番的。

他乘着飞行摩托出去了,那是一个哑铃形状的飞行器,由推进器驱动,狭窄的座舱里有一张扶手座椅。

他们看着他沿着那条蜿蜒扭动的线飞来飞去。温度已经降低很多了,因为护目镜里产生的黑色斑纹的亮边已经逐渐暗淡,由白得发紫变成了纯白色,又变成了黄白色。他们看见对话官的庞大暗影离开了太空摩托,在那条蠕动的、炽热的细线周围移动着。

他们可以听到他的呼吸声。他们还听到他吃惊地大叫了一次。但他没有对太空服中的通话机说过一个字。他在那里耗了足足半个小时,那炽热的线已经暗得几乎看不见了。

此时他返回"说谎者号"。当他走进休息室时,他得到了大家百分之百的尊敬和关注。

"它比线粗不了多少。"克孜人说,"你们看到没,我拿着半个扳手。"

他把那个毁坏了的工具给他们看。扳手被干净利落地切掉一个平面,切口如镜子般光滑明亮。

"我靠近那条线去看它到底有多细,我把扳手挥过去,那线利落地切过扳手。我手上只感到了一丝轻微的阻力。"

路易说:"变量剑也是这样。"

"但变量剑的剑刃是包在奴役者停滞场中的金属线,它不可

163

以弯曲,而这种……线却在不停地动,你们都看见了。"

"那么,这是新情况。"一种可以像变量剑那样切割的东西,又轻、又细、又强壮,这东西超出了人类技术。某种能承受很高温度的东西,一般物质在那种高温下早就变成等离子体了,可它还是固体的状态。"的确是某种很新奇的东西。但它在我们经过的路上出现是为了什么?"

"考虑一下。我们穿过那些阴影方块时撞上了某个不明物体。接下来我们发现了一条长得似乎没完没了的线,它所在之处的温度接近一颗炙热恒星的内部。很显然我们撞上的就是那条线,它还保持着碰撞的热量。我推测它是连接两个阴影方块的线。"

"很可能。但为什么要用线啊?"

"我们只能猜测。这么想吧,"动物对话官说,"环形世界的工程师用那些阴影方块来制造夜晚,为了达到这个目的,那些长方形必须能挡住阳光。如果它们的边缘斜对着太阳,就挡不住太阳了。

"于是环形世界的工程师使用了这种神奇的线,把那些长方形连成一条链。他们让这条链以快于轨道速度的速度旋转,使线获得张力被拉紧,那些长方形就能面朝环形世界了。"

这构成了一幅奇特的画面。二十个阴影方块,跳着五月柱舞蹈①,它们的边缘用长达五百万英里的细线连接着……

"我们需要那根线。"路易说,"它几乎无所不能,我们可以用它来做任何事情。"

---

①一种起源于北欧斯堪的纳维亚地区的民间舞蹈。人们会在一个木头柱子的顶端系上许多条长长的彩带,然后把柱子竖在地上,每人拉着一个彩带围着柱子转圈圈跳舞。这种舞蹈一般在五月举行,是一种迎接春天到来的节庆活动。

"我没有办法把它弄到船里来。反正是不可能剪下一段的吧。"

涅索斯突然插了进来，"我们的航线或许因为碰撞已经改变。有没有办法知道，我们是否已经避开环形世界了？"

谁也想不出什么办法。

"我们可能躲开了环，但是碰撞可能已经消耗了我们太多的动量。我们也许会沿着一个椭圆轨道永远往下掉。"傀儡师悲哀地说，"蒂拉，你的运气靠不住，骗了我们。"

她耸耸肩，"我从来都没说过我是个好运护身符。"

"是'最幕后的那位'给了我错误的信息。如果他在这里，我一定会对我那个傲慢的未婚夫说几句难听话的。"

那天晚上的进食成了一个仪式。"说谎者号"的船员们在休息室里共进最后的晚餐。坐在桌子对面的蒂拉·布朗漂亮到让人心痛，她穿着一条飘逸的长裙，橙黑两色，轻得不会超过一盎司。

在她的肩膀后面，环形世界正在慢慢地膨胀、变大。蒂拉时不时地转头看看它。所有的人都在看着。那两个外星人此时的感觉如何，路易还得猜测一番，但在蒂拉身上，路易看到的只是兴奋和热切。她感觉到了，他也感觉到了：他们是躲不开环形世界的。

那天晚上路易跟她做爱时表现得很激烈，刚开始把她吓着了，但后来她却很高兴。"这就是恐惧对你产生的影响吧！我可得好好记住才行。"

他对着她，却笑不起来，"我一直在想，这可能是最后一次了。"他在心里加了一句，不管跟谁都是最后一次了。

"噢，路易，我们可是在众品公司的船身里面呢！"

"设想一下,如果停滞场失灵了呢? 船壳也许能从碰撞中存活下来,但我们会成为肉酱的。"

"看在老天的分上,别再忧心忡忡的了!"她用指甲轻划他的背,手从他身体的两侧伸过去。他把她拉近、抱紧,这样她就看不到他的脸了……

等她沉沉睡去,像是漂浮在睡盘间的一个可爱的梦境,他便起身离开了她。他带着满足,筋疲力尽地、懒洋洋地躺进浴缸的热水里,浴缸边缘上,稳稳地放了一杯冰凉的波旁威士忌。

还能最后再品尝点儿威士忌,感觉很不错。

带白色条纹的淡蓝,不带任何花纹的深蓝,环形世界横在太空中。刚开始只是云层显出细节:风暴云、平行气流、卷羊毛状……所有细微特征,越来越接近。然后是大海的轮廓……环形世界中几乎有一半是水……

涅索斯待在他的缓冲椅里,系着安全带,卷成一团保护自己。对话官、蒂拉,还有路易,都系着安全带,眼睁睁看着。

"最好还是看一看这个。"路易对傀儡师建议道,"了解地形对下一步还是重要的。"

涅索斯只好听从了:一只扁平的蟒蛇头露了出来,看着那逐渐逼近的风景。

海洋,闪电状分叉的河流,一条山脉。

下面还看不到生命的迹象。必须在低于一千英里的高度才可能看得到文明的痕迹。环形世界匆匆掠过,所有的细节还没看清楚就倏然而过。但细节已经无关紧要了,它已从他们的下方被抽离。他们将会一头栽进闻所未闻、见所未见的疆域。

估计船本身固有的速度是每秒两百英里。如果不是环形世界挡道,这个速度可以很容易地把他们安全地带出这个星系。

　　陆地升起来,这可以不管;每秒七百七十英里的速度也可以不管。斜刺里突然冲出一片火怪形状的大海,越来越大,又消失了。突然地上爆出紫色的光焰!

　　一切都停止了。

第十章 环形世界地面

刹那间,只见一片光亮,白中带紫,像闪光灯一样明亮。一百英里的大气层,顷刻间压缩成了一个温度高达恒星级别的锥形等离子体①,重重地给"说谎者号"迎面一击。路易眨了一下眼睛。

路易又眨了一下眼,他们就落地了。

他听到蒂拉沮丧地抱怨着:"哎呀!啥都没看到!"

傀儡师回答:"目睹重大事件发生总是有危险,常常是痛苦,甚至致命的。我们应该感恩,即使你那靠不住的运气没帮上忙,我们总算还有奴役者停滞场。"

路易听到了他们的对话,但没理他们。他眩晕得厉害,眼睛在拼命寻找水平参照⋯⋯

从可怕的坠落一下子到了坚实的地面,这突然的转变已经够叫人天旋地转了,再加上"说谎者号"的落地姿势,那简直就更糟糕:"说谎者号"只差不到四十五度,就算彻底的底朝天。舱里

---

①又被称为"电浆体",是一种以自由电子和带电离子为主要成分的物质形态,广泛存在于宇宙中,被视为物质存在的第四态。

的重力还在正常运作,大地像一顶帽子斜扣在它的头上。

天空像是地球温带地区正午的天空。周围的景观让人感到困惑:地面又光又平,呈半透明状,远处有红棕色的山脊。要看个清楚,必须下船到外面去。

路易解开缓冲椅上的网,站了起来。

他的身子摇晃着,没法儿平衡,因为他的眼睛和内耳还没有协调好,对方向的感知欠佳:飞船还是底朝天的。他让身体慢慢适应。放松,别着急,最危急的状况已经过去了。

他转过头来,只见蒂拉已进到气密舱里。她没有穿太空服,气密舱的内门正要关上。他大声喊道:"蒂拉,你这个傻瓜,快给我出来!"

太晚了。那个密封的门已经关死,她完全不可能听得见他在说什么。路易跳到储藏柜处。

"说谎者号"机翼上的空气检验器已随着飞船外部的传感器一起蒸发了。他打算穿着太空服到外面去,用胸前的传感器来检验环形世界上空气是否可以安全呼吸。

如果蒂拉在他出去前就倒地死去,他也能知道空气能不能供人呼吸。

外面的门打开了。

气密舱内的重力随之自动关闭,蒂拉·布朗头朝下从打开的门里摔了出去,慌乱之中她抓住一个门柱,她握住门柱的时间正好够她改变跌落的角度,结果她是屁股先着地,而不是头先着地。

路易急忙钻进自己的太空服,把拉链拉高到胸部,戴上头盔,扣上所有的带扣。在外头,在他的头上方,扑倒在地的蒂拉站了起来,用两手揉着摔痛了的屁股。感谢上帝,看在他祖宗的分上,她没有停止呼吸。

路易走进气密舱。用不着检查太空服中的空气了,他只需穿着太空服等上一小会儿,衣服中的仪器就会告诉他,外面的空气是否安全。

气密舱打开时,他想起船是倾斜的,于是急忙抓住了门柱。气密舱内的重力关闭时,路易身子转了过来,他双手在门柱上吊了一小会儿,摔了下去。

他在着地的那一刻往前踉跄了一下,臀大肌重重地撞到地上。

船下方的地面是一种平坦、浅灰色的半透明材料,滑得要命。路易试着站起来,但试了一次就放弃了。他坐着,查看胸前的各种仪表。

这时头盔里传来对话官模糊的声音。

“路易。”

“嗯。”

“那空气能呼吸吗?”

“能吧,但很稀薄。跟地球上海拔一英里的地方差不多。”

“我们可以出来吗?”

“当然可以,但是带上一根线,把它绑在到气密舱的什么地方,要不然我们会找不到回来的路啦。下船的时候小心一点,这地面几乎一点摩擦力都没有。”

对蒂拉来说,这光滑的地面好像一点儿麻烦也没造成。她别扭笨拙地站着,双手交叉抱在胸前,等着路易说完废话后摘下头盔。

他果然停下来并摘下了头盔。“我可有事要告诉你。”他态度粗鲁地对她说。

他说在离这里两光年远的地方所做的大气层光谱分析结果是靠不住的；说这里存在着某些具有轻微毒性的金属复合物、奇怪的粉尘、有机垃圾和催化剂等等，它们使大气层带上了毒性，是否能够呼吸，得通过实际的空气样本检测才能知道；他又说有时粗心和愚蠢就等于犯罪，应受责备；他还说自愿拿生命当别人的实验对象是不明智的。趁着那两个外星人离开气密舱之前，他一口气把这些话说完。

对话官双手交替拉着绳子下来，他双脚落地，向前移动，像猫那样小心翼翼，平衡得像个舞者。涅索斯则用两副牙齿交替着咬住绳子，爬了下来，以三脚架的姿势落到地面上。

就算是他们两个中有谁看出蒂拉很难过，也一点儿都没有表现出来。他们站在"说谎者号"那倾斜的船壳下方，打量着周围的一切。

他们掉在了一个宽而浅的山谷里。谷底地面呈半透明的灰色，平滑无比，像个巨大的玻璃桌面。它的边界，在飞船两边各一百码远是黑色熔岩构成的缓坡。路易看到熔岩似乎在起伏流动着。它们一定还是热的，路易断定，一定是"说谎者号"坠落时的冲击所致。两边低矮的熔岩壁在飞船的后方延伸，笔直延伸，直到最后交汇到一个点。

路易试着站起来。在他们四个当中，他是唯一一个不能保持身体平衡的。他伸了伸脚，勉强保持平衡，一步也不敢动。

动物对话官拔出他的激光手电筒，对着他脚附近的地面照射。大家默默地盯着那个绿色的光点看。没有听到坚固材料爆炸成灰时发出的噼啪声。激光所击之处也没有东西流出来或烟雾冒出来。对话官松开发射按钮，光就立刻消失，那个射点既不发亮,也没有留下任何印迹。

对话官宣布自己的判断,"我们是在一个沟里,它是我们着陆时刨出来的。肯定是环形世界的地基材料在最后时刻拦住了我们的坠落。涅索斯,就这地基材料,你有什么可以讲给我们听的?"

"这是一种没见过的东西。"傀儡师回答,"它好像不会保存热量。但它不是'众品'船体材料的变体,也不是类似奴役者停滞场的东西。"

"我们需要有保护措施才能爬那些熔岩壁。"路易说。他对环的地基材料没有特别的兴趣——至少这会儿还没有。"你们最好待在这里,都待在这儿,我一个人去爬就行。"

毕竟,只有他一个人穿着隔热太空服。

"我要跟你去。"蒂拉说。她不费吹灰之力就走上来,钻到路易的胳膊下面把他架起来。他重重地倚在她身上,东倒西歪但也没有摔倒,他们一起走向那黑色的熔岩壁。

熔岩壁很陡,但还算比较容易攀爬。他们爬到十多码高的地方时,蒂拉突然大叫,开始手舞足蹈起来。她两腿一抬,扭头便往坡下狂奔,脚一碰到环面,就像个滑冰运动员似地滑行起来。滑着、溜着,她转过身来,双手叉腰,瞪大双眼朝熔岩壁上望着,一脸困惑、生气的受害者表情。

事情还能比这更糟呢,路易对自己说。她没滑倒、没跌跤、没烧伤自己那裸露的双手就算好的了——就算发生了这些,也不是他的错。他一边继续往上爬,一边使劲抑制住一阵阵令他厌恶的内疚感。

熔岩壁大约有四十英尺高,在它的顶层,显现出一片干净的白沙。

原来他们是落到一片沙漠里了。极目远望,路易看不到一点儿植物的绿色或水的蓝色。这实在是万幸。"说谎者号"完全有可能轻而易举地犁过一座城市。

或许把几个城市刨出大坑也说不定！"说谎者号"在这里就刨出如此巨大的一个沟！

这条大沟延伸在白沙中，有几英里之长。远远地看去，大沟的尽头，又能看见另一个被凿出来的沟。看来飞船落地时弹跳了好几次。"说谎者号"最终落地凿出的那条大沟，似乎长得没完没了，远远看过去，它一点点变窄，直到最后细成一条虚线，一道痕迹……路易顺着这条痕迹看去，发现自己望向了无穷远处。

环形世界没有地平线。没有那种大地弯曲跟天空分开的界限。相反，似乎大地和天空的交汇之处是一片广阔的区域，在那里，整个大陆也不过是一个个的小点，所有的颜色都逐渐融合进了天空的蓝色中。他的眼睛死死盯在视线的汇聚焦点上，要眨一下眼都需要特别的努力，但他最后还是眨了一下眼睛。

就像他在几十年前在"看那山"星球所看到的虚空薄雾一样，那地方离这里有几个世纪的光年之远……就像小行星带的采矿人乘坐单人飞船所看到的，那种毫无扭曲的深邃太空……环形世界的地平线能牢牢地抓住一个人的眼睛和心灵，使他意识不到周围有什么危险。

路易把脸转向那条大沟，大声喊道："这个世界是平的！"

他们向上望着他。

"我们降落的时候，把大地撕开了一道大口。我看不见周围有任何活着的生命，所以我们算幸运的。我们撞在地上，大地溅起了土块；这一路上我都看见四下散布着的小坑，相当于二级陨石撞出的坑。"

他转过去说："在另外那个方向……"然后不出声了。

"路易？"

"是一座大山，真他妈的大，是我这辈子见过的最大的山。"

"路易！"

他说的声音太小了。"一座山！"他大声叫道，"等着，你们会看见它的！环形世界的工程师一定是想要在这个世界上安一座大山，一座大到没法儿用的山。太大了，大到不能种咖啡或其他的树，甚至连滑雪也不行。真是雄伟壮观啊！"

它的确雄伟壮观。一座山，几近圆锥形，孤孤零零的，不是某一条山脉中的一座山。它的样子像座火山，那它应该是一座模拟的火山，因为环形世界的地下没有岩浆，无法形成火山。它的底部被迷雾笼罩着看不清。透过稀薄的空气，可以清楚地看到较高部位的斜坡。它的峰顶覆盖着雪的亮光。那一定是有点儿脏的雪，因为不够明亮，不会是干净的雪。或许是永久冻土吧。

那山的顶峰边缘如水晶一样清晰透亮。它会不会已经伸到大气层之外去了？这个尺度的山，如果是一座真正的山的话，会被自己的重量所压垮的，但这座山很可能仅仅是用环形世界地基材料造出来的一座山的外壳而已。

"我会喜欢上环形世界的工程师的。"路易对自己说。在一个遵照定制而建立起来的世界上，这样一座山的存在是没有逻辑的。可是每一个世界都应该有一座攀登不了的山。

大家在"说谎者号"船身下等着他。他们的问题归结起来就是一个："你看到有任何活着的文明迹象了吗？"

"没有。"

他们让他描述看到的一切，凭此建立起环形世界的方向系统。顺着"说谎者号"着陆时铲出的那个大坑的方向,后面是自转方向,而反自转方向就是相反的方向,是朝那座山那边。面朝自转方向的左手边是左舷,右手边是右舷。[①]

"你能看到在左舷或右舷有边缘墙吗?"

"没看到。我也不明白是怎么回事。它们应该在那里的。"

"运气真不好。"涅索斯说。

"这是不可能的。在几千英里外的高空上都看得见。"

"不是不可能。是没运气。"

又一个问题,"除了沙漠,你啥也没看到吗?"

"没有。在左舷方向很远,我倒是看到一点点蓝色,可能是海洋吧。也可能是极目远眺的错觉。"

"没有建筑吗?"

"一个也没有。"

"空中有飞行器的尾迹吗? 直线呢? 可能曾经是高速公路的直线?"

"没看到。"

"你看到任何文明的迹象了吗?"

"我要是看到了早就说了。据我所知,他们全部十万亿人口,上个月都搬到一个真正的戴森球里去了。"

"路易,我们必须找到文明。"

"这我知道。"

事情太明显不过。他们必须离开环形世界,但光靠他们自己是搬不动"说谎者号"的。而且地道的野蛮人大概也帮不上什么忙,不管他们的数量有多么庞大、态度有多么友好。

---

①在环形世界里用自转、反自转、左舷、右舷确定方向,正如在地球上用东、西、南、北确定方向一样。

"在所有这一切当中，有一样还算好的。"路易·吴说，"我们不必修船。只要我们可以把'说谎者号'弄出环外，环的转动就会把它连同我们一起抛出去，离开那颗恒星的重力井，等飞出去后，我们就可以使用超光速引擎了。"

"但当务之急是找到救援。"

"或者强行取得帮助。"对话官说。

"为什么你们只是站在这里说个没完？"蒂拉忍不住爆发了。她已经沉默了半天，让他们几位把问题研究个够。"我们必须离开这里，对不对？为什么不去把飞行摩托从船里拿出来？先行动吧！回头再来讨论！"

"我不愿意离开飞船。"傀儡师表态了。

"不愿意？你在等人帮忙？有谁对我们表示过一丁点儿兴趣吗？有什么人回答过我们的无线电呼叫吗？路易说我们掉在一片沙漠正中，我们能在这儿坐等多久？"

她还没意识到，涅索斯需要一些时间鼓起勇气。与此同时，路易想，她真是一点儿耐性都没有。

"我们当然要离开。"傀儡师说，"我仅仅是表明我的不情愿而已。但是我们必须决定往哪儿去。要不然我们不知道该带上什么、该留下什么。"

"我们朝最近的边缘墙走吧。"

"她说得对。"路易说，"如果有什么文明存在的话，那它一定会在边缘墙那儿。但是我们不知道那墙在哪儿。刚才在上面的时候我应该能够看到它才对。"

"看不到。"傀儡师说。

"你又没去那里，该死的！在上面你可以看到永恒！绵延几千英里而不间断。哎，等一等。"

"环形世界的宽度差不多有一百万英里呢。"

"我也正想到这个。"路易·吴说,"它的规模。这总把我弄糊涂。我无法形象化这么大的东西!"

"它会出现在你的眼前的。"傀偏师安慰他。

"我在想,是不是我的脑袋不够大,所以装不下它。我脑子里一直的印象都是从深邃的太空中看到的环,它是那么的狭窄,就像一条蓝色的彩带。蓝色的彩带啊。"路易重复了一遍,身体随之颤抖了一下。

如果每一侧的边缘墙都有一千英里高,那么它得要离路易·吴多么得遥远,他才会完全看不见它?

假设在类似地球的空气那种布满尘土和水蒸气的条件下,路易·吴的视线可以看到一千英里远,如果这样的空气换算成有效真空,每四十英里可以换……

那么离得最近的那道边缘墙至少有两万五千英里远。

如果你在地球上飞行这么远的距离,你都可以绕一圈回到出发点了。但在这里,离得最近的边缘墙可能比这个距离还远。

"我们不能把'说谎者号'拖在飞行摩托后面。"对话官开口了,"如果我们受到攻击,就不得不把船扔了。所以最好还是把它留在这里,靠近一个显眼的地标。"

"谁说要拖着船一起走了?"

"一个好战士会考虑到各种情况。说不定我们最后还是得自己来拖船,如果我们在边缘墙那里找不到任何帮助的话。"

"我们会找到帮助的。"涅索斯说。

"或许他是对的。"路易说,"航天港在边缘墙那里。如果整个环形世界已经倒回到石器时代,文明只能重新开始扩散,那么它一定会从回到冲压引擎船开始。一定是这样的。"

"你太能胡思乱想了。"对话官说。

"或许吧。"

"但是我同意你的看法。或许我还要再补充一点,即使环形世界所有的神秘力量都消失了,我们还是有可能在航天港找到一些机器,能发挥作用的机器,以及可以修好飞船的机器。"

但哪道边缘墙近一些呢?

"蒂拉说得对。"路易突然说,"我们开始行动吧,在晚上我们能看得更远一些。"

接下来是几个小时的辛苦工作。大伙儿搬动船上的机器设备,对它们进行分类,把那些沉重的东西从气密舱卸下来。重力的突然改变给他们增加了一些难度,但还好,没有一件设备是经不起磕碰的。

这几个小时当中,路易有机会在船里单独面对蒂拉,当时两个外星人正在外面。路易说:"瞧你那表情,像是有人把你最宠爱的甘米吉兰①给毒死了似的。你想跟我说说吗?"

她摇摇头,避开他的眼睛。他看到,她的嘴唇完美地撅着。她是那种罕见的、幸运的女人,哪怕是哭,样子也不难看。

"你不想说,那我来说吧。你从气密舱出来时没有穿太空服,我说了你一通。十五分钟之后,你又只穿着船上的拖鞋就去爬那个熔岩壁,什么保护措施都没有。那熔岩才刚刚凝固。"

"你就是想要我的脚烫伤!"

"没错。别那样惊讶地看着我。我们需要你。我们不想你把命丢了。我想让你学会小心。你以前没学过,现在必须学。你要真把脚弄伤弄痛了,就会记一辈子,我骂没骂你都无所谓了。"

"需要我?!这简直是个笑话。你很清楚涅索斯为什么把我

_____
①参看第二章。

带到这里。我是一个幸运符,但我没有带来好运。"

"我承认是这样的没错。身为一个幸运符,你已经被解雇了。好啦,笑一笑吧。我们需要你。需要你让我开心,这样我才不至于会去乱搞涅索斯;我们需要你干所有的重活儿,我们才有时间晒太阳。我们需要你提一些聪明绝顶的建议。"

她勉强笑了笑,但那笑容一下子走样,她大哭了起来。她一头把脸埋进他的肩膀抽泣起来,指甲在他背上狠狠地乱掐。

对路易来说,这不是第一次有女人趴在他的肩头上哭;但蒂拉可能比别的女人都更有理由这么做。路易搂着她,手指在她的后背上来回摩挲着,像是在做半自动的肌肉按摩,等着她哭够。

她脸冲着他的太空服面料,"我怎么知道那些岩壁会烫着我?"

"记住菲纳格定律①。宇宙错乱的机会总是倾向于最大。宇宙充满了敌——"

"我真难过!"

"岩石会跟你作对、会攻击你。听着,"他恳求道,"你一定要学会像个被迫害狂那样害怕,像涅索斯那样。"

"我做不到。我不知道他是怎么想事情的。我一点儿也搞不懂他。"她抬起脸,脸上沾满了泪水,"我也理解不了你。"

"是啊。"他的拇指沿着她肩胛骨的边缘使劲划过,然后顺着脊柱往下滑。"听着,"他立刻又说,"假如我说宇宙是我的敌人,你会觉得我疯了吗?"

---

①这个概念最先由著名科幻编辑约翰·坎贝尔使用,类似于出自航空航天领域但后来广泛流传的"墨菲定律",后因作者在多部小说中的使用而流传开,在黑客文化中特别流行。大意为可能出错的事情一定会出错。

她使劲儿地点头，很生气的样子。

"宇宙总跟我过不去，"路易·吴说，"宇宙恨我。宇宙不会顾惜一个两百岁的老人。"

"是什么塑造了一个族类？是进化，对不对？进化，让对话官具有夜视能力，让他的身体有很好的平衡能力。进化让涅索斯下意识地回避危险。进化让一个人的性功能在五六十岁时就中断。然后进化就停止。

"任何生命一旦太老、无法繁殖，进化就结束了。明白吗？"

"当然明白啦。你已经老得不能繁殖了。"她讽刺道。

"对啦。几个世纪以前，生物工程师提取了一种豚草的基因，并用它们生产了一种'补生精'。我就是靠着这种产品，活到了两百岁而且仍然健壮。我能活到今天并不是宇宙对我情有独钟。

"宇宙恨我，"路易说，"它多次把我置于死地，我可以给你看看那些伤疤。它会一直追杀我的。"

"就因为你老得不能繁育后代了。"

"菲纳格啊，真是疯了，你这个女人！你怎么完全不懂得照顾自己！我们来到个一无所知的世界，不知道它的规则，也不知道会遭遇什么。如果你这次想在热岩浆上行走，那么下次的危险就不光是脚痛那么简单了。小心点，行不？"

"不，"蒂拉说，"我不。"

过了一会儿，她去把脸洗了，然后他们一起抬着第四个飞行摩托进了气密舱。在那半个小时里，那两个外星人一直没有打搅他们。他们是故意回避吗？让这两个人类独自待着处理那些纯粹属于人类的问题？可能吧。可能吧。

在两道高高的黑色熔岩壁之间，环形世界的地基材料像一条带子似的延伸到无限远,平展得像一张精心打磨过的桌面,面前是一个横躺着的巨大的玻璃电极管,在这个透明圆柱体的弧形侧面之下,是一堆机器设备和四个样子怪异的身影,每一个都显得茫然无措。

"那水呢?"路易问,"我没有看到湖。我们得自己拉着水吗?"

"不需要。"涅索斯打开自己的飞行摩托后部,露出一个水箱和一个提取冷凝器,它能从空气中凝结出水来。

飞行摩托是紧凑型设计的奇迹。除了座位可以高度个人化以外,其余构造都完全一样:前后两只大圆球,直径四英尺,由一段车架连着,上面安放着座位,后部的一半是荷载空间,还附有备用带子可拴上额外装备。它有四个扁平的脚撑,这会儿正撑在地面,飞行的时候它们可以收回到两个圆球里去。

傀儡师那一辆飞行摩托的座位是倾斜的,类似孕妇床的样子①,上面还有三个凹槽,可以放他的三条腿,这样涅索斯就可以把肚子稳稳地趴在上面,用他的两张嘴来控制飞车了。

路易和蒂拉的飞行摩托是另外的样子,它们的座位是个带软垫的沙发座椅,可以提供头颈部支撑,还可作高度调节。跟涅索斯和对话官的座位一样,也是安置在车架部位,两个球体在这里连接起来,整车就如哑铃形状,座位两侧还有脚蹬,但对话官的鞍座要宽大很多,不过它没有头颈部支撑。在他的鞍座两侧都有放工具的架子。也可以放武器吧?

"我们必须带上一切能做武器的东西。"对话官一边说,一边在那堆机器中翻来翻去。

_____

①一种为孕妇趴着睡觉设计的床,床垫中间一个大洞,孕妇可以把肚子放进去趴着睡。

"我们什么武器也没带。"涅索斯说,"因为我们想表达和平的愿望,所以一件武器也没有带。"

"那么,这都是些什么?"对话官已经收集了一堆轻便的物件,稀稀拉拉摆放在一起。

"都是工具呗。"涅索斯回答。他指出,"这些是激光手电筒,光束可变,晚上用它可以看得很远,因为转动手电筒上这个环,就可以把光束无限地调细。当然啦,我们必须很小心,要不然会把附近的人或东西烧出洞来,因为激光光束可以保持绝对平行,能量非常高。

"这些决斗手枪是用来解决我们之间的争吵的,能射出十秒的能量,必须特别小心,不能碰这个安全按钮,因为……"

"因为那样就会射出一个小时的能量。这是金克斯人的产品吧?"

"是的,路易。再看看这个,这是一个改造过的挖掘工具。或许你听说过在奴役者停滞场里面发现的挖掘工具吧……"

他说的是奴役者分解器,路易想。那个分解器的确是一个挖掘工具。它的细小光束照到的地方,电子所带电荷会被暂时抑制,固体物质就会突然处在强烈的正电状态下,彻底碎裂成单原子的尘雾。

"这玩意儿做武器毫无用处。"克孜人嘟囔道,"我们已经研究过它。它用起来太慢了,不能用来对付敌人。"

"正是。一件无害的玩具。这个嘛……"傀儡师的嘴里叼着一个东西,看起来像把双筒猎枪,只是枪托的设计具有傀儡师产品的特点,就像水银正从一种形状变成另一种形状时,在流动的瞬间被正好定型。

"这个东西跟奴役者分解器几乎是一样的,只是多一道光束,可以压制质子的正电荷。使用它时要小心,不能同时使用两道光束,因为这两道光束是平行并且分开的。"

"我知道,"克孜人说,"如果两道光束双管齐下,就会有电流产生。"

"正是这样。"

"你认为这些临时拼凑的东西顶用吗?完全无法猜测我们会遇到什么。"

"也不全是这样。"路易·吴说,"这毕竟不是一个行星。如果有什么动物是环形世界的工程师不喜欢的,他们多半会让这些动物待在家里。我们不会碰到老虎的,也不会碰到蚊子。"

"要是环形世界的人喜欢老虎呢?"蒂拉忍不住问道。

这个想法是有道理的,尽管那声音听起来有点儿滑稽。他们对环形世界上的人的生理特点有多少了解呢?除了知道他们来自一个有水的世界,那儿被一颗接近 G2 的恒星照耀着。以这个为前提的话,他们有可能会长得像人类,或傀偏师,或克孜人,或葛罗格人,也可能像海豚、虎鲸、抹香鲸,但也可能全都不像。

"我们可能会更害怕环形世界的主人,而不是他们的宠物。"对话官颇有远见地预言道,"我们必须带上一切可能的武器。我提议由我来领导这次探险,直到我们离开环形世界为止。"

"我有塔斯普。"

"这个我没有忘记,涅索斯。你可以用它来行使最高否决权,但我建议你还是克制使用它的冲动。想一想,你们几个!"克孜人那巨大的身影笼罩着他们,那可是五百磅的牙齿、爪子和橘红色的毛皮呢!"说来我们都是智慧生命,想一想我们的处境吧!我们受到了攻击,飞船坏了一半。在这片未知的领土上,我们得跨过未知的距离。环形世界的人曾经异常强大,他们现在还那么厉害吗？会不会变得只知道使用长矛了呢，最多会用骨头磨利了当尖矛，再没有更复杂的玩意儿了？"

"他们也完全可能拥有嬗变冶炼技术，或物质转换激光，反正任何技术，可以用来建造这个……"克孜人环视了一下周围，看着玻璃一样的地面和那黑色的熔岩壁，或许还打了个冷战，接着说，"……这个不可思议的东西。"

"但塔斯普在我手上，"涅索斯说，"探险队是我的。"

"你很高兴探险大获成功了是吗？我没有侮辱你的意思，也不是向你挑战。你必须让我当指挥。在我们四个当中，我是唯一受过实战训练的。"

"等等再说吧，"蒂拉建议，"我们也许都找不到去跟谁打呢。"

"我同意。"路易说。他可不喜欢被一个克孜人领着。

"好吧，好吧。但我们必须带上武器。"

他们于是开始装载飞行摩托。

除了武器，还得有其他的设备：露营设备、食物检测机、食物再造系统、一瓶瓶的各种食品添加剂、轻便型空气过滤器……

还有通信盘，可以戴在人类或克孜人的手腕上，或者套在傀儡师的脖子上。它们比较笨重，戴着不是很舒服。

"为什么要带这些盘？"路易问。因为傀儡师已经给他们看过飞行摩托里内置的对讲系统了。

"它们原本是用来跟'说谎者号'的自动驾驶系统通信的，所以我们在需要时可以用它们把船招来。"

"那为什么现在还需要带着？"

"可以做翻译机使，路易。如果我们碰到高智慧生命，这是很可能的,我们就会需要自动驾驶系统为我们做翻译。"

"哦。"

他们把要带的东西都装上了。还有一些设备堆在"说谎者号"的船身下,不过这些都是用不着的东西:深空失重设施、太空服、机械设备的替换零件——那些设备已经被环形世界的防御系统蒸发掉了。他们甚至还带上空气过滤器,这主要是因为它们轻薄如手帕,而不是因为它们可能会用得上。

路易累死了。他骑上飞行摩托,四下看着,生怕忘了什么。他看见蒂拉两眼直视天空,尽管他疲惫不堪、双眼迷糊,仍能看出她很害怕。

"真是没有天理。"她骂道,"怎么还是中午?!"

"别害怕。那……"

"路易! 我们都整整忙活六个小时了,我很清楚是六个小时! 怎么还是中午呢?"

"别为此烦恼。这里的太阳是不落的,记得吗?"

"不落?"她那股歇斯底里的劲儿倒是来得快去得也快,"哦,当然,这里的太阳是不落的。"

"我们得适应这个。你再看看那儿,那个阴影方块的边不是已经靠近太阳了吗?"

的确有个东西把太阳的圆盘咬掉了一小块。他们看着太阳变小了下去。

"我们最好启程吧。"对话官说,"天黑时我们就该飞在空中了。"

第十一章 天堂拱门

在苍茫暮色中,四部飞行摩托编成的菱形车队升上了天空。裸露的环面渐渐远去。

涅索斯已经教过他们怎么使用从动电路。此时其他三部摩托都被设成模仿路易摩托的动作。路易控制全部摩托的飞行。他坐在一个形似按摩椅,却没有按摩仪器的鞍座里,靠脚蹬和操纵杆驾驭着他的摩托。

四个透明的小头幻觉般地出现在他的仪表板上:一个可爱的黑发女妖、一只眼睛过度警觉的类似老虎的凶猛动物,还有一对样子傻乎乎的独眼蟒蛇头。对讲机的连线运作得非常好,其效果跟震颤性谵妄症[1]患者的说话声差不多。

飞行摩托正飞上黑色熔岩壁的斜坡,路易观察着他们几个的表情。

蒂拉最先做出反应。她一边往上飞,一边双眼扫视着中等距离处,在那里能看到的很有限,突然她看到了无限远处,双眼

---

[1] 又称撤酒性谵妄或戒酒性谵妄,多发生于酒依赖患者突然戒酒或突然减少酒量时。发病时,患者会出现意识模糊、幻听、幻视、睡不着、高血压、心情激躁不安、定向感发生异常、发烧、心悸、腹泻等症状。

变得又大又圆,脸一下子亮了起来,就像阳光穿透乌云一样。
"哇,路易!"

"那座山真是大得非同寻常啊!"对话官感叹道。

涅索斯什么也没说。他紧张得两个头上下摆动,转来转去。

夜幕迅速降临。一个黑色的影子突然扫过那座大山。几秒
钟之后它就消失了。在黑暗的遮挡下,太阳现在变成了一条金
色的细线。在黑下来的天空中,一个东西显出形状来。

一个巨大的拱形。

它的轮廓迅速地清晰起来。天地一片黑暗,环形世界那壮
丽无比的天空在夜晚的衬托下露出了真容。

环形世界在高高的天上弯成拱形,有着白云缭绕的浅蓝色
长方形,还有接近黑色的较窄的长方形间隔于其中。在底座部
位,这个弧形很宽,越往上走越窄,在接近天顶处,就细成一条闪
闪发亮的蓝白虚线了。而在天顶最高处,拱形本身就被白天看
不见的阴影方块给一分为二了。

飞行摩托上升得很快,但一点儿声音都没有。声波罩①是个
最有效的隔音器。路易一点听不到外面的风声,所以当他的
空间泡被一阵交响乐般的尖叫搅动时,路易吓了一大跳。

那声音听起来像是一台蒸汽风琴爆炸了。

那声音很大使人很痛苦。路易用双手捂住耳朵。他吓蒙
了,一时反应不过来到底发生了什么。他碰了一下那个对讲机
的开关,涅索斯的样子一闪而现,他看上去就像黎明时分出现的
鬼。那尖叫声(简直像教堂的唱诗班正在被活活烧死!)的音量

①一个安装在飞行摩托上的力场,它不仅具有隔音的效果,它还在飞行摩托
的周围形成一个保护泡,若有东西甚至驾驶者从摩托中掉出去了,这个力场也会
把它/他托住。详见后文。

降下来许多。但路易仍能从对话官和蒂拉的对讲机里再次听到它(是一套四声道的立体声音响吗?声音大得让人肠子都打结了。)

"他干吗要那样啊?"蒂拉惊讶地大声叫道。

"吓的。他得过一阵才能适应。"

"适应什么?"

"现在由我来指挥。"对话官发出雷鸣般的声音,"那个吃草的没有能力做决定。我宣布这趟任务是个军事行动,由我来指挥。"

路易犹豫了片刻,考虑唯一的选择:宣布自己来当领导。但是谁愿意跟一个克孜人争呢?再说,说不定这个克孜人是个好指挥官呢。

此时,飞行摩托已在离地面半英里高的空中了。天和地几乎都是黑的;但黑暗的大地上还有更黑的影子,尽管没给地貌增加什么颜色,但却凸显了环形世界的外形,天空中繁星闪烁,独领风骚的是那个拱形,它让人感到自我的渺小。

很奇怪,路易竟然想到了但丁的《神曲》。但丁的世界是一个复杂的人造物,里面的人类灵魂和天使是这个巨大结构中的精密组成零件。环形世界显然也是一个制造物,一个造出来的东西。你只要见过一眼,就绝对忘不了,一刻也忘不了;面对这个高悬于头顶上的拱形,它是如此巨大,呈现一片蓝色,带着深浅两色交错的长方形,伸向无限遥远的天边,你怎么能忘得了呢?

但涅索斯却不能够面对它,这叫人有点儿搞不懂。他太害怕——也太现实了。或许他看得到它的美,或许根本看不到。但他一定看得到,他们被困在一个"人造"结构里,其面积比昔日傀儡师帝国的全部星球加在一起还大。

"我相信我看见边缘墙了。"对话官说。

路易把视线从拱形所在的天空移开。他往"左舷"和"右舷"的方向看去，心突然沉了下来。

左边（他们正背对着"说谎者号"着陆的沟谷，所以左边是"左舷"），边缘墙的边是一条几乎看不见的线，蓝黑色加在蓝黑色上。路易无法估测它的高度。它的底部一点儿也看不到，只能看到顶部的边线；但当他盯着它看时，它却消失不见了。那条线大概在地平线所在的地方；所以它也很有可能是某物的底部，正如它很有可能是某物的顶部一样。

右边，即"右舷"方向，是另一道几乎一模一样的边缘墙。同样的高度，同样的图像，同样的线条趋势：在专注的凝视下，那条线也会消失不见。

看起来，"说谎者号"几乎掉在了环的中央线上。他们跟两道边缘墙的距离似乎是相等的……也就是说，每道墙离他们都是五十万英里之远。

路易清了清嗓子，"对话官，你有什么想法？"

"在我看来，'左舷'方向的墙似乎略微高一些。"

"好吧。"路易说完向左转。其他的飞行摩托也跟着转向，他们还是在用从动电路飞行。

路易启动对讲机查看一下涅索斯。这傀儡师三条腿紧紧地抱住鞍坐垫，两个头卷在他的身体和鞍座之间。他可真的是在瞎飞。

蒂拉说："对话官，你真的确定吗？"

"当然，"克孜人回答，"'左舷'方的边缘墙明显要大一些。"

路易暗自笑了笑。他从来没有受过作战训练，但是他对战争多少知道一点。有一次他被困在仙境星①上,那里正好发生革命,他不得不以游击队员的身份战斗了三个月,后来登上了一艘船才得以逃脱。

他还记得,一个好指挥官的特点之一就是能够迅速做出决定。如果这些决定碰巧又是正确的,那就再好不过……

他们在黑色大地的上空中朝着"左舷"飞去。环形世界发出的光要比月光亮多了,月光也几乎不能从空中照亮地上的景观。那个"陨石沟谷",即"说谎者号"落地时在环形世界地表上撕开的裂口,在他们的背后变成了一道银线,并最终消失在黑暗中。

飞行摩托悄然无声地匀加速前进。它们的速度比音速稍慢一点,呼啸而过的冲击声穿透声波罩。当速度达到音速时,那个声音达到最高点,然后突然停止。然后声波罩变换成了新的形状,彻底隔音了。

之后没多久,飞行摩托进入巡航速度。路易在座位上放松了下来。他估计得在这个座位上度过一个多月的时间,他会慢慢习惯它的。

此时他开始检查起这部车来(因为他是唯一真正在飞的人,他要是睡觉,大家就甭飞了。)

休息的设施很简单,也很舒服,又容易使用,但却不够体面!

他试着把手推进那个声波罩。这是个力场,一个力的向量系统,用来疏导飞行摩托所占空间的气流。它起的不是一面挡风玻璃墙的作用。路易的手感到一股强大的风,这股来自各个方向的风正往他前进的方向推进。他处在一个由流动的风构成

①作者虚构的一个人类殖民星球。

的保护泡里。

这个声波罩是傻瓜都会用的。

他对这点进行检验，他从一个孔里拉出一张面巾纸然后松手让它掉出去。那张面巾纸飘到飞行摩托下面，停在空中，疯狂地抖动着。路易愿意相信，如果他从他的座位掉出去——这不太可能，声波罩会把他接住的，然后他可以从那儿再爬回到座位里。

这不难理解，傀儡师的产品嘛……

水管给他流出蒸馏水。自动厨房给他输出了几个扁扁的红棕色"砖块"。他点了六次"砖块"，在每块上咬了一口，然后把它们扔回料斗里。每一块的味道不一样，但都不错。

至少吃东西可以让他觉得不无聊。起码，不会马上觉得无聊。

但是如果他们找不到植物和水放进那个进料漏斗里，自动厨房就会停止供应"食物砖"。

他点了第七个"食物砖"，把它吃了。

想想都心慌，他们身处偏远之地，是多么无助啊！地球距离他们两百光年，傀儡师的舰队距离他们两个光年，而且正在以接近光的速度往朝他们相反的方向离去，就连被蒸发掉一半的"说谎者号"也从这趟飞行一开始就看不见了。现在那个"陨石沟谷"也从视线里消失了。彻底失去这艘船该有多容易？

老天爷，得到帮助几乎不可能啊，路易心想。在"反自转"的方向，是一座人类见过的最大的山。在环形世界上不可能有很多这样超大型的"火山"。要找到"说谎者号"，得先找到这座山，然后再沿着"自转"的方向搜寻一条长达几千英里的直线沟谷。

环形世界的拱形在他头顶上闪闪发亮：它的面积是地球面

积的三百万倍。环形世界有足够的空间让人彻底迷路。

涅索斯开始挪动起来。先是露出一个头，接下来第二个头也从他的躯干底下露出来。然后傀儡师开始用舌头触碰（对讲机）开关，开始说话。

"路易，咱们可以单独聊聊吗？"

从对话官和蒂拉那透明的影像上看，他们好像都在打盹儿。路易关掉他们的对讲机连线，对涅索斯说："说吧。"

"刚才发生了什么？"

"你听不到吗？"

"我的耳朵在我的头里。我的听力被封住了。"

"你现在感觉怎么样？"

"可能我的紧张症还会发。我感到非常迷惘，路易。"

"我也一样。哦，在过去的三个小时里我们已经飞了两千二百英里，比用传送亭还快，甚至也比用踏碟快。"

"我们的工程师不能够为我们在这里安排踏碟。"傀儡师的两个头互相对看着，眼对眼。这个姿势只保持了一小片刻；路易以前见过这个姿势。

现在，尽管不是很确定，路易认为这个姿势是傀儡师在笑。一个疯了的傀儡师会发展出幽默感吗？

他继续说："我们在朝着'左舷'的方向飞。对话官认为'左舷'方向的边缘墙近一些。我觉得可能扔一枚硬币来决定还会更精确一些。但对话官是头儿。他在你紧张症发作时接替了你的位置。"

"非常不幸。对话官的飞行摩托在我的塔斯普能控制的范围之外。我必须——"

"等一等。为什么就不能让他当指挥呢？"

"可,可,可是……"

"考虑一下吧,"路易说,"你什么时候都可以用塔斯普来禁止他。即使你不让他指挥,他也会趁你放松的时候把事情揽过来的。我们需要有一个大家认可的领导。"

"我想这也无伤大局。"傀儡师用笛子般悠扬的声调说,"再说,我的领导才能也不会实质性地增加我们的逃生机会。"

"这么想就对了。传呼对话官,告诉他,他是'最幕后的那位'。"

路易把自己的对讲机跟对话官的连接上听他们的交谈。他以为自己会听到一阵烟花爆炸般的声音呢,结果大失所望。那克孜人跟傀儡师只是发出一些嘶嘶声,用英雄语只言片语地说了几句,然后克孜人就把自己的对讲机挂断了。

"我必须道歉,"涅索斯说,"我的愚蠢给我们大家带来了灾难。"

"别为此不安。"路易安慰他,"你只是正好处在情绪抑郁的阶段而已。"

"我是个有情感的人,我能够面对现实。我对蒂拉的看法很准确。"

"的确是这样,但这不是你的错。"

"这的确是我的错,路易·吴。我早该明白,为什么除了蒂拉,我找不到其他候选人的。"

"什么意思?"

"那些人太幸运了。"

路易从齿缝间无声地吹了个口哨。看来这傀儡师又有什么新奇想法了。

"具体地说,"涅索斯说,"他们是因为运气太好,所以才没有像我们这样被卷入一个如此危险的项目中。”

“听着——”

“我跟他们联系不上,是因为他们太幸运了。而我之所以能跟蒂拉·布朗联系上,并把她扯进这趟倒霉的探险中,那是因为她没有遗传那幸运的基因。路易,我得为此向你道歉。”

“哦,你去睡觉吧。”

“我也必须向蒂拉道歉。”

“你不用道歉,那是我的错。我应该阻止她的。”

“你能阻止得了她吗?”

“我不知道。我真的不知道。去睡觉吧。”

“我睡不着。”

“那你来飞吧。我去睡。”

他们真的就这么做了。路易睡着之前,很惊讶地发现,他的飞行摩托竟然飞得如此平稳。这傀儡师是个很棒的驾驶员呢。

路易在第一道曙光中醒来。

他不习惯在加重力的状况下睡觉。他这辈子也从来没有坐着熬过通宵。他打了个哈欠,试着伸展四肢,没想到他这一使劲儿,全身的肌肉就好像要裂开似的。他呻吟了几声,揉了揉几乎睁不开的眼睛,打量起四周来。

阴影很奇怪,光也很奇怪。路易抬起头,正好迎上正午太阳的一丝刺眼光线。真愚蠢,他一边自言自语地骂道,一边等着眼泪止住。他身体对太阳的反应,或者说是条件反射比他脑子快。

他的左边全是黑的,越远越黑。地平线消失处是一片夜晚和混沌合成的黑暗,在深蓝色的天空之下,环形世界的拱形轮廓闪烁着微弱的光亮。

右边"自转"的方向是明亮的大白天。

环形世界的黎明是这么奇特。

沙漠已到了尽头。它那弯曲的边界,清晰而锐利,向左右两边蜿蜒离去。在飞行摩托的后面是沙漠,那黄白的颜色明亮而荒凉。那座大山依然遮住好大一块天空,令人印象深刻。在他们的前方,河流湖泊依稀可见,其间夹杂着片片的绿褐色大地。

四部飞行摩托保持在各自的位置,远远地分开,构成一个钻石形状。隔着这样的距离,彼此看起来都像银色的小虫,而且一模一样。路易在最前面领队。他记得对话官在"自转"的方向,涅索斯在"反自转"的方向,而蒂拉在最尾端。

在那座山的"自转"方向,悬挂着一道尘土的细线,像吉普车穿越沙漠时扬起的尘烟,只不过大一些。它事实上一定会更大,尽管从这么远的地方看过去它只是一条细线……

"醒了吗,路易?"

"早上好,涅索斯。一直都是你在飞吗?"

"几个小时之前,我把这活儿交给对话官了。你知道我们已经飞了七千英里出头了。"

"是啊。"但这只是个数字而已,只是他们要走的路的小小一段而已。用了一辈子的传送亭已经让路易失去了距离感。

"看我们的后面,"他说,"看到那道尘线了吗? 你知道那会是什么吗?"

"当然。那一定是我们那陨石般的坠落撞击的石头所化成的尘雾,升到大气层中后被凝固在那里。它的量太大了,还来不及散开呢。"

"我还以为是沙尘暴……天啊,它好像要永远待在那儿了,我们的船着陆时滑了多远啊!"因为那道尘线至少有几千英里长,似乎跟那艘船滑行的距离一样远。

　　天和地是两个扁平的盘子,无限宽广,直到最后贴在一起,那么人(路易他们)则是在这两个扁盘之间爬行的微生物。

　　"我们的空气压力增加了。"

　　路易将视线从远方收了回来,"你说什么?"

　　"看看你的压力表。我们此刻的高度离我们着陆时的地方至少有两英里。"

　　路易点了个早晨定额"食物砖","空气压力很重要吗?"

　　"我们必须对陌生环境里的一切做密切的观察。谁也不知道哪个细节会是关键的。比如说,我们选作地标的那座山在我们的后面显得如此巨大。它一定比我们想象的还要大。又比如说,在我们前方那个银闪闪的亮点又是什么?"

　　"哪儿呢?"

　　"差不多在那条我们假想的地平线上,路易,就在我们的正前方。"

　　就好像是侧着看一张地图,还要在上面找出一个地方的位置来。路易总算看到它了:一个镜子般闪亮的东西,只是像个点那么大。

　　"那像是对阳光的反射。那会是什么? 一个玻璃城?"

　　"不大可能吧。"

　　路易笑了笑,说:"你的否定太礼貌了。不过,它真的跟一个玻璃城大小差不多,或许是一些一英亩地大小的镜子。也可能是个巨大的望远镜,反射型的。"

　　"如果真是这样的东西,那么它可能已被抛弃了。"

　　"怎么讲?"

　　"我们看得出来这个文明已经衰退到原始的状况了。否则他们怎么会让那么大的一个地区回到沙漠的状态呢?"

路易也曾经相信过这个看法。但现在……"你想的或许过于简单了。环形世界比我们能理解的还要大。我认为这里有的是空间容纳蛮荒状态、文明状态以及任何介于这两者之间的状态。"

"别忘了,文明具有扩散的趋势,路易。"

"这倒是。"

无论如何,他们会搞清楚那个亮点到底是什么的。它就在他们必经的路上。

飞行摩托上没有出咖啡的龙头。

路易正把最后一口"早餐砖"吞下去,突然看到他的仪表板上有两个绿灯亮着。路易迷惑了一阵,然后才想起来昨天晚上他把蒂拉和对话官的对讲机给关掉了。他把它们重新打开。

"早上好,"对话官说,"你没错过黎明的景象吧,路易? 真是美得令人振奋啊。"

"我看见了。早上好,蒂拉。"

蒂拉没有回答。

路易仔细地端详对讲机屏幕,只见蒂拉一副入迷、沉醉的样子,像是进入了涅槃的境界。

"涅索斯,你是不是对我的女人使用塔斯普了?"

"没有啊,路易。我怎么会呢?"

"她这个样子有多久了?"

"什么样子?"对话官追问道,"她没说话已经有一阵了,如果这就是你要问的。"

"我说的是她那副表情,该死的!"蒂拉的头像出现在他的仪

197

表板的屏幕上,屏幕中的她越过路易的头,望着无限远处。她很安静,完全沉浸在欢乐中。

"她看起来很轻松自在。"克孜人说,"没有一点不舒服的感觉。人类表情的细微区别——"

"别瞎操心了。让我们着陆吧,行吗? 她这是得了高原精神恍惚症①。"

"我不明白。"

"就让我们降落好了。"

他们降下了一英里。路易强忍住自由落体期间的恶心头晕状态,对话官又给了他们一个水平推进。他盯着蒂拉的影像,想看她的反应,但她什么反应也没有。她的样子宁静安详,一点儿都不受打搅,嘴角稍稍往上翘着。

他们往下降落,路易感到很窝火。对于"催眠术"②,路易还是知道一点的:作为一个活了两百年的人,整天看立体电视,总能这儿捡一点那儿听一点地得到一些信息。要是他记得……

一块块的绿色和棕色慢慢变成了耕地和森林,还有一条银线般的河流。一个郁郁葱葱的原始乡村展现在他们下面,是那种平地人希望在殖民星球上找到的乡村,这点竟让路易感到有点遗憾。

"试着把我们降落到一个峡谷里。"路易跟对话官说,"我不想让她看到地平线。"

"很好。我建议你和涅索斯退出自动驾驶程序,用手动驾驶

---

① 作者虚构的一种病,也叫"望远症",症状为精神恍惚、昏昏欲睡。这种病最初被发现是人类到达"高原星"看到"看那山"的时候,很多人被这座山的美所震慑,盯着看到发狂。

② 路易认为"高原精神恍惚症"是一种"自我催眠术"。见后文。

挡跟着我降落。我带蒂拉下降。"

菱形的队形断开组成新的队形。对话官像移到"左舷–自转"的位置，朝着路易之前看到的那条河飞去，其他人跟着。

他们飞过那条溪流，继续往下降。对话官转向"自转"方向，沿着河飞。目前他几乎是在空中慢慢地滑行，贴着树顶前行。他终于看到一段没有树的河岸了。

"这里的树看起来跟地球的很相像。"路易说。对话官和涅索斯哼哈了几声表示同意。

他们绕着河的曲线拐了个大弯。

在河面较宽阔的水域中央，有人在撒网捕鱼。当飞行摩托队进入视野时，这些人全都抬头仰望。他们都放下网，张着嘴呆呆地看了好长一阵子。

路易、对话官还有涅索斯全都做出一样的反应：直直地往上空飞去。地面上的人渐渐变小，缩成了小点，那条河又变成了一条弯曲的银线。草木茂盛的原始森林模糊成一块块的绿色和棕色。

"转回自动驾驶程序。"对话官命令道，用一种不会误解的命令语调，"我将把我们降落到别的地方。"

他一定学过发号施令的正确语调——专门用来对付人类的那种。路易心想，一个外交官的职责可真是很多样化啊。

蒂拉显然什么也不知道。

路易说："有什么想法？"

"他们是人类。"涅索斯说道。

"他们的确是人类，难道不是吗？我还以为是幻觉呢。可这些人是怎么来到这里的？"

但没人答得上来。

第十二章　上帝之拳

　　他们在一个荒野凹谷中着陆,周围环绕着低矮的山丘。因为山丘把所谓的地平线挡住了,拱环的光亮也被日光淹没,所以这儿的景象看起来很像在人类世界任何地方都能看到的景象。草并不是真的草,但却是绿色的,它像地毯一样把本来该由绿草覆盖的地方都覆盖住了。此外,还有土壤、岩石和长着绿叶的多节瘤的灌木,那些节瘤长得都很自然。

　　正如路易指出的那样,这里的植被跟地球出奇地相像。该有灌木的地方就有灌木,该光秃秃的地方就秃着。根据飞行摩托上的仪表显示,这些植物甚至在分子级别上也和地球上的一样。就像路易和对话官都拥有共同的微生物祖先,这个世界上的树也可以与他俩称兄道弟。

　　有一种植物很适合用来做篱笆。它看起来像木头,斜斜地长着,跟地面成四十五度角,在末端长出一圈王冠形的叶子,这些叶子又以同样的角度垂到地上,在地上生出一簇根,然后又以四十五度的角度从地上冒出来(构成一个个的三角形)……路易在"甘米吉"星球见过类似的植物;不同的是这里这排三角形长

200

着绿油油的叶子并有着褐色的树干,这些是地球生命的颜色。路易把这种植物叫作"肘根"。

涅索斯在小峡谷的森林里走来走去,收集植物和昆虫,然后在他飞行摩托上的小型实验室里做试验。他穿着真空服:一个有三只靴子、两个手套——或者说口罩——的透明气球。如果不刺穿这个气球屏障,环形世界上的任何东西都伤害不了他,食肉动物、昆虫、花粉、真菌孢子、病毒都动不了他一根毫毛。

蒂拉仍骑在她的飞行摩托上,她那双过大而显得不够优雅的手轻轻地放在仪表板上。她的嘴角微微上翘着。她靠在摩托的一个加速器上保持身体平衡,很放松的样子,但潜意识里的警觉让她身体紧绷着,使得她身材的曲线充分地显露出来,就像是人体模特在摆姿势。她绿色的眼睛越过路易·吴,似乎对他视而不见;又越过那些低矮山丘的屏障,看着环形世界无限远处的抽象地平线。

"我搞不懂。"对话官说,"这到底是怎么回事?她并没有睡着,但却毫无反应,太奇怪了。"

"她正处于'高速公路催眠状态'当中。"路易说,"她自己会从里面出来的。"

"这么说她没有什么危险?"

"现在没有了。我刚才很担心她会从她的飞行摩托中掉出去,或者发疯乱按仪表盘之类的。她在地面上是安全的。"

"可她为什么对我们这么不理不睬的?"

路易只得从头解释。

在太阳系的小行星带,人类的大部分时间都坐在飞船里,在那些陨石中间飞行。他们通过星星来确定自己的位置。每次一个小行星带的采矿人都得盯着那些星星一看就是好几个小时：那些迅速划过的明亮轨迹是核聚变引擎单人飞船；那些比较慢的、浮动的光线是附近的小行星；而那些固定不动的光亮则是恒星和其他的星系。

长时间地看着这些白色的星星，会让一个人失魂落魄。很长时间之后，他大概会意识到自己的身体在不由自主地行动着，在驾驶他的船前进，而意识却在无法记得梦乡中的游荡。他们把这种症状叫"望远症"。它是很危险的，因为人的魂不是总能够回得来的。

在"看那山"又大又平的高原上，有人会站立在没有遮拦的高原边缘处低头俯瞰无限深远的山下。那座山只有四十英里高，但人的眼睛可以随着山有沟沟道道的侧面，穿过挡住山脚的迷雾看到无限远处。

那虚空的雾是白色的，毫无特征并且浓淡一致。它从山有沟沟道道的侧面一直延伸到星球的地平线处。那种虚无缥缈的景象会长久地占据一个人的心头，以至于他会僵立在那里出神，直到有人来把他拉走。他们把这叫作"高原精神恍惚症"。

而在这里，则是环形世界的地平线叫人精神恍惚……

"这全都是'自我催眠术'。"路易说。他盯着那女孩的眼睛看。她不安地晃动起来。"我可以把她从这种状态中弄醒。但为什么要冒这个险呢？就让她睡吧。"

"我理解不了催眠术。"对话官说，"我只是听说过，但我理解不了。"

路易点点头，"我一点也不惊讶。克孜人不是好的催眠对象，就这点来说，傀儡师也不是。"这时涅索斯已经结束了收集外星植物样本的工作，悄悄地加入了进来。

"我们可以学习我们搞不懂的东西。"傀偏师说,"我们知道人类具有不愿意做决定的这种特性。部分原因是他内心深处想要别人告诉他该做什么。一个理想的催眠对象是一个信任别人、专注能力强的人。他顺从一个催眠师是他进入催眠状态的开始。"

"可什么是催眠呢?"

"一种诱导你进入偏执状态的手段。"

"但为什么一个被催眠的人会进入偏执状态?"

涅索斯好像无法提供答案。

路易说:"因为他信任催眠师。"

对话官摇了摇他的大脑袋,然后转向一边。

"对人有这样的信任是精神不正常的。老实说,我理解不了催眠术。"涅索斯说,"你理解吗,路易?"

"不是完全理解。"

"那我就放心了。"傀偏师说,两只眼睛对看了一会儿,一对蟒蛇般的脑袋互相审视着,"我信不过一个能够理解荒谬事情的人。"

"对于环形世界的植物,你都发现什么了?"

"他们跟地球的植物很相像,这我跟你说过。但是,有一些植物的形式比之前预料的更有专化性。"[①]

"你的意思是这里的植物进化的程度更高?"

"可能吧。另外,也可能是因为环形世界这个环境能给某个专化形式的植物提供更多的生长空间吧,即使是受专化性的环

[①]指植物由于受外界生态因素的影响,逐渐演化出各种各样的形态和结构来适应所生长的环境,如植物根据生长环境中的水的多少,会演化出旱生植物、中生植物、湿生植物和水生植物。

境限制也是如此。关键的一点是,这里的植物和昆虫跟地球上的非常相像,这样一来,它们也能对我们造成伤害。"

"反之亦然。"

"嗯,是的。有几种是我可以吃的,有几种你可以用来充饥。你必须一种一种地试,先看看有没有毒,其次才是好不好吃。不过我们见到的所有植物都可以在飞行摩托的自动厨房里安全地加工。"

"这么说,我们不会被饿死了。"

"这点好处对帮助我们脱离险境是杯水车薪。要是我们的工程师给'说谎者号'装上一个'星籽诱饵器'就好了! 我们也就没有必要进行这趟旅行了。"

"'星籽诱饵器'是啥玩意儿?"

"一个很简单的装置,傀儡师在几千年前发明的。它会导致它所在的星系的太阳发射出电磁波信号,这些电磁波信号会吸引'星籽'这种星际生物。如果我们有这样一个装置,我们就可以吸引一个'星籽'来到这个星系,然后我们就可以把我们的问题告诉跟着它来到这里的'局外人'。"①

"但'星籽'旅行的速度比光速慢得多。得好几年才能到达这里啊!"

"但想想看,路易,尽管我们会等很久,但我们不会失去飞船给我们提供的安全环境!"

"对于你,这就是完美的人生?"路易很轻蔑地哼了一声。他

---

①作者虚构的一种智慧不高、体型巨大的星际生命。出于某种原因,具有高端技术的外星智慧种族"局外人"喜欢跟随"星籽"在星际旅行。因此几千年前,为了知道"局外人"的行踪,傀儡师发明了"星籽诱饵器"这种装置来吸引"星籽",并由此知道"局外人"的踪迹。

扫了一眼对话官,盯着他,然后两人互相对视着。

此时较远的那端,对话官正弯着身体,回瞪着路易,像《爱丽丝漫游仙境》中的柴郡猫那样咧嘴笑。他们对视了好一会儿,然后克孜人站了起来,带着某种悠闲自在的神情,往前一跳,消失在这外星世界的丛林中。

路易回过头来。不知怎的,他觉得一定有什么重要的事发生了。但具体发生了什么?他耸耸肩,不屑一猜地走了。

跨坐在鞍座上,蒂拉看起来像是鼓起勇气准备加速前进的样子⋯⋯仿佛她还在飞行。路易想起几次他被催眠师催眠的经历。那过程挺像演戏。躺在一个软垫椅里,一点儿责任都不用承担,舒服极了,他知道这纯粹是在跟催眠师玩一场游戏。他任何时候都可以退出来不玩。但他一次也没有这样做过。

蒂拉迷茫的眼睛突然清亮了起来。她摇了摇头,转过脸来看着他们,"路易,我们怎么下来的?"

"跟往常的方式一样。"

"帮我一下,我要下来。"她把双臂张开,像个陷在困境中的孩子。路易把双手放在她的腰部,把她从摩托上抱下来。跟她身体的接触,让他背部一阵战栗,一股暖流穿过他的腹股沟和腹部的太阳神经丛。他的手一直放在她的腰部上不愿拿下来。

"我记得的最后一件事是,我们在一英里高的空中。"蒂拉说。

"从现在开始,你的眼睛不要再看地平线了。"

"我做什么了,是在飞行摩托上睡着了吗?"她大笑。把头扭来扭去的,她的头发因此变成一大团乌云。"你们是不是都被吓着了?对不起,路易。对话官哪儿去了?"

"去逮兔子了。"路易说,"嘿,我们干吗不也去活动活动呢?

现在可正是好个机会。"

"去林子里走走怎么样?"

"好主意。"他和她对了一下眼光,明白了彼此的心思。他把手伸进他摩托的行李箱里,抽出一条毯子说:"走吧。"

"你们真是太让我吃惊了。"涅索斯说,"在所有的已知智慧生命当中,还真没有见过像你们这么喜欢交媾的。得,去吧。小心点,注意你们坐的地方。记住,这里到处都是没见过的活物。"

"你知道吗?"路易说,"'裸体'曾经跟'没有保护'是一样的意思。"

因为对他来说,脱掉衣服就相当于脱掉保护。环形世界有一个功能正常的生物圈,毫无疑问,这个生物圈也是成熟的,有着各种虫子、细菌和长着尖牙吃原生质生命的东西。

"不是这样的。"蒂拉说。她一丝不挂地站在毯子中间,举起双臂,伸向正午的太阳,"这种感觉太好了。我还从来没有见过你在光天化日之下赤身裸体呢!"

"我也一样没见过你这样。我要说,你这个样子好看极了。来,让我给你看个东西。"他半举着一只手放到他那没有胸毛的胸上,"见鬼了——"

"我什么也没有看见。"

"它不见了。这就是使用'补生精'的麻烦。没有记忆。那些伤疤消失了,还没过多久……"他用手指在胸部划着辨认,但指尖下啥也没有。

"一个'甘米吉'星人把我从肩膀到肚脐连皮带肉撕下了一个大口子,四英寸宽、半英寸深。他下一步就想把我撕成两半。但他决定先把从我身上撕下来的肉吃了再下手。我对他肯定有致命的毒性,因为他一吃下我的肉,就缩成一团,尖叫着死掉了。"

"可现在什么也没有了。身上一个疤痕都没有。"

"可怜的路易。我也是一个疤痕都没有啊。"

"你是个统计学上的特例,再说你才二十岁呢。"

"哦。"

"嗯。你的皮肤很光滑。"

"还有怎么消失的记忆?"

"有一次我在摆弄钻探光束时出现了失误……"他引导她的手。

这时路易翻过身子平躺着,蒂拉双腿夹着他,跨坐在他臀部上。他们互相对看了好一会儿,情意绵绵、难以自持,然后开始颠鸾倒凤起来。

蒂拉被逐渐到来的高潮燃烧得容光焕发、光彩照人,这个女人浑身上下都像散发着天使的光辉……突然一个兔子般大小的东西从树林中窜出来,跳过路易的胸脯,消失在矮树丛中。片刻之后,对话官的身影暴露在他们面前。"对不起!"克孜人大声说道,随即消失,紧跟猎物而去。

当他们再次回到飞行摩托处集中时,他们发现对话官嘴巴周围一圈的毛沾上了红红的颜色。"我这辈子还是第一次亲自捕捉猎物来吃。"他相当满足地宣布,"啥武器也没用,就凭我的牙齿和爪子。"

但他还是听了涅索斯的话,吞下了一系列防过敏的药。

"我们现在得讨论讨论原住民的问题了。"涅索斯说。

蒂拉露出大吃一惊的样子,"原住民?"

路易给她作了解释。

"我们为什么要跑呢？他们怎么会伤害我们呢？他们是真正的人类吗？"

路易回答了最后这个问题，因为这个问题搞得他很头痛。"我搞不懂他们是不是真正的人类。这里离人类的空间领域如此遥远，人类怎么会到这里来建造这个世界呢？"

"对于这点，我们没有什么可怀疑的。"对话官插嘴说，"相信你的直觉吧，路易。我们也许会发现他们的种类跟你和蒂拉的有所不同。但他确实是人类。"

"你怎么能这么肯定？"

"我凭他们的气味闻出来的。那种气味扑鼻而来，当我们关掉声波罩的时候，可以闻见远处稀疏地分布着数量众多的人类。相信我的鼻子吧，路易。"

路易接受了。这克孜人的鼻子是一个捕猎肉食动物的鼻子。路易提出一个假设，"会是平行进化①吗？"

"胡扯。"涅索斯说。

"倒也是。"人类的外形只是方便使用工具而已，但在其他方面未必胜过别的外形结构。意识和思想可以装在各种各样的身体里面。

"我们在浪费时间。"对话官说，"问题的关键不在于知道人类是怎么来到这里的，而是在于怎么跟他们有个第一次接触。对我们来说，每一次接触都将是第一次接触。"

他说得对，路易认为。飞行摩托快于原住民可能拥有的任何信息传递方式。除非他们用信号灯……

对话官继续说："我们需要知道人类在野蛮阶段的行为特点。路易、蒂拉，你们对此有所了解吗？"

---

①指由共同祖先分出来的后代有关进化方面显有同样趋势的现象。

"我懂一点人类学。"路易说。

"那么在我们跟他们接触时,你就代表我们说话吧。希望我们的自动驾驶仪会是个管用的翻译机。我们只要看到人类就跟他们接触。"

他们才刚刚飞到空中,森林就被一片棋盘般的农田所代替。一秒钟之后,蒂拉看到了一座城市。

它跟地球上几个世纪前的城市很相像。有很多几层高的建筑,肩并肩地并排在一起,数量众多,延伸不断。在这些成群的楼房中一些又高又细的塔楼耸立出来,中间穿梭着一圈圈的地面车辆坡道;这肯定不是早年城市的特征。地球上那个时期的城市中更多的是直升机降落点。

"或许咱们能在这里搜寻到什么。"涅索斯满怀希望地说。

"我敢打赌,这是一座空城。"路易说。

他只是随便一猜而已,但却猜对了。当他们飞到城市上空时,这点就明明白白了,这的确是座空城。

可以想象,在曾经的鼎盛时期,这座城市一定美得惊人。它有一个特点会令已知空间的所有城市感到羡慕和眼红。这就是,许多的建筑根本不是坐落在地面上,而是飘浮在空中的,这些漂浮的建筑跟地面及其他建筑的连接是靠坡道和电梯塔。它们不受重力的控制,也没有垂直和水平向的约束,这些漂浮着的梦中城堡,形状各异、大小不同。

此时,四部飞行摩托掠过这个残破的城市。每一座倒塌的漂浮建筑都把下面较矮的建筑压得支离破碎,所以到处都是碎砖头、玻璃碴和水泥块,还有许多折断的钢条、扭曲的坡道和伸向空中的电梯塔。

这情形又让路易对原住民纳闷起来。人类的工程师可没有建过空中城堡;他们的安全意识过强,不会盖这种建筑。

"它们一定是突然一下子倒塌的。"涅索斯说,"我看不到任何修理的迹象。一定是供电突然中断了,毫无疑问。对话官,你们克孜人会造这种愚蠢的东西吗?"

"我们对高度没什么兴趣。人类大概会喜欢吧,如果他们没有那么爱惜生命的话。"

"'补生精'。"路易大声喊道,"这就是答案。他们没有'补生精'。"

"对。这会使他们的安全意识没那么强。他们也就没有那么多的生命需要保护。"傀儡师推测着,"这看起来不太吉利,对不对? 如果他们不怎么顾惜他们的生命,他们也会不顾惜我们的。"

"你这是自寻烦恼。"

"我们马上可以搞清楚。对话官,你看见最后那座建筑了吗,那座有很多破窗户的奶油色高楼……"

傀儡师说这话时,他们已经飞过那座建筑了。此时轮到路易负责驾驶飞行摩托了,为了看它,他还特意绕了一圈。

"我说得没错。你看了吗,对话官? 是烟。"

那座建筑有着优美的螺旋形外观,好像一根有二十层楼那么高的雕花立柱,上面还有一排黑色椭圆形的窗户。底层的窗户大多是关着的,个别打开的则冒出灰色浓烟。

这座塔耸立在一群一两层高的房子当中,感觉这些房子正好没过了它的"脚踝"。有一排房子被一个圆柱给压扁了,当时这个圆柱一定是从空中掉落下来,滚压到那排房子上的。但还好,那个圆柱的残骸在滚到那座高塔之前就已经裂成无数水泥碎块了。

塔的背面是这座城市的边缘。边缘之外就只是长方形的耕作地了。几部飞行摩托还没落稳，一些像人类的身影就从田里跑了过来。

从高空中看起来是完整的那些建筑实际上屋顶已经被毁坏了。没有一个建筑是完好无损的。能源中断问题和伴随而来的灾难一定发生在好几代人之前。接下来便是人为的肆意破坏以及雨水的侵袭，还有微生物、金属氧化和其他原因造成的各种各样的腐蚀。这一切就像是地球史前时代遗留下来的村庄土墩子，有待将来的考古学家去探究。

在那场能源失效带来的灾难之后，这座城市的居民没有企图重修他们的城市。他们也没有撤离。他们就这么住在废墟里。

然后他们的生活垃圾在他们的身边一天天增加起来。

残羹剩菜，空盒子，风吹来的尘土。食物不能吃的部分——骨头、胡萝卜叶子和玉米穗轴之类的。坏了的工具。当人们太懒或觉得太困难把它们拖走和清除掉时，这些东西就堆积起来。一年又一年，一代又一代，有些东西发烂、变软并混合在一起，因为重量的增加这些垃圾堆就在原地固定了下来，进而又被沉重的脚步踩实踏扁。

高塔原先的入口已经被埋没。地面已经加高了许多。飞行摩托在坚硬的堆积土上停下来，那里曾是大型地面车辆的停车场，现在已经高出原地面十英尺，五个跟人类很相像的原住民从第二层的一个窗口走了出来，庄重严肃地迈着大步。

这个窗口是一个双层凸窗，足够宽敞，可以容纳这样的一个队伍穿行。窗台和窗楣用三四十个看着像人类的头颅骨装饰着。路易看不出这些排列有什么明显的规律。

那五个原住民走向飞行摩托。当他们快走近时，突然犹豫起来，显然是无法决定由谁来带头。他们也长得很像人类，但又不是完全一样。毫无疑问，他们属于人类未知的一个种类。

这五个原住民都比路易矮六英寸，或者更多。他们的肤色很浅，跟蒂拉那北欧人特有的粉红色和路易的黄棕色比较起来，他们白得像鬼。总的来说，他们的躯干较短而腿偏长。他们走路时全都把手臂交叉在胸前；他们的手指特别长而且越到末端越尖，若是赶上人类还在进行外科手术的时代，他们当中的任何一个都会是天生的外科医生。

他们的头发比他们的手还要奇特。这五个气质高贵的人，都披着一头灰金色的头发。他们的头发和胡子都梳理得很整齐，但不做修剪，胡子盖住了整张脸，只露出眼睛。

不用说，他们长得很像。

"他们的毛这么多！"蒂拉低声说道。

"都待在飞行摩托里。"对话官低声命令道，"等他们走到我们这里时再下来。我想大家都戴着通信盘吧？"

路易把他的通信盘戴在左手腕的内侧。这个圆盘跟"说谎者号"上的自动驾驶仪是连着的。它们应该可以隔着这么远的距离运作，"说谎者号"的自动驾驶仪也应该能够翻译任何新碰到的语言。

但这些玩意儿管不管用只有用时才能知道，现在没有任何办法可以检验得出来。还有那些头颅骨也怪叫人烦的……

其他的原住民也蜂拥而至，来到这个从前的停车场。但大多数人看到对峙的局面时都止步了，远远地在对峙区域之外大致地围成了一个圆圈。一般情况下，这么多的人聚集在一起时，一定会有抱怨、猜测、打赌、争吵,可他们却安静得出奇。

或许围观人群的出现使得那几个高贵的重要人物做出了决定。他们决定跟路易谈。

那五个……他们并非长得完全一模一样。他们高矮不一。全都很瘦,有一个尤其瘦,几乎只剩下一副骨架子,而另一个则似乎很有肌肉。有四个穿着没有形状、几乎褪色的棕色袍子,第五个也穿着一件同样剪裁的袍子——或许是从一条同样的毯子剪出来的?——但上面有一个褪了色的粉红图案。

说话的是他们当中最瘦的那个。他的手背上有个蓝鸟刺青。

路易回答他的话。

手上有刺青的人先做了个简短的开场白。运气真好,因为自动驾驶仪需要先得到数据才能开始翻译。

路易做出回复。

手上有刺青的人又说了些什么。他的四个同伴保持着高贵而庄重的沉默。不可思议的是,围观的听众也只是静静地听着。

此时那几个通信盘开始接收到词语和短句……

路易后来认为,他应该能从那些沉默中悟出点儿什么的。是他们的站立姿势愚弄了他。一大群人围成圈子站着,中间有四个穿着袍子、毛发很重的人,他们站成一排,而那个手上有刺青的人正在讲话。

"我们把那座山叫作'上帝之拳'。"他直接指向'右舷'方向。"为什么?为什么不呢?如果这样叫能使人开心的话,对吧,工程师?"他说的一定是那座山,他们的船就是留在了那座山的后面。但现在隔着这么远的距离,又有雾遮挡着,使得它完全看不见了。

路易边听边学。自动驾驶仪是个不错的翻译机。逐渐地,路易脑子里出现了一幅图像,这是一个生活在一座城市废墟里的村庄,这座城市曾经很了不起。

"没错,日格那姆克里克克里克城再不像以前那样伟大了。但是我们在这里的住处比我们自己造出的要好多了。一个建筑——就算有一个屋顶是破开、见到天空的——但是较低的楼层还是可以保持干燥,能够短暂抵挡风雨。这座城市里的建筑的保暖效果很好。有战争时,它们也是很好的防卫和藏身之处,战火很难将它们烧毁。

"正因为如此,工程师,尽管我们早上外出到田里干活,晚上还是会回到我们在日格那姆克里克克里克城边缘的居所。既然这些旧的房子已经让我们感到很满意了,我们又何必费劲建造新家呢?"

两个吓坏了的外星人,两个几乎百分之百的人类,没有胡子,身材高得有点儿不自然,他们四个全都骑着没有翅膀的金属鸟,说着完全听不懂的话,而金属的圆盘里传出来的话却能听得懂……也难怪这些原住民把他们当作环形世界的工程师。路易没有做任何努力来纠正这种印象。要把他们的来龙去脉解释清楚得花好几天的工夫,再说,他们来这里的目的是学习而不是指教人的。

"这座塔是我们的政府所在。我们管理着一千多口人。我们哪能造出比这更好的宫殿? 我们已经把上面的楼层封死,这样我们使用的下面那些地方就能保暖。为了保卫这座塔,我们曾经从高层上丢石头下来砸敌人。我记得我们最糟糕的问题是害怕高的地方。

"我们还是渴望回到那充满奇迹的时代,那时我们的城市有一百万人口,建筑物飘浮在空中。我们希望你能够把那些日子带回来。据说还在那充满奇迹的时代里,这个世界就已经被弯曲成目前这个样子了。你或许能屈尊地澄清一下,这是不是真的?"

"这是真的。"路易说。

"那些日子可以重现吗?"

路易故意给了一个不明确的回答。他看出对方的失望,或者他猜测是这样的。

读懂这个毛发浓重的人的表情并不容易。动作和姿势是一种代码;但这个说话人的动作和姿势不属于地球上任何一个文化的体态语言。卷曲的淡金色头发遮住了他的整张脸,只有那双温柔的棕色眼睛露在外面。不过他的眼睛几乎不带什么表情,跟公众的反应不同。

他说话的声音像是在吟唱,跟朗诵诗歌差不多。自动驾驶仪把路易的话也翻译成吟唱的风格,但它跟路易说话时用的是普通对话的语调。路易可以听到一个通信盘在轻声细语地对傀儡师说话,而另一个则用英雄语跟对话官咆哮着。

路易问了一些问题。

"不,工程师,我们不是嗜血的民族。我们很少发动战争。那些颅骨是怎么回事?一个人只要走进日格那姆克里克克里克城,就会在脚底下见到类似的颅骨。据说他们从这个城市毁灭之日起就躺在这儿了。我们用他们是为了做装饰,也是因为他们的象征意义。"说话人庄严地举起他的手,把手背对着路易,展示那个鸟的刺青。

所有看见的人都大叫起来:"——!"

这个词没有被翻译出来。

除了那个说话人以外，众人第一次开口说话了。

路易知道自己错过了什么。很不幸，他已经来不及为此操心了。

"向我们显示一个奇迹吧。"那个说话人说，"我们不是怀疑你的威力。只是你有可能不会再经过这里了。我们想有一个记忆可以传给我们的后代。"

路易想了一下。他们已经像鸟一样飞过；这一招再来一次是不会再引起这些人的惊叹的。那些从自动厨房造出来的食物怎么样？但即使是地球上出生的人，对某些食物的容忍度也各不相同。什么是吃的，什么是垃圾？不同文化的看法也不同。一些人吃蜜饯蝗虫，一些人吃烤蜗牛，各有所好。最好还是不要冒险。那么，激光手电筒可以吗？路易把手伸到飞行摩托车的储物间取出激光手电筒，这时一个阴影方块的第一条边正好落在太阳的边缘上。黑暗会让他的激光手电筒给这些人留下更加深刻的印象。

他把光圈调大，电流强度调低，接着他先把光投到那个说话人身上，然后是他那四个同僚的身上，最后他把光投到围观众人的脸上。他们没有什么反应，假如他们有所触动，也掩饰得很好。路易将自己的失望隐藏起来，把激光手电筒往高处投照。

高塔屋顶那突出来的小雕像是他的目标。这雕像跟一个很现代的、超现实主义风格的屋檐滴水嘴怪兽很像。路易移动拇指，那滴水嘴怪兽发出黄白色的光。他的食指转动，光束变成了铅笔那么细的一道绿光。接着那滴水嘴怪兽的肚脐爆发出炽热的白色光芒。

路易等待着掌声。

"你用光来作战斗武器。"那个手背上有刺青的人说，"这是绝对禁止的。"

众人喊叫起来,但马上又陷入沉默。

"我们不知道这个。"路易说,"我们道歉。"

"不知道这个? 你们怎么不知道这个? 难道不是你们架起的这个拱形,用来作为跟人类的誓约吗?"

"什么拱形?"

那个人的脸掩藏在浓重的毛发里看不见,但他的惊讶是如此明显可见,"就是这个世界上头的拱形啊! 天啊,建造者!"

路易明白过来。他大笑起来。

毛发浓重的人一拳头朝着路易的鼻子打过来,那拳法毫无技巧可言。

那一拳很轻,因为那毛发浓重的人很瘦弱,他的手也很虚弱。但路易还是觉得很痛。

路易不适应痛的感觉。大多数跟他同时代的人体会到的最厉害的痛感也就是踢到脚趾。麻醉剂太普遍了,止痛的医疗手段也太便捷。滑雪摔断腿而产生的疼痛通常只持续几秒钟,而不是几分钟,而且对痛的记忆经常被看作一种不能容忍的心理创伤而抑制住。早在路易出生之前,格斗领域方面的知识和技巧,如空手道、柔道、柔术、拳击等就全是违法的了。路易是一个不出色的斗士。他可以面对死亡,但不能承受疼痛。

那一拳很痛。路易大声尖叫,扔掉手里的激光手电筒。

围观群众汇集过来。两百个毛发浓重的人顿时变成了一千个恶魔,事情再也不像几分钟前那样滑稽可笑了。

芦苇秆般瘦弱的说话人用双臂搂住路易,死死地钳制住他,一副歇斯底里的样子。路易也歇斯底里起来,疯狂乱打一气,终于挣脱了出来，然后他骑上自己的飞行摩托了，将一只手放在升降控制杆上，此时理智才开始占上风。

其他几架飞行摩托是受控于他的。如果他起飞，他们也会跟着起飞，不管上面有没有人坐着。

路易开始环顾四周，寻找他的伙伴。

蒂拉已经悬在空中。她从空中往下看着这场打斗，眉头紧锁，一副很担心的样子，但她没有想要帮忙的意思。

对话官正处在激烈的打斗中。他已经打倒了好几个敌人。就在路易看着的时候，这个克孜人挥舞他的激光手电筒打破了一个人的头。

一群毛发乎乎的人冲过来在他身边乱转，暂时围成了一个圈。

一只只手指细长的手企图把路易从坐骑上拉下来。尽管路易的手和膝盖都紧紧地夹住鞍座不放，但眼看着他们就要得逞了。路易这会儿才想起来把声波罩的开关打开。

那些原住民尖叫着被甩了出去。

还有个人站在路易的背后。路易把那人扯开，让他掉下去，然后迅速地碰了碰声波罩，把它关掉，再次把那个人甩了出去。他开始扫视这个旧停车场寻找涅索斯。

涅索斯正努力向自己的飞行摩托走去。好像那些原住民因为他那陌生的外形而害怕他。只有一个人拦住他的去路，这家伙拿着一根金属大棍，可能是从某个旧机器上取下来的。

就在路易看到他们的时候，那个人正举着那根金属棍朝着涅索斯的一个头抢过去。

涅索斯把自己的头缩回来。他用前腿把身体旋转过来，背对着危险，但也使他背对着飞行摩托。

傀儡师这种逃跑时的反应会置他于死地的——除非对话官或者路易可以及时地帮助他。路易张嘴大叫，而就在这时，傀儡师完成了他的全部动作。

路易闭上嘴。

傀儡师回到飞行摩托上。没有人可以制止他。他的一只后蹄在走过的坚硬沉积土上留下了血迹。

对话官那圈追击者还是够不着他。克孜人往他们的脚上吐口水——不是用克孜人的动作姿势而是用人类的——然后转过身来骑上他的摩托。他的激光手电筒沾满了血，把他的左边胳膊肘弄得血淋淋的。

那个企图阻挡涅索斯的原住民躺倒在原地。血在他周围流成了一摊。

其他几个都升到空中了，路易跟着他们起飞。远远地看见对话官在做什么，他大声喊道："住手！没有这个必要。"

对话官已经拔出那个改装过的挖掘工具。他说："非得有必要才能使用吗？"

但他还是把手停住了。"千万别，"路易恳求道，"那等于谋杀。他们现在还怎么能伤害我们？难道扔石头砸我们不成？"

"他们可能会使用你丢下的激光手电筒来反击。"

"他们根本不会用它的。那是个禁忌。"

"那个说话人是这么说的。你真的相信他？"

"是的。"

对话官把他的武器放到一边。（路易松了一口气，他刚才担心这个克孜人会使用那个武器把这座城市夷为平地的。）

"这样一个禁忌是怎么形成的？是一场能源武器战争导致的吗？"

"还是曾经有个恶棍,拿着环形世界最新的激光炮到处干坏事所致?没有人可以问实在太糟糕了。"

"你的鼻子在流血。"

路易这才想起他那挨了一拳头的鼻子,一阵刺痛剧烈地袭来。他把自己的摩托交给对话官控制,开始找药。在他们的下面,骚乱、困惑不解的暴民蜂拥赶到日格那姆克里克克里克城的郊外。

第十三章　星籽诱饵器

　　"他们应该跪下来的。"路易抱怨道,"就是没跪下才把我给愚弄了的。还有那个翻译机不断地说'建造者',其实应该说'上帝'。"

　　"上帝?"

　　"他们已经把环形世界的工程师当作他们的'上帝'了。我应该从他们最初的沉默中看出这么回事的。该死的,除了那个牧师,没有一个人出声!他们全都表现得像在听某种古老的祷告文一样,而我却不断地给出错误的反应。"

　　"多么离奇古怪的一种宗教!但你不应该笑的。"蒂拉的影像出现在对讲机的屏幕上,她很严肃地说道,"没有人会在教堂的仪式上笑,就连偶尔路过的旅行者也不会这样。"

　　他们飞行在下午浅银色的太阳下。头顶上的环形世界显露出闪闪发亮的蓝色条纹,每一分钟都在变得更亮。

　　"我当时觉得挺好笑的。"路易说,"我现在还是这种感觉。他们已经忘记他们是住在一个环上。他们认为那是个拱形。"

　　一个冲击的声音穿过声波罩。有那么一阵,像是飓风突然袭来,然后又突然停息。他们的速度已经超过了音速。

日格那姆克里克克里克城在他们后面越变越小。这个城市再也没有机会对他们这几个"恶魔"进行报复了。或许它永远也见不到他们了。

"它看起来的确像个拱形。"蒂拉说。

"对。我不应该笑他们的。不过,我们算是运气好的,犯了错也可以一走了之。"路易说,"任何时候,我们只要飞到空中就行。谁也逮不着我们。"

"有些错误我们必须永远记着。"动物对话官说。

"真好笑,你居然会说出这种话。"路易不经意地搔了下鼻子,他的鼻子麻木得像块木头。不过麻醉药的效果一消失,它就会恢复的。

他做了个决定,"涅索斯?"

"啥事,路易?"

"在那里的时候,我注意到一件事。你一直说你是因为有勇气而被认为精神不正常的,对吗?"

"你多会骂人啊,路易。你那三寸不烂之舌……"

"我是认真的。我认为你和你的同胞都做了同样错误的假设。你们认为,出现危险情况时,一个傀儡师本能的反应是逃跑,对吗?"

"是的,路易。"

"错,不是这样的。遇到危险,一个傀儡师的本能反应之所以是逃跑,那是为了让他的后腿有机会出击。那个蹄子可真是一个致命的武器,涅索斯。"

这是一个连贯动作。当傀儡师旋转两只前腿往后跑时,那只跟着转过来的后腿正好踢了出去。路易记得,为了构成一个三角形向目标出击,他的两个头也被转到后面并抡了一圈。涅索斯很准确地踢中一个人的心脏,并将他的脊椎骨踢断。

"我不能逃跑。"他说,"那样我会回不到我的车里的,那是很危险的。"

"但你并没有停下来想。"路易说,"你这是本能的反应。你自然而然就把背转过来对着敌人。转身,猛踢一脚。一个精神健全的傀儡师对危险的本能反应是斗,不是跑。所以你并没有疯。"

"你错了,路易。大多数傀儡师遇到危险都是逃跑的。"

"但是……"

"多数总是代表着正常的,路易。"

讨厌的群居动物! 路易放弃跟他辩论下去。他注视着最后一丝阳光的消失。

有些错误我们必须永远记着……

说这话时,动物对话官心里一定是在想着另外的事。他想的是什么呢?

天上出现了一串黑色的长方块。遮住太阳的那块儿镶着珍珠般的光边儿。环形世界那蔚蓝色的圆弧横贯苍穹,与漫天繁星争辉。

这看起来就像是孩子用"造城积木"搭出来的场景,而且似乎搭积木的孩子还太小,都不知道自己在干什么。

他们离开日格那姆克里克克里克城时,驾驶飞行摩托的是涅索斯,后来他把摩托队交给了对话官控制。他们已经飞了整整一夜。现在,头顶上,一道亮光从中间阴影方块的一条边缘投了下来,天快破晓了。

在过去的几小时中,路易终于找到一种方法,可以形象地描述出环形世界的规模。

他是这样来想象的。先假设用墨卡托投影法[1]绘制一幅地球的地图——就是一幅普通的长方形世界地图,挂在教室里的那种——但赤道的比例是一比一。然后,在这幅地图上进行高浮雕造型,使得你站在地图赤道附近的效果就相当于站在真正的地球上那样。就环形世界来说,四十幅这样的地图横着连在一起,才能与环形世界的宽度相当。

这样的一幅地图的面积会比地球的大很多。但如果把它放在环形世界的表面,你只要把目光稍微移开,就再也找不着刚才在哪儿了。

只要拥有制造环形世界的技术,再离谱的东西都能造出来。那两片相互匹配的咸水大洋在环的两边各有一个,每一个的面积都比人类空间的任何一个星球还要大。大陆在其中不过就是些大一点的岛屿而已。你可以把地球展开了铺进这片汪洋之中,边上还绰绰有余。

我不应该笑他们的,路易自责道,连我都花了很长时间才对这个……制造物的尺度大小有点儿概念,难道那些原住民会比我更聪明?

涅索斯意识到这一点比较早。前天晚上,当他们第一次看到那个拱形时,涅索斯惊讶得大声尖叫并想个地方躲藏起来。

---

[1]一种等角圆柱投影地图绘制法。假设地球被围在一个中空的圆柱里,其基准纬线与圆柱相切(赤道)接触,然后再假想地球中心有一盏灯,把球面上的图形投影到圆柱体上,再把圆柱体展开,这就是一幅选定基准纬线上的"墨卡托投影"绘制出的地图。

"噢,他妈的真该死……"但不要紧了,特别是现在,当所有的错误能以每小时一千二百英里的速度甩到后面时,就更不要紧了。

对话官呼叫路易并把驾驶车队的任务交给了他。路易接过驾驶任务让对话官睡觉。

黎明正以每秒七百英里的速度降临。

将白天和黑夜分开的线叫作昼夜分界线。地球的昼夜分界线从月球上可以看得见,从(地球运行的)轨道上也看得见,但在地球的表面上却看不见。

但在环形世界的拱形上,那些把光亮和黑暗分隔开的直线都是昼夜分界线。

那条昼夜分界线从"自转"的方向朝着飞行摩托队横扫过来。它从地面冲向空中,从无限远的"左舷"方跨到无限远的"右舷"方。它就像命中注定的结局终于逼到了眼前,又像一面移动墙,太高大了,怎么也绕不过去。

它到来了。日冕在头顶上亮了起来,接着又像火焰般燃烧起来,因为随着阴影方块的撤退,太阳圆盘露出了一个边儿。路易仔细观察着他左边的黑夜和右边的白昼,那条昼夜分界线的影子正一点点退出无边无际的平原。真是一个奇特的黎明景象,仿佛是特意为路易·吴这样的旅行者上演的。

在"右舷"方的远处,大地和浓雾混为一体,再过去,一座山峰的清晰轮廓显现在清晨的日光之下。

"上帝之拳。"路易自言自语道,品味着发这串音时舌头在嘴里滚动的感觉。多么奇特的一个山名,这个世界上最大的山居然叫这样的名字！

作为普通人，路易·吴感到全身疼痛。如果他不马上调整身体的姿势，僵硬的关节就会把他固定在座位上，永远也动不了了。就连他的"食物砖"吃起来也真的像"砖块"了。更糟糕的是，他的鼻子有一部分麻木了。当然，还是没有提供咖啡的龙头。

但作为旅行者，路易感到极大的满足，像是得到了国王级别的招待。就拿傀儡师逃跑的本能反应来说吧，还从来没有人想到过这种反应同时也是一种战斗反应呢。这点除了路易，还真没有人看出来过。

还有星籽诱饵器——一个多么有诗意的东西，不用是多么可惜啊！这是一个很简单的装置，傀儡师几千年前就发明出来了，涅索斯这么说。可从来也没有一个傀儡师提过它，直到昨天涅索斯才透露。

但傀儡师向来是一点诗意都没有的。

傀儡师知道"局外人"的船跟随星籽的原因吗？他们为自己知道这个而沾沾自喜吗？还是他们知道这个秘密后就把它撇到了一边，因为这秘密跟他们永远活下去的终极目的没什么关系？

涅索斯没连在对讲机线路上。他可能睡着了吧。路易给他发了个信号，涅索斯醒来时看到仪表板上亮着灯，就会呼叫路易的。

他知道这个秘密吗？

星籽是一种智力低下的生命，它们聚集在银河系的核心。它们是靠恒星凤凰效应[1]进行新陈代谢，以星际空间稀薄的氢元素为食。它们的驱动力是光子帆，巨大无比，而且高度反光，操控起来像跳伞运动员的降落伞。为了产卵，星籽往往要离开银

---

[1] 指恒星中的碳氮氧循环，是恒星的能量来源之一。

河系的轴心,飞到银河系跟其他星系交界处的边缘,在那儿产完卵后再飞回银河系的轴心,卵就留在产卵处。孵化的小星籽得自己找路回家,它们会乘着光子风,回到暖和且氢气充足的银河核心。

星籽到哪儿,"局外人"就跟到哪儿。

"局外人"为什么要跟着星籽? 这是个既怪诞又富有诗意的问题。

也许并没有这么怪诞。早在人类与克孜人第一次战争的时候,就在双方打得不可开交的关头,一个星籽突然闯了进来。"局外人"的船也跟着开过来,他们路过小犬座α星所在的星系,在那里停留了相当长的一段时间,就在那期间把一个超光速引擎分流器卖给了安抵星上的人类。

那艘船无意间经过的完全可能是克孜人的星球,而非人类世界。

而且那时候傀儡师不是已经在研究克孜人了吗?

"该死的! 看我胡思乱想都得到什么了! 管住自己,这才是我需要做的。"

但难道他们不正是这样的吗? 他们确实就是这样的。涅索斯这么说过。傀儡师一直在研究克孜人,想搞清楚能否安全地消灭掉他们。

这样看来,人–克战争已经解决了这个问题。就在克孜人的战舰从对面的边境横杀过来的时候,一艘"局外人"的船无意间来到了人类的空间领域,把一个超光速引擎分流器卖给了安抵星上的人类。人类一旦拥有了超光速引擎分流器,克孜人对人类,包括对傀儡师,就不再是威胁了。

"他们不敢这么干。"路易自言自语道,突然感到毛骨悚然。

"如果对话官也是这么想……"不过如果真有这种可能,那就更糟了。

"一个选择性育种的试验。"路易说,"该死的选择性育种试验。他们利用了我们,他们利用了我们!"

"没错。"动物对话官说。

路易一时没有回过神来,还以为是自己的幻觉呢。紧接着他在仪表板上看到对话官那清晰明了的缩小影像。原来,他的对讲机一直开着。

"你这该死的,真讨厌! 你一直在偷听!"

"我不是故意的,路易。我一时疏忽没把我的对讲机关掉。"

"噢。"事已至此,无法挽回。路易想起来那天涅索斯做完星籽诱饵器的描述时,对话官对他咧嘴一笑,当时还以为,对话官在那么远的地方听不到涅索斯的话呢。但别忘了克孜人的耳朵是捕猎动物的耳朵,别忘了克孜人的微笑反应是为了露出牙齿进攻做准备。

"你刚才提到选择性育种。"对话官说。

"我不过是……"路易一时慌张,不知道说什么。

"傀儡师让我们两个种族互斗,以此限制克孜人的扩张。他们有一个星籽诱饵器,路易。他们用它来引导'局外人'的船进入你们人类的空间,这是为了保证人类打赢这场战争。一个选择性育种的试验,你这么叫来着。"

"听着,这是从一连串不可靠的推测得出的结论。如果你能平静下来的话……"

"可我们两个都是这么推测的。"

"呃。"

"我一直在犹豫:是现在就跟涅索斯捅破这个问题,还是等到我们大功告成了——也就是说离开环形世界了——再说？现在你既然已经知道了这种情形，我就别无选择了。"

"但……"路易闭上了嘴。哪怕他把嗓子喊破，警报声也会把他的声音给淹没的。对话官已经拉响了紧急情况的信号。

那是台发了疯的机器在尖叫，一个由亚音波、超音波混在一起的声音，刺耳到令人受不了。涅索斯的头像出现在仪表板上，他大声叫道："怎么回事？怎么回事？"

对话官怒吼道："你们干涉了一场战争，支持我们的敌人！你们的行为无异于向我们的族长宣战！"

蒂拉及时地连上了对讲机，听到了最后一句。路易正好迎上了她的眼睛，他摇了摇头，示意她不要介入。

涅索斯的两个头像蛇一样举着，惊得目瞪口呆。但他的声音却一点变化也没有，一如既往的平静，"你在说什么啊？"

"我们跟人类的第一次战争。星籽诱饵器。'局外人'的超光速引擎分流器。"

一个三角形的脑袋从仪表板的屏幕上沉下去。路易看到一部银色的飞行摩托从队形中离开，他知道那是涅索斯。

他不是特别担心。其他两部飞行摩托看起来就像银色的小虫，他们离得那么远，分得这么开。如果这场争斗是发生在地面上，一定会有人受重伤。现在大家都在这么高的空中，能发生什么呢？傀儡师的摩托一定比对话官的快。涅索斯早就会预见到这类情形的。他一定会有所准备以确保必要时能跑得过克孜人。

不过傀儡师并没有逃跑。他开始围着对话官转圈。

"我并不想杀你。"动物对话官说，"如果你想在空中对我发起进攻，你得想明白，你的塔斯普能起作用的范围，比起奴役者挖掘器的光束范围来说,要小多了。啊——!"

克孜人杀声震天,令人的血液几乎凝固。路易僵在座位上动弹不得,仿佛得了破伤风似的。他只是模糊地看到那个银色的小点从对话官的摩托那儿迅速转开离去。

他当然注意到蒂拉那钦佩无比、目瞪口呆的样子。

"我并不想杀你。"动物对话官又说了一句,语气更加平静了,"但我想得到答案,涅索斯。我们知道你们的种族可以引导和左右星籽的去向。"

"是的。"涅索斯说。他的摩托正以快到不可思议的速度往"左舷"方向退去。这两个外星人的平静是一种假象,他们本质上都野性十足。这种平静之所以存在,一是因为路易·吴解读不了外星人的脸部表情;二是因为这两个外星人也不会用星际语说明自己的表情属于哪种人类表情。

涅索斯拼命逃跑,克孜人却没有离开他在队形中的位置。他说:"我只是想得到答案而已,涅索斯。"

"你猜测的完全正确。"傀偏师说,"我们一直在寻找根除克孜人这种凶狠的肉食物种的安全方法,我们的研究显示,你们这个种族具有很大的潜力,我们相信你们会对我们有用。于是我们便进一步把你们进化到能够与异族和平共处的水平。我们的方法是间接的,也是非常安全的。"

"确实很安全。但是,涅索斯,我很不高兴。"

"我也很不高兴。"路易·吴插了进来。

他留意到这个事实:这两个外星人一直在用星际语对话。他们完全可以只讲英雄语来保留隐私的。看来他们更愿意把那两个人类牵扯进来——而这么做也是正确的,因为路易·吴对此也有怨言。

"你在利用我们。"他说,"你们从头到尾都在利用我们,就像你们对克孜人一样。"

"但我们是受害方。"对话官反对道。

"人－克战争也导致了很多人类的死亡。"

"路易,饶了他吧!"蒂拉·布朗也加入了这场争斗,"天啊,如果不是傀儡师,我们早就全都沦为克孜人的奴隶了! 是他们阻止了克孜人对我们人类文明的毁坏!"

对话官笑了笑说:"我们也有文明。"

对讲机屏幕上出现了傀儡师那沉默不语、幽灵般的模样,那颗独眼蟒蛇头摆好了要出击的架势,大概另一颗头上的嘴正忙着操控飞行摩托,那飞行摩托已经飞得很远了。

"傀儡师在利用我们。"路易·吴说,"他们把我们当作工具,一个改良克孜人的工具。"

"可这招很管用啊!"蒂拉坚持自己的看法。

对讲机里传过来一个类似打鼾的声音,低沉中带有某种不祥之感的吼叫。现在谁也不会以为对话官这表情是在笑了。

"它确实管用!"蒂拉愤怒地喊道,"你们现在是一个和平的种族了,对话官。你们可以跟……"

"给我闭嘴,该死的人类!"

"……跟其他同等的种族友好相处了。"她宽容地把话说完,"你们没有进攻别的种族已经……"

克孜人拿出那个改造过的奴役者挖掘工具,举到对讲机的屏幕前,亮给蒂拉看。蒂拉立刻不说话了。

"那本来也可能是我们的。"路易说。

他看到他们在听,接着说:"那本来也可能是我们的。"他重复道,"如果傀儡师想要培育具有某些特征的人类……"他突然停住,"哦,"接着说,"蒂拉,可不是嘛。"

傀儡师没有反应。

在路易的注视下,蒂拉的眼睛不安地转动着,"怎么回事,路易? 路易!"

"对不起。突然想起了一件事……涅索斯,请跟我们说话。跟我们说说那个生育法的事情。"

"路易,你疯了吗?"

"呃,"动物对话官说,"给我时间的话,我自己也能够想出来那一点。涅索斯?"

"在。"涅索斯回答。

傀儡师的飞行摩托已变成了一个银色的小点,仍在向"左舷"的方向缩小。几乎消失在前方那个较大的、模糊的亮点中,它跟飞行摩托车队的距离比地球上任何两个点之间的距离还要大。傀儡师在对讲机屏幕上的头像依然是那张没有变化的、难以捉摸的傻乎乎的脸,这傻气来自那个扁扁的三角形颅骨,以及那松松垮垮的、可以抓拿东西的嘴唇。这个傀儡师看起来一点也不危险。

"你干涉过地球上的生育法吗?"

"是的。"

"为什么?"

"我们喜欢人类。我们相信人类。我们跟人类打交道有好处。从我们的利益考虑,我们要扶持人类,因为他们一定会比我们先抵达小麦哲伦星云。"

"好极了。你喜欢我们。然后呢?"

"我们就致力于从基因上改良你们。但我们应该改良你们的什么基因呢? 不是你们的智力,智力不是你们的强项。也不是你们自卫的意识、耐性和战斗才能。"

"所以你们决定让我们变得有运气。"路易说，然后大笑。

蒂拉听懂了他们的话。她的双眼立刻变圆起来，十分震惊。她想要说什么，但只是发出一阵吱吱的尖叫声。

"当然。"涅索斯说，"请不要笑，路易。这个决定是明智的。瞧，你们的种族是多么幸运啊，简直幸运到不可思议的程度。你们的历史就像是一系列九死一生的冒险故事：种族内部的原子弹战争；工业废气对星球的污染、对生态系统的破坏；致命的小行星撞击；本来温和的太阳出现了反常变化；甚至连银河中心大爆炸这种事儿也被你们碰巧知道了。所有这一切你们都一一逃过了。路易，你为什么还在笑？"

路易依然在笑，因为他一直在看着蒂拉。蒂拉气得满脸通红。她的眼睛转来转去的，好像是想找地方藏起来。知道自己是某个基因改造试验的产品，当然很不愉快。

"所以我们着手改变地球的生育法。这事竟然如此容易，大大出乎我们的预料。我们从已知空间撤走，导致了股市的崩盘。这种经济上的操纵害惨了生育委员会的几个成员。我们便贿赂其中一些成员，又用牢狱之灾来勒索另外一些债台高筑的成员，再以生育委员会的腐败作为一种公众的压力来迫使他们做出改革。整个过程我们花的钱可是骇人听闻的，不过一切进展很安全，也基本上算是成功。我们后来得以把生育彩票引进。我们这么做是希望培育出一个具有超级运气的人类品种。"

"你这个魔鬼！"蒂拉喊道，"你这个魔鬼！"

对话官把那把奴役者挖掘工具装入套中，"蒂拉，你刚才听到傀儡师操控我的族人的遗传性特征时，并没有抱怨啊。他们试图培育出一个温顺的克孜人种。为了达到这个目的，他们像生物学家一样,杀掉我们中有缺陷的,留下没有问题的。你刚才还在幸灾乐祸,认为这个罪行有利于你们的种族呢,现在你却抱怨他们了,为什么?"

蒂拉气得泪流满面,她把对讲机切断了。

"一个温顺的克孜品种。"对话官重复道,"你们试图培育出一个温顺的克孜品种,涅索斯。如果你认为你们已经成功地培育出一个温顺的克孜品种了,那你就回到车队当中来吧。"

傀儡师没有回答。远远在车队的前方,他那部摩托的小银点已经小得看不见了。

"你不想回来加入我们的车队了? 这样我怎么能够保护你,让你在这陌生的世界里不受伤害呢? 你得回到车队里来,我才能保护你啊。不过我不怪你。你好自为之吧。"克孜人说,露出他那针尖般的、略微弯曲的利爪,"你们想要培育出幸运人类品种的努力也失败了。"

"并没有。"涅索斯在对讲机里说,"我们的确培育出了一些幸运的人类。我没法儿联系上他们来参加这趟倒霉的探险。他们实在是太幸运了。"

"你在我们两个种族中扮演了上帝的角色。你别想再回到车队里了。"

"我会用对讲机和你们保持联系的。"

对话官的头像消失。

"路易,对话官切断了跟我的联系。"涅索斯说,"如果我有事要告诉他,就必须通过你转达了。"

"好。"路易说完立刻切断联系。几乎同时一个小灯在涅索斯头像的位置亮了起来。傀儡师想跟路易交谈。

去他的。

那天稍晚些时候,他们飞越一个大小跟地中海差不多的海时,路易飞到低处去查看,他发现其他几部飞行摩托也跟着他往下飞。这么说,这个车队还在他的引领之下,尽管没人想跟他说话。

有一座城市坐落在海岸边,这也是一座荒废了的城市。除了那几个码头以外,它看上去跟日姆那克里克克里克城没有什么区别。路易没有着陆,这里没什么值得深究的。

飞过这个海后,陆地逐渐向上斜起,一直向上,直到耳朵发胀,压力传感器读数也降低下来。绿色的陆地转眼之间变成棕色的灌木林,接着是又高又荒凉的苔原地带,然后又是延伸几十英里的光秃岩石,然后——

狂风扫过绵延五百英里的起伏山峰,灌木林、草地和岩石都被刮没了,只剩下裸露着的环形世界的基底材料,半透明的灰色,非常丑陋和触目惊心。

没好好维护和保养的结果!环形世界的工程师绝不会允许这种情况出现的。由此看来,环形世界的文明一定在多年以前就灭亡了。那个过程可能是从这里开始的,在这些没有人迹的地方,一个个光秃的斑块从地的表面显露了出来……

在车队前方的远处,在涅索斯离去的方向,有一个范围很大的闪亮区域处在那片地形当中。路易估计,它距离这里有三四万英里之远。那个闪亮的区域有整个澳大利亚那么大。

环形世界上又一块裸露的地表?巨大、闪亮的环基地从曾经肥沃的土壤中冒出来,当河流系统毁坏时,土壤就会失去生命、变得干涸,直到最后被风吹走。日格那姆克里克克里克城的倾颓,整个环形世界能源的终止,一定发生在环形世界文明崩溃的最后阶段。

整个过程持续了多长时间？一万年？

还是更长？

"该死的！我真希望能跟谁讨论这个问题。它说不定很重要。"路易愁眉苦脸地扫了一眼周围的景象。

当太阳一直在头顶上高悬时，会让人对时间的感觉很不一样。在这里，上午和下午完全一样。所有的计划都赶不上变化。现实看起来也不太真实。路易想，这一切就像在传送亭之间穿行时的感觉。

就是这种感觉。他们的确是在传送亭之间穿行，一个传送亭在"说谎者号"坠地之处，另一个在边缘墙那儿。他们只能想象着他们在以一个三角形的队形飞越平坦的灰色大地。

他们穿过凝固或者说是静止的时间飞向"左舷"的方向。

已经有多久大家互相不说话了？路易最后一次给蒂拉发送信号，想跟她谈谈已经是好几个小时以前的事了。而在那之后不久，他也给对话官发了信号。灯光在仪表板上亮着，但他们都置之不理，就像路易也对自己的仪表板上的亮灯不理一样。

"够了。"路易突然说道。他打开对讲机。

一阵惊人的交响乐声突然涌入他的耳朵里，稍后傀儡师才看到他。然后——

"我们必须让这个远征队在重聚时不发生什么流血冲突。"涅索斯说，"对此你有什么看法吗，路易？"

"是的。突然开始一个没头没尾的对话是不礼貌的。"

"我道歉，路易。谢谢你回复我的呼叫。你还好吧？"

"很孤独，也很生气，全是你的错。现在没有人想跟我说话了。"

"我能帮你吗？"

"也许吧。你跟那个生育法有关系吗?"

"我是那个项目的头。"

路易哼了一声,"这不是我想听到的答案。但愿你是生育控制法的第一个受害者! 蒂拉再也不想跟我说话了。"

"你不应该笑她的。"

"我知道。你知道整个这件事让我感到最害怕的是什么吗? 不是你那该死的傲慢。"路易说,"而是你一方面可以做出影响那么重大的决定,但同时你又可以做出某些愚蠢透顶的事情来,简直愚蠢得跟——"

"蒂拉能听得见我们说话吗?"

"听不见,当然听不见。涅索斯,你这该死的家伙! 你明白你都对她做了些什么了吗?"

"既然你知道她的自尊会受到这么大的伤害,那你为什么还要在她面前说这个?"

路易叹了一声气。他不过是得到了一个思考了很久的问题的答案后,迫不及待地说了出来而已。他根本就没有想到,也许永远不会想到,他应该把那个答案深藏起来的。他没有那样去考虑。

傀儡师问:"你有办法把我们的远征队重新聚在一起吗?"

"有。"路易回答,然后把对讲机关掉。

就让傀儡师着急去吧。

大地开始向下倾斜,地面渐渐绿了起来。

他们又经过一个海洋,还有一条河流的巨大三角洲。不过那个河床已经干枯,三角洲也是这样。一定是风向的改变使得河的水源变干了。

路易往下飞行,他清楚地看到构成三角洲的那些看似不规则的、弯弯曲曲的水道全是永久性地被雕刻在大地上的。环形世界的建造者并没满足于让那条河流自己冲刷出沟渠。他们这么做是对的,因为环形世界上的土壤层不够深。必须采取人工手段来规划。

可那些空空的渠道很难看。路易皱起嘴唇,一副不以为然的样子,继续飞行。

第十四章　小插曲:太阳花

前方不远处有一片群山。

路易已经飞了通宵,上午又继续飞了很久。到底飞了多长时间,他不是很清楚。那一动不动的午阳简直是个心理迷障,它有可能缩短时间感,也可能延长时间感,路易不清楚到底是哪一种情况。

从情绪上说,路易觉得自己好像在度假。他几乎把其他几部飞行摩托给忘了。独自驾驶飞行摩托飞过无止境的、不断变化的地形地貌跟独自驾驶单人飞船在已知星空的领域之外漫游的感觉没有多大区别。此时路易是独自一人跟整个宇宙相处,而整个宇宙都是路易·吴自己的玩物。现在宇宙中最重要的问题变成了——路易·吴对自己还感到满意吗?

仪表板上突然露出一个毛茸茸的橘红色大脸,把路易吓了一大跳。

"你一定很累了。"克孜人说,"你想让我来飞吗?"

"我更想着陆。我的肌肉都痉挛了。"

"那就着陆吧。一切在你的掌控之中。"

"我不想迫使大家陪着我下去。"话一出口,他才意识到他还真的是这么想的。那种休假的情绪真是太容易就回来了。

"你是不是觉得蒂拉会回避你? 你也许是对的。她甚至连我也不理了,尽管我跟她一样蒙受了耻辱。"

"你把它看得太严重了……别,等等,别切断。"

"我想单独待着,路易。那个嚼叶子的让我深感侮辱。"

"但那是很久以前的事了。别,不要切断,你就当可怜我这个孤独的老人吧。你一直在看那些地形景观吗?"

"是的。"

"你注意到那些光秃裸露的区域了吗?"

"注意到了。在很多地方,侵蚀已经切入岩床,深到环形世界那牢不可破的基质了。一定是很久以前有什么东西把风的方向格局给扰乱了。这样的侵蚀不可能是一夜之间发生的,即使在环形世界上也是如此。"

"没错。"

"路易,一个规模如此强大的文明怎么会垮掉了呢?"

"我不知道。我们就接受这个现实吧。它是怎么垮的,我们无法猜测。就连傀儡师也从未在技术上达到过环形世界的水平。我们又怎么搞得清楚究竟是什么让这个文明倒退到使用拳头和斧子的时代了呢?"

"我们必须多了解一些原住民的情况。"动物对话官说,"从我们现有的证据看,他们根本没有能力移动得了那艘坏了的'说谎者号'。我们必须找到干得了这活儿的人。"

路易就等着他提起这个话头。"在这一点上,我倒是有些想法——那是一个跟原住民打交道的有效方法,凭借它,我们想跟他们打多少次交道都可以。"

"那是什么?"

"我想先着陆再详细谈。"

"那就着陆吧。"

在飞行摩托车队飞过的天空之下,群山连成了一道高大结实的山脉。山峰以及山峰之间的通道闪耀着珍珠般的光泽,路易之前注意到过这点。咆哮在山峰之巅和山峰之间的风,已经把岩石刮得干干净净,露出环的基质。

路易带领车队向着圆形的丘陵地带缓缓下降。他的目标是一条银色溪流的出口,这溪流从群山间倾注出来,然后流入一片森林,在那里消失不见,那片森林大得没有尽头,像一张巨大的绿色绒毛毯一样覆盖着整个丘陵地带。

蒂拉在呼叫:"你在干什么?"

"我在降落。我飞累了。别忙挂断,我想跟你道歉。"

她还是挂断了。

"我能得到的最好待遇也不过如此了。"路易不是很确定地对自己说,"不过现在她会更愿意听我说话了,因为她已经知道我想跟她道歉。"

"我们前面谈论'扮演上帝'的时候,我想到了这个主意。"路易说。很遗憾他只能跟对话官一个人讲。蒂拉已经从自己的飞行摩托上下来,狠狠地瞪了他一眼,大步朝林中走去。

对话官不住地点着他那橘红色的、毛发蓬乱的头。他的两只耳朵不停地扇动着,就像哆哆嗦嗦的手中攥着的两把中国小扇子。

"在这儿,只要我们待在空中就是安全的。"路易告诉对话官,"这倒没什么问题,只要我们能去想去的地方就行。有必要的话,我们可以不做任何停留地飞到边缘墙那儿,或者我们也可以只降落在环的基质裸露出来的地方,因为在那种地方,任何猎食动物也活不了。

"但我们不着陆的话,就什么情况也了解不了。我们想要逃离这个超大尺寸的玩意儿,而要达到这个目的,我们需要得到原住民的帮助。现在看来,我们仍需要有人帮我们把'说谎者号'拖个四千英里的路程。"

"快把你的要点说出来,路易。我还得去做做运动呢。"

"等我们到边缘墙的时候,我们一定会比现在更想了解环形世界的情况。"

"毫无疑问。"

"那我们为什么不来扮演上帝呢?"

对话官犹豫了一下问道:"你说的就是字面上的意思?"

"是的。我们天生就是环形世界工程师的样子。尽管我们不具有他们的威力,但是对原住民来说,我们已经足够具有上帝的特征了。你可以当上帝……"

"谢谢。"

"蒂拉和我可以当随从。涅索斯可以扮演一个被俘虏的恶魔。"

对话官的爪子露了出来。他说:"涅索斯不能跟我们在一起,坚决不能。"

"那这事就会卡在这里了。在——"

"这没什么好说的,路易。"

"那太可惜了。我们得有他这戏才能演得像。"

"那你就甭想了。"

路易仍然摸不准他那些爪子。它们到底受不受大脑控制？但不管出于哪种情形，此时它们还是露了出来。如果他们是用对讲机交谈，对话官肯定会把对讲机挂断了。

这正是路易之所以要坚持着陆的原因。

"纯粹想想这计划的精妙之处吧。你一定能扮演好一个伟大的上帝。我从人类的角度来看，你一定能给人留下深刻的印象，把人迷得一塌糊涂——不过你得先接受我的方案。"

"为什么非得有涅索斯不可？"

"为了他的塔斯普，它既可用来作为奖赏，也可用来作为惩罚。身为上帝，你可以把一个怀疑者撕成肉片或肉块，然后把它们吃了。这是惩罚方式。至于奖赏嘛，你可以用傀儡师的塔斯普。"

"不用塔斯普就不行吗？"

"塔斯普可是对信徒最大的奖赏啊！一阵强大的纯粹快感，一下子冲到大脑里来。没有副作用，也没有后遗症。塔斯普带来的快感可比性交还要强烈啊！"

"我不喜欢这种伦理观。尽管原住民只不过人类，我也不愿意让他们对塔斯普上瘾。也许把他们杀了还更仁慈些呢。"对话官说，"再说，那傀儡师的塔斯普也只是对克孜人管用，对人类不管用。"

"这你就错了。"

"路易，你是知道的，塔斯普是专门针对克孜人的大脑结构来研制的。我体会到这一点了。但这点你是对的：那是一种宗教般的体验，恶魔般的体验。"

"但我们并不清楚塔斯普对人类起不起作用。我认为它是起作用的。我了解涅索斯。要么他那个塔斯普对我们都起作用,要么他带着两种塔斯普。如果他没法儿控制人类,我是会不出现在这里的。"

"你可真能胡思乱想。"

"要不要把他叫过来问问?"

"不要。"

"问问有什么害处?"

"这么做没有意义。"

"我忘了。你根本就没有好奇心。"路易说。大多数智慧生命都不像猴子那样具有强烈的好奇心。

"你在挑逗我的好奇心吗?我看得出来。你企图刺激我采取行动。路易,那个傻偏师会自己找着路去边缘墙的。在那之前,他只能一个人走。"

路易还没来得及做出回答,克孜人就转身跳进一个"肘根"灌木丛了。他结束谈话的方式跟挂断对讲机一样地有效。

蒂拉的世界已经崩溃。她可怜地啜泣着,痛苦无比,沉溺在自怜的情绪中不可自拔。

她算是找到了一个发泄悲伤的好地方。

墨绿是这里的基色。植物枝繁叶茂地遮在头顶,厚密到阳光都不能直射进来。但在靠近地面的地方,枝叶稀疏了一些,因而行走没有那么困难。对于喜欢自然的人来说,这里是个沉思默想的绝妙之地。

平滑、垂直的岩壁,被流淌不息的瀑布浸润,一个深而清澈的水潭环绕在当中。蒂拉站在水潭中。飞流直下的瀑布几乎淹没了她的哭声,但周围的岩壁却产生了浴室效应,将她的哭声放大,仿佛大自然在跟她一起哭泣似的。

她没有注意到路易·吴的到来。

被困在一个外星的世界,蒂拉·布朗也知道得带着急救药包才能走远。那是一个扁扁的小盒子,系在她的皮带上,里面装着一个信号器。路易就是跟着这个信号来到了蒂拉放衣服的地方的——水潭边一个天然形成的花岗岩的台面。

墨绿色的亮光、喧嚣的瀑布以及回荡的哭声混为一体。蒂拉就待在瀑布的底下。她一定是坐在什么东西上,因为她的手和肩膀正好露在水面外。她低着头,黑色的长发遮面垂挂着。

等她主动走向他是毫无意义的。路易脱掉衣服,把它们堆放在蒂拉的衣服旁。一阵寒冷向他袭来,他皱了皱眉头,耸了耸肩,跳入水里。

他立刻发现自己做错了。

休假的时候,路易一般不会突然闯进那些跟地球很相像的星球。他真正着陆的星球,一般都具有跟地球差不多的文明。路易并不愚蠢。要是他事先想到过这水的温度问题就好了。

可他并没有。

那水是从顶部积雪的高山上流下来的。路易冷得想大叫,但他的头已经扎进水里了。还好,他的脑子还算清醒,他没有在水里呼吸。

他冒出水面,冷得双手乱拍,气喘吁吁地换气。

然后他开始适应,觉得好玩起来。

他懂得怎么踩水,尽管他是在暖和的水中学会的! 他的身体浮在水面,脚有节奏地踩着水,体会着冲落下来的瀑布打着旋涡流过他皮肤的感觉。

蒂拉看到他了。她坐在瀑布的底下,等着。他向她游过去。

他本来想对着她的脸大声喊叫，把自己的心里话告诉她的。不过，此时道歉和示爱都显得不合时宜。他只是轻轻地碰了碰她。

她没有退缩，只是埋着头，头发仍遮着脸庞。她的举止已经充分表达出排斥之意。

路易尊重她，不做强求。

他在周围游着，舒展自己那僵硬的肌肉，他已在飞行摩托上僵坐了十八个小时。那水的感觉真好。但过了一会儿，被冻着的麻木感变成了刺痛的感觉，路易觉得这样下去他非得肺炎不可。

他碰了碰蒂拉的胳膊，指了指岸边。这次她点了点头，跟他上了岸。

他们在水潭边躺下来，浑身哆嗦着，互相用胳膊搂着对方，有热度控制的连衣裤工作服像毯子一样铺在他们周围。他们冰冷的躯体慢慢地把那热气吸收了进来，暖和起来了。

"对不起，我不该笑你。"路易说。

她点点头，接受他的道歉，但没有原谅他。

"这事情确实滑稽可笑，你知道的，傀儡师——宇宙中最胆小的种族——居然有胆对人类和克孜人进行育种，像对待两种不同类型的牲口一样地对待我们！他们一定很清楚他们冒的险有多大。"他知道他说得太多了，但他不得不解释，为了给自己找个正当的理由，"再看看他们具体都干了些啥。他们培育了一个有理智的克孜人品种，这个主意倒是不坏。我对人-克战争有所了解，我知道克孜人曾经非常凶猛。对话官的祖先们可以把整个'日格那姆克里克克里克'城炸平在环形世界的地面上。但对话官却可以住手。"

246

"但对人类,他们却培育出'幸运人'。"

"你认为他们弄出我这样的人是犯了一个错误。"

"天地良心！你觉得我是在侮辱你吗？我想说的是,这个主意很可笑,而这事是傀儡师干的,就更加可笑,所以我才笑的。"

"你期望我呵呵大笑吗?"

"你又扯远了。"

"好吧。"

她并没有因为他的笑而恨他。她想要的是安慰,而不是报复。连衣裤工作服散发出的热是一种安慰,两个身体挤压在一起产生的热也是一种安慰。

路易开始抚摸蒂拉的背。这让她放松了下来。

"我想把探险队的队员召集在一起。"他不失时机地说了一句。他感觉到她的身体立刻紧绷了起来。"你不喜欢这个主意?"

"不喜欢。"

"因为涅索斯?"

"我恨他。我恨他！他像育种牲口那样培育出了我的祖先！"但她很快又放松了下来,"不过对话官会把他从空中打下来的,如果他真的敢回来的话。所以,没关系,你叫他回来好了。"

"如果我可以说服对话官让涅索斯回来呢?"

"你怎么能做得到?"

"假如我能做得到呢?"

"你为什么要这样做呢?"

"'大运号'还在涅索斯手里。'大运号'是唯一能保证人类可以在几百年内抵达麦哲伦星云的方式。如果我们不跟涅索斯一起离开环形世界的话,我们就得不到'大运号'。"

"这简直是昏了头了,路易！"

"想想看。你也说如果不是傀儡师对克孜人做了那样的事，我们人类早就全都沦为克孜人的奴隶了。是这样的。但如果不是傀儡师干涉了人类的生育法，你甚至还不会出生呢！"

她的身体僵硬地贴着他。她心里的想法都表露在脸上，而她的脸就像她的眼睛：充满了抗拒。

他继续说服她："不管傀儡师做了什么，都是很久以前的事了。难道你就不能把这事忘了并且原谅他们吗？"

"就不能！"她打了个滚从他身边离开，从加热的连衣裤工作服下钻出来跳到水里去。路易犹豫了一下，也跟着她跳进水里。一阵寒意随着冰冷刺骨的水向他袭来，真够他受的……他露出水面……看到蒂拉又回到瀑布底下的那个位置。

她微笑着，好像在邀请他过去。她的情绪怎么这么快就改变了？

他向她游了过去。

"用这种方式叫一个男人闭嘴可真迷人！"他笑道。她根本不可能听得见他的话。水叮叮咚咚地砸落在他的周围，他连自己的声音都听不见。但蒂拉还是以笑声来回答他，同样也听不见，她向他伸过手来。

"我刚才说的全是些傻话！"他大声叫道。

水好冷好冷。唯有蒂拉的身体是暖和的。他们紧紧地抱着，跪在粗糙、一半没在水里的石头上。

爱是冷暖的美妙交融。做爱能让人得到安慰。它不能解决问题，但能让人逃避问题。

他们一起走回飞行摩托停放的地方，身体在蚕茧般的加热连衣裤里瑟瑟发抖。路易一路无语。他意识到蒂拉有个问题。

她从来没有学会如何拒绝别人。她不能在说完"不"之后坚持自己的立场。她说不出责备人的狠话，也不懂得说幽默、讽刺挖苦或者伤人的刻毒话，这些伎俩别的女人一般都会。蒂拉没在社会上受过什么伤害，即使受过一些，那也不多，还不足以让她学会这一切。

路易可以没完没了地逼她，直到世界末日（直到她同意让涅索斯回来），她绝不会懂得怎么制止他的。但她可能会因此而恨他。就因为这个，还有另外一个原因，他什么话也不说。

他不想伤害她。

他们默默地走着，手拉着手，爱意绵绵地玩弄着对方的手指。

"这样吧。"她突然打破沉默说，"如果你能说服对话官同意这事，那你就让涅索斯回来吧。"

"谢谢。"路易说，露出惊讶的表情。

"这只是为了'大运号'，"她说，"再说，你也做不成这事（因为你也说服不了对话官）。"

还有时间吃顿饭和做些比较正式的运动（俯卧撑、仰卧起坐之类的），或做些非正式的运动（爬爬树之类的）。

此时对话官也回到了飞行摩托处。他的嘴没有血迹。只见他从自己的车上点了些东西，不是抗过敏药片，而是一块砖头形状的、湿了吧唧的热肝。了不起的猎人回来了，路易心里这么想着，嘴闭得紧紧的。

他们着陆的时候，天空一片阴沉沉的。现在依然还是阴沉沉的，一色的铅灰，他们起飞了。路易打开对讲机，继续之前的谈话。

"那是很久以前的事了！"

"荣誉的问题是不会受时间影响的,路易,当然啦,这点你是不会懂的。再说,那个行为的后果跟我们的关系很大。为什么涅索斯要挑一个克孜人跟他一起做探险旅行呢?"

"他跟我们说过的。"

"他为什么选择蒂拉·布朗?一定是'最幕后的人'亲自指示涅索斯想搞清楚人类是否已经遗传了'幸运'这种超自然特征。他也想知道克孜人是否已经变顺服了。他之所以选择我,是因为作为一个性格傲慢的种族的外交官,我可能已经具有他们想看到的那种顺服品质了。"

"我也是这么看的。"路易甚至想得更远:涅索斯是不是也受到指示,故意提起星籽诱饵器,以试探对话官的反应呢?

"这无所谓。我的意思是我可不是顺服之人。"

"你能不再用那个词了吗?它扭曲了你的思想。"

"路易,你为什么要替那个傀儡师说情?你为什么想要他跟我们做伴?"

问得好,路易想。的确,就该让那个傀儡师担惊受怕一下。而且,如果路易的猜测没错的话,涅索斯一点安全问题也没有。

会不会只是因为路易喜欢这个外星人呢?

也许有比这更宽泛的原因?傀儡师是与众不同的。与众不同是很重要的。像路易这样一大把年纪的人,是很容易对生活感到厌倦的,如果没有多样性存在的话。所以,对路易来说,与外星人做伴是至关重要的。

飞行摩托顺着山坡向上飞行。

"这是我的观点。"路易说,"我们处在一个十分陌生的环境里,这里比任何人类世界或者克孜人世界都要令我们陌生。我们需要尽可能地得到每一个人的意见,这样才能搞清楚周围发生的情况。"

蒂拉鼓了鼓掌,什么话也没说。太给力了! 路易向她眨了眨眼。这是人类一种特别的交流方式,对话官不可能明白其中的含义。

克孜人说:"我不需要一个傀儡师跟我讲解这个世界。我自己的眼睛、鼻子和耳朵告诉我的就够了。"

"这还不好说。但你还是需要'大运号'吧。我们都需要那艘船所代表的技术。"

"就为了利益? 一个卑劣的动机。"

"天地良心,这么说太不公平了! 得到'大运号'是为了全人类的利益,也是为了全体克孜人的利益!"

"你这是狡辩。尽管那个利益不只是你个人的,但你还是为了利益出卖了你的人格。"

"我的人格没有任何受损的危机。"路易气恼地说。

"我认为有。"对话官说,切断了对讲机。

"那个小玩意儿可真方便,就是那个开关。"蒂拉一直在观看着,有点幸灾乐祸的样子,"我早料到他会那么干的。"

"我也料到了。该死的! 他可真难说服啊!"

山的那边是一望无际的羊毛般的云朵,向着那无限远处的地平线延伸,愈远愈灰暗。飞行摩托像是浮在白色的云朵之上,下面是明亮的蓝天,环形世界的拱形轮廓隐约可见。

群山已被甩在后面。路易想到那个林中的瀑布水潭,惋惜之感阵阵袭来。他们再也不会看不见它了。

一条尾波跟在飞行摩托的后面,那是三个声波罩碰到前面的云时搅起来的波纹线。只有一个小小的点断开那条无限延长的地平线。路易认为,那要不是一座山就是一团非常遥远、非常强大的风暴。它的大小就像是一个针头拿在手中,并伸直胳膊来看时的样子。

对话官打破了沉默,"云层里有个裂口,路易。正前方'自转'方向。"

"我看到了。"

"你看到光是怎么穿透那里的吗？很多光从地面反射上来。"

的确如此,那块云层裂缝的边缘闪闪发亮。"莫非我们正在飞越环形世界的基质？如果是这样,那它就是至今我们看到的地面上最大的一块裸露部分。"

"我想靠近细细地看看。"

"好。"路易说。

他看到对话官的飞行摩托变成了一个小点,打了个转朝着"自转"的方向疯狂奔去。以两个马赫的速度前进者,对话官看到的地面只不过是一个闪现而已。现在有个问题:到底该看哪个？是看那个银色的小点——对话官的飞行摩托,还是看仪表板上那张橘红色的小毛脸？一个存在于现实当中,另一个则展现出更多细节。两者都能提供信息,但各不一样。

从原则上说,没有一个答案能够完全令人满意。而落实到实际行动上,路易自然两者都看。

他看到对话官正飞过那个裂缝……

对讲机传来对话官的悲号。那个银色的小点刹那之间变亮了起来,对话官的脸蒙上了一层白色的亮光。他的眼睛紧闭着,嘴大开着,嘶声嚎叫。

对讲机屏幕里的影像模糊起来。这时对话官已经通过那个裂缝。他一只胳膊捂住脸,全身毛皮冒着焦烟。

在对话官的飞行摩托那渐渐离去的银色小点之下,有一束亮光照在云层上……仿佛有一个聚光灯从下面跟着对话官。

"对话官!"蒂拉喊道,"你看得见吗?"

对话官听到了,把胳膊拿开露出他的脸。有一道较宽的没被烧焦的毛横过他的眼睛。脸上其他地方的毛都是灰黑色的。对话官睁开眼睛,又紧紧闭上,又睁开。"我瞎了。"他说。

"哦,但你看得见吗?"

路易过于为对话官担心,几乎感觉不到那个提问有什么奇怪的。但还是有点什么让他注意到她声音有些不对劲:它充满了焦虑,这让他意识到对话官的回答有问题,所以蒂拉才会又问一遍。

但一切已经太晚了。路易喊道:"对话官!把你的摩托跟我的连上线。我们得找个遮蔽处躲一下。"

对话官在仪表板上乱摸一气,"连上了。路易,什么样的遮蔽处?"疼痛使得他的声音浑浊、扭曲起来。

"回到山那边去。"

"不行。那样我们会浪费很多时间的。路易,我知道什么东西袭击了我。如果我没搞错的话,只要我们有云层遮挡就没有问题。"

"哦? 怎么回事?"

"你得去调查调查。"

"你需要弄点药处理一下你的伤。"

"我的确有这个需要,但你得先找到一个安全的地方着陆。你一定要在云层最厚的地方降落……"

他们躲进云层里,即使在这些云层遮蔽之下,周围也没多黑暗。还是有一些光穿透过来,并且有足够强的光反射到路易身上。那道光非常刺眼。

底下是一片起伏的平原。那不是环形世界的地表材料,而是泥土和植物。

路易再往下降了一些,眯起眼对着那道强光。

在这片土地上,均匀且单一地生长着一种植物,它们从这里开始一直分布到那无限延长的地平线那儿。每一棵植物上开着一朵花,在路易降落的时候,每一朵花都跟着路易转动。仿佛无数的观众,沉默地关注着他。

他在一棵植物旁边着陆,从飞行摩托上下来。那棵植物有一英尺高,绿色的茎秆上长着梗节。它那单独的花朵有一个人的脸庞那么大。花朵的背面布满纤维,好像血管或是筋腱一样,花朵的正面仿若一面光滑的凹面镜。从镜子的中心长出一根短茎,茎的末端有一个墨绿色的花球。

视线范围内所有的花都在看着他。这众目睽睽的注视形成强光笼罩着他。路易知道它们想把他杀死,他有点儿不安地抬头看了看天,那块云层还停在那儿。

"你说得没错。"他朝着对讲机说,"它们是奴役者太阳花。如果不是那块云层出现在那儿,我们可能一飞出那道山脉就死了。"

"有什么地方我们避开这些太阳花吗?比如说山洞之类的?"

"我想可能没有。这块地这么平。虽然这些太阳花不能精确地聚焦,但它们反射的光还是很强烈。"

蒂拉插了进来,"行行好吧,你们两个怎么回事?路易,我和对话官得马上着陆！对话官疼着呢！”

“真的,我痛得很,路易。”

“那我只好提议我们就冒个险吧。冷静下来,你们两个。我们只能希望那些云停在那儿不动。”

“好!”蒂拉在对讲机里的影像开始行动(对云祷告)。

路易对着那些植物扫视了一分钟左右。正如他所猜测的,没有一种异类的植物能在这些太阳花的领域里存活下来。茎秆之间没有更小的植物生长。没有东西在花上飞。没有任何东西在那烟灰般的土壤中打洞。而那些植物本身,既不见半点枯萎,也不长任何真菌,更没有生过病的痕迹。看来那镜子般的花朵是个可怕的武器。它的主要功能是将太阳光聚在位于它中心的那个绿花球上,进行光合作用。它也可以把光聚起来杀死吃植物的动物或昆虫。太阳花烧死一切入侵之敌。任何活的东西都是这种依赖光合作用的植物的敌人;任何曾活过的东西死后都是太阳花的养料。

“它们是怎么到这里来的?”路易百思不得其解。因为太阳花是不能跟一般的植物共存的。太阳花的威力太强大了。因此它们不可能是环形世界上原有的土生土长植物。

环形世界的工程师们一定曾在附近的星球上寻找过在他们看来有用或有装饰性的植物。没准儿他们甚至到过人类空间领域的银眼星①那样遥远的地方找过植物。他们一定认为太阳花很有装饰性。

“但他们一定会把它们限制在一定的范围内。任何白痴都会明白这个道理。比如说,给它们一块地,四周有很高、很宽的裸露地板围着它。这就可以把它们限制住。

————————

①作者虚构的一颗距离太阳系最近的人类殖民星球,那里是太阳花的故乡。

"除非这没起作用。不知怎么的有颗种子飘出去了。没法儿知道它们至今已经蔓延了多远。"路易对自己说道。他突然打了个寒战。这一定就是之前他和涅索斯注意到的那个远在前方的"亮点"。至少在他眼睛所能看到的范围内，没有任何有生命的东西能够跟太阳花抗衡。

只要给它们足够的时间，这些太阳花迟早会占据整个环形世界。

但这会需要很长的时间。环形世界太大了，大到可以容纳一切。

第十五章　梦幻城堡

　　沉浸在冥想中的路易几乎没有意识到两部飞行摩托正降落在他的摩托旁。对话官的大声咆哮猛地把他从沉思中惊醒,"路易！把那个奴役者分解器从我的车里拿出来,用它给我们挖一个躲藏的洞。蒂拉,你过来给我处理一下伤口。"

　　"一个躲藏的洞?"

　　"是的。我们必须像动物那样钻进洞里等待黑夜降临。"

　　"好吧。"路易摇了摇头。对话官都伤成这样了,还能想到这些。显然他们冒不起这个险,万一云出现一道裂缝呢。太阳花只需要一点光源就能杀死他们。但是在晚上……

　　路易在对话官的车里翻找东西,故意回避不看他。这个克孜人全身被烧得黑不溜秋的,被烧成油灰的毛皮里渗出体液来,裂开的大伤口里绽露出血淋淋的肉,烧焦的毛发散发出浓烈而难闻的气味。

　　路易找到了那把分解器:一杆双管猎枪的模样,有着一个流体模样的枪柄。旁边还有一个武器,看到它时,路易不禁苦笑了一下。要是对话官建议用激光手电筒烧掉这些太阳花,路易或许也会听的,因为此时他正处在神志不清的状态中。

他拿出分解器,迅速离开对话官的车,他感觉很不自在,为自己的软弱感到可耻。看到对话官的烧伤那么严重,他感到很痛苦。还好,蒂拉是个根本不懂什么叫痛的人,她比路易更合适照顾对话官。

路易把分解器枪对准地面,让它跟地面成三十度角。他戴上连在压力服上的呼吸头盔。因为不是很着急,所以只是轻轻地扣动了一个扳机。

瞬间出现了一个坑。路易看不见这到底有多快,因为他射出第一枪后就被尘土包围了。在光束触地之处,一阵猛烈的风向他吹来。路易不得不硬顶着强风才能站稳。

在锥形的光束中,电子变成了中性的粒子。泥土和石头被原子核的互相排斥撕成原子,形成单原子的尘雾,向他袭来。路易庆幸自己戴了那个呼吸头盔。

现在他关掉了分解器。那个坑已经足够大,足以容下他们三个还有那三部飞行摩托。

这实在是太快了,路易心想。他无法想象,如果两束光线并用的话,这个工具的挖坑速度到底会有多快。如果那样,挖坑的速度和电流通过的速度差不多——借用对话官的委婉说法。不过此刻他并不想寻找那样的刺激。

蒂拉和对话官已经从飞行摩托上下来。对话官全身的毛几乎都烧没了。只剩下一大块橘红色覆盖着他的屁股,因为那正好是他坐着的部位,还有一道较宽的橘红色毛横过他的双眼。全身别的地方都是光溜溜的皮肤,紫红色的血管清晰可见,深红色的裂口这里几道、那里一片的。蒂拉正往他身上喷东西,喷到哪儿,哪儿就出现白色的泡沫。

毛肉烧焦散发出的臭味让路易无法靠近。

"洞挖好了。"他说。

克孜人抬起头说:"我又能看见东西了,路易。"

"好极了!"他一直在为此担心呢。

"那个傀儡师居然带着军用的药品,它们比克孜人的民用药品高级多了。他不应该有军用药品的。"克孜人很生气地说。也许他在怀疑傀儡师靠行贿得到的,也许他的怀疑没错。

"我这就呼叫涅索斯。"路易说。他绕着走过他们两个。克孜人从头到脚都覆盖着白色的泡沫。现在一点儿臭味都闻不到了。

"我知道你在哪儿。"他告诉傀儡师。

"了不起。那么,我在哪儿呢,路易?"

"你在我们后面。你从我们的视线中消失后绕到后面跟着我们。蒂拉和对话官不知道。他们无法像傀儡师那样去想问题。"

"难道他们期待一个傀儡师在前面为他们探路吗？也许最好还是让他们继续这么想吧。他们让我回去的机会有多大？"

"呃,现在还没有。也许稍后吧。我先说说呼叫你的原因吧……"接下来他告诉傀儡师太阳花田的事。他详细描述了对话官的伤情,这时涅索斯那张扁平的脸低下去,落到对讲机摄像头之外看不见了。

路易等了一会儿,看看傀儡师会不会重新出现在对讲机屏幕上。涅索斯始终没有出现,路易就切断了对讲机。他相信涅索斯的紧张性回缩症状不会持续很久。这傀儡师太爱惜自己的命了,他的脑子是不会犯糊涂的。

白天的时间还剩下十个小时。三个人待在那个用分解器挖出来的壕沟里煎熬地等待时间过去。

对话官是在睡眠中度过的。路易和蒂拉扶着他走进壕沟里,然后从这克孜人的医药包里拿出一种喷剂让他入睡。他身上的那些白泡沫已经凝结,他的整个身体变成了一个结实的泡沫橡皮垫子。

"世界上唯一有弹性的克孜人。"蒂拉说。

路易试着睡觉。他迷迷糊糊打了一会儿盹儿。有一次他从明亮的日光中半醒过来,斜坡那清晰的黑影正从他身上淡淡地扫过。他惊动了一下又睡过去……

后来他醒过来,吓得一身冷汗。阴影!如果他刚才坐起来看,他早已被烤脆了!

不过云层又回来了,成功地阻挡了太阳花对阳光的强烈反射。

地平线终于变得朦胧不清。当天空暗下来时,路易开始叫醒其他人。

他们在云层之下飞行。对他们来说,重要的是要看得见那些太阳花。要是黎明来临,车队依然没有离开太阳花的地盘,他们就得再找个地方躲过下个白天。

为了看得清楚,路易时不时地飞低一点。

他们已经飞了一个小时,现在太阳花变少了。有那么个区域,太阳花非常稀少,在一个刚被烧得只剩下发黑的残桩的森林中,倒是有一些太阳花的花苗。实际上,在这个地区,草似乎已经在跟太阳花竞争地盘了。

接下来太阳花就彻底消失没有了。

路易终于可以睡上一觉了。

路易睡得像服了麻醉药一样沉。他醒过来时已然是夜里。他看看四周，发现在前面"自转"方向有一个闪光点。

睡眼蒙眬中，他以为是只萤火虫或是什么类似的傻东西被声波罩卡住了。他揉了揉眼，发现那光亮还在那儿。

他按键呼叫对话官。

那个光亮变得越来越近、越来越清楚。在环形世界夜景的衬托下，它的亮度就像太阳光的一个反射点。

那不是一棵太阳花。因为太阳花晚上不会反光。

它可能是一座房子，路易想；但那房子的主人又是从哪儿得到照明的？再说，假如真是一座房子的话，他们也早就飞过而看不见它了。要知道，按飞轮摩托的巡航速度，你只需要两个半小时就可以横跨北美大陆了。

那个光正从他们的右边掠过，但对话官还没有回应。

路易把自己的车从车队里撤出来。他在黑暗中咧嘴笑。车队在他的后面，目前是对话官在控制（对话官坚持要这样），而且只有两部车。路易凭着记忆找出对话官飞行摩托的位置，然后向它飞去。

在圆弧暗淡的光线下，声波罩和车头激起的气流若隐若现。圆弧的光辉好比天地之间一张呈几何形状的蛛网，一条条射线在天顶汇聚成一点。对话官的飞行摩托还有对话官那鬼一样的灰色身影，好像被困在这个蛛网中。

路易来到了离对话官近得有点儿危险的地方，他把车灯打开，然后又立即关掉。黑暗中，他看见那鬼一样的对话官突然有所警觉地动了一下。路易小心翼翼地在克孜人和那光点之间驾驶着自己的飞行摩托。

他又闪了一下他的车灯。

这时对话官出现在对讲机上,"是的,路易,我看见它了。一个发光东西正经过我们。"

"我们一起去看个清楚。"

"好的。"对话官转向那个光点。

他们在黑暗中绕着它转,就像是一群好奇的小鲦鱼围着一个沉在水底的啤酒瓶嗅来嗅去的。这是一座十层高的城堡,漂浮在离地一千英尺的高空中,整个城堡灯火辉煌,有如远古时代火箭船上的仪表板。

有一面巨大的落地窗,呈弯曲形状,既是墙壁又是天花板,通往一个歌剧院般大小的空洞。在里面,迷宫般的餐桌一圈圈地摆在一个倾斜的地板上。餐桌上方到天花板之间相距五十英尺,空荡荡的只有一个用受力钢丝吊挂着的形式自由的雕塑。

在环形世界上空间的充足总是让人感到新奇。在地球上,在空中驾驶没有自动驾驶功能的飞行器是犯罪行为。因为一架飞行器,不管它掉在什么地方,都会砸死一两个人的。而在这里,动辄就是成千上万英里的荒野之地,一座座的建筑物悬浮在一个个城市的上空,随便一个客厅,头顶到天花板的距离也有五十英尺之高。

在这座城堡的下面是一个城市。它一点光亮都没有。对话官像一只飞鹰一样贴在它上面飞行,透过那蓝色的拱形亮光审视它。他飞上来报告说这个城市跟日格那姆克里克克里克城很相像。

"我们可以在黎明后到那里调查一下。"他说,"我认为这个城堡更重要。很可能自从文明崩溃以来，它一直都没有改变过，还是原来的样子。"

"它一定有自己的能源供应系统。"路易推测说，"我想知道这是为什么？日格那姆克里克克里克城没有一个建筑是具有独立的能源供应的。"

蒂拉把她的飞行摩托直接开到城堡的正下方。在对讲机屏幕上，她的眼睛因为惊奇而睁得大大的，她叫道："路易，对话官！你们必须来看看这个！"

他们毫不犹疑就跟在她后面往下飞。路易跟她并排着一起往上升，当他突然意识到那个庞然大物就悬在他头顶上时，不禁惊呆了。

城堡朝下的那一面，全是窗户，到处都是棱角。他们根本不可能降落到城堡上。这城堡是谁建造的？怎么会没有底座？所有钢筋水泥的结构都是不对称的设计，到底是什么该死的东西让它一直悬挂在空中的？路易胃里一阵翻江倒海，但他咬紧牙关把车开到蒂拉的旁边，他们置身于一个悬浮着的庞然大物之下，它的大小相当于一个中等规模的乘客星际飞船。

蒂拉发现了一个奇迹：一个凹下去的游泳池，呈现浴池的形状，照明极好。玻璃的底部和壁面敞向黑暗的天空，但其中一个壁面紧挨着一个酒吧，或是一个客厅，或是……到底是什么，隔着双层透明玻璃很难看清楚。

游泳池是干的。池底有一个巨大的骷髅，像是一头无壳蜗牛怪①的骨架。

"看来他们豢养巨型宠物。"路易推测说。

---

　　①金克斯星的一种通过生物工程造出来的智慧生命。这种生命的体型巨大，像个超大型的无壳蜗牛。

"那不是金克斯星的无壳蜗牛怪吗？我叔叔是个猎人。"蒂拉说，"在他的战利品陈列室里，就有一副无壳蜗牛怪的骷髅。"

"很多星球都有无壳蜗牛怪。他们是奴役者的食用动物。不管银河系哪儿有这种动物都不会让我感到惊讶。现在的问题是，是什么原因让环形世界的人把它们带到了这里？"

"装饰。"蒂拉迅速地回答。

"开玩笑吧？"无壳蜗牛怪看起来就像是大白鲸莫比·迪克和履带式拖拉机的混种。

不过，路易又想，他们何不这么做呢？环形世界的工程师难道不会到几十个甚至上百个星系中去搜寻各种生命，把它们带到这个人工的世界里居住和繁殖吗？可以假设，他们已经拥有冲压式聚变引擎。再说，在人工环境的条件下，环形世界上的每一种生命必然都是从别的地方引进的。比如说，太阳花、无壳蜗牛怪。还有什么来着？

别想了。直接到边缘墙那边去吧，也别试图再做什么探索了。他们已经飞得够远的了，所飞距离已经相当于绕地球六圈了。老天爷，谁知道还会有多少新奇东西等着他们去发现呢！

奇怪的生命。（目前为止，还未造成伤害。）

太阳花。（对话官在刺眼的光芒中燃烧，悲号声从对讲机里传出来。）

漂浮的城市。（灾难性地坠毁了。）

无壳蜗牛怪。（智慧又危险。在这里它们也会同样如此。无壳蜗牛怪不会发生变种。）

那么死亡呢？死亡在哪儿都是一样的。

他们又绕着城堡飞了一圈，寻找入口。到处是形状各异的窗户，长方形的、八角形的、气泡形的，还有安在地板上的厚玻璃;但所有的窗户都是关上的。他们看到一个停放飞行交通工具的码头,有一个大门,修成吊桥的模样,像是登陆用的坡道;但是,就像所有的吊桥一样,那个门是拉起来和关上的。他们还看到一个几百英尺长的螺旋电梯,像个床座弹簧一样从城堡最低处垂吊下来,悬在空中。电梯的底座不知被什么强有力的东西扯掉了,只剩下折断的梁柱和坏掉的踏板。电梯的顶端是一扇紧闭着的门。

"这太了不起了!我要砸破一面窗进去。"蒂拉说。

"别动!"路易命令道。他相信她真的会这么干的,"对话官,用你的分解器给我们开路吧。"

就着一个大落地窗射出来的光,对话官取出来那把奴役者挖掘器。

路易很了解这个分解器。它的光束宽度是可以调节的,在光束的照射下,任何物体都会获得一股正电流,这股正电流强大无比,可以在眨眼之间把被照到的物体分裂开。这个分解器是改造过的奴役者分解器,傀儡师增加了一道光束,使之与原来的光束平行,这是为了控制质子的电流。在太阳花地挖坑时,路易没有使用这第二条光束,他知道对眼前这项任务来说,也没有必要使用它。

他应该猜得到对话官不管怎样都会使用它的。

在一面的落地窗上,两个相距几英寸远的光点获得两股相反的电流,两个光点之间有一个电位差。

那闪光强得让人睁不开眼。路易紧紧地闭着又流泪又痛的双眼。雷鸣般的爆裂声阵阵响起,尽管有声波罩的阻隔,爆裂声还是大得震耳欲聋。响声过后,则是令人发憷的安静,路易感到沙砾般的颗粒纷纷落到他脖子、肩膀和手背上,到处都是。他还是紧闭着双眼。

"你就非得用第二条光束不可吗?"他说。

"它挺好用的。它会帮上我们的。"

"生日快乐。别把这玩意儿指着你爸,你爸会很生气的。"

"别跟我耍贫嘴,路易。"

他的眼睛已经恢复。路易发现成千上万的玻璃碎片铺盖在他的身上和车上。飞舞的玻璃!声波罩一定是先截住这些玻璃屑,然后又把它们释放出来,让它们飘到水平的表面上。

蒂拉已经飘到那个舞厅般大小的空间里去了。路易和对话官跟在后面。

路易慢慢地醒过来,感觉棒极了。他将头枕在自己的一只胳膊上,躺在一个柔软的东西上。他感觉胳膊有点儿麻木。

他翻了个身睁开眼睛。

他躺在一张床上,眼睛盯着又高又白的天花板。他感觉他肋骨下有个东西,竟然是蒂拉的一只脚。

对了,路易想起来,昨天晚上他们发现了这张床,这张床大得像一个小型的高尔夫球场,放在一间巨大的卧室里,这卧室原来可能只是个普通的城堡地下室而已。

当时他们还发现了许多意想不到的惊奇事物。

这是个名副其实的城堡,不仅仅是装修成城堡模样的富丽堂皇的旅馆。宴会厅那五十英尺高的落地窗已经够惊人了,但更惊人的是,大厅中的餐桌围绕着一个中心高台摆成一圈,高台上则摆着一张环形桌。环形桌的环内是一张流线型设计的高背椅,如同王座般大。蒂拉摆弄了几下,竟然把这椅子升到了半空中,离天花板不远了,她还发现了一个扩音器,可以使坐在"王座"上的人的声音放大,发出雷声般响亮的命令。那张椅子可以转动,当它转动时,位于它上方的雕塑也会跟着转动。

雕塑是用钢丝做的,很轻,在几乎什么都没有的空间中,像是一个抽象作品,把它转过来,蒂拉吓了一跳。它显然是一个写实的头部雕像。

一个完全没有头发的男人的头部雕像。

他是原住民吗? 来自一个每个成员都必须刮脸和剃头发的社会? 还是他属于远在环形世界曲线另一端的一个种族?

他们也许永远也不会知道这些。但那张脸绝对是一张人类的脸:英俊,棱角分明——一看就是惯于发号施令的人的脸。

路易抬头仰望天花板,努力记住那张脸。那人的脸上显示出领导者的特征,从眼睛和嘴巴的线条都能看出来,艺术家很高明地用钢丝将这些细节全都表现了出来。

这个城堡曾经是政府的所在地。这里的每一样东西都能证实这一点:王座、宴会厅,以及不同寻常的落地窗,整个悬浮的城堡有自己独立的能源供应系统。但对路易·吴来说,最让他深信不疑的证据还是那张脸。

后来他们就在城堡里转悠起来。他们看到有很多装饰奢华、设计精美的楼梯。但这些楼梯都是不动的。这里没有自动扶梯、电梯,也没有人行道和升降机。也许那些楼梯原来是可以移动的。

于是几个人往楼下走去,因为这比起往上爬要容易些。就是在城堡的底层,他们发现了一个卧室。

这些日子以来,他们一直都是睡在飞行摩托的座位上,只有着陆时他们才能做爱,所以这张床对于路易和蒂拉来说具有不可抵抗的魅力。他们就停在这儿不走了,让对话官自己一人去探索城堡。

到目前为止,他还不知道对话官又发现了什么了。

路易用一只胳膊把自己撑起来。那只麻木的胳膊开始恢复知觉。他小心翼翼,尽量不让床发生任何震动。这种事情在睡盘上从来不会发生,他想道,但这该死的……管他呢,好歹这是一张床……

卧室的一面玻璃墙对着一个干涸的游泳池。游泳池的四壁和地板都是玻璃的,凶猛的无壳蜗牛怪那白色的骨架上有个勺子形状的头颅骨,一双空洞的眼睛深陷其中,好像在盯着他看。

这面墙对面的墙也是透明的,从那里可以看到一千英里之下的城市。

路易打了三个滚,翻到床边上站了起来。地板很柔软,铺着一张毛皮地毯,它的质地和颜色跟原住民的胡子像极了。路易的脚轻轻地踩着地毯走到窗口旁往外望去。

(有个东西干扰了他的视线,那玩意儿就像是立体电视屏幕上有个小点在闪烁。尽管他有意识地不去注意它,但它还是很烦人地干扰着他。)

无甚奇特的白茫茫的天空下,是一片灰色的城市。大多数的建筑都很高,还有一些高到让别的建筑相形见绌,甚至还有几个竟然高出了这个悬浮城堡的底座。以前还有过其他的一些悬浮建筑。路易看见城市中有一些宽大的裂口,就像这个城市的伤疤一样,那是万吨重的石头建筑从空中坠落时砸出来的。

这座梦幻般的城堡有自己独立的能源供应系统。这间卧室如此巨大,可以极尽能事地寻欢作乐。面对那面巨大的落地窗,里面的君王可以规划自己的领土,也可以俯瞰蚂蚁般的臣民。

"住在这个地方肯定会让人骄傲自大。"路易说。

有个东西吸引了他的目光。窗外有个东西在飘荡。

那是一条线。它的一段挂在一个飞檐上，但是更多的部分还在不断地从空中掉下。是很粗的线。他看见有两股从那个飞檐垂向城市的上空。这根线肯定在他刚朝窗外看时就往下掉了，难怪一直有东西在妨碍他的视线。

尽管不知道这根线是从哪儿来的，路易还是接受了它的存在。那是个很漂亮的东西。他赤身裸体，仰躺在毛茸茸的地毯上，那地毯铺满了整个卧室的地板，他看着窗外那条线在一点点地飘落。此时他觉得很安全很轻松，自从"说谎者号"受到激光攻击后，他头一次有这样的感觉。那根线还在没完没了地往下掉，一圈又一圈的黑线在灰白色的空中旋转，它很细，有时能看见它闪现在眼前，有时又看不见它。怎样才能知道它的长度？怎么才数得清暴风雪中的雪花？这两个问题是一样的。

突然，路易认出了它。

"欢迎归来。"他说，大为震惊。

那是连接阴影方块的线。它竟跟随他们来到了这里。

路易爬了五层楼梯去找早餐。当然，他并不期望这里的厨房还能使用。

他是去找那个宴会厅的，没想到找到了厨房。

这个厨房证实了他之前的想法。一个专制的君主是需要仆人伺候的，而这里曾经有过仆人。这是个巨大无比的厨房，肯定需要二十个厨师同时忙活，而他们各自还得有自己的帮手，帮着把做好的菜端到宴会厅，把吃完的脏盘子收回来、洗干净，还有跑腿打杂之类的人⋯⋯

有几个贮藏箱，那是存放新鲜水果蔬菜的，现在里面全是灰尘、果核、果皮和霉菌。还有一个悬挂生肉的冷藏室,现在里面既空荡又暖和。有一个冰箱还在正常运作。冰箱架上的食物也许还能吃,但是路易不敢冒这个险。

没有罐头。

所有的水龙头都没有水流出来。

除了那个冰箱,这里再也没有比门铰链更复杂的机器了。炉子上没有温度计也没有计时器。烤面包机那样的东西也没有。在炉子的上方有些垂吊着的线,线上串着些脏兮兮的小球。是香料吗?怎么没有香料瓶子?

幸亏路易在准备离去之前又仔细地打量了一番,否则他就错过看到真相的机会了。

原来,这间屋子最初并不是厨房。

那么,最初它是什么呢?储藏室?立体电视屋?很可能是后者。有一面墙,空空的什么也没有,很干净,上面刷着均匀一致的油漆颜色,那颜色比其他几面墙的都新一些,地板上有些印迹,像是椅子或沙发腿留下的,现在它们都被搬走了。

好吧,这间屋子原来是间娱乐室。很可能是那面墙上的放映设备坏了,而又没有人知道怎么修理它。原先在这里的自动厨房后来也经历了同样的命运。

所以这间巨大的立体电视屋就被改造成了一个人工操作的厨房。这样的厨房在当时一定很普遍,因为那时已经没有人会修理自动厨房了。未加工的食材一定是通过飞行卡车运到这里来的。

而当那些飞行卡车也一个个地坏掉时……

路易离开这个厨房。

他总算找到了宴会厅,还有这个城堡中唯一可靠的食物来源处——他自己飞行摩托里的自动厨房,他从那里点了一块"食物砖"当早餐。

　　他快吃完"食物砖"的时候,对话官走了进来。

　　这个克孜人一定饿坏了。他径直走向自己的飞行摩托,点了三个湿乎乎的深红色"食物砖",几口就把它们吞下去了,然后才把脸转过来向着路易。

　　他已经不再白得像鬼一样了。夜里某个时候,那些泡沫已经愈合了他的伤口,并脱落了。他的皮肤开始有了些光泽,呈现粉红的健康颜色(如果克孜人健康的肤色是粉色的话),但身上仍能看到一些凸起的灰色的疤痕和一大片的紫色血管脉络。

　　"跟我来。"克孜人命令道,"我发现了一间地图室。"

第十六章　地图室

那个地图室在这座城堡的最顶层,这说明了它的重要性。路易爬得气喘吁吁的。他有一阵儿得跟着跑。尽管克孜人没有跑,但他走得比人类快多了。

路易到达楼梯平台的时候,对话官正推开堵在他面前的一扇双层门。

通过那扇打开的门,路易看到一条乌黑的横带,八英寸宽,离地三英尺高。越过这条带子,他看到一个熟悉的浅蓝色细条,上面嵌着浅蓝和深蓝的矩形,可找到它了。

交好运了。

路易站在进门处,仔仔细细地打量着。环形世界的模拟模型几乎跟这房间一样大,这房间是圆形的,直径大概有一百二十英尺。这间圆形地图室的中央有一个长方形的屏幕,装饰得十分考究,并非正对着门口,但可以转动。

在房间的墙上,高挂着十个转动的球体。它们大小不等,以不同的速度转动着;但每一个球体都是独特的地球颜色:色调丰富的蓝色缭绕着糖霜式的白色。每一个球体下面都有一张展开的地图。

"我为了琢磨这些东西,在这里熬了一夜。"对话官说。他站在那个屏幕的后面,"我有很多东西想展示给你看。到这儿来。"

路易差一点儿把头低到环的下面,但一个想法让他停住了。那个在宴会厅里发号施令的老鹰长相的男人是绝不会像这样低头弯腰的,就是走进这个神圣的场所也不会。于是路易挺直身体走向那个环,居然走过去了,原来这个环是一个全息投影而已。

他在克孜人的身后站住。

控制板环绕着屏幕。所有的按键都硕大而沉重,均为银质,每一个都雕刻成一种动物的头像。那些控制板上装饰着旋涡式的曲线。这是精致的艺术——路易想——还是颓废的艺术?

屏幕是亮着的,但没有放大。看着它就像是从阴影方块的附近往下看环形世界的情景。路易有种似曾相识的感觉。

"我已经对好焦了。"克孜人说,"如果我没记错的话……"他碰了一个按钮,屏幕上的图像迅速扩大,那速度太快了,路易赶紧伸手去抓控制杆。"我想让你看看那堵边缘墙。呃,有点不清楚……"他碰了碰一个面貌凶狠的动物头像按钮,图像开始滑动。此时环形世界的边缘出现在他们眼前。

是望远镜从什么地方给他们提供的这个图像。那些望远镜在哪儿?是安装在阴影方块上吗?

此时他们相当于在一千英里高的山上往下看。图像还在放大,因为对话官发现了更精细的控制按钮。路易惊叹于那些高山的险峻,它们看上去很自然,除了规模显得过大以外,这些山的轮廓线非常清晰,仿佛是被黑色的太空一刀斩断了一样。

接下来他看见有什么东西是沿山峰分布的。

尽管那只是一条由银色的点构成的线,但他知道那是什么。"是线性加速器?"

"没错。"对话官说,"这里没有传送亭,在环形世界上做长途旅行,唯一可行的方式就是这个。它肯定是这里的主要交通系统。"

"可它在一千英里高的山上。得有电梯吧?"

"我发现沿着边缘墙有许多升降机。看,这里就是。"现在,那条银色的线成了一条由许多小圈串起来的线,这些圈之间的间距很大,每一个都藏在山峰顶上,从山下的陆地上看是看不见的。有一根勉强能看得见的细长管道,从那些圈当中的某一个延伸出来,顺着一座山坡,进入到环形世界大气层底部的某一云层中去。

对话官说:"这些电磁圈稠密地聚集在升降机周围。在其他地方,它们之间的间隔大的有上百万英里。我认为,这些圈只是在起飞、降落和导航时用的,其他时候用不上。一部车能够加速到可做自由落体运动,让它在靠近边缘墙的地方以每秒七百七十英里的速度运行,到了另一个线圈密集的升降机管道附近,才能停下来。"

"一个人得花十天的时间才能到他要去的地方。这还没算上加速度时所需的时间。"

"这算不上什么。你得花六十天才能到达距离地球最远的人类殖民星球——银眼星。而从已知空间的一边跨越到另一边去,你得需要四倍于这样的时间。"

确实如此。环形世界上的居住区域比整个已知空间的居住区域加在一起还大。他们造这个玩意儿就是为了获得更多的空间。路易问:"你看见什么活动的东西了吗? 还有人在使用这些线性加速器吗?"

"这个问题毫无意义。我给你看个东西吧。"屏幕上的图像先收缩成一点,然后滑向一边,最后慢慢展开。那是一个夜晚的景象。黑云在黑暗大地的上空中弥漫,然后……

"城市的灯光。好啊。"路易咽了咽口水,这来得太突然,"这么说,环形世界并没有全部死掉。我们能得到帮助了。"

"我并不这样认为。这地方很难找到啊。"

"该死的,这可真伤脑筋!"

屏幕上的城堡,显然是他们所在的城堡,正静静地漂浮在一个光的海洋之上。窗户、霓虹灯,那河流般的浮动光点一定是车灯……形状古怪的建筑物浮在空中……这一切真可爱。

"该死的,是录像! 我们看到的是录像带上的影像。我还以为它们一定是即时的呢。"路易还真的激动了一阵子,以为他们的搜索可以结束了——明亮的灯光,繁忙的城市,它们的位置也在地图中显示出来了……但是这些图像已经是好几个世纪以前的了,这些都是很久以前的文明了。

"我也这么认为,昨天晚上我想了很久。我刚开始一点都没有怀疑这个图像的真实性,直到后来我怎么也找不到'说谎者号'落地时刨出的那条长达几千英里的陨石沟,我才意识到这个图像是很久以前的。"

路易什么话也没有说,拍了一下克孜人那露着粉色和薰衣草颜色的肩膀,它的高度路易正好伸手可及。

对话官没理会路易的冒昧举动。"我找出这座城堡的方位后,事情就进展得很快了。注意看这个。"他让那个图像迅速地滑到"左舷"方向。黑暗的大地一片模糊,什么细节都看不见了。然后他们就处在一个黑色海洋的上方。

镜头似乎在往后退……

"看见了吗？在我们通往边缘墙的路上，有一个咸水海的海湾。这个海洋比克孜人星球或地球上的任何一个海洋都要大好几倍。那个海湾比我们最大的海洋还大。"

"又得延误了！我们能跨越它吗？"

"可能吧。但我们将面临比这更大的阻碍。"克孜人伸手去够一个按钮。

"且慢。我想靠近一点看那些岛屿。"

"为什么，路易？难道我们会在这些岛屿停下来找食物吗？"

"不是……你看出来没有，它们是成群地聚在一起的，各组群岛之间隔着广阔的深海水域？看聚在这里的这一群。"路易用食指在屏幕上的对应位置画了一圈，"现在我们来查查那个地图。"

"我不明白。"

"就是你说的那个海湾里的那一组岛屿，它们在地图上的位置就在你背后。那些平面地图中的大陆有点儿扭曲……现在看见了吗？十个星球，十组岛屿。尽管它们不是一比一的比例，但我敢打赌，那个岛跟澳大利亚一样大，而最初的大陆看起来也没有地球上的欧亚大陆大。"

"多么可怕的一个笑话。路易，这就是人类典型的幽默感吗？"

"不，不是，当然不是。一点想法而已！除非……"

"什么？"

"我还没想出来是什么。第一代人——他们不得不抛弃自己的世界，但是他们想要保留一些他们正在失去的东西。经过三代人之后，事情就会变得有趣了。总是这样。"

当克孜人确信路易已经把话讲完时,有些拿不准地问:"你们人类觉得自己了解克孜人吗?"

路易笑了笑,摇摇头。

"很好。"克孜人说,然后转换话题,"我昨晚花了些时间研究了一下离这里最近的航天港。"

他们站在环形世界模型的中心,在一个长方形的屏幕上看着昔日的环形世界。

他们看到的昔日环形世界是一个充满辉煌成就的世界。对话官已经把屏幕的画面对焦到那个航天港—— 一个宽大的平台,从边缘墙面向太空一侧伸出来。他们观察着,有一个巨大的、两端平钝的、有着上千个窗口的圆柱体停放在电磁场中。电磁场发出柔和暗淡的光亮,那光亮大概是为了飞行器驾驶者在操作时能够看见电磁场而设。

"这个录像带是循环播放的。"对话官说,"我昨晚看了很长时间。乘客好像是直接走进边缘墙里的,墙上肯定装有渗透装置。"

"是啊。"路易非常郁闷。那个航天港平台在离他们很远的"自转"方向——比起从这里到那儿的距离,他们已经走过的距离是多么微不足道。

"我看了一艘飞船起飞的情形。他们没有用线性加速器起飞。他们只在着陆时使用,用它们来调节船的速度,使它与航天港的速度同步。起飞时,他们只是把船推进太空中就行了。"

"这跟那个嚼叶子的猜测一致。还记得那个活板门①的设置吗?环形世界转得很快,很容易就能让一个冲压式磁场运作起

①参见第八章。

来。路易,你在听我说话吗?"

路易晃了一下身子,"对不起,我一直在想的是这个航天港将给我们的旅程增加七十万英里的路程。"

"我们也许能够使用那个主交通系统,就是那些安装在边缘墙顶上的小线性加速器。"

"不可能。这个系统可能已经坏掉了。文明倾向于扩散,如果有一个交通系统的话,文明一定会通过它来扩散的。就算我们可以让它重新运作起来,某个升降机所在的方向也不是我们要去的。"

"这还真是个问题。"克孜人说,"我找到了一个可去的。"

在那个长方形的屏幕上,那艘船在往下降落。浮着的卡车把一个升降机接到飞船的主要气密舱的门上。乘客们涌入升降机里。

"我们要改变目标吗?"

"我们不能改变目标。那个航天港依然是我们最好的选择。"

"真的是这样吗?"

"当然,该死的! 尽管它规模宏大,但环形世界仍是个殖民世界。殖民世界文明总是围绕着航天港来发展的。"

"这是因为来自母星球的飞船带来技术革新的信息。我推测环形世界的居民已经抛弃他们的老家了。"

"但是外面世界的飞船仍然在到来,"路易坚信不疑地说,"它们可能来自那些已经被抛弃的世界! 它们可能来自好几个世纪以前的世界! 要知道冲压式引擎飞船是受相对论、时间膨胀的限制的。"

"你希望找到那些老的宇航员,他们曾试着把那些古老的技术教给本地的野蛮人,因为这些野蛮人已经把那些技术忘掉了。也许你是对的。"对话官说,"可我对这个环形世界已经厌烦了,那个航天港又那么遥远。在这个地图屏幕上还有什么东西你想看?"

路易突然问道:"自从离开'说谎者号',我们已经走了多远?"

"我已经告诉过你,我在这上面找不到我们弄出的那道沟。你的猜测和我的一样,这上面的图像是很久以前录在录像带上的。不过,我知道我们还需要走多远。从这个城堡到边缘墙大约是二十万英里。"

"这可是漫长的旅程……你一定找到那座山了吧?"

"没有。"

"就是那座大山啊,'上帝之拳'。我们差一点就坠落在它的山坡上。"

"我没有找到。"

"我可不喜欢这个答案,会不会我们已经偏离航向了?你应该找得到'上帝之拳'的,只要从城堡往'右舷'的方向倒回去就能找到的啊。"

"但我就是找不到,"对话官一口咬定,"你还想看看别的东西吗?比如,那些什么东西都没有的区域?这些地方可能是因为录像带磨损才什么也看不出来的,不过我也怀疑它们是环形世界上的机密地方,是被故意隐藏不让看的。"

"我们得亲自到那里才能搞清楚。"

对话官突然把脸转向那扇双层门,他的耳朵像扇子一样撑开,四肢悄然无声地着地,然后猛地一跃出门去。

路易看得直眨眼。是什么东西导致他这样?这时他就听到了一个声音……

尽管这城堡的年头够久了,但它的机器设备还是安静地出奇。此时却有一个低频率的嗡嗡声从双层门外传来。

对话官已经消失在路易的视线之外。路易拿出他的激光手电筒小心翼翼地跟了出去。

他发现那个克孜人在楼梯的顶层。他把武器收起来,他们俩同时看到蒂拉乘着电扶梯上来了。

"它们只能往上走。"蒂拉跟他们说,"不往下走。在第六层和第七层之间干脆一点儿都不动。"

路易还是问了那个非问不可的问题:"你是怎么让它们动起来的?"

"只需要抓住那个楼梯扶手,再往前推一下就行了。也就是说,除非你扶着它,不然它就不动。这更安全。我是无意间发现的。"

"你就是这样的。我今天早晨爬了十层楼梯都发现不了。你爬了几层就发现了?"

"一层都没爬。我想上楼找早饭,一脚没踩稳第一个台阶,就用手抓住扶手。"

"是啊。明摆着嘛。"

蒂拉露出难过的样子,"这又不是我的错,如果你……"

"对不起。你吃早饭了吗?"

"没有。我一直在看那些人在我们的下方走来走去的。你知道在这个建筑的下方有个公共广场吗?"

对话官的耳朵开得大大的,"有个广场? 这个城市还没有荒废?"

"没有。整个上午都有人从四面八方涌入。目前为止肯定有好几百个人了。"她的笑容有如破晓的曙光,"他们还唱歌呢。"

城堡走廊上散布着许多小房间。每个小房间都配备有一块小地毯、一条沙发和一张桌子。很显然,这样一来,任何走进城堡的人随时都能在自己喜欢的地方吃顿饭。城堡"地下室"附近一间同样的"雅间"里有面大窗户,窗户的一半在墙壁上,另一半在地板上,两部分互相垂直。

连着下十层楼的楼梯叫路易有点喘不过气。他发现自己被那张餐桌迷住了。那张桌面像是个雕刻艺术品;只是那些线条被雕成各种餐具的轮廓形状:汤碗、色拉盘、黄油碟子、餐盘、放杯子的垫子等等。几十年甚至上百年的使用已让它们那坚硬的白色材料变得污迹斑斑。

"在这种餐桌上吃饭用不着用盘子。"路易想,"直接把食物放在那些凹进去的地方就行,吃完了再用水管冲洗整个桌子。"

"这似乎不卫生,不过,他们是不会把苍蝇或者蚊子或者狼这类的有害动物带到这里来的。他们为什么要带细菌过来呢?"

"但他们会引进结肠菌的。"他自问自答,"这是为了帮助消化。但如果其中的一种细菌发生了变异,变成有害的——而一旦这种情形出现,这里的人就对任何东西都没有免疫力了。莫非这就是环形世界文明灭亡的原因?任何文明都需要一个最低数目的人口数量来维持它的发展。"

蒂拉和对话官都不理路易。他们跪在那弯曲的窗边,往下俯瞰。路易也过去加入他们。

"他们还在那儿。"蒂拉说。的确如此。路易估计大概有一千个人在抬头看他。他们此时不再高呼了。

"他们是不可能知道我们在这里的。"他说。

对话官说:"或许他们是在对这个城堡做礼拜。"

"即便如此,他们也不能每天进行这种活动。我们离城郊太远了。他们不可能这么快就来到这个区域的。"

"或许我们正好赶上了他们的一个特殊日子,一个神圣的日子。"

蒂拉说:"可能昨晚发生了什么事。什么特别的事,比如说是我们,假如有人发现了我们的话。或者是那个。"蒂拉指向正在往下落的线。

"我也在为那个线纳闷呢。"对话官说,"它掉了多久了?"

"我一醒过来就看到了,至少。它就像下雨,或一种没见过的雪。那是从阴影方块上掉下来的线,一英里一英里地掉,没完没了。它为什么会掉到这里?"

路易在想,两个阴影方块之间有六百万英里的距离,而整整六百万英里长的连接线被"说谎者号"扯断了。这段线跟着"说谎者号"一起掉入环形世界的地界里,沿着差不多同样的航线。如此长的一条线,他们会遇见其中的一段,一点儿都不奇怪。

但他此时没有心情跟他们多啰唆。"巧合而已。"他说。

"总之,它铺天盖地地落下来,可能从昨天晚上就开始落了。原住民肯定常常礼拜这座城堡,因为它是悬浮在空中的。"

"考虑一下这个。"克孜人慢条斯理地说,"如果环形世界的工程师今天突然出现,从这个悬浮的城堡飘然而下,他们一定会觉得顺理成章,感到更加惊奇。路易,我们可以试试你那个扮演神的计划吗?"

路易转过身来想回答——但他什么也回答不了。他只能板着脸。他本来可以就这么坚持下去的,可是对话官却跟蒂拉解释起来:"这是路易的建议,他认为我们这样做,也许能够更容易得到原住民的信任并跟他们建立关系,如果我们把自己扮演成环形世界的工程师的话。你和路易可以扮演侍者。涅索斯可以扮演被俘虏的恶魔,但我们希望没有涅索斯这事也能进行。我将扮演神而不是工程师、战争之神之类的……"

蒂拉大笑起来,路易也忍不住跟着笑起来。

他们眼前的这个克孜人,身高八英尺,肩膀和臀部都宽大,与人类极为不同。他的个头太大,牙齿太尖利,让人感到害怕和畏惧,尽管他的毛几乎被烧秃了。之前,他那条光秃的尾巴是他身上最不好看的地方,但现在他全身的皮肤都跟尾巴一个颜色:婴儿般的肉粉色交织着薰衣草颜色的毛细血管。装饰他的头的毛发没了,使得他的耳朵成了两把笨拙的粉色阳伞。他脸上只剩下那道橘色的毛,那像个假面具似的横过双眼,屁股上倒是长出了一些新毛,像个毛茸茸的橘色垫子似的让他好坐下。

笑话一个克孜人的危险只能让这一切变得更可笑。路易笑得弯下腰去,双手抱住腹部,一点儿声音都发不出来,因为他已经笑得喘不过气来了,他往后退去,希望有一张椅子在那儿。

一只异于人类的大手落到他肩膀上,把他高高地拎起。路易的嘴仍在大笑不止,他发现自己的眼睛正跟克孜人的眼睛在同一高度,互相对视着。他听到克孜人说:"说真的,路易,你必须为你这种行为作个解释。"

路易做了巨大的努力止住了笑。"一……一种战神。"他说,然后又忍不住笑了起来。蒂拉在一旁也笑得直打嗝。

克孜人把路易放下来,等着这种发作般的笑平息下来。

"只是你现在这个样子不好看,扮演不了一个神而已。"几分钟之后路易说,"等你的毛长回来了再说吧。"

"要是我用手把几个人类撕成碎片,他们或许就会学着尊重我了。"

"那样他们只会对你敬而远之,躲着你。这对我们没有什么好处。不行,我们只能等到你的毛发长回来再说。就是到那时,我们也必须有涅索斯的塔斯普才行。"

"那个傀儡师不在,找不到了。"

"但——"

"我说他不在了。我们怎么跟原住民联系?"

"你就待在这里。看看还能从那个地图室了解到些什么。蒂拉和我……"路易说到这儿,突然想起了什么似的说,"蒂拉,你还没有见识过那个地图室呢。"

"它是什么样子的?"

"你留在这儿。让对话官带你去看。我一个人下去就行。你们俩可以通过对讲机观察我,如果我有麻烦了,你们就来帮我。对话官,我想带上你的激光手电筒。"

克孜人嘟嘟囔囔的不太愿意,但他还是交出了他的激光手电筒。但他身上还留着那把改造过的奴役者分解器。

在距离他们头顶一千英尺的地方,他听到他们那虔诚的静穆变成了一片惊讶的低语声,他知道他们已经看到袘了,此时他们眼中的袘,正像一个明亮的光点一样离开了城堡的窗户,朝他们降落下去。

那低语声并没有终止,只是被抑制住了。他听得出来这两者之间的不同。

然后歌唱开始了。

"挺拖沓冗长的。"蒂拉曾说过,"另外,他们也无法保持一致;而且听起来全是降音。"路易的想象就是从这里出发的。当他听到他们的歌唱时，他被震住了。这歌声比他期待的好听多了。

他猜想他们是按十二音体系在进行演唱。人类世界最普遍使用的"八度音阶"实际上也属于十二音体系，只是略有不同。难怪蒂拉会觉得全是降音呢。

没错，是挺拖沓冗长的。这是教堂音乐，缓慢、严肃，而且不断地重复，没有和声。不过它的气势是非常辉煌宏大的。

那是个巨大无边的广场。经历几个星期的孤独之后，这一千个人让路易感到人数极其众多。如果有高音喇叭的话，他们也许能唱得整齐一致，但广场上没有高音喇叭。在广场中心的一个台子上，有一个男人站在那里挥舞着双臂指挥着，但是没有人看着他，所有的人都在抬头看着路易。

就这一切来说，那音乐是非常美妙动听的。

蒂拉听不出这种音乐的美妙。她所听过的音乐都是从录音机和立体电视机里传出来的，总是通过一个麦克风的系统制作出来的。这样的音乐可以被放大、修饰，声部可以被增加或增强，不好听的声音可以被去掉。总之，蒂拉从未听过现场表演的音乐。

但路易体会过这种音乐。他将飞行摩托的速度放慢，让自己紧张的神经慢慢适应这音乐的节奏。他还记得在他想要去加入他们的合唱，但他控制住了。他想，这可不是个好主意，于是就让飞行摩托对准广场慢慢降落下来。

广场中心的台子原先是有一个雕像在上面的。路易认出了上面那双类似人类的脚印，每一个四英寸长，这便是雕像原先站立的位置。现在这个台子安置了一个三角形的祭坛，有一个男人背对祭坛站着，面对唱歌的众人挥舞着双臂。

灰色的袍子之上闪烁着一团粉红色……路易猜测那个人戴着一个头饰，可能是用粉色的丝绸做的。

他决定降落到那个台子上面。就在他碰到台面的那一瞬，那个指挥转过脸来对着他，差一点儿让他把飞行摩托给撞坏了。

这就是路易刚才看到的那个粉色头皮的人。在一片脑袋像金色花朵、眼睛从满脸金毛中露出来的人群中，这粉色的头皮是如此独特，这个男人的脸像路易的一样刮得干净无毛。

以一个双臂伸直、掌心向下的姿势，这个男人让合唱的最后一个音符持续着，让它持续了两秒钟，然后终止它。但片刻之后合唱的余音又从广场的边缘飘回来。这个男人（牧师？）突然转过脸来默默地面对着路易·吴。

他跟路易·吴一样高，比原住民高。他脸和头皮的肤色很苍白，几乎到了透明的程度，就像"安抵星"上的白化病者。他之前一定用过一把不够锋利的剃刀刮过脸，现在脸上已经露出短短的胡茬，这给他的脸蒙上了一层灰色的色调——眼睛及眼睛周围的部分除外。

他以责备的——或像是责备的口吻——开口说话。那个翻译机立刻开始翻译："你总算来了。"

"我们不知道你们在期待我们的到来。"路易诚实地回答。眼下只有他自己，所以对于那个扮神的计划，他不是很有信心。在他那漫长的人生中，他已经懂得编一套前后一致的谎言是件复杂得可怕的事情。

"你有头发。"牧师说，"有人会认为你的血统不够纯正，工程师。"

原来如此！环形世界工程师这个族类一定全是光头，这个牧师一定是为了模仿他们而用一把很钝的剃刀把自己那敏感柔弱的头皮刮成了这样。或者,会不会环形世界工程师只是为了时尚的原因而使用去毛膏或跟这差不多便捷的东西把头发弄光的? 这个牧师看上去很像那个悬挂在宴会厅中的用金属丝做的雕像。

"我的血统跟你没有关系。"路易说,回避那个问题,"我们在去往边缘墙的路上。关于我们的路线,你有什么可以告诉我们的吗?"

那个牧师从里到外地感到迷惑,"你在跟我打听信息? 你,尊为一个工程师?"

"我不是工程师。"路易把手放在声波罩上准备随时启动。

但这只是让那个牧师感到更加迷惑不解,"那么为什么你的头有一半没头发? 你怎么会飞? 难道你是从天堂盗窃了那个秘密? 你到底想在这儿干什么? 你是想来抢走我的信徒吗?"

最后一个问题似乎很重要。

"我们要去边缘墙那边。我们所需要的只是有关这条路的信息。"

"毫无疑问,你想要的答案在天堂。"

"别跟我开玩笑。"路易心平气和地说。

"可你是从天堂直接下来的! 我亲眼看见的!"

"哦,你是说那个城堡! 我们已经在城堡找了个遍,但也没有得到多少信息。比如,环形世界的工程师真的是没有头发的吗?"

"我有时认为他们只是把头发剃掉而已,就像我一样。可你的下巴看起来像是天生就没有胡须的。"

"我做了脱毛处理。"路易看了看周围,人山人海,一张张金色花朵般的虔诚的脸在看着他。"他们信仰什么? 他们似乎没有你那样的疑问。"

"他们看着我们在做平等的交谈,用的是工程师的语言。我得继续指挥合唱,如果你不介意的话。"此时牧师的态度变得很诡秘,但并不敌对。

"我们的交谈会不会提高你在他们心目中的地位?我想应该会吧。"路易说。牧师真的很害怕失去他的信徒——正如任何牧师一样,如果他的神突然现身并试图将信徒接管过来。"他们听得懂我们的话吗?"

"大概十个词当中能听懂一个吧。"

这时路易开始后悔他的翻译机的准确性太高了。他听不出来那个牧师说的是不是日格那姆克里克克里克城的话。要是知道这一点,就能知道两种语言的彻底分化大概发生在多久以前,也许他就能够推断出环形世界文明衰落的时间。

"这个叫'天堂'的城堡究竟是什么?"他问道,"你知道吗?"

"这个传说跟朱利尔有关。"牧师说,"这涉及他是怎么统治'天堂'之下的所有土地的。在这个台子上,原来伫立着一个真人尺寸大小的朱利尔的雕像。我们的土地给'天堂'提供许多的美味佳肴,如果你想知道的话,我可以说出它们的名字,我们是通过死记硬背的方式把它们记住的;但是现在我们的土地再也长不出这样的物产了。你想我说出它们的名字吗?"

"谢谢,不用了。这里到底发生了什么?"

这个男人的声音不知不觉地变成了吟唱。他一定听过这个故事很多遍,也讲过这个故事很多遍。

"工程师在建造环形世界和拱形的时候,也建造了'天堂'。'天堂'的统治者统治着环形世界的所有土地。朱利尔也一样,他统治着'天堂'和所有的土地,他统治了好几代,他一不高兴就会从‘天堂’上扔下太阳火。

"后来人们开始怀疑朱利尔的太阳火已经用光了，人们就不再服从他了。他们不再给‘天堂’供应食物。他们把那个雕像推倒。当朱利尔的守护者从高处扔下石头时，人们边躲边笑，根本不害怕。

"终于这一天到来了：人们试图通过天梯占领‘天堂’。但朱利尔及时把天梯给弄掉了。接下来他的守护者们就开着飞车离开了‘天堂’。

"过后我们开始后悔失去了朱利尔。因为天空总是阴沉沉的；庄稼开始出现发育不良的状况。我们一直在祈祷朱利尔归来……"

"你认为这些传说有多少真实性？"

"我一直不相信，直到今天早上看到你从‘天堂’飞下来。你让我感到非常不安，工程师。我在想，也许朱利尔真的打算回来了，所以先派他的使臣来把假牧师给清除掉。"

"我可以剃掉我的头发，露出头皮，那会有帮助吗？"

"不会。算了不说这个，你有什么问题要问就问吧。"

"有关环形世界文明的毁灭，你能告诉我一些事情吗？"

那个牧师露出一副更加不安的样子，"这个文明要毁灭了吗？"

路易叹了一口气，然后转脸去看那个祭坛，这是他头一次仔细打量它。

那个祭坛占据了他们站的台子的中心，是用乌木做的。它那平坦的长方形的表面被雕刻成地形图，上面分布着山丘、河流，还有一个湖，两个较长的边向上弯起，而另外的两条边，即较短的那两条，则是一个金色弧面的底边。

那个金色圆弧已经生了锈，失去了光泽。拱形的弯曲顶部有一个用线拴着金色小球垂吊下来，这小球的颜色被磨得光亮无比。

"我们的文明处在危险当中了吗？发生了这么多的事情。那从天而降的太阳线，你的到来——那是太阳线吗？太阳要坠落吗？"

"我很怀疑这一点。你是指那从早上开始就一直在掉落的线吗？"

"是的。在我们的宗教教育中，我们被教导太阳被一根很坚固的线拴着挂在拱形上。这根线很结实。我们都知道。"牧师说，"有一个女孩想把它捡起来解开，结果指头被线割断了。"

路易点点头。"没有东西会掉下来的。"他说。他暗自想，甚至阴影方块也不会掉下来。即使你把所有缆线都割断了，那些阴影方块也不会砸到环形世界上。工程师们肯定早就给它们设置了环内的远日点轨道。

他不抱多大希望地问道："有关边缘墙那边的交通系统，你有所了解吗？"就在这一刻，他意识到有什么东西不对劲儿。他感觉到某种灾难性的东西要发生了，但到底是什么呢？

牧师说："你能不能再说一遍？"

路易重复了一遍。

牧师回答："你那个说话的玩意儿第一次说了些别的，是有关限制什么东西的事情。"

"这可真有趣。"路易说。但这次他也听到了。那个翻译机在用一个不同的语调说话，而且说得很长。

"它说'你使用了禁用波段'，别的我记不得了。"牧师说，"我们最好结束这个谈话。你唤醒了某种古老的、邪恶的东西……"

牧师停下来听，因为路易的翻译机又在用牧师的语言说话，"……'违反法令第十二条，干扰维护。'你可以把自己的威力收回吗？"

牧师后面的话翻译机没有翻译。

这时翻译机在路易的手中突然变热、变红。他立刻使出全身的力气把它甩出去。它落到路面上时已经又白又亮——还好，至少在他能看见的范围内，它没有伤着任何人。接下来，一阵剧痛向他袭来，他痛得泪流满面，几乎看不见东西。

他看见那个牧师在向他点头，很正式、很庄严的样子。

他也向牧师点点头，脸上一样毫无表情。他一直是待在飞行摩托里没下来的，这时他碰了碰控制键朝着天堂飞去。

等飞到下面的人看不清他的表情的高度时，他才痛苦地失声嚎叫。他脱口骂出一句脏话，那是他在仙境星听来的，当时说这话的男人摔碎了一颗有千年历史的斯托本水晶。

第十七章　风暴之眼

　　飞行摩托车队离开"天堂",朝着"左舷"的方向前进,飞行在浅灰色盖子般的云层之下。这片云层救过他们,保护他们安全地飞出了太阳花的领域,但现在它只让他们感到沮丧和郁闷。

　　路易按了仪表板上的三个键,锁定目前的飞行高度。他对自己的每一个动作都格外小心,因为他的右手几乎没有什么感觉了:手上敷着药,喷了修复皮肤的药水,每个指尖上都有个白色的泡。此时他盯着自己的右手看,自我安慰道,事情还可能比这更糟糕呢……

　　对话官的头像出现在仪表板上,"路易,我们不要升到云层上吗?"

　　"那样我们可能会错过什么东西。我们在云上看不到地面上的东西。"

　　"我们有地图呢。"

　　"地图会告诉我们下一片太阳花田在哪里吗?"

　　"你说得对。"对话官立刻应道,切断了对讲机。

　　路易到下面跟牧师求助时,对话官和蒂拉在天堂的地图室里等着,他们利用这段时间做了一些有用的事。他们把到边缘墙的路线图大致画了出来,也把展示屏上由亮黄色光点代表的城市标了出来。

然后奇怪的事情出现了,就在他们使用某个保留的频率时。那个频率是谁保留的?是为了什么目的保留的?是多久以前保留下来的?为什么它直到现在才表示不满?路易怀疑是一个被放弃的机器,类似那个把"说谎者号"击落下来的陨石防卫系统。可能这个机器只是间歇性工作,一阵儿一阵儿的。

接下来,对话官的翻译机就变热变红,粘在他的手掌上。尽管他有克孜人的神奇"军用"药品,也得过些天手才能恢复正常。他必须等肌肉再生出来。

有了那些地图,事情会变得不一样。复活的文明一定会首先出现在大都市里。车队会飞越这些城市所在的地方,寻找灯光或升起的烟柱。

涅索斯的呼叫键在仪表板上亮起来,仿佛它已经在那儿燃了十几个小时。路易赶忙接起来。

他看见屏幕上傀儡师那凌乱的褐色鬃毛,皮肤松弛的背部随着呼吸上下伏。路易一时搞不准他是不是又处在紧张性精神分裂症的状态中了,接下来就看到傀儡师抬起一只三角形的头,唱歌似的说道:"欢迎你,路易!有什么新的情况?"

"我们发现了一个漂浮的建筑物。"路易说,"里面有一个地图室。"他告诉傀儡师那个城堡叫"天堂",说到地图室、展示屏、地图和行星模型,还有那个牧师以及他讲的故事和他的宇宙模式。他一直忙着在回答傀儡师的问题,直到他想起一个自己想问的问题。

"哎,你的翻译机还能用吗?"

"用不了了，路易。不久之前，那机器突然在我面前变得又白又烫，把我吓坏了。如果我还敢去碰它，那我的紧张症肯定会发作的；我对这事完全摸不着头脑。"

"哦，其他几个翻译机也坏了。蒂拉的在盒子里烧了起来，把她的飞行摩托烧焦了一块。对话官和我的都在手里烧起来，我们的手都被烧伤了。你知道这是怎么回事吗？看来我们不得不学习环形世界的语言了。"

"是啊。"

"我希望那个老人还记得一些有关环形世界的文明是怎样衰落的事情。我有一个主意……"路易把他那个变异结肠细菌的理论讲给傀偏师听。

"那是有可能的。"涅索斯说，"另外，他们一旦失去了物质转化的秘密技术，就再也不能恢复了。"

"哦？为什么不能？"

"看看你周围吧，路易。你看到什么了？"

路易看到了。前方有一场雷电暴风雨正在酝酿；他看到山丘、山谷、一个遥远的城市、一对山峰，以及山峰上面覆盖着环基质那肮脏的半透明原材料……"如果在环形世界的土地上任何地方挖掘，你会挖到什么？"

"泥土。"路易回答，"怎么啦？"

"继续挖呢？"

"还是泥土。然后是岩床，环形世界的基质。"路易说。在他说这些词时，周围的景观似乎发生了改变。风暴云、山脉、"自转"方向的城市，还有在车队后面逐渐变小的城市、远方无限绵长的地平线处的那道发亮的边，那里有可能是一个海洋般巨大的太阳花占领地……这些景观所展现的只是一个外壳而已。真实的行星和这个世界之间的差别就像一个真实的人类面孔和一个空洞的塑胶面具之间的差别。

"在任何一个世界挖掘。"傀儡师接着说,"你最终都会找到某种金属矿,可在环形世界上,你能找到的只是四十英尺深的泥土,然后就是环形世界的地基。用那种材料你什么也做不了。如果它能够被穿透,矿工碰到的也只会是真空——这是对他的辛苦劳动的苛刻报酬。

"既然能够建造出这样一个文明,这个环必定有廉价的转化方式。我们来假设,如果他们已经失去了转化的技术——不管出于何原因——那他们会剩下什么呢? 显然他们是不会储存原材料的。而这里又没有矿产资源。环形世界的金属全都存在于机器、工具和生锈的金属中。就算他们有星际交通的技术也无济于事,因为在这个世界的周围,没有什么可开采的矿源,所以这个文明会衰落而不能再复苏。"

路易轻声问道:"你是什么时候有这个想法的?"

"一段时间以前。这对我们的存活似乎不重要。"

"所以你就没有提它。好吧。"路易说。自己曾花了多少个小时来思考这个问题! 而现在事情看起来却这么显而易见。这是一个怎样的陷阱啊,对一个爱思考的人来说,这是一个多么可怕的陷阱啊。

路易看着前面,余光瞥到涅索斯的头像已经消失了。风暴云逼近了,而且它的范围变大了。毫无疑问,声波罩是能够对付它的,但还是……

最好从它上面飞过去。路易拉住一个把手,他的车子升向环形世界那灰色的顶盖,直入云层,自从他们抵达那叫"天堂"的高塔以来,这片云层就一直覆盖着他们。路易此刻感到非常悠闲自在。

　　学会一门新的语言是需要时间的。要在每次停留下来的时间内学会一门语言是不可能的。但现在这个问题变得紧迫起来了。环形世界的人退化成野蛮人已经有多久了？他们不讲同一种语言已经有多久了？目前的本地语言跟最原始的语言之间有多大的分歧？

　　宇宙变得模糊起来，然后变成一片灰色。他们在云层里。卷须般的雾气在路易的声波罩的泡泡周围流动着。紧接着几部飞行摩托车就冲破云层见到了阳光。

　　在环形世界那无限遥远的地平线处，有一个巨大的蓝色眼睛透过一片无限宽广的云层盯着路易。

　　如果上帝的头有地球的月亮那么大，那么这只眼睛在上帝头上刚好合适。

　　过了好一阵，路易才明白他看见的是什么。他的大脑好长一阵拒绝相信它。然后整个画面暗淡得像一张光线很暗的全息照片。

　　突然，他的耳朵受到了猛烈的刺激，他感觉有人在尖叫。

　　我要死了吗？他摸不着头脑。

　　是涅索斯的尖叫吗？可是他已经切断了连线。

　　那尖叫来自蒂拉。是蒂拉——一个从来都不懂得什么叫害怕的人——发出的。蒂拉用双手捂住了脸，想避开那只巨大蓝眼睛的注视。

　　那只眼睛在前方固定不动，就在"左舷"的方向。它好像在把他们吸过去。

　　我要死了吗？是造物主来审判我了吗？这是哪个造物主？

路易最后终于认为这个造物主就是他所相信的那个造物主,如果真的有造物主的话。

蓝白两色的眼睛,有着一道白色的眉毛和一个深色的眼珠。白色来自云彩,蓝色是由遥远的距离所产生,它仿佛就是天空本身的一部分。

"路易!"蒂拉尖声喊叫,"快想点儿办法吧!"

什么事情也没发生呢,路易对自己说。他的喉咙像一根坚硬的冰柱。他的想法在脑壳里乱转,犹如困兽。宇宙如此浩瀚,总会遇见一些完全不可思议的东西的。

"路易!"

路易终于可以出声了:"对话官。嘿,对话官。你看到什么了吗?"

克孜人没有马上回答。他的声音平淡得令人好奇,"我看见前方有一只巨大的人眼。"

"人类的?"

"是啊,你也看见了吗?"

这个路易绝不会用的词使这一切变得完全不一样了。人类,一只人类的眼睛。如果那只眼睛是一个超自然现象的显示,那么克孜人看到的应该是克孜人的眼睛,否则它就不是什么超自然现象。

"这么说,那是正常的。"路易对自己说,"一定是这样的。"

蒂拉满怀希望地看着他。

但是它怎么会把他们吸过去呢?

"哦。"路易·吴说。他把方向盘使劲向右边打。他的车子拐了个弯朝着"自转"方向开去。

"这不是我们的路线。"对话官立刻指出,"路易,把我们带回原来的路线。要不然就把车队交给我控制。"

"你不是想要直接穿过那个玩意儿吧,是吗?"

"绕过去兜的圈子可太大了。"

"对话官,它没有月球上的柏拉图陨石坑大。我们花一个小时就可以绕过它。何必一定要冒险呢?"

"路易,如果你害怕,就从车队的连线中退出来,自个儿绕过那只眼睛到那一头跟我相会吧。蒂拉,你也可以这么做。我要直接穿过去。"

"为什么?"路易的声音听起来有点儿刺耳,就连他自己也这么觉得,"你认为那个偶然形成的云层结构是对你男子气概的挑战吗?"

"对我的什么? 路易,我的生殖能力没有问题。需要考验的是我的勇气。"

"为什么?"

车队从天空中往下降,以每小时一千二百英里的巡航速度飞行。

"为什么你的勇气需要考验? 你得给我一个答案。你在拿我们的生命冒险。"

"我可没有。你们可以绕着那只眼睛走啊。"

"可过去之后我们又怎么能找到你呢?"

克孜人想了下说:"这一点我只好让步。你听说过科达普特牧师的邪说吗?"

"没有。"

"那是在第四次人–克战争的时候,在停战协定签下了之后的那些黑暗日子里,疯子科达普特牧师创建了一个新宗教。他被我们的族长在一次一对一的格斗中亲自处死了,因为他好歹算是有一个名字吧①,不过他的异端邪教却秘密地保留了下来。科达普特牧师相信上帝按照自己的形象创造了人类。"

"人类? 可科达普特牧师是克孜人啊?"

"是的,他是克孜人。但你们人类总是赢,路易。三个世纪里的四场战争,都是你们人类赢。科达普特的信徒祈祷时总是戴着人皮面具装扮成人类。他们希望能够用这种方式来迷惑造物主,久而久之,造物主就会让他们打赢一场战争。"

"所以当你看到那只眼睛从遥远的地平线处看过来时,你就以为……"

"是的。"

"哦,天啊。"

"路易,让我告诉你,我的理论比你的更靠谱。那是一个偶然形成的云层,就是这么回事,路易!"

路易的大脑重新开始运转,"去掉这个偶然说法。环形世界工程师可能是为了娱乐造出了这个眼睛,也可能是什么象征标志。"

"象征啥?"

"谁知道? 某个大东西吧,一个娱乐园、一个大教堂、验光师工会的总部。凭他们的技术,还有环形世界如此辽阔的空间,什么东西都有可能。"

"也可能是一个关偷窥狂的监狱。"蒂拉说道,她突然来了精神,也加入到讨论中,"还可能是一个训练私人侦探的大学! 或者一个大型立体电视上的测试图案! 对话官,我刚才也像你一样被吓坏了。"蒂拉似乎缓过神来,恢复了正常,"我以为它是——我不知道我都想了些什么。但我支持你。我们一起穿过去。"

---

①有名字的克孜人属于贵族阶层。

"很好,蒂拉。"

"只要那眼睛一眨,我们就死定了。"

"'真理总是掌握在大多数人的手中'。"路易引经据典,"我要呼叫涅索斯。"

"该死的,叫他做什么?他肯定早就穿过去了,或者正准备绕过去呢!"

路易大笑起来,笑声比平时要大得多。他一直处在惊恐之中。"你不会认为涅索斯正在为我们开路吧?"

"啥?"

"他是一个傀儡师。他只会跟在我们背后绕,然后他可能会把自己的飞行摩托跟对话官的连上线。这样,对话官抓不到他,而如果有什么危险的话,也会是我们先碰上。"

对话官说:"你这样考虑事情,实在太像个懦夫了,路易。"

"别忙着反驳我。我们现在置身于一个外星世界,需要一个外星人的意见。"

"很好,你呼叫他吧,既然你和他的想法那么像。我决意直面那只眼睛,我想知道它背后或者当中到底有什么。"

路易呼叫涅索斯。

从对讲机的屏幕上,只能看到傀儡师的背。他的鬃毛随着他的呼吸在抖动。

"涅索斯。"路易叫道,没有反应,路易提高声音又叫了他一遍,"涅索斯!"

傀儡师抽动了一下。一个三角形的头疑惑地抬起来。

"你要是再不回答,我就使用警报器了。"

"出了什么急事了吗?"两个头都露出来了,紧张得直抖。

路易无法忍受再看面前那只直视他的蓝色巨眼。他把眼珠转到一边。"我算是遇到了紧急情况。我的队员都快被吓疯了。我认为我们经受不起这种损失。"

"请你详细解释一下。"

"你看一下前方，告诉我你是否能看见一个人眼形状的云层。"

"我看见了。"傀儡师说。

"你能说说这是什么引起的吗？"

"很显然它是某种风暴云。你应该想过在环形世界上螺旋式飓风是无法形成的。"

"哦！"路易压根儿就没有想到这里去。

"螺旋式飓风源自科里奥利力，是由两个气团在不同纬度的速度差异引起的。一个行星是一个旋转的扁球体。如果两个气团为了填补局部的真空靠近彼此，一个向北移动，一个向南移动，惯性会带着它们穿过彼此，于是，一个气流旋涡就形成了。"

"我知道飓风是怎样形成的。"

"那么你一定意识到在环形世界上，所有相邻的空气团的速度几乎是一样的。所以就不会出现旋涡效应。"

路易看着前方眼睛形状的风暴云团说："那么，在环形世界上你会遇上什么样的风暴呢？在我看来，什么风暴都没有。任何形式的空气循环都不存在。"

"路易，这个看法不对。热空气会上升，冷空气会下降。但这不会形成我们面前的这种风暴云团。"

"太对了。"

"对话官威胁要干什么？"

"他想从那个该死的玩意儿的中心穿过去，蒂拉死心塌地要跟着他。"

傀儡师吹了个口哨,那调子纯美有如红宝石激光。"这看起来很危险,但声波罩会保护他们躲过任何普通风暴造成的破坏的,只是这个风暴云团看起来不像是一个普通的风暴云团。"

"我在想可能是个人造风暴云团。"

"是啊……环形世界上的人也许建立过他们自己的绕环流通系统。但环形世界的能源供应终断后,这个系统可能就停止运作了。我看不出……哦,我明白了,路易。"

"明白啥?"

"我们只能假定有一个空气下沉区,即风暴中心附近区域的空气会消失。这样,其他的一切都能解释得通了。

"想想看:这个空气下沉区构成了一个真空区域。大量的空气从'自转'和'反自转'的方向流入进来……"

"还有从'左舷'和'右舷'方向流入的。"

"这两个方向的我们可以忽略。"傀儡师很干脆地说,"但是从'自转'方向流入的空气会比在原处的空气稍微轻一些,这些空气会往上升。而从相反方向,即'反自转'方向流入的空气会稍微重一些。"

对此,路易脑子里无法想象出那是怎样一幅画面。他问道:"为什么?"

"路易,相对于环的自转速度来说,从'反自转'方向来的空气的循环速度要略微大些,在离心力的作用下它会稍微下沉一点。"

"这就构成了下眼睑。而从'自转'方向流入的空气,是上升的,这就构成了上眼睑。这样的确就有了一个旋涡效应,但这旋涡的轴是水平方向的,而在一个行星上的话,旋涡的轴是垂直方向的。"

"可这效应很微弱啊!"

"但这就是唯一的效应,路易。没有任何东西能干扰或阻止它的活动状态。它大概持续了千年,直到变成你现在看到的这个样子。"

"也许是这么回事吧。"现在那只眼睛看上去没有那么可怕了。正如傀儡师说的,它一定是某种风暴的云团。它符合风暴云团的所有颜色:黑色的云,被高处阳光照亮的白云,以及相当于瞳孔的黑色风暴眼。

"当然,问题在于那个空气下沉区。为什么风暴中心附近的空气会消失?"

"也许有一个抽气泵至今在那里工作。"

"对此我很怀疑。如果真的是这样,那么这附近的空气搅动就是事先设计好的了。"

"那又有什么问题?"

"你注意到那些地方没有,就是那些环的基质从泥土和岩床中暴露出来的地方?这些腐蚀肯定不是事先特意设计的。你注意到没有,随着我们一路来到这里,这样的地方变得越来越多?那个风暴眼一定扰乱了周围数万英里大地的气候格局,它所影响的区域一定比你我所属的世界还要大。"

这回轮到路易吹口哨了,"该死的苦难之源!但是,那么——哦,我现在明白了。在风暴眼的中心一定有一个被流星打穿的孔。"

"是的。你看到这个的重要性了。这个环的地基是可以穿透的。"

"但不是我们所拥有的那些东西穿透得了的。"

"没错。不过,我们还是得搞清楚那里是否真的有个孔。"

路易之前那种因迷信而产生的恐惧似乎已经变成了一场梦。傀偏师那种来自分析的冷静很具有感染力,令人感到镇定。路易·吴无所畏惧地看着那只眼睛说:"我们必须进到那里面瞧瞧。你认为安全吗,如果我们从那个瞳孔穿过的话?"

"那里是一个局部的真空,除了有一些清澈、静止的空气以外,不会有别的。"

"好吧。我会把这个好消息告诉他们。我们将穿过那个风暴眼。"

他们接近风暴眼的瞳孔时,天空暗了下来。夜晚是从头顶上降落的吗?这根本没有办法搞清楚。阴沉而厚重的云层让天空变得足够黑暗。

那只眼睛,从一边的眼角到另一边的眼角至少有一百英里长,高度大约有四十英里。随着他们的进入,眼睛的轮廓也开始模糊起来。云的层次和纹路变得清晰可见。眼睛的真正形状开始显现:那是一条由旋风构成的隧道,其横截面恰好像一只人类的眼睛。

然而即使冲进瞳孔之中,它看上去依然很像一只眼睛。

他们仿佛落入了上帝的眼里。里面的视觉效果令人震惊、恐惧,几乎夸张到了滑稽的程度。路易做好了随时都会大笑、尖叫或者退却的准备。其实,只需要一个人去搞清楚环形世界的地基是否有个洞就行了,路易本不必去。

但他们都进去了。

他们飞进了一个被闪电照亮的幽深隧道。里面闪电几乎一直不停,照亮了前方、后方和周围。只有他们身边的空气波澜不惊。致密的乌云环绕瞳孔旋转,其速度快过一切飓风。

"那个啃树叶的说得没错。"对话官大声嚷嚷,"这只是个风暴眼而已。"

"实在好笑。看到这个风眼时,他竟然是我们四个当中唯一不惊慌的。我猜这是因为傀儡师不迷信。"路易·吴高声说道。

蒂拉大声叫:"我看到前面有个东西!"

那是隧道底部的一处凹陷。路易紧张地咧咧嘴,双手轻轻地放在操作板上。那个凹陷处可能是一个该死的陨石坑。

他现在没有刚进入风暴眼时那么小心戒备和紧张兮兮了。在一个傀儡师认为安全的地方会有什么大不了的事呢?

他们向着那个凹陷处逼近,四周是旋转的云团和不停歇的闪电。

他们刹车,盘旋在那个低陷处的上方,他们的飞行摩托跟那向下流出的气流抗争着。通过声波罩的消音功能,风暴在他们耳朵里尖叫。

这就像是往一个隧道里看。很明显,有空气从底下流走,可那股气流是被一个高速运作的气泵抽走的呢,还是通过环形世界黑暗底部的洞喷到星际空间去的呢?

路易没有注意到蒂拉的飞行摩托是什么时候掉下去的。她离他太远了,那忽隐忽现的光太奇怪了,他正在往下看,只余光瞥见一个黑点朝隧道下面飞去,却不曾多想。

然后,他听到了蒂拉的尖叫,尽管风暴的呼啸声已减弱了她的声音。

蒂拉的脸清晰地显示在对讲机的屏幕上。她在往下看,吓得要命。

"到底怎么了?"他大声问道。

他几乎听不见她的回答:"我被逮住了!"

他低头往下看。

隧道那旋转着的圆锥形中间是清晰的。它很亮,那光源很诡异很稳定,不像闪电本身,而是阴极射线效应,那是由在几近真空的环境里的气流差异而引起的。有一个斑点,可能有个什么东西在那下面,那东西有可能是一辆飞行摩托,如果有人会愚蠢到把它开进一个大旋涡里,就为了靠近一点观看那个环形世界与外界空间的穿孔。

路易感到一阵恶心。他什么也做不了,无能为力。他努力把眼睛转到另一边去。

却偏偏看到蒂拉的眼睛出现在操作板上。她正恐惧地往下看……

血从她的鼻子流出来。

他看到她满脸的恐惧已经褪去,只剩下尸体般苍白而平静的脸。她快要昏过去了。是缺氧吗?那个声波罩应该能在真空中保住空气,但这个功能必须在事先打开了才行。

半昏迷状态的她抬头看了一眼路易·吴,似乎在向路易乞求:做点什么,救救我。

他把头埋在操作板上。

路易紧紧咬着嘴唇,他舔到了血的味道。他向下看着那个被霓虹的流云照亮的隧道,它就像浴缸排水口上面的旋涡,很恶心。他看见一个小小的斑点,那肯定是蒂拉的飞行摩托——只见它猛地朝那倾斜的、旋转的隧道壁撞过去。

几秒钟之后,他看见一股雾气出现在他的前方,远远地在飓风眼的水平方向下方,像一条清晰的白线。不知怎的,他竟然没有怀疑那是蒂拉的飞行摩托。

"出了什么事?"对话官呼叫路易。

路易摇摇头,不作回答。他感觉麻木。思维处于短路状态,想法一直在原地打圈圈。

对讲机屏幕上的蒂拉是脸朝下的,看到的主要是她的头发。她已经失去意识,在一辆不受控制的飞行摩托上,这摩托正以快于音速两倍的速度移动。必须有人马上采取行动才行。

"她快要死了,路易。会不会是涅索斯启动了某个我们不了解的装置?"

"没有。我倒宁愿相信如你所说……但并不是那样的。"

"我认为事情一定是这样的。"对话官说。

"你也看到发生了什么! 是因为她昏迷过去,头撞到操控板上,然后她的摩托就从那个排气口射出去,什么也阻挡不了。是她的前额碰到了那个致命的控制键了!"

"胡说八道。"

"也许吧。"路易此时只想睡觉,停止思考……

"再想想其他的可能因素,路易!"这时克孜人突然意识到了什么,但他只是张着口琢磨着。最后他的判断是:"不,这是不可能的。"

"没错。"

"如果她的运气靠得住的话,她就不会被选中来参加我们的探险了,涅索斯也绝不会找到她的,她会一直待在地球上的。"

一道闪电亮了起来,照亮了那长长的翻卷的风暴云隧道。一条笔直的细线指向前方:那是从蒂拉的摩托拖出的尾迹。但摩托本身早已远得看不见了。

"路易,我们本不该冒着坠毁在这里的危险来参加这场冒险的!"

"我也在琢磨这个问题。"

"或许你应该琢磨怎么救她一命。"

路易点点头,从容不迫地按下了呼叫涅索斯的按钮——这事对话官是不会做的。

傀儡师立即就回应了,好像他一直在等着这个呼叫的信号似的。对话官也在线上,这让路易感到意外。他简单地解释了一下发生的事情。

"似乎我们对蒂拉的看法都错了。"涅索斯说。

"是啊。"

"她是在用紧急动力在前进。她的前额无法触动相关的控制键。首先她必须能够操作那些手动控制槽才行。她碰巧做到是很不可能的。"

"那个槽在哪里?"

傀儡师指给他看。路易说:"她可能出于好奇,把她的手指插进去了。"

"真的会这样?"

对话官打断路易的回答说:"我们能做什么?"

"等她醒过来,让她给我发信号。"涅索斯回答得很干脆利落,"我可以教她怎么重新设置正常的推进力,然后怎么找到我们。"

"在这期间,我们什么也做不了吗?"

"是的。这样的危险是存在的:推进系统中的元件可能会被烧光。但是,她的飞行摩托会避开障碍,她不会被撞碎的。她正在以大约四马赫的速度离开我们。她面临的最大危险是缺氧,那会损伤她的大脑。但我估计她会安全的。"

"为什么? 缺氧不是很危险吗?"

"她的运气太好了,这种情况不会出现的。"涅索斯说。

第十八章　蒂拉·布朗的险境

　　他们从风暴眼的瞳孔中出来时,已经是黑沉沉的夜晚了。没有星光,只有环形世界拱形那微弱的蓝光偶尔从云缝间透过来。

　　"我重新考虑了一下。"对话官说,"涅索斯,你可以回到我们当中,如果你愿意的话。"

　　"我愿意。"傀儡师说。

　　"我们需要你的见解。你已经证明了自己的聪明才智。但你必须明白,我永远也不会忘记你的族类曾对我们克孜人犯下的罪行。"

　　"我不指望你会忘怀,对话官。"

　　这实际上是实用性战胜了荣誉感,智慧和理智战胜了仇外心理。但路易·吴的心思没在这儿,他正放眼遥望云层和无限绵长的地平线交汇的地方,寻找蒂拉留下的一丝尾迹。但是那道痕迹已经彻底消失了。

　　蒂拉还处在无意识的昏迷状态。对讲机屏幕上,她的表情越来越僵硬,路易大声喊道:"蒂拉!"但她没有反应。

"我们错看了她。"涅索斯说,"但我搞不懂是怎么回事。如果她的好运如此强大的话,我们的飞船为什么会坠毁呢?"

"这正是我一直在跟路易说的话!"

"但是,"傀儡师说,"如果她的运气不管用,她怎么可能启动得了那个紧急推进器?我相信我第一眼的感觉是对的。蒂拉·布朗是有幸运特质的。"

"那么她为什么会被你一眼挑中?为什么'说谎者号'会坠毁?给我个说法!"

"别吵了。"路易说。

他们没理路易。涅索斯继续说:"她的运气显然靠不住。"

"可如果她的运气曾有一次靠不住的话,她早就死了。"

"假如她是会死或会受伤的,我当初就不会挑中她了。我们必须允许有巧合存在。"涅索斯说,"你一定记得,对话官。概率定律确实包括了巧合。"

"但它们不包括魔法。我不相信好运之人是可以被培育出来的。"

"你不信也得信。"路易说。

这次他们听到路易的话了。他继续说:"我早就该明白这一点的。不是因为她总是能逃离灾难,而是因为一些小的事情,跟她的个性有关的事情。她的确运气很好,对话官,你要相信这点。"

"路易,你怎么会拿这种荒唐之言当回事?"

"她从来没有受过伤。一次也没有过。"

"这你怎么知道?"

"我当然知道。她知道的全是快乐的事,对痛苦一无所知。还记得你被太阳花烧焦的时候吗?她问你能不能看见东西,你说:'我瞎了。'她却说:'哦,但是你看得见吗?'她不相信你说的。

"哦,还有就是在飞船刚刚坠毁的时候,她居然光着脚爬上一个熔岩坡,那些熔岩还处在融化状态的热度中呢。"

"她不够聪明,路易。"

"她很聪明,你别胡说!她只是从未受过伤害罢了!当她的脚被烫疼的时候,她直接从那个坡上冲到一个比冰面要滑几十倍的地面上——她居然没有摔倒!

"你不必知道这么多细节。"路易说,"你只要看看她走路的样子就够了。非常笨拙。每一秒钟,你都觉得她会摔倒,但她从来也没有摔倒过。她的胳膊肘也从来不曾把什么东西碰掉过。她也从来没有弄洒什么或摔碎什么。这样的事也一次没有发生过。她从来没有特意学过不要这样,你看不出来吗?正是这样,她的样子一点也不优雅。"

"这点对一个非人类来说,不太容易看出来。"对话官半信半疑地说,"对此我只好接受你的话,路易。可我还是不能相信有好运超能力这回事。"

"可我相信。而且我必须相信。"

"如果她的运气靠得住的话。"涅索斯说,"她是绝不会企图赤脚走在刚刚融化的岩石上的。不过,话要说回来,蒂拉·布朗的运气的确时不时地在保护着我们。放心了吧,难道不是这样吗?在你们穿越太阳花的领地时,如果不是有云层的保护,你们三个早就死了。"

"是啊。"路易说,但他记得那些云层还是分开了较长的时间,导致对话官的皮肤被烧焦。他记得在天堂城堡的时候,那些楼梯曾把蒂拉运上九层楼之高,而他自己得爬上去。他摸摸手上缠着的绷带(是被那个翻译机烧伤的),他记得对话官的手也连肉带骨头地被烧焦了,看蒂拉的翻译机却是在鞍座上的盒子里被烧掉的。"她的运气似乎更能保护她自己,而不是我们。"他说。

"完全有可能是这样的。但你好像有点儿难过,路易。"

"也许我是有点难过……"她的朋友肯定早就不再把自己的麻烦告诉她了。蒂拉理解不了麻烦。对蒂拉·布朗描述痛苦,就像对色盲的人描述颜色一样。

"心如刀绞"呢?蒂拉从来没有遭受过恋爱的挫折。她想要的男人会向她走来,会一直跟她待在一起,等到她快要厌倦他了,他就会自动离开。

不管是偶尔发生还是一贯如此,蒂拉的诡异能力可能使得她跟人类有所不同吧。她是个女人,没错,但她却具有与众不同的精力和才能,还有超空间盲点,她也不怕……这是路易所爱的女人。路易觉得非常奇怪。

"她也爱我。"路易自言自语,"很奇怪。我不是她喜欢的类型。然而她要是不爱我,那么……"

"啥事儿?路易,你在跟我说话吗?"

"没有。涅索斯,我在跟自己说话……"难道这是她加入路易·吴和他的杂牌军探险队的主要原因吗?如果是这样,那这个谜团就更复杂了。好运让蒂拉爱上了一个不适合她的男人,还促使她加入了一个既不轻松又不安全的探险队,致使她好几次濒临死亡。这完全讲不通。

对讲机屏幕上的蒂拉突然抬起头来。双眼发呆,面部表情漠然……迷惑……突然间又被恐惧所占据。她的眼睛瞪得又大又圆,往下看着。她那张可爱漂亮的脸蛋因为精神崩溃而变得很丑。

"别紧张。"路易说,"别紧张。放松,你现在没事了。"

"可……"蒂拉的声音听起来像假声一样。

"我们已经从风暴眼出来了。它已经在我们背后老远处了。你看看后面吧。该死的,你往后看啊!"

她转过头去。有好一阵子,路易看到的只是她那柔软的黑发。当她把脸转回来时,她已经基本上可以控制自己了。

"涅索斯,"路易叫道,"告诉她怎么操作。"

傀偏师说:"你一直在以四马赫的速度飞行,已经走了不只半个小时了。要让你的飞行摩托降回到正常的速度,你只要把食指插进那个有绿边的小槽就行……"

尽管余悸未消,蒂拉还是能够按涅索斯的指令去做。

"现在你必须重新跟我们连线。我这边的信号显示你的飞行路线是条曲线。你在我们的'左舷'-'自转'的方向。因为你没有指示器,你只能靠耳朵听我指挥怎么回到车队中。现在,将方向直接对着'反自转'的方向。"

"那是哪儿?"

"向左转,直到你对着拱形的底座。"

"我看不见那个拱形,我得上到云层上面。"她似乎基本上镇静下来了。

该死的,她刚才还是那副被吓得要死的样子呢!路易想不起来见过谁被吓成那个样子的。当然,他也绝对没见过蒂拉被吓成了那个样子。

他曾见过蒂拉害怕吗?

路易转过头去看背后。云层之下的大地一片漆黑;但那个风暴眼,已被远远抛在他们的身后,却在拱形的光照下发出蓝色的光。它全神贯注地凝视他们,毫无悔意。

路易陷在沉思中，突然听到一个声音在叫他的名字。"嗯。"他应道。

"你没有生气吧？"

"生气？"他想道。他马上意识到，按正常的标准，蒂拉的确是做了愚蠢之极的事，用那种方式来驾驶她的飞行摩托。想到这儿，他便开始探究自己的愤怒，就像探究一颗老疼的牙齿，但他一无所获。

对于蒂拉·布朗，你是没法儿用正常标准衡量的。

那颗老牙已经掉了。

"我想我没有生气。你在那下面到底看见什么了？"

"我都差点儿死了。"蒂拉生气地说，"别对我摇头，路易·吴！我差点没命了！难道你不在乎吗？"

"那你自己在乎吗？"

她猛地往后一缩，好像他打了她一巴掌。然后——他看见她的手在动，接着就消失不见了。

过一会儿，她回来说："那儿有个洞！"她大发雷霆地叫道，"在底部的迷雾中。听见了吗？"

"有多大？"

"我怎么知道？"她又消失了。

是啊，在那种闪烁不定的霓虹光下，她怎么能估测得出那个洞的大小呢？

路易想，她在拿自己的生命冒险，然后还责备我不为此生气。这是一种引起注意的方式吗？她这么做已经多久了？

换成任何一个人，有这种习惯一定会夭折的。

"但她却不会。"路易自言自语道，"她不会……"

我是不是害怕蒂拉·布朗?

"还是我终于失去了理智?"其他人到了他这把年纪是会这样的。一个人活到路易这把年纪,一定见过许多不可能的事情一次又一次地发生。对于这样的一个人,幻想和现实之间的界线有时是模糊的。他可能变得格外地保守,拒绝接受任何不可能的事情,甚至那不可能的事情都成为事实了也会拒绝接受……就像卡拉根·皮瑞尔一样,他不相信火箭推进器,因为它违反了运动第二定律。也可能是另外一种情况:相信任何事情……就像热罗·海尔一样,他不断地购买奴役者帝国的假古董。

不管是哪种情形,都是走向毁灭和疯狂。

"我还不至于这样!"蒂拉·布朗逃过一劫,她的头撞到飞行摩托的仪表板上,结果还没事,这绝不是巧合!

可为什么"说谎者号"会坠毁?

这时,一个小银点插进路易和另一个飞往"自转"方向的更小的银点之间。"欢迎归队。"路易说。

"谢谢。"涅索斯说。他一定是用了紧急推进器才会这么快就赶上他们的。对话官是十分钟之前才向他发出邀请的。

两个三角形的头,小而透明,出现在操控板上,打量着路易。"我现在觉得安全了。等半个小时后蒂拉加入我们时,我会觉得更安全一些。"

"为什么?"

"蒂拉·布朗的好运会保护我们,路易。"

"我不这么认为。"路易·吴说。

对话官在对讲机的屏幕上默不作声地看着他们。只有蒂拉不在连线上。

"你的自高自大让我很烦。"路易·吴说,"培育幸运的人类品种,这种做法跟恶魔一样自大。你听说过恶魔吗?"

"我在书中读到过恶魔。"

"你这自负的家伙。不过你的愚蠢比你的自大还要糟糕。你那么得意地认为凡是对蒂拉好的事也会对你好。你凭什么这么认为?"

涅索斯一时结巴得语无伦次起来,然后才说:"这么想是很自然的。如果我们两个被关在同一艘飞船里,飞船破裂对我们来说都是坏运气。"

"当然。但假如你路过一个蒂拉想去的地方,假如你并不想在那里着陆,那么引擎失灵对蒂拉来说就是好运,但对你来说就不是。"

"你这是在跟我胡扯,路易! 你凭什么说蒂拉·布朗想去环形世界? 在我告诉她之前,她根本就不知道环形世界的存在!"

"但她是幸运之人。如果她需要这里来,不管她知不知道这里,她总归是要来这里的。那么,她的好运就不是偶尔才管用的了,是不是,涅索斯? 它什么时候都管用。你找到她是她的幸运。你没找到其他符合条件的人也是她的幸运。你还记得那些打不通的电话吗?"

"可是……"

"我们坠毁也是她的幸运。记得你和对话官是怎么争论该由谁来领导这个探险队吗? 现在你该知道答案了吧?"

"可这是为什么呢?"

"我不知道。"路易用指甲搔挠头皮,一副非常挫折的样子。在辫子之外,头顶的部位,他那原本刮光的头皮处,已经长出直直的黑发茬,成了小平头的样子了。

"路易,这个问题让你心烦意乱吗? 它挺让我不安的。环形世界上到底有什么东西会把蒂拉吸引来呢？这个地方这么危险：奇怪的风暴、很糟糕的机器系统、太阳花田，还有随时出现的原住民等等。这些都是威胁我们生命的东西。"

"哈！"路易恍然大悟过来，"对，这至少是部分原因。对蒂拉来说，危险是根本不存在的，难道你还看不出来吗？我们对环形世界所做的任何评估，都得把这点考虑在内。"

傀儡师的两张嘴打开又关上，在短时间内反复了几次。

"这让事情困难了，对不对？"路易哈哈大笑，对他来说，解决问题本身就是一个乐趣。"但这只是问题的一半答案。如果你认为……"

傀儡师尖叫起来。

路易大吃一惊。他没有想到傀儡师对此的反应会这么糟糕。傀儡师用两个调子悲号着，然后，不慌不忙地把他的两个头埋到身体的下面。路易只能看到他那覆盖着大脑的乱蓬蓬的鬃毛。

这时蒂拉出现在对讲机屏幕上。

"你们一直在谈论我。"她说，一点儿也不生气。（路易意识到，她不会怀恨别人。难道说记仇的能力是人能够生存下来的要素？）"我试图听懂你们在说什么，但是我听不懂。涅索斯怎么啦？"

"都怪我胡说八道，把他吓着了。现在我们怎么才能找到你？"

"你搞不清楚我在哪儿吗？"

"只有涅索斯有定位器。大概也是出于同样的原因，他不让我们知道怎么操作那个紧急推进器吧。"

"我对此也感到纳闷。"蒂拉说。

"他想保证自己随时都可以逃离那个愤怒的克孜人。算了，这个不重要。我们的话你听懂了多少？"

"不多。你们一直地在问对方为什么我想到这里来。路易，其实我并不想来这里。我是为了跟你在一起才来的，因为我爱你——"

路易点点头。当然，如果蒂拉需要来环形世界，她就必须有一个动机促使她跟路易共赴征程。这算不上是讨好的话。

她爱他是因为她的好运气。他曾经认为她是因为他本人而爱他。

"我正在经过一个城市。"蒂拉突然说道，"我可以看见一些灯光，但是不多。这里肯定曾经有过一个巨大的、持久的能源供应系统。对话官也许能在他的地图上找到这个城市。"

"它值得下去一看吗？"

"我说了，这儿有灯光。或许——"她的声音突然断掉，一点征兆也没有，连"咔嗒"一声都没有。

路易打量着他仪表盘上方那空空的屏幕，大声喊道："涅索斯！"没有回应。

路易启动警报器。

涅索斯探出头来，那样子就像从着了火的动物园里逃出来的一窝蛇似的。换作其他情境，这是很好笑的：只见两条脖子急急忙忙地解开，像问号一样地出现在仪表盘上；紧接是涅索斯的吼叫："路易！怎么回事？"

对话官立刻做出回答。显然他一直都坐在那里专注地看着，等着指令和启发。

"蒂拉出事了。"

"哦。"涅索斯说，然后把他的两个头缩了回去。

路易脸色冷峻地关掉警报器,等了一会儿,又把它打开,涅索斯的反应跟上次一样。这次是路易先开口。

"如果不去搞清楚蒂拉到底出了什么事,我会杀了你。"他说。

"我有塔斯普。"涅索斯说,"它对克孜人和人类一样有效。你见过它在对话官身上所产生的效果。"

"你认为它能够阻止我杀你吗?"

"是的,路易,我是这么认为的。"

"什么,"路易认真地问,"你想跟我打赌吗?"

傀儡师想了一会儿,"抢救蒂拉没有打这个赌危险。我已经忘了她是你的伴侣。"他眼睛朝下看着,"她已经和定位器系统失去联系了。我不知道她在哪儿。"

"这是不是说她的飞行摩托已经被损坏了?"

"是的,而且坏得很严重。信号发射器靠近她的飞行摩托上的一个推进器。可能她撞上了另外一部正在运行中的机器,类似于把我们的翻译机烧掉的那种机器。"

"呃。你知道她中断对话时的方位吗?"

"'自转'向'左舷'偏十度的地方。我不知道距离有多远,但我们可以从她的飞行摩托的速度偏差估算出来。"

他们朝着"左舷"往"自转"偏十度的方向飞行,对应着划过对话官手绘地图的一条斜线。他们飞了两个小时也没有看到灯光;路易开始怀疑他们是不是迷路了。

距离那个翻动的飓风风眼三千五百英里的地方,也是对话官的地图上那条线的终止处有一个海港。海港过去是一个像大西洋那样大小的海湾。蒂拉不可能已飞过那里。那个海港应该是他们的最后一线希望……

突然,在飞上一个貌似平缓的山坡后,山顶的那头出现了灯光。

"向上拉起来。"路易狠狠地低声说道,他不明白自己为什么会这样。但是对话官已经把他们停在半空中了。

他们悬停在那里,仔细观察下面的灯光和地形。

一片城市的景象。到处都是城市建筑。往下看,笼罩在蓝色拱形的阴影下的是蜂巢般的房屋,有着圆形的窗户,被弯弯曲曲的步行道分开,那些步行道非常狭窄,称不上是街道。往前看,也是差不多的景象,再过去远一点的地方则是一些较高的建筑,直到最后全都是摩天大楼和空中浮楼。

"他们的建造方式很不一样。"路易低声说,"这儿的建筑有别于日格那姆克里克克里克城的,风格不同……"

"摩天大楼。"对话官说,"环形世界上有这么多空间,为什么还要修这么高的楼?"

"为了证明他们有这个能力。不对,这么想很愚蠢。"路易说,"他们没有必要这样,既然他们都能造得出来环形世界这样的东西。"

"可能那些高层建筑是后来才有的,是在文明衰落期间盖的。"

灯光:一排一排的窗户发出白亮的灯光,有十几座孤立的塔楼从顶部到底层都亮着灯。这些塔楼集中在路易认为是市政中心的地方,因为六座悬浮在空中的建筑全都在那里。

还有一个东西:在市政中心的"自转"方向,有一块很小的城郊区域,那里闪烁着暗淡的橘白色灯光。

在一座蜂巢房子的第二层,他们三个围成三角形,坐在对话官的地图旁。

为"安全"起见,对话官坚持他们把飞行摩托随身带进屋来。他们的灯光来自对话官的飞行摩托的车头灯,在一堵曲面墙的反射下,光线柔和了一些。有一张桌子,桌面上雕有盘子和杯垫的形状,路易不小心蹭了一下,它就倒翻在地变成碎片和尘土了。地板上的尘土有一英寸厚。墙上的油漆已成碎渣,沿着护壁板积成了一道天蓝色的小山丘。

路易觉得这个城市的年代应该很久远。

"当那个地图室的录像带被制作的时候,这个城市是环形世界上最大的城市。"对话官说。他那月牙形的爪子在地图上移动着,"最初这是一个精心设计的城市,在海边形成一个半圆。那个叫作'天堂'的城堡肯定是比较晚才修建的,那时这个城市已经沿着海岸延伸得很远了。"

"太可惜了,你没有把它的地图画出来。"路易说。在对话官的地图上,这个城市只是打了阴影线的一个半圆形。

对话官把地图收起来叠好,"这样一个被废弃的大都市一定隐藏着很多秘密。我们在这里必须很小心。如果一个文明可以在这块土地上兴起——以这样的结构——那么我们也一定能够在这里找到技术消失的线索。"

"要是文明的衰落是因为金属的消失呢?"涅索斯反驳道,"在环形世界上,一个衰落的文明是不能够重新兴起的。因为这里没有金属矿,也没有矿石燃料。这样,工具就只能用木头和骨头来制造了。"

"我看到灯光了。"

"它们的分布似乎没有什么规律——这是那些自给自足的能源系统一个一个失效的结果。不过,也许你是对的。"涅索斯说,"如果这地方有人开始重新制造工具了,那么我们必须跟这些制造工具的人联系上。但必须按照我们的方式来做。"

"因为我们的对讲机发射的信号,他们可能已经知道我们的方位了。"

"不会的,对话官。我们的对讲机是用封闭光束发射的。"

路易心神不定地听着,心里在想:她可能受伤了。她可能躺在什么地方呢,动弹不得,等着我们的到来。

但他无法让自己相信这种情况。

看来蒂拉是撞上环形世界的什么老旧机器了:可能是一个很复杂的自动武器系统,如果环形世界上存在这类东西的话。也可以这样想象:这机器只是撞坏了她的对讲机和定位发送机,而整个驾驶系统还是完好无损的。但这种情况几乎是不可能的。

那么,他为什么没有一点紧迫感呢?路易·吴,冷静得像一台电脑一样,而此时他的女人却处在未知的险境之中。

他的女人……是的,但蒂拉对他来说,还不仅仅是这种关系,还有别样的意义。

涅索斯是多么愚蠢啊,居然认为一个被培育出来的幸运人类会跟他所熟悉的人类一样,具有同样的思维方式!难道一个幸运的傀儡师思考问题的方式会跟喀戎——那位理智的傀儡师的一样吗?

也许,"害怕"这种感觉是存在于傀儡师的基因里的。

而对于人类来说,"害怕"是需要经过后天学习的。

这时,涅索斯说:"我们必须假设,蒂拉那偶尔出现的好运有不灵的一刻。根据这种假设,蒂拉不会受伤。"

"你在说啥?"路易猛地一惊。这傀儡师的想法竟跟自己的不谋而合。

"飞行摩托的故障可能会导致她死亡。只要她没有当场死亡,那么,一旦她的好运重新起作用,她就一定会得到及时的抢救。"

"这简直太荒唐了。你怎能指望一种超自然力量按这种规则起作用?!"

"从逻辑上说,这种想法没有可指责之处,路易。我的意思是,蒂拉不需要我们的立即救援。如果她还活着,她就可以等着。我们可以等到明早再来搜索这块地方。"

"然后呢? 我们怎么才能找到她?"

"如果她的好运管用的话,她会落入没有威胁的人的手中。我们只要找到这些人就行。如果没有人管她,我们明天也能搞清楚这点,希望她会给我们发信号。她可以有很多方法给我们发信号。"

这时,对话官插了进来:"但这么做得需要光。"

"是这样吗?"

"是的。我考虑过这点。很有可能她的车头灯还能用。如果是这样,她会开着它们的。你说过她很聪明,是不是,路易?"

"是的,她的确很聪明。"

"不过她没有安全意识。她不会戒备别的什么东西也会找到她的,只要我们能找到她就行。如果她的车头灯不能用了,她可能会用她的激光手电筒给任何移动的东西发信号——或许她还会燃堆信号火之类的。"

"你的意思是我们不能白天找她。这是有道理的。"路易承认。

涅索斯说:"首先我们必须靠白天的光来了解这座城市。如果我们找到原住民,事情就好办了。否则,我们就只好等明天晚上再开始找蒂拉。"

"你想让她自个儿躺在某处长达三十个小时？你这个冷血动物——该死的,难道我们看见的那块光亮不会是她吗？那不是街灯,而是着火的建筑!"

对话官站了起来,"没错。我们必须去调查调查。"

"在这个车队中,我是'最幕后的那位'。我认为蒂拉的生命不值得我们在黑夜中冒险飞入一个外星人的城市。"

动物对话官已经登上他的飞行摩托了。"我们处在一个可能充满敌意的环境中。所以得由我来指挥。我们要去寻找蒂拉,她是我们探险队中的一个成员。"

克孜人升到空中了,他的摩托从一个巨大的椭圆形窗口开出去了。出了窗外,是一个破碎的门廊,接下来是一个不知名字的城市的郊外。

其他两部飞行摩托停在地面一层。路易从楼梯井快速而小心地走下来,因为有些台阶已经倒塌了,而自动楼梯早就锈得不能使用了。

涅索斯从楼梯井的边缘往下看着路易说:"我就待在这儿,我认为你们的行为是对我的叛变。"

路易没有回答。他的飞行摩托升起,从那个椭圆形的门口穿出去,进入夜空。

这是一个凉爽的夜晚。环形世界拱形的光给城市笼罩上了一层深蓝色。路易看见对话官的飞行摩托发出的亮光,他跟随着那亮光飞向一个熠熠发光的城郊区域——灯火辉煌的市政中心的"自转"方。

这一带全是城市建筑,几百平方英里之大的城市,甚至连公园都没有。环形世界上有如此宽广的空间,为什么要修建这么密集的城市建筑？即使在地球上，人们也不想挨得这么近，无论如何，彼此之间也得有起码的活动空间。

但是地球有自动传送亭。肯定是这个原因：环形世界上的居民更看重的是旅行和交通所花费的时间，而不是彼此之间的活动空间。

"保持低空飞行。"对话官通过对讲机说，"如果那些城郊的灯光不过是街灯而已，我们就返回涅索斯那里去。要是蒂拉是被击落的，我们不能冒同样的险。"

"是的。"路易说，心里在想：瞧他说的，居然在纯粹假想出来的敌人面前担心安全问题。作为一个克孜人，如此胆大心细，跟蒂拉比起来，他简直就像是一个谨小慎微的傀儡师。

她此刻在哪儿？是受伤了？还是已经死了？

自从"说谎者号"坠落以来，他们一直都在寻找环形世界上的文明人。他们最终能找到他们吗？也许正是有这种可能涅索斯才没有完全丢弃蒂拉。路易的威胁根本没有什么用，涅索斯一定非常清楚这一点。

如果他们找到的文明人是敌人呢？如果真的是这样，也算不上是出乎预料。

他的飞行摩托向左边偏离，路易及时把方向调整过来。

"路易，"动物对话官似乎在跟什么东西搏斗，"好像有东西在干扰……"然后迅速地用训练有素的语气命令道，"路易，掉头，马上。"

克孜人的命令似乎直接进入了路易的后脑。路易立即调转车头。

然而他的飞行摩托还是一直向前飞，转不过头来。

路易把全部的重量压在转向杆上。还是不管用。飞行摩托还是向前冲去,直指市政中心的灯光处。

"什么东西把我们缠住了!"路易大声喊道,刹那间恐惧占据了他的全身。他们成了被人操控的傀儡! 是那个高大阴暗、全知全能的傀儡操纵者在扭动他们的手脚,让他们按照一个看不见的剧本行动。而路易知道这位操纵者是谁。

它就是蒂拉·布朗的好运。

第十九章　落入圈套

对话官的反应比路易更实际,他拉响了警报。

随即警报声响个不停。路易不知道傀儡师会不会回应。他会以为这是在跟他玩"狼来了"的把戏吗? 但是涅索斯扯着嗓子回答了:"什么事? 什么事?"他的声音简直太大了。当然,他得先跑下楼才行。

"我们受到了攻击!"对话官告诉他,"我们的飞行摩托被人远程控制了。你有什么建议?"

谁也无法知道涅索斯在想什么。他那充当手指的四片嘴唇松软而宽大,上面长满了圆球,正在不停地翕动,不知道在说什么。这个傀儡师能帮上忙吗? 还是会先吓昏过去?

"把你的对讲机转到我能看得见你们路线的角度。你们俩有谁受伤了吗?"

"没有,但我们被困住了,什么也做不了。"路易说,"我们跳不了,因为离地面太高了,而且移动得太快。我们正朝着市政中心冲过去。"

"朝什么冲过去?"

"就是那群灯火辉煌的建筑。还记得吗?"

"记得。"傀儡师似乎在考虑什么,"肯定是一个信号入侵并控制了你们的仪表板。对话官,告诉我你仪表板上的读数。"

对话官把数字读出来,与此同时他和路易离那个中心城市的灯光越来越近了。路易不得不打断对话官,告诉涅索斯:"我们正在经过那个有街灯的城郊地区。"

"那真的是街灯吗?"

"也是也不是。所有房子的椭圆形门上都亮着橘色的光。非常罕见。我认为那还真是街灯,只是因为时间太久的缘故,光亮已经变得微弱冷清了。"

"我同意。"对话官说。

"我不喜欢唠叨,但我们离市中心越来越近了。照这样下去,我们将飞进城市中央那栋大楼。"

"我看见了。那栋建筑就好像两个圆锥体拼在一起,只在上半部分有灯光。"

"就是它。"

"路易,我们来试试干扰那个入侵的信号。把你们的飞行摩托设置成从属模式,接受我的控制吧。"

路易启动了被控电路。

他的飞行摩托突然向上弹起,顶了他一下。他的屁股就像是被巨人踢了一脚。刹那间,车上的所有电源都断了。

前后的安全气囊立即弹出,像一双握着的手那样紧紧地把他掐住,路易的手和头几乎都动弹不了。

他开始往下坠落。

"我在往下掉。"他跟涅索斯报告。他的手被安全气囊压着按在仪表板上,仍在被控开关上。路易等待着,看看被控线路能不能重新控制局面。但是蜂巢房屋已经离他太近了。路易调回到手动挡。

什么改变也没有。他还是继续坠落。

路易摆出一副自夸的镇静样子说："对话官，别用那个受控电路。它一点儿也不管用。"因为他们可以从对讲机屏幕上看到他的脸，他便瞪大双眼，让自己的脸保持一副不动声色的样子，等着环形世界把他撞成肉饼。

突然，来了个大减速，猛地向上一推路易的飞行摩托。整个车子翻了个个儿，在五倍的重力加速度之下，路易·吴头下脚上地悬在空中。

他昏了过去。

他醒来时依然头朝下，身子被安全气囊的压力托着。他感觉自己的头越来越沉重。朦胧中，他仿佛看到那个疯狂的操纵者在咒骂，试图解开手中打结的线，而路易·吴作为一个提线木偶，却头朝下地倒挂在舞台上。

那座漂浮的建筑低矮但宽敞，装饰华丽。它下半部分是一个倒立的圆锥。当飞行摩托接近它时，一道平行于地面的狭长缝隙便自动打开，把他们吞了进去。

他们正在通过一个暗室，对话官的飞行摩托已经贴近了路易的，这时却一声不响地翻倒了过来。安全气囊从对话官的周围弹出，把他接住。路易一副愁眉苦脸的样子，心里既高兴又无奈。他已经一个人煎熬了很久，现在好歹有个同伴陪着他了。

这时涅索斯说："你们的倒置姿势说明你们受到电磁场作用。这样的电磁场可以支撑金属而非原生质生物，因此……"

路易在安全气囊的约束中扭动身体，但不敢扭动得太厉害。如果他挣脱了安全气囊,他会掉下去的。路易的眼睛还没有适应室内的黑暗,那道门就在他的身后迅速地滑动着关上了。他看不见室内的任何一样东西。也不知道自己距离下面的地板有多远。

他听到涅索斯在说:"你的手能摸到它吗?"

然后是对话官的回答:"能,如果我能推开……哎哟! 你说得对,那个外壳热得很。"

"看来你的发动机已经被烧坏了。你的飞行摩托动不了了,死了。"

"幸运的是我的座位是隔热的。"

"如果说环形世界的人善于使用电磁力,那也没什么惊奇的,他们没掌握的技术太多了,比如:超光速引擎、推进器、感应重力……"

路易挣扎着想看见什么东西,什么都行啊。他好容易可以转动他的头了。慢慢地,他的脸颊蹭出了安全气囊的包裹,但周围一点儿光线都没有。

他使劲移动自己那被压着的手臂,他的手一直在仪表板上摸索着,直到他找到了车头灯的开关。他希望车头灯还能亮,怎么会抱有这种指望呢,他自己也说不清。

几束密集的白色光束投射到远处的弧形墙壁上,反射出微弱的光芒。

他身旁悬浮着十几辆飞行器,它们全都挂在同一高度上。有的还没喷射火箭背包①大,有的则跟飞行小汽车一样大,甚至还有一辆外壳透明的飞行卡车。

---

①一种飞行工具,外形与背包相似,人背着它可以在空中飞行。

　　在这一大堆漂浮的车辆垃圾的迷宫中,有一辆底朝天的飞行摩托,上面吊着动物对话官。膨胀的安全气囊底下露出克孜人那光秃秃的头和毛茸茸的橘色脸庞;他正使劲用一只带爪子的手推开气囊去摸摩托的一侧。

　　"干得不错。"涅索斯说,"现在你们有了灯光。我正要提这个建议呢。你们俩都明白自己现在的情形吗?你们车上所有的电力和电磁线路都被烧掉了,假设你们在受到袭击的时候它们还是正常的。对话官的车子——路易,可能也包括你的——在你们进入这座建筑的时候又再次受到了袭击。"

　　"很清楚,这是个监狱。"路易费了很大的劲才说出话来。他的头像一个被灌了太多水的气球,使得说话都很困难。尽管这样,他也不想把工作都交给别人去做,哪怕这工作只是脑袋倒挂着来推测外星人技术。

　　"如果这是一个监狱。"他继续说,"那么,为什么没有第三把电磁波枪在这里等着袭击我们?哪怕只是为了防止我们碰巧有能用的武器啊,更何况我们还真的有武器呢。"

　　"毫无疑问,这里肯定还有一把。"涅索斯说,"你的车头灯证明那第三把电磁波枪不灵了。显然,那些电磁波枪是自动控制的;要不然就是有人在保护你们。对话官使用那把奴役者挖掘器应该是安全的。"

　　"这可是个好事啊。"路易说,"只可惜我一直都在观看四周的情况……"

　　他和对话官头朝下脚冲上地悬浮在一个飞行器的马尾藻海①里。海中有三个年代久远的飞行喷气背包,其中一个还在一

———————

①北大西洋中部的一片海,因海面漂浮大量马尾藻而得名。这里用来形容漂浮在这座监狱里的各种飞行器多如马尾藻海中的马尾藻。

具骷髅的背上,那骨骼虽小但可以肯定是人类的,从上到下全是白骨一点儿皮肤也不剩了。这骷髅主人的衣服一定是上好的材料做的,因为还有一些碎片留在上面:是些颜色鲜亮的烂布条,还有一个破破烂烂的黄色斗篷,从那个飞行者的下巴处垂直地披下来。

其他的喷气背包都是空的,原主人的骨头一定落到什么地方去了……路易强迫自己把头往后转,往后转……

这座警察大楼的地下室是一个宽敞幽暗的圆锥形坑。坑壁上是一圈圈以同心圆方式排列的牢房。牢房顶上有活板门。射线般的台阶一直通到坑底最尖的地方。坑内外白骨累累,路易要找的那几个喷气背包的主人的骨头就在里面,这些骨头在下方远处朝路易闪着暗淡的光。

路易一点也不奇怪,困在被毁坏的飞行喷气背包里的人会害怕掉下去,不愿解开自己。而其他被困在飞车里和喷气背包里的人,却宁愿一头栽下去死掉而不愿被慢慢地渴死。

路易说:"我看不出来对话官可以用那把奴役者挖掘器来干什么。"

"我也在认真地考虑这个问题。"

"即使他在墙上打一个洞,也没什么用。在天花板上打洞也是同样的结果,再说,他根本够不着天花板。如果他击中把我们关在这里的那个电磁场的总开关,我们就会从九十英尺高的地方摔到最底层的地板上。如果他没击中,我们就会一直待在这儿直到饿死,或者直到我们再也受不了而把自己解开,摔到九十英尺下的地板上。"

"是啊。"

"这就是你要说的?'是啊'?"

"我需要更多的数据。你们谁能跟我描述一下你们周围都有些什么东西吗？我只能看见一部分弧形墙壁。"

路易和对话官轮流着描述这个圆锥形的监狱，以及他们在那昏暗的光源下能看见的一切。后来对话官把他的车灯打开了，他们看到了更多的东西。

路易把能说的都说完了，但还是被困在原地，倒挂着，没有食物、没有水，处在一个致命的高度上。

路易体内有股想要尖叫的冲动，被他深深地压抑着、控制着，但还是一个劲儿地往上冒，要不了多久它就会爆发出来了。

这时路易开始怀疑涅索斯会不会一走了之不管他们了。

那可真糟糕。但问题的答案明摆着嘛。傀儡师太有理由离开了，而留下不走才找不出理由呢。

除非他还抱有在这里找到文明人的希望。

"那些漂浮的飞行器、车辆以及那些骷髅的年代都表明这儿没有人，这个牢房中的机器是没有人操控的。"对话官在推测，"在这个城市被废弃之后，把我们困在这里的电磁场一定还抓获过别的飞行器或交通工具；但后来就再也没有飞行器到环形世界来了，所以那些机器还能工作，因为在这么长的时间里没有东西消耗它们的能量。"

"可能是这么回事吧。"涅索斯说，"但有人在监听我们的对话呢。"

路易感觉自己的耳朵竖了起来。他看见对话官的耳朵也像扇子那样打开了。

"必须有非常先进的技术才能窃听封闭的光束。我怀疑这个窃听者有一个翻译机。"

"你还知道窃听者的什么情况？"

"只是他的方位。那个干扰源就在你们目前所在之处的附近。很可能窃听者就在你的上方。"

路易条件反射似的抬起头,但这根本做不到。他是头朝下倒挂着的,他和天花板之间隔着两个安全气囊和他的飞行摩托。

"我们找到环形世界的文明了。"他大声说。

"也许吧。我认为一个文明人是能够把你所说的那第三把电磁波枪修好的。但重要的事情是……让我再想想。"

这个傀儡师哼起曲子来,听起来像是贝多芬,或是披头士之类的古典音乐。对于路易来说,有一点是不会搞错的:这傀儡师只要一思考就会哼歌。

而且,当他说"让我想想"时,他就真的会"想想"。他还在没完没了地吹着口哨。路易越来越渴、越来越饿,头也越来越沉。

路易都已经数次放弃希望了,傀儡师才再次出现在对讲机上,"我会更愿意使用那个奴役者挖掘器,但是不能这样做。路易,这事全看你了;你是从灵长类动物演化出来的,比对话官更善于攀爬。你可以弄到……"

"攀爬?"

"你有问题等我说完了再问,路易。请你把激光手电筒拿出来,将其放在安全的地方。用它来打穿你面前的那个安全气囊。你必须抓住它的碎条,免得自己掉下去。然后你抓着它们爬到你的飞行摩托上面去,尽量在上面保持平衡,然后——"

"你疯了。"

"让我先说完,路易。这个行动的目的是毁坏那把电磁波枪,你是这么叫它的。这里可能有两把电磁波枪。一把在进门的上方,或者下方。另一把藏在哪里都有可能。你的唯一线索是,它跟第一把很相像。"

"当然啦,但也可能不像。算了不说这个。你怎么会指望我能及时地抓住一个爆破了的安全气囊的碎条而……不,我做不到。"

"路易,如果那里有能破坏我飞行车的武器,我怎么去救你呢?"

"随你便吧。"

"你指望让对话官去攀爬吗?"

"难道猫不会攀爬吗?"

对话官说:"我的祖先只是普通的猫,路易。我那烧伤的手恢复得很慢。我爬不了。不管怎么说,那嚼树叶的出的这一招够疯狂的。的确,你能看出,他不过是找个借口抛弃我们而已。"

路易当然明白这点。也许他的恐惧已经表露出来了。

"我现在还不会放弃你们。"涅索斯说,"我会等着。说不定你们会想出一个更好的方案。可能那个窃听者会出现。我等着。"

路易·吴头下脚上地夹在两个安全气囊中,动弹不得,自然也就很难估计出时间过了多久。什么也没有发生,一点进展也没有。他能听到涅索斯在遥远的地方吹口哨,仅此而已,似乎什么也不会发生。

最后,路易开始靠数自己的心跳来计算时间。七十二次心跳相当于一分钟,他想。十分钟之后,他听到自己在说:"七十二……我这是在干什么?"

"你在跟我说话吗,路易?"

"该死的! 对话官,我再也受不了了。我宁愿现在就死也不愿先疯了再死。"他开始用力地把手臂往下面伸。

"听我的命令,路易,现在是战斗的状况。我命令你保持镇静,耐心等候。"

"对不起。"路易仍在使劲把手臂往下伸,放松,猛地一伸,再放松。他摸到它了:他的腰带。他的手伸得太远了,他使劲地把肘部往回缩一点,放松,又猛地插进去。

"那个傀儡师的建议等于叫你自杀,路易。"

"可能吧。"他已经找到它了:那个激光手电筒。他又使劲试了两次,把它从腰带里拉了出来,举着它对准前面;他也许会击中仪表板,但不会烧到自己。

他扣动了扳机。

安全气囊开始泄气,一点点地变瘪。在这个过程中,他后面的那个安全气囊猛地把他推向仪表板。因为压力较轻,他很容易就把激光手电筒放回到腰带里,还抓住了那泄了气的气囊的两把皱皱巴巴的纤维。

同时他也从自己的座位上滑了出来,速度越来越快。他疯狂地用力抓住气囊纤维,当他的头转过来,身体往下掉时,攥着纤维的手也没打滑。他靠着自己的手抓住气囊纤维悬吊在自己的飞行摩托下面,下面是九十英尺深的地下室,如果……

"对话官!"

"我在这儿,路易。我在检查自己的武器,要我帮你把另外那个气囊击破吗?"

"是的!"那气囊正好挡住他的去路,把他完全拦住了。

那个气囊没见瘪掉。但才两秒钟它的一面就噗的一声没气了,接下来整个气囊就没气了。对话官是用那把挖掘器的一束光线把它击破的。

"天晓得你怎么瞄得那么准。"路易气喘吁吁地说。他开始往上爬。

　　只要那破气囊的纤维能承受得住,往上爬还是比较容易的。尽管血液倒灌到他的大脑里长达好几个小时,路易还是能够紧紧抓住纤维不松手。不过那纤维的最末端在他的飞行摩托的脚油门的附近;摩托因为他的重量翻了一半过来,但他还是吊在它的下面。

　　他把自己拉到靠近了摩托,然后用膝盖夹住摩托。他开始摇动摩托。

　　对话官看得发出惊叹的声音。

　　那摩托前后摇动了起来,而且一次比一次摇动得更厉害。路易必须这样设想:大部分的金属都集中在摩托的腹部位置,否则,这个摩托不会翻滚,而不管他把自己放在哪里,他都会在它的下面,如果是这样,涅索斯就不会提出那个建议。

　　摩托滚动得越来越厉害。路易感到恶心,他强忍住呕吐的冲动。如果他的呼吸器官被堵塞的话,那他就完蛋了。

　　摩托先往后翻,然后翻过来,又正好回到上下颠倒的位置。路易从车下面猛地向前冲过去,抓住那个瘪掉的气囊的另一端。他抓住它了。

　　摩托继续翻转。路易用胸部紧紧地贴住摩托的腹部。他紧紧地抱住车身,等着。

　　车体稍顿一下,定了定,又晃回来。路易只感到一阵眩晕,然后大吐起来——什么?是昨天吃的较晚的午饭?他狂吐不已,痛苦至极,吐的东西到处都是,摩托车上、衣服袖子上;但他仍紧紧固定在自己的位置上,寸土不移。

　　那飞行摩托继续像大海那样翻腾。但路易已经抓牢了摩托。现在他终于敢抬头往上看一看了。

一个女人在看着他。

她似乎整个头都是光的。她的脸让路易想起那个悬挂在天堂塔宴会厅中的金属丝雕塑。他们具有同样的特征和表情。她冷静得犹如一个女神或者一个死人。他觉得又羞又窘，一下子脸红了，恨不得找个地方藏起来或者立刻消失。

但他嘴上却说："对话官，有人在看着我们。请转告涅索斯。"

"等一等，路易。我有点儿心神不定。我只顾看你爬了，没听见你在说什么。"

"好吧。她——我以为她是个秃子，但并不是。她只是头顶是光的，但从耳朵往下就有一圈头发盖住头颅的下部分。她的头发很长，超过肩膀。"他没有说她的头发又浓又黑，当她倾斜着身子俯瞰路易时，头发从一只肩膀上垂落下来，他也没有说她的头型很精致、很优雅，他更没说她的眼睛直视他时就像马提尼酒中的橄榄那样诱人。"我想她可能是环形世界的一个工程师；她跟他们或属于同一个种族或遵从同一种习俗。你听明白我的话了吗？"

"明白了。你怎么能爬到飞行摩托上面去的？你好像违背了重力原理。你到底是什么东西，路易？"

路易紧紧地抓住自己那已经不再运作的摩托，放声大笑。这一笑似乎用光了他的力气。"你是一个科达普特教的信徒。"他说，"快承认吧。"

"我是在那样的环境中长大的，但是他们的教义并没有让我信服。"

"它们当然没让你信服了。你接通涅索斯了吗？"

"当然，我启动了警报器。"

"请把这个转告给他：她距离我大概有二十英尺。她像一条蛇那样盯着我看。我不是说，她对我具有强烈的兴趣；我的意思是，她对别的事情一点儿也不感兴趣。她会眨眼，但目光一直没有移开过。

"她坐在一个像亭子那样的东西里面。这亭子一面贴着墙，其他三面可能曾经有过玻璃或类似材料的墙，但现在都没有了，只剩下一些台阶和一个平台而已。她坐在那里，双腿吊在平台的边缘。那肯定是一种监视犯人的方式。

"她穿着……哦，我不能说我喜欢这种风格：一身松松垮垮的连衣工装裤，裤长及膝，袖长到……"不过，对话官或涅索斯这样的外星人不会对这个感兴趣的。"很显然，那衣料是人工的，它要么是新的，要么可以自己清洁，非常结实。她……"说到这儿，路易自己停了下来，因为那个女孩在说什么。

他等着，她重复了一遍，尽管不知道她在说什么；一个很短的句子。

然后她优雅地站起来，走上台阶。

"她离开了。"路易说，"可能失去兴趣了。"

"可能她是回到她的监听设备那儿。"

"也许是这样。"如果这座建筑有人在窃听，根据"奥卡姆剃刀"原则，那窃听者就是她。

"涅索斯叫你把激光手电筒的光度调低调宽，等那个女人再出现时，要让它看起来是做照明用的。我不能暴露那把奴役者挖掘器。那个女人会把我们杀了的，她只需扳动一个开关就能做到。绝不能让她看见我们有武器。"

"那我们怎么能除掉那把电磁波枪呢？"

过了一会儿，对话官转告答案："我们不用除掉它。涅索斯说他会想别的办法。他正在来这儿的路上呢。"

路易把头垂靠在摩托的金属上。他有一种如释重负的解脱感,他甚至都不去质疑这件事,直到对话官提到:"他这么做只会让我们三个都陷在这里。路易,我怎么才能劝住他不要这样做?"

"你就这么跟他说吧。别,可别那么做。如果他认为不安全,他会躲开的。"

"这里怎么会是安全的呢?"

"我也不知道,让我休息一会儿。"那个傀儡师一定知道他在干什么,路易信得过涅索斯那胆小怕事的处世原则。他把脸颊贴在那光滑冰凉的金属上。

他打起盹儿来。

他很清楚自己在什么地方。如果他的飞行摩托突然摇晃或移动起来,他会睁大眼睛醒过来,膝盖会紧紧地夹住摩托的金属车身,双手会紧紧地拽着气囊的纤维。他的睡眠是一个奔跑的噩梦。

当光线照射到他的眼皮时,他立即醒了过来。

白天的光线从那个水平方向的裂缝泼洒了进来,那裂缝曾经是他们进入这里的门口。在那道光亮中,涅索斯的飞行摩托成了一个黑色的剪影。那部飞行摩托是上下颠倒的,那傀儡师也是上下颠倒的,但支撑他的是座位上的安全网,而不是安全气囊。

那道裂缝在他身后关上。

"欢迎到来。"对话官急促而吐字不清地说,"你能把我倒过来吗?"

"现在还不能。那个女孩又出现了吗？"

"没有。"

"她会的。人类是好奇的物种，对话官。她以前不可能看过像你我这样的种族。"

"那又怎么样？我想翻正过来。"对话官痛苦地呻吟着。

傀儡师对着自己的仪表板捣鼓了几下，奇迹出现了：他的飞行摩托竟翻了过来。

路易惊讶得脱口问道："怎么回事？"

"当我知道那个干扰信号在干扰我的操作时，我便关掉了所有功能。要不是这个电磁场抓住了我，我是能在撞到地面之前启动我的发动机的。现在嘛……"傀儡师欢快地说，"下一步应该很容易。当那个女孩再次出现时，我们都表现得友好一些。路易，你可以想方设法把她搞上床，如果你认为你有把握成功的话。对话官，路易将是我们的主人，我们得做他的仆人。那个女人也许恐惧外星人；我们要哄她相信是人类在支配着外星人。"

路易还真的笑了。刚才那噩梦般的半睡半醒多少让他恢复了一点精力。"我对她是否友好保持怀疑，更别说去引诱她了。你没有见过她。她冷得就像冥王星上的黑岩洞，至少在我看来是这样的，而我也不能责怪她为什么会这样。"可不是，他把污物吐到自己袖子上的那一幕，全被她看在眼里——这可一点儿也不浪漫。

傀儡师说："她每次看到我们时，都会感到快乐。而每次她试图离开我们时，她的快乐感觉就会消失。而如果她让我们当中的一个接近她，她的快乐程度就会增加。"

"该死的，就这么着！"路易大声喊道。

"你明白了？很好。除此，我还一直在练习环形世界的语言。我相信我的发音和语法都是正确的。要是我懂的词更多就好了……"

对话官有一阵子没有抱怨了。他倒悬在深渊之上,全身都是烧伤的疤痕,还有一只手伤得见了骨头。他一直在生路易和涅索斯的气,恨他们无法解救他。但到现在为止他已经平静好几个小时了。

在昏暗寂静的气氛中,路易又打起盹儿来。

睡意蒙眬的他突然听到了铃铛声,醒了过来。

随着她走下台阶的脚步,铃铛声响起。她的鹿皮靴上缀满了铃铛。她换了一套衣服,是一件上身露得较多的高领连衣裙,上面有六七个鼓鼓囊囊的口袋。她那黑色的长发从一只肩膀上绕过来垂落在胸前。

她脸上依然是那副冷静庄严的神情。

她坐下来,双脚吊在平台的边缘,看着路易。她的姿势保持不变,路易也没有改变自己的姿势。他们就这么眼对眼地对视了好几分钟。

然后她把一只手插进一个大口袋里,拿出一个拳头大小的橘红色东西。她把它对着路易扔过去,但她故意把那东西扔过路易,到达离他几英寸远、接不到的地方。

那东西经过他时,他认出了它,是一种小球状的多汁水果,两天前他在一个灌木林里见过。他当时尝都没尝就摘了几个扔进厨房进料机里。

那水果砸到牢房的天花板上,染红了一片。路易突然嘴里直冒口水,渴得抓狂。

她又给他扔了一个。这次扔得离他近了一些。如果他努力去接的话,是可以接住的,但他真的这么做的话,他的车可能会翻过来的。而她很清楚会是这样的结果。

她扔过来的第三个打到了他的肩膀上。他两手紧紧地抓住手中的气囊纤维,心里闪过一些坏念头。

这时涅索斯的飞行摩托飘入视线。

她大笑起来。

傀儡师一直在那辆没有主人的卡车大小的飞车后悬浮着。他又上下颠倒了,他歪歪斜斜地向着那个观看平台飘去,仿佛被一股偏离的感应电流牵引到那里去,当他经过路易时,问道:"你能勾引她吗?"

路易气得咆哮起来。但他马上意识到傀儡师并不是在挖苦他,便说:"在她眼里,我不过是一只动物。别提那事了。"

"那我们就得用其他的策略了。"

路易把自己的额头贴在那冰凉的金属上,轻轻地摩擦着。他很少觉得这么难受。"你说了算。"他说,"她不会买我的账、平等地对待我的,但她也许会买你的账。她不会把你当对手,因为你跟她太不一样了。"

傀儡师从路易身边飘走了。这时他说起话来,在路易听来,他讲的好像是那个指挥合唱团的光头牧师的话:环形世界工程师的神圣语言。

那个女孩没有回应。不过……她也没有真的在笑,只是她的嘴角确实有点儿微微向上翘的样子,而且眼睛里多了一些生动的神情。

涅索斯肯定在对她使用少量的塔斯普。很少量的。

他又说话了,这次她回答了。她的声音很冷,但很有韵律感,如果路易觉得这声音有种高高在上的感觉,那是因为他被置于这样的位置。

傀儡师的声音变得跟女孩的一样了。接下来他们的对话变成了语言课。

此时的路易·吴,在一个致命的高度上勉强地保持着平衡,肯定会反应迟钝的。他偶尔也能听懂一两个词。在说话当中,她给涅索斯扔了一个拳头大的橘色水果,他们把它叫作"丝拉木"。涅索斯把它留了下来。

她突然站起来走了。

路易说:"怎么回事?"

"她一定觉得无聊了。"涅索斯说,"她一点提示也没给。"

"我快渴死了。我可以吃那个'丝拉木'吗?"

"'丝拉木'指的是这果皮的颜色。"他把自己的摩托贴近路易,把那水果给他。

路易迫不及待地松开一只手接过水果。这意味着他得用牙咬开那厚厚的果皮。努力了半天他总算够着那真的果肉了,他一口把它咬了进去。这是他两百年来吃到的最好吃的东西了。

他快要吃完的时候,问道:"她还会回来吗?"

"希望如此。我对她使用了低剂量的塔斯普,那可能会在意识层面之下对她产生一些影响。她会想念这种感觉。她每来看我一次,这种诱惑会变强一点。路易,我们该让她爱上你?"

"别费心思了。她认为我是原住民,是野蛮人。这倒让我想问:她是什么人呢?"

"我说不上。她并不想隐瞒身份,只是我们还没有谈到这一点。他们的语言我懂得不多。至少现在还不够多。"

第二十章 大快朵颐

涅索斯下到牢房的黑暗底部去查看那里的情况。他切断了对讲机,路易只能凭靠眼睛观察傀儡师在干什么。不过,他最终还是放弃了。

很长时间之后,他听到了脚步声。这次没有伴随着铃铛的声音。

他把双手放在嘴边,拢成杯子的形状,对着下面喊道:"涅索斯!"

他的声音被周围的墙壁挡回来,回荡着,然后集中到圆锥形牢底的锥顶部位,把傀儡师吓得跳了起来。傀儡师立刻爬上自己的飞行摩托,飞了起来——更像是狼狈逃跑。毫无疑问,为了抵抗电磁场的浮力把车子留在底部,他一直让发动机开着。此时他只需要把发动机关掉就行。

他回到那些悬浮着的金属物当中,这时脚步声也在他们上方停住了。

"该死的,她到底在干什么?"路易低声问道。

"耐心一点。你不能指望那么一点剂量的塔斯普就能让她听话。"

"用用你那两颗没脑子的头吧！我可不能一直保持平衡不掉下去！"

"你必须坚持住。我能替你做点什么？"

"给我点水。"路易说，他的舌头就像卷起来的两码长的法兰绒。

"你很渴吗？但我怎么才能让你喝到水呢？只要你把头转过来，你就会失去平衡。"

"我知道。算了吧。"路易身体颤抖了一下。很奇怪，作为一个老练的太空人，路易居然如此怕高。"对话官怎么样了？"

"我很为他担心，路易。他已经失去知觉太久了。"

"没天理啊，没天理啊……"

脚步声传来。

她肯定是个恋衣狂，路易想道。她这次穿的是橙绿两种颜色的多层褶皱连衣裙。就像她之前穿的衣服一样，这身衣服也一点都不显露她的身材。

她跪在观看台的边缘，不动声色地看着他们。路易紧紧地抱住他的金属"小筏子"，等着事态的进一步发展。

他看见她脸上的表情柔和了起来。她的眼睛流露出梦幻般的眼神；她那小小的嘴角向上弯起。

涅索斯开始说话了。

她似乎在考虑他的话。她说了些什么，好像是对涅索斯的回答。

然后她离开了他们。

"怎么回事？"

"等着看吧。"

"我实在是等得不耐烦了。"

突然,傀儡师的飞行摩托猛地向上浮起,向前冲去,像一艘向着码头靠去的划艇,撞到观测台的边缘。

涅索斯优雅地上了岸。

那个女孩过来迎接他。她左手拿着一件武器,用另一只手摸了摸傀儡师的头,犹豫了一下,然后她的手指划过他的第二脊椎。

涅索斯发出欢快的声音。

她转过身去走上台阶,一次也没有回头看。她似乎很有把握,涅索斯一定会像一只狗那样地跟着她;实际上也确实如此。

干得不错,路易想。做出一副卑躬屈膝的样子,好让她相信你。

可是当他们那不和谐的脚步声渐渐消失后,整个牢房就寂静得犹如一座巨大的坟墓。

对话官悬浮在金属的马尾藻海中,离路易有三十英尺远,暴露在绿色的安全气囊之间的是四根带肉垫的黑指头和一张圆鼓鼓的橘色脸庞。路易没法靠过去。这个克孜人可能已经死了。

在下面那些白骨当中,至少有十二颗头骨。奇形怪状的骨头、消失的岁月、生锈的金属以及死一般的寂静,令人感到毛骨悚然。路易紧紧地抱住他的飞行摩托,无奈地等着自己的力气彻底耗尽。

他在打盹儿,没过多久,情况有变,他突然失去了平衡……

路易的命全靠身体平衡维持着。一时的迷失方向让他感到极其惊慌。他四处乱看,但也就仅能移动眼睛而已。

他周围全是一动不动悬浮着的金属飞行器,其中有东西在动。

远处有一辆车撞上了什么东西,发出金属撕裂的声音,然后往上冲去。

怎么回事?

糟糕!那车冲着监狱的上半部环形撞过去。突然之间,整个马尾藻海步调一致地往下沉去。

飞行车和飞行背包一个接一个地砸落下去,热闹极了。

路易的飞行摩托猛地砸到水泥物上,发出刺耳的声音,在电磁力的激流中,车子半扭转过来,然后翻倒下去。路易只好撒手,打了个滚儿。

路易试着立即站起来,但他既找不到平衡,也无法直立。他的手痛得像爪子一样弯曲着,一点儿用也没有。他侧躺着,气喘吁吁,心想,来不及了,对话官肯定已经被自己的飞行摩托砸扁了。

路易一眼就认出了对话官的飞行摩托,它侧倒在比路易所在之处高两层的地方,对话官也在那里——他竟然没倒在摩托的下面。他肯定是先摔下来的,然后他的摩托才着倒在他身边的,想必关键的时刻那些安全气囊多少对他起到了一些保护作用。

路易向对话官爬过去。

这克孜人还活着,还在呼吸,但却不省人事。摩托的重量没有砸断他的脖子,很可能是因为他压根儿就没有脖子。路易从自己的腰带里摸索出激光手电筒,用那像针一样细的绿色光线刺破安全气囊,把对话官从中解脱出来。

现在该干什么呢?

路易想起来他都快渴死了。

他似乎不再觉得天旋地转了。他站了起来，两条腿颤颤巍巍的，去寻找他所知道的唯一可用的水源。

整个牢房区是由一圈一圈的同心圆壁架构成，每一圈壁架是下一圈牢房的屋顶。对话官落在距离中心圆第四层的壁架上。

路易看见一部覆盖着破碎安全气囊纤维的飞行摩托。还有一部，在下一层的壁架上，面对着中央坑，那鞍座是给人类用的。第三部——涅索斯的飞行摩托——落在了比对话官低一层的壁架上。

路易朝着涅索斯的摩托走下去。当他的脚碰到台阶时，他感到双腿发软。他的肌肉太疲劳了，承受不了这种震动。

他摇了摇头，看着涅索斯的仪表板。没有人会偷涅索斯的飞行摩托！所有控制键都像谜一样难以搞懂。但他还是认出了那个出水口。

那水是温的，像蒸馏水一样没有味道，甘美适口。

路易解了渴后，又试着尝了尝从自动厨房里取出砖块般的食物。那味道非常奇怪。路易决定暂时不吃。说不定里面有什么严重损害人类的新陈代谢系统的添加剂。涅索斯一定知道里面有什么。

他用自己的鞋子——这是他首先能想到的容器——装了一点水，给对话官拿去。他把水滴到克孜人的嘴里，昏睡着的克孜人把水咽下，露出笑容。路易想走回涅索斯的车再取一点水，但还没走到就一点力气都没有了。

于是他干脆倒在平坦的塑料建筑材料上，蜷缩着身子，闭上眼睛。

总算安全了。至少现在是安全的。

按理说他这么累，应该马上就可以睡着的。但总有个什么东西令他心烦意乱。过度疲劳的肌肉，痉挛的手和大腿，害怕从高处掉下去——这些感觉到现在都还没有离开他……除了这些以外，还有……

他坐了起来。"真不公平。"他低声说道。

对话官呢？

那个克孜人蜷着身子睡在那里，他的耳朵紧贴着头。他将奴役者挖掘器紧紧地夹在腹部，只能看见露出的两个枪管口。他呼吸的节奏很有规律，只是有点快。这是好事吗？

涅索斯应该清楚。现在就让他睡吧。

"真不公平。"路易低声地重复道。

他此时独自一人，感到很孤独，一点休假的好处都没有感受到。他对别人的安全和健康负有责任。而自己的生命和健康则取决于涅索斯能否搞定那个半秃的疯女人，是她把他们当俘虏关在这里的。难怪他睡不着。

还有……

他发现了什么，目光落在他自己的飞行摩托上便不动了。

他的飞行摩托拖着破裂了的安全气囊，而此刻涅索斯的飞行摩托在他身边，对话官的在对话官的身边，但还有第四部飞行摩托，那个鞍座是给人类用的，上面没有安全气囊。

刚才是渴疯了，一心只想找水，所以第一次看到那部飞行摩托时竟然没有反应过来那意味着什么。现在他回过神来了……那是蒂拉的飞行摩托。它一定是被挡在某辆较大的车子后面，所以才没被看见。它上面没有安全气囊。

她一定在摩托倒翻过来时摔出去了。

或者是声波罩在二马赫的速度下失效时被甩出去了。

这就是涅索斯说的吗？她的运气显然不可靠。对话官也说过：她的运气只要有一次不管用，她就会死掉。

她已经死了，她肯定死了。

我跟随你来，因为我爱你。

"瞧你的霉运。"路易·吴说，"遇到我是你的霉运。"

他躺在水泥地上，蜷着身体睡过去了。

过了很久，他猛然惊醒过来，发现对话官正在低头看着他的脸。那张面具般的长满橘色毛皮的脸很刺眼，这使他的眼睛加倍的突出，眼中闪烁一丝惆怅……这时对话官问道："那个食草家伙的食物你能吃吗？"

"我不敢吃。"路易回答。突然，空空荡荡、咕噜作响的胃让他觉得一切问题都微不足道。当然，只有一个例外。

"我认为我们三个当中，只有我没有食物供给。"克孜人说。

对话官一副惆怅的神情……路易立刻毛骨悚然起来。他尽量以一种平稳的语调说："你知道你是有食物来源的。问题是，你会吃吗？"

"绝对不会，路易。如果荣誉要求我忍受饥饿，哪怕肉食就在我手边，我也会忍受饥饿的。"

"那就好。"路易翻过身去，假装继续睡觉。

等他醒过来时，已经好几个小时过去了，他知道自己一直在睡觉。他想，他的后脑一定完全信任对话官的话。如果克孜人说了他会忍受饥饿的，那他就会忍受饥饿的。

他的膀胱非常胀，鼻孔里有股臭味，肌肉也疼得厉害。那个坑解决了一个问题，他从傀儡师的飞行摩托存水箱里弄了点水洗掉了袖子上的污渍。接下来，他一瘸一拐地走下台阶，到自己的飞行摩托里去取急救包。

那个急救包不是一个简单的药箱,它能够按指令搭配药的剂量,也能自己做出诊断。这是一个复杂的机器,不过那几把电磁波枪已经把它烧坏了。

光线暗淡了下来。

他们周围是有陷阱门的牢房,在陷阱门的周围有些小小的透明玻璃窗。路易俯下身来观看一个牢房。有床、样子特别的马桶,还有——从一个落地窗射进来的日光。

“对话官!”路易大声喊道。

他们用那把挖掘器把门破开,走了进去。那个落地窗很大,是长方形的,对于一间牢房来说,这面窗无疑是个奇怪的奢侈物。窗户上的玻璃没了,只留下一些尖利的水晶般的牙齿围在窗户的边缘。

这样的窗户是用来嘲弄犯人,并向他们展示何谓自由的吗?

落地窗面对着“左舷”的方向。窗外是半明半暗的天色;昼夜分界线的阴影像一面黑色的窗帘从“自转”的方向拉过来。正前方是港口:一个个的立方体,那一定是仓库,到处是衰败的码头,设计风格优雅简约的吊车,还有一艘巨大的地效船①停泊在干涸的码头中。所有这一切都已成为长满红色铁锈的残骸。

整个海港沿着弯曲的海岸线分别向左向右延伸数英里:一段海滩,一排码头,接下来又是一段海滩……这种格局一定是依海岸天然条件而建的,一段像威基基那样的浅水海滩②,然后是陡岸边的深水区,那里是修建港口的理想之处,接下来又是较浅的海滩。

---

① 即翼船,仿效海鸥的低空滑翔技术制作的。
② 美国夏威夷檀香山市的一个著名海滩。

再过去就是大海。那海仿佛无休无止地向四周延伸开，直到最后消失在天边的地平线处。那情景就像你放眼瞭望大西洋时一样。

黄昏降临，就像一面窗帘从右向左徐徐拉过来。市政中心的残留灯光显得更亮了，城市、码头和海混成一片黑色。但在"反自转"的方向，白日的金光依然熠熠生辉。

对话官已经抢先睡到牢房中那张椭圆形的大床上了。

路易笑了笑。这位克孜人的勇士看上去是那么平静安详。对他来说，睡觉也许是一种疗伤的方式吧？身上的灼伤一定让他元气大伤。也有可能他是通过睡觉来战胜饥饿吧？

路易决定走开让他睡个够。

在几乎一团漆黑的监狱中，路易找到了涅索斯的飞行摩托。他饿坏了，囫囵咽下了傀儡师带的食物，全然不顾它那怪异独特的味道。黑暗让他感到心烦，他打开傀儡师的飞行摩托的车头灯，就着灯光去找其他几辆飞行摩托，他把它们的车头灯都打开了。此刻这里变得非常明亮，阴影也变得复杂怪异起来。

是什么让涅索斯走了那么久不回来？

在这座古老的悬浮监狱中，没有多少娱乐可言。有的是时间可以睡个够，但路易已经睡够了。有的是时间可以琢磨那个该死的傀儡师到底在上面干些什么，还可以琢磨他会不会出卖他们。

毕竟，涅索斯不仅仅只是一个外星人。他是一个皮尔森的傀儡师，在操纵人类以获得自己的利益方面劣迹累累。如果他和环形世界的工程师能够达成共识，他很有可能会毫不犹豫地丢下路易和对话官不管的。作为一个傀儡师，他完全有理由这么做。

更何况还有两个很好的理由让他这么做呢。

几乎可以肯定，动物对话官会坚持到最后，直到把"大运号"从路易·吴手中夺走，以确保克孜人独占"量子二号"超光速引擎的技术。在由此引起的争夺中，傀儡师可能会受到伤害。安全的做法是现在就丢下对话官，然后丢下路易·吴——因为路易可能会受不了这样的背叛。

另外，对话官和路易知道的内幕太多了。蒂拉已经死了，只有对话官和路易知道傀儡师在操纵人类演化方面所做的试验。还有星星草籽诱饵器、生育法等。如果涅索斯受命泄露这些信息，来试探他的船员的反应，那么，他也有可能得到命令在探险途中某个合适时机抛弃他们。

这些都算不上是什么新的想法。自从涅索斯承认他们曾用星星草籽诱饵器将"局外人"的船引诱到小犬座α星后，路易就对这样的行为存了戒心。他这种偏执狂的想法有一定的道理，只是他什么也做不了。

为了不让自己受这些想法的折磨，路易又闯进另一间牢房。他把激光手电筒的光调得又强又窄，对着想必是门锁的东西切割，他试了四次之后，门就打开了。

一股恶臭袭来。路易屏住呼吸，把头和激光手电筒都伸了进去，为了搞清楚是怎么回事，他坚持了好一会儿。原来有个死人在里面，而通风系统又失灵了。那个死尸靠着落地窗隆起，他的手里拿着一个很重的水壶。那面窗户是完好无损的。

隔壁的牢房是空的。路易便走进去，把它据为己有。

他又跨过那个坑到另外一间可以看到"右舷"方向的牢房。他看到那个翻滚的飓风就在他的正前方。他们已经离它两千五百英里远了，就这点来看，它的规模是很可观的。那是一只巨大的、阴郁的蓝眼睛。

在"自转"方向是一座又高又窄的悬浮建筑,它大得像一艘太空乘客飞船。有那么一小会儿,路易把它想象成一艘太空飞船,因为受到精湛技术的误导而藏在这里,而为了离开环形世界,他们所需要做的就是……

这只是一点微不足道的娱乐。

路易让自己记住这个城市的格局。这点可能很重要。毕竟,这是他们在环形世界上见到的第一个有可能还存在着文明的地方。

他休息了一会儿。大概一个小时之后,他坐在那张椭圆形的床铺上,对着那个风暴眼看,远远地在风暴眼的另一端,有一个清晰的棕灰色小三角。

"天啊。"路易轻声叹道。那个三角形不大,仅仅是看得见而已。它正好坐落在那无限长的地平线的一片灰白中。这意味着那里仍然是白天……尽管他几乎是正对着"右舷"的方向看。

路易去把他的望远镜拿出来。

那个望远镜让每一个细节变得跟月亮上的环形山那样清晰。这是个不规则的三角形,靠近底部的地方是红棕色的,而在接近尖顶的地方则像肮脏的雪那样白亮……是那座名为"上帝之拳"的山。这座山比他们想象得要大多了。在这么遥远的地方还能看得见,那座山的大部分一定高出大气层之上。

自从飞船坠落后,飞行摩托车队已经飞了大约十五万英里了。"上帝之拳"一定至少有一千英里那么高。

路易吹了个口哨,再次举起望远镜。

路易坐在几乎伸手不见五指的黑暗中,渐渐地注意到头顶上有动静。

他把头伸出牢房。

对话官在大声吆喝:"快来啊,路易!"他在向路易招手,举着一个被他啃了一半、血淋淋的、跟一只山羊差不多大小的动物残骸。他咬了一大块排骨,接着又咬了一大块,再咬一大块,然后又是一块。他的牙齿像是专门用来撕肉的,不是用来咀嚼的。

他又捡起一条血淋淋的后腿,蹄子和毛皮还在。"我给你留了一些,路易! 它已经死了好几个小时了,但不要紧。我们得快点吃。那个吃树叶的不想看见我们在吃这玩意儿。他正在我刚才待过的那间牢房里看风景呢。"

"等着他看我那边的风景吧。"路易说,"我们之前有关'上帝之拳'的猜测错了,对话官。它至少有一千英里高。山顶上覆盖的不是雪,是——"

"路易,先吃吧!"

路易觉得自己在流口水,"一定有什么办法能把这玩意儿弄熟吧……"

"那肉不新鲜了。"对话官几分犹豫地说,"但用火烧也不是解决办法。"

"涅索斯怎么样了? 他是囚犯还是发号施令的?"

"可能说话管点儿事儿吧,我猜。看上面。"

那个女孩坐在观看台上,像玩具娃娃那么小。她如霜似雪的脚悬在空中。她往下看的时候,脸和头皮看上去都是白的。

"你看见了吗? 她不让他离开她的视线。"

路易认为那肉可以吃了。他注意到对话官很不耐烦地看着他,大概是对他那一小块一小块地慢慢咀嚼的样子很不耐烦吧。但对路易来说,他这副吃相已经是狼吞虎咽了。他实在饿得很。

考虑到傀儡师会反感,他们把骨头从那面破窗扔了出去,让它们掉到下面的城市里。他们三人在傀儡师的飞行摩托旁集合。

"她已经部分受塔斯普的控制了。"涅索斯说。他呼吸很困难……也许是那生肉和烧熟的肉的气味所致。"我对她已经有很多的了解了。"

"你知道她为什么要把我们困在这里吗?"

"知道,还有其他的事情呢。我们的运气很好。她是一个太空人,一艘冲压引擎飞船上的船员。"

"好运来了!"路易·吴说。

第二十一章　来自边缘墙外的女孩

她的名字叫哈尔罗蒲丽尔拉拉尔·霍图鲁凡。此前她在太空中航行了两百年,她的船叫"先锋号"——涅索斯迟疑片刻后这么翻译道。

"先锋号"每一次航行历时二十四年,航行线路覆盖四个恒星及其星系:五个有氧的行星世界和环形世界。他们以"年"为传统的衡量时间的单位,但其实它跟环形世界的运行规律没有什么关系,反倒也许和某个被遗弃的行星的恒星轨道运行周期匹配。

在"先锋号"航行的五个行星世界当中,有两个曾经人口稠密,那是在环形世界建成之前的事了。现在它们也像其他世界一样被遗弃了,被杂草野树和城市的废墟所覆盖。

哈尔罗蒲丽尔拉拉尔已经跟着"先锋号"航行了八趟。她知道,在这些世界上有一些植物和动物无法在环形世界上生长和生活,因为这里缺少季节变化。其中包括香料植物、肉食动物,以及更多她不了解也不关心的生物。

因为她的工作跟货物无关。

"她的工作跟飞船的动力系统和维生系统也无关。我无法得知她具体是干什么的。"涅索斯说,"'先锋号'上有三十六位船员。毫无疑问,有些人是多余的。可以肯定,她承担的不会是什么复杂的或者关键的工作,如关系到飞船和船员的安全之类的。她不是很聪明,路易。"

"你有没有问过她船上船员的性别比例? 三十六位船员中有多少个女人?"

"这个她告诉我了,三个。"

"你还是别管她是干什么的了。"

在两百年的航行中,"先锋号"历险无数,克服过许多生死攸关的困难。没想到在哈尔罗蒲丽尔拉拉尔的第八次航行即将结束时,环形世界却不再与"先锋号"联系。

电磁炮失灵了。

从望远镜观察到的情况判断,航天港上一点生命活动的迹象都没有。

在"先锋号"航线上的那五个行星世界中,没有电磁炮帮助"先锋号"减速。所以"先锋号"要自携减速用的燃料,那是在旅途中通过凝聚星际中的氢气而得到的。也就是说,这艘船是可以着陆的……但是在哪儿着陆呢?

不能着陆在环形世界。陨石防御系统会把他们打成碎片落下来的。

航天港一直没有向他们发出着陆许可。绝对出事了。

飞回某颗被遗弃的行星? 他们有三十三个男人,三个女人,实际上可以开辟一个全新的殖民世界。

"但他们都是些墨守成规、毫无创见的囚犯,而且装备不充足,无法做出如此重大的决定。他们全都惊慌失措了。"涅索斯说，"于是暴乱发生了。'先锋号'的飞行员想办法把自己锁在了驾驶室里，在里面待了相当长的时间，直到把'先锋号'降到了航天港。他们后来把飞行员给杀了，因为他是在拿飞船和船上人的生命冒险，哈尔罗蒲丽尔拉拉尔这么说。但我怀疑他们杀他其实是因为他打破了传统，在没有正式许可的情况下采用了火箭降落。"

路易感觉有双眼睛从上面盯着他。他抬头往上看。

那个太空人女孩还在那里看着他们，涅索斯也用一个头回看她，是左边那个头——装有塔斯普的头。这也正是涅索斯频频往上看的原因。她不想让涅索斯离开她的视线，他也不愿让她离开塔斯普的美妙魅力。

"杀了那个飞行员后，他们离开了飞船。"涅索斯说，"这时他们才意识到那个飞行员把他们害得有多惨。捷尔探布隆坏了，不能再用。

"而且，他们降落在一千英里高的边墙的外侧。

"我不知道捷尔探布隆用星际语或英雄语怎么说。我只能告诉你它的用处，其实那对我们也非常重要。"

"说吧。"路易·吴说。

环形世界的工程师设计了防故障系统。从很多方面来说，他们似乎已经预见到这个文明的衰落，并且对此做了准备，仿佛文明和野蛮的循环是人类的正常命运。这个复杂的结构就是要让环形世界不会因为缺乏照管而无法正常运作。环形世界工程师的后代也许会忘记怎么维护气密舱和电磁炮、怎么移动行星、怎么制作飞行车辆等等；文明也许会终结，但环形世界不会停止运作。

比如，陨石防御系统就是这样的防故障安全结构，它们是如此地有效,以至于哈尔罗蒲丽尔拉拉尔……

"叫她蒲丽尔吧。"路易建议道。

——蒲丽尔和她的船员从未想到它们也会有不起作用的时候。

可是航天港呢？它的防故障安全管用到什么程度,如果某个傻瓜把两个气密舱的门都打开了呢？

——那里根本就没有什么气密舱!这儿只有"捷尔探布隆"。这种机器能够制造某种作用场,使环形世界基质,当然也包括边墙,变为可被物质穿透的虚空。在通过的时候,人会感觉到阻力。捷尔探布隆运行时——

"渗透发生器。"路易想了个名字。

"也许吧。但我怀疑'布隆'是个修饰词,可能还带有猥亵的意思。"

——在渗透发生器运行时,空气会从中穿过。人们可以穿着变压服通过,感觉就像在大风中行进。机械和大件物品则可由拖拉机牵引通过。

"那些压缩空气呢？"对话官问。

他们在外面制造压缩空气,利用物质转换机!

是的。在环形世界上有很便宜的物质转化方式。不过,只是在转化量很大的情况下才便宜,而且还有其他的限制。这个转化器本身是个庞然大物。它只能做一对一的转化:把某一种成分变成另外的一种成分。那个航天港的那两个转化器可以将铅转化成氮和氧;铅很容易储存,也很容易穿透边缘墙搬走。

渗透发生器是一个自动保险设施。当气密舱失灵时,空气就会像一股飓风那样瞬间流失。但是,如果捷尔探布隆坏了,可能出现的最坏结果不过是密封舱再也打不开——也就是说返航的宇航员无法进入。

"所以我们也进不去了。"对话官说。

路易说："先别急着下结论。渗透发生器应该正是我们回家所需要的东西。我们也许根本用不着移动'说谎者号'。只需要把捷尔探布隆……"他就像打喷嚏似的说出这几个字，"对准'说谎者号'下面的基质，'说谎者号'就会像陷入流沙一样沉下去，然后掉到圆环另外一边。"

"但我们会卡在由泡沫塑料构成的陨石缓冲层里的。"对话官反驳道，接着又说，"不对，那把奴役者挖掘器可以帮助我们。"

"是可以这样。但很不幸，"涅索斯说，"现在没有可用的捷尔探布隆。"

"她在这里呢。她算是逃出来了！"

"是啊……"

为了修复捷尔探布隆，飞船上的磁流体动力学家不得不钻研一门全新领域的知识。这件事花了他们好几年的时间。这台新造出的机器在使用时失灵了：一部分扭曲变形了，一部分融化掉了。他们只好重造新的零件，还要重新校准。还有一些部件，他们明知不可靠，但总希望这些部件能多撑一会儿……

在这期间出了一个事故。一道渗透光束由于没能瞄准目标，穿透了"先锋号"。两个船员当场死亡，身体埋在齐腰深的金属板中，十七个船员的脑部严重受损，此外，还伴有其他部位的损伤——都是因为他们身体里的某些渗透膜变得太具有渗透性了。

但剩下的十六个人还是穿过了边缘墙，回到环形世界。他们还把那些因脑部损伤变傻了的船员带了回来。他们也带上了捷尔探布隆，以防环形世界不再适宜居住了。

迎接他们的是荒凉，漫无边际的荒凉。

几年之后，他们当中有人想回到船里去。

但捷尔探布隆在运行过程中再次出了故障，有四个人被困在边缘墙里面。就是这样。也就在那时，他们才知道在环形世界上再也没有新的零件可用了。

"我不明白的是，蛮荒状态怎么会发展得这么快？"路易说，"你说过，'先锋号'走完一趟航行是二十四年，对吗？"

"他们用的是飞船上的计时单位，路易。"

"哦。这可就大不一样了。"

"是啊，对于一艘用环形世界的重力做推进力的飞船来说，从一颗星航行到另一颗星一般是三到六年。但星球之间的实际距离是很大的。蒲丽尔提到一个荒废区，跟环形世界相比，它与星系主平面间的距离要近上两百光年。在那片荒废区中，三颗恒星聚集在一起，相互间的距离不超过十光年……"

"两百光年……都接近人类空间了，是不是？"

"可能已经在人类空间了。一般说来，氧气型大气层的星球不会像在太阳附近的行星挨得那么近。蒲丽尔说，在环形世界修建前的几个世纪，人类曾在'先锋号'航线经过的那些星球上长期实施地球化改造。但这种改造需要的时间太长了，没有耐心的人类半途而废了。"

"这倒是解释了许多事情，除了……算了，不说了。"

"你是指灵长类吗，路易？有足够的证据显示你们这一种类是在地球上演化的。但对于一个旨在对周围星球进行地球化的项目来说，地球也许是一个方便的实验基地。工程师们或许曾经把宠物和仆人带到地球上来。"

"比如说,猿、猴子和尼安德特人……之类的。"路易一边说一边模仿这些动物的姿势,"这只是一种推测而已。这不是我们需要知道的。"

"同意。"傀儡师一边说一边大口咀嚼一个蔬菜方块,"总之,'先锋号'航行一圈的航程超过三百个光年。在航行期间内,有足够长的时间发生规模巨大的变化,尽管这样的变化很罕见。蒲丽尔所属的社会是相当稳定的。"

"她怎么这么确定整个环形世界已经进入了蛮荒时代呢?他们做过多少调查?"

"很少,但也够了。蒲丽尔的看法是对的。捷尔探布隆再也不可能修复了。整个环形世界现在属于蛮荒状态。"

"何以见得呢?"

"对于这里发生的一切,蒲丽尔曾跟我做过解释,那是她的一个船员告诉她的。当然,他把一切简单化了。事情可能是这样的:这个过程早在'先锋号'做最后一趟航行之前就开始了……"

环形世界周围的太空中曾经有过十个可居住的星球。当环形世界建好时,这些星球都被遗弃了。人们离开了它们,任其自生自灭。

想象一下这样的世界:

大地上布满了在不同的发展阶段修建起来的城市。或许贫民窟已经被淘汰,但某些地方还是存在着贫民窟,哪怕只是作为历史遗迹而保留下来。放眼大地,你会看见各种各样的生活附属品:旧的容器、坏掉的机器、破损的书籍、电影录像带或电影卷轴,任何不可再次使用或再次加工以产生利润的东西,以及许多可以再次使用和再次加工以产生利润的东西。数十万年以来,海洋一直被当作垃圾场。有的地方的人们还把核裂变的放射性废料倾倒进大海里。

如果海洋生物为了适应这种新的环境而进行演化,该多么奇怪啊!

如果能存活于这些垃圾中的新生命演化了出来,又是多么奇怪啊!

"地球上就出现过,"路易·吴说,"有一种吃聚乙烯的酵母菌。它会把超市货架上的塑料袋给吃了。这种东西现在死光了。我们不得不放弃聚乙烯这种材料。"

想象一下有十个这样的世界。

这样的细菌演化出来了:它会吃锌化合物、塑料、油漆、绝缘电线、新鲜垃圾和废弃千年的旧垃圾。如果不是冲压引擎船的话,这一切本来不会有问题。

那些冲压引擎船常规性地航行到那些古老的星球去,寻找各种各样的生命形式,有的是已被遗忘了的,有的是还没有适应环形世界的。他们还带回来了其他的一些东西:纪念品、艺术品之类的,这些东西或者已被人忘却,或者只是被搁置起来而已。许多博物馆还在转手交易这些东西,一次处理一件价值昂贵的东西。

其中一艘冲压引擎带回来了一种细菌,这种细菌可以导致室温超级导体崩溃,这种结构大量地运用在复杂的高端机器中。

这种细菌发展缓慢。它很年轻、很原始,刚开始的时候很容易就能把它杀死。陆陆续续地,它的许多变种被其他几艘船带到环形世界来,直到最后其中的一个变种占了优势并存活了下来。

正因为它发展很慢,它没有毁掉那艘冲压引擎飞船,那艘船着陆很久以后它的破坏作用才开始显现出来。直到船员和航天港的工人把它带进航天港来,它才开始毁坏航天港的捷尔探布隆。在边缘墙的电磁管道中穿行的穿梭船把它带到了环形世界各处，最后它也进入到电源光束接收器里。

"电源光束接收器？"

"电能是在阴影方块上通过温差发电产生的，然后通过光束发回到环形世界。这电源光束本身想必也是个防安全故障的系统。我们进入环形世界时没有检测到它。一定是电源光束接收器失效时，它就自动关闭掉了。"

"毫无疑问。"对话官说，"他们能够造出不同的超导体。我们知道有两种基本的分子结构，每一种都有适合不同温度范围的变体。"

"至少有四种基本的结构。"涅索斯纠正他，"你说得没错，环形世界应该能够从'城塌'灾难中存活下来的。一个更年轻、更有活力的社会应该出现。但请你想象一下他们所面临的困难。

"他们大多数的领袖都死了，死在电源终断后的倒塌建筑中。

"没有电源，他们几乎什么实验也做不了，也就无法找到别的超导体。那些储备电能基本上都被充公，给那些有权力的政治人物专用，或者用来经营残留的文明飞地，寄希望有某个人可以力挽狂澜扭转这种紧急的局势。冲压引擎飞船的核聚变引擎用不了了，就像捷尔探布隆所用的超导体一样。那些曾经做出过了不起成就的人找不到了；控制电磁炮的电脑死了，电磁炮本身也断了电。"

路易说："缺了一个钉子，整个王国就倒塌了。"[1]

---

[1] 这里指的英格兰国王理查三世的故事。在莎士比亚的《理查三世》一剧中，理查三世为捍卫自己的王位跟亨利七世交战。他所骑的战马因为缺少一个钉子而掉了一只马掌。掉了马掌的战马突然跌倒，把理查三世掀翻在地上。然后，亨利的军队包围了上来，理查三世的士兵纷纷转身撤退。

"我知道那个故事。用它来描述这里的情况并不是很恰当。"涅索斯说,"本来有可以补救的事情。冷却液态氦的电还是有的。电源光束没了,修理电源光束接收器也就没有用了;但捷尔探布隆是可以适应被液态氦冷却的金属超导体的。有了可用的捷尔探布隆,他们就可以使用航空港了。飞船可以飞到阴影方块去,重新启动电源光束,而其他的液态氦冷却超导体则可用于电源接收器。

"所有这一切都需要用那些储备的电。但那些电却被用在街灯照明和维持残存的悬浮建筑上了,或是用来做饭和冰冻食物了!所以环形世界就垮了。"

"我们也垮了。"路易·吴说。

"是啊。我们的运气还不错,遇到了哈尔罗蒲丽尔拉拉尔。她让我们省却了一趟不必要的旅行。我们没有必要继续往边缘墙那边走了。"

路易的头抽动了一下。头痛是避免不了的了。

"运气还不错?"动物对话官说,"果真如此?如果这叫好运,我怎么高兴不起来呢?我们已经迷失了行动的目标,就连逃生的最后一线希望也失去了。我们的飞行器已经毁坏,我们的一名队员也在这座迷宫般的城市里失踪了。"

"死了。"路易说。他们迷惑不解地看着他,他指了指室内的那个昏暗处。蒂拉的飞行摩托很明显就在那儿,由四盏亮着的车头灯中的一盏标示着。

他说:"从现在开始我们得靠自己的运气了。"

"是啊,你记得吧,路易。蒂拉的好运只是偶尔才管用的。一定是这样的。要不然她不会登上'说谎者号'了。要不然我们的飞船也不会坠落的。"傀儡师停了一下,又补了一句,"我深表同情，路易。"

"她会被人怀念的。"对话官嘟囔了一句。

路易点点头。似乎他应该有更多的反应。但是不知怎的，暴风眼的那个事故已经改变了他对蒂拉的感情。那个时候，对话官和涅索斯还比她更像人类。她是个荒诞的怪物，而那两个外星人倒是真实的。

"咱们必须有个新的行动目标。"动物对话官说，"咱们需要找到一个办法把'说谎者号'弄回太空。我承认我一点主意也没有。"

"我倒有。"路易说。

对话官很吃惊，"这么快就有了？"

"我需要再想想。那个想法是否明智我还说不准，更别说它管不管用了。不管怎样，我们总得有个交通工具。我们一起琢磨吧。"

"可能是一个雪橇。我们可以用剩下的飞行摩托来拉它。一个大雪橇，也许像一座建筑物的墙那么大的。"

"我们可以有比这更好的选择。我相信我可以说服哈尔罗蒲丽尔拉拉尔，让她带我去支撑这座建筑的机械室。我们也许能把这个建筑本身变成我们的交通工具。"

"那就试试吧。"路易说。

"那你做什么呢？"涅索斯问

"给我一点时间。"

这个建筑的核心是由机械构成的。有的用于支撑建筑结构，有的控制空调、水冷却机和水龙头；还有一片隔离区，那是电磁捕获场生成器的一部分。涅索斯独自琢磨着这些机器。路易和蒲丽尔站在一旁，尴尬地互不理睬。

对话官仍在狱中。蒲丽尔不肯让他上来。

"她害怕你。"涅索斯说,"我们可以逼她把你弄上来,毫无问题。我们可以把你放在一部飞行摩托上。如果我拒绝上车,除非你已经在观看台上了,那样她就只好把你升上去了。"

"她可能把我向天花板升去,半途扔下我。算了吧。"

但是她已经把路易升上来了。

他假装不理她,实际上在偷偷地打量她。她的嘴很薄,几乎没有嘴唇的样子。她的鼻子很小、很直、很细。她没有眉毛。

难怪她看上去似乎没有表情。她的脸只是比假发师的假人模特强一点。

工作了两个小时之后,涅索斯把自己的两个脑袋从检修口那儿抬了起来。"这里没有驱动能源。提升力场只能把我们提升起来而已。不过,我已将定位装置解除,现在大楼可以乘风飞行了。"

路易咧嘴一笑,"或许可以拉它走。系根绳子在你的飞行摩托上,把这个建筑拉在你身后。"

"不需要系绳子。我的飞行摩托使用的是一个无核反应推动器。我们可以把它留在这个建筑里推动。"

"你最开始就想到了吧,嗯?但是那个推动器的威力太强大了。如果那部摩托在这儿裂开——"

"是,是会有这种情况——"傀儡师把脸转向蒲丽尔,跟她说话,他讲得很慢很久,用的是环形世界缔造者的语言。这会儿他转向路易说:"这里有一种电固塑料①。我们可以用这种塑料包住飞行摩托,只让控制面板露出来。"

---

①一种液体塑料,通上电后就会变凝固变硬,可用来固定东西。

"这是不是有点小心过头了?"

"路易,如果车子裂开,我会受伤的。"

"哦,也许吧。当你需要的时候你能够让这座建筑着陆的,对吗?"

"对。我有高度控制。"

"那我们就不需要援救机了。好吧,我们开始干吧。"

路易仰躺在那张椭圆形的床上,他在休息,没有睡着。他双眼大睁着,盯着天花板上的那个泡泡窗,从那儿看出去。

一道日冕的光辉从阴影方块的边缘透出。黎明即将到来;但环形世界的拱形依然又蓝又亮地显现在黑色的天空中。

"我一定是疯了。"路易·吴自言自语道。

"除此之外,我们又能做什么呢?"

那个卧室原先可能是总督套房的一间。现在成了控制室。路易和涅索斯已经把涅索斯的飞行摩托放在步入式衣帽间里,并在它的上面和周围倒上了电凝固塑料,然后——在蒲丽尔的帮助下——接通了电源。那个衣帽间的大小正合适。

那张床散发出积攒了经年累月的气味。上面的人翻个身它就嘎吱作响。

"'上帝之拳'。"路易对着黑暗说,"我看见它了。一千英里高。他们造一座那么高的山毫无道理,没有道理,那时——"他的声音低落下来,止住。

突然,他一下子从床上坐直起来,喊道:"阴影方块的缆线!"

一个影子闪进卧室。

路易僵住了。门口是黑的。但是,随着一阵流线型的移动,一个曲线曼妙的身影在闪现,一个裸体的女人正在向他走来。

是幻觉吗？是蒂拉·布朗的鬼魂吗？还没容他搞清楚，她已经来到了他面前。她是那么的自信，坐在了他的身边。她伸手抚摸他的脸，让指尖滑过他的脸颊。

她的头顶几乎是秃的。尽管她的头发又黑又长又厚实，走路时头发会微微地颤动，但此时只能看见从头颅底部长出来的一圈一英寸宽的流苏。黑暗中，她的脸部特征几乎看不见。她的身体真可爱。他是第一次看到她的身体。她身段苗条，肌肉像职业舞蹈家的那样结实、细腻，乳房高耸而饱满。

如果她的脸跟她的身材匹配……

"走开。"路易说，但不是很粗暴。他抓住她的手腕，阻止她的指尖继续抚摸他的脸。那指尖的动作像是理发师的脸部按摩，实在是让人放松。他站了起来，轻轻地把她拉起来，抓住她的肩膀。是不是该把她的身子转过去，拍一下她的屁股叫她走人算了？

她让自己的指尖划过他的脖子侧面。现在她两只手都用上了。她触摸他的胸部，这里一下、那里一下的，突然间，路易·吴浑身被欲望淹没，他的手像钳子似的紧紧抓住她的肩膀。

她停下手来，等着他解开自己那套邋遢的工作服，她一点都没有帮他的意思。但当他露出更多肌肤的时候，她开始拍打他，但并不都是神经聚集的部位。每一次都让他快乐得好像她触摸到了他大脑的愉悦中枢。

他欲火中烧。如果此时她把他推开，他的欲火会迸发出来的，不顾一切地想要拥有她——

但是他脑子还留有几分清醒，他知道她可以这么快就把他的欲望燃起来，她也可以让这一切在瞬间消失得无影无踪。他觉得自己像个纵情淫欲的年轻人，但同时又隐隐地明白自己不过是个受人摆布的木偶。

但在那一刻,他已经顾不上那么多了。

蒲丽尔的脸依然没有表情。

她把他带到高潮的边缘,然后让他等在那儿,等在那儿……当那一刻真正到来时,他觉得好像受到电击那样刺激,而这电击还一次又一次地出现,不断地释放出狂喜和销魂的火花。

当一切结束时,他几乎感觉不到她的离去。她一定知道她把他用得多么彻底。她还没有走到门口他就睡着了。

等他醒过来时他开始想:她为什么要这么做?

该死的,我为什么这么爱分析,他总算给了自己一个答案。她太孤独寂寞了。她一定在这里待了很久。她深谙此道,但又没有机会发挥它。

她的技术真是让人叹服啊。她对人体的了解一定胜过许多专业人士。可能获得了一个做爱卖淫专业的博士学位? 这个最古老的职业比表面上看到的要高深得多。路易·吴承认任何领域都有专家。这个女人绝对是做爱的专家。

按照正确的次序来触摸那些神经,让被抚摸者到达如此这般的高潮。那精湛的知识可以把一个男人变成一个木偶……

被蒂拉的好运操控的木偶。

那一刻他几乎得到答案了。他离答案是如此得近,所以当它终于到来时,他一点儿也不感到意外。

涅索斯和蒲丽尔从那个冷冻的房间里倒退着走出来。他们拖着一个比人还大的鸟的残骸,那残骸是被包裹着的。涅索斯用了一些布包着鸟,这样,他的嘴就不用直接咬着死鸟的脚踝了。

路易把傀儡师的活儿接过来。他和蒲丽尔并排拖着死鸟。他发现他得两只手都用上才行,她也是这样。她对他点点头打了个招呼,他回应了她然后问涅索斯:"她多少岁了?"

涅索斯对这个问题一点儿也不感到吃惊,说:"我不知道。"

"她昨晚到我的房间里来了。"这句话大概等于没说;一个外星人可能听不出它的含义。于是他说:"你知道,我们为了繁殖后代而做的那种事吧,我们为了娱乐也会做的。"

"我知道。"

"我们干了那事。她非常擅长那个,她一定已经练习了大约一千年才会有那个水平。"路易·吴说。

"这不是不可能的。蒲丽尔的文明有一种化合物,它比'补生精'的延寿功能强多了。如今拥有这种化合物的人可以漫天开价,出多少钱都有人买。服用一剂相当于让你年轻五十岁。"

"你有没有碰巧知道她用过几剂?"

"没有,路易。但我知道她是走路到这里来的。"

他们到了那个通往圆锥形牢房区的楼梯口。那只鸟在他们身后弹跳了几下。

"从哪儿走来的?"

"从边缘墙那里。"

"她走了二十万英里?"

"差不多吧。"

"给我讲讲这个事情。在他们进到边缘墙内侧以后,都发生了些什么?"

"让我问问她吧。我什么也不知道。"接下来傀儡师就开始

向蒲丽尔提问。只言片语的,整个故事就浮现出来了:

第一批遇到他们的野蛮人把他们当作了神,后来遇到他们的野蛮人也都这么看待他们,几乎没有例外。

被当作神很好地解决了一个问题。那些因为修复捷尔探布隆而受了脑部损伤的队员被留了下来,接受村民照顾。他们是神,会受到很好的待遇,同时,身为傻子,他们又和神一样无害。

"先锋号"的船员分为了两组,蒲丽尔所在的那一组有九个人,他们往"反自转"的方向走。蒲丽尔的家乡所在的城市就在这个方向。两个组都计划沿着边缘墙走,寻找可能存在的文明。两组人互相发誓如果谁找到了就派人过来援救对方。

他们被所有的野蛮人当作神。"城塌"灾难事件的幸存者不多。他们当中有些人疯了。所有的幸存者只要能得到那种延寿化合物都会服用。所有的幸存者都在寻找残存的文明飞地。没有一个人想要重新建造一个自己的文明。

当"先锋号"的船员往"反自转"方向前进时,"城塌"灾难的一些幸存者加入了进来。他们变成了受众人尊敬的神。

在每一个城市他们看到的都是倒塌破损的塔楼。自从环形世界完工后,这些塔楼就一直悬浮在空中,那是几千年前、在"青春不老药"变得完美之前的事了。"青春不老药"让后来的人变得对自己的生命格外珍惜。大多数买得起这种药的都会离那些悬浮塔楼远远的,除非他们当选了官员。不过一旦成了官员,他们就会给那些塔楼装上安全装置或者发电机之类的。

有一些这样的塔楼还悬浮在空中。但大多数都摔烂在城市的中心了,这一切都是在同一瞬间发生的,就是在最后一个电源光束接收器失灵的那一刹那。

有一次,这些行走的神灵找到了一个文明有所复苏的城市,但他们只是住在它的郊区而已。扮演神灵的把戏在这里行不通。他们靠"青春不老药"挣了些钱，买了一辆还能开的、自带能源的巴士。

这样的事情直到很久以后才再度碰到。那时他们已经走得太远了，他们的斗志已被消磨殆尽，那辆巴士也坏掉了。在一座半荒废的城市里，在"城塌"灾难的其他幸存者当中，大多数的神灵都不想再往前走了。

但是蒲丽尔有一张地图。她出生的城市就正对着"右舷"的方向。她说服了一个男人跟她同行，两人开始了徒步行走。

他们靠装神跟人交换物质。最后他们彼此厌倦了，蒲丽尔就独自一人走了。在她不能全靠装神过活的地方，她就出卖一点点自己的"青春不老药"，这是在她没有其他办法的情况下，要不然就……

"她还有另一种方法可以控制别人。她试着跟我解释那是什么，但我没听懂。"

"我想我知道那是什么。"路易说，"而且她也可以靠那个混下去。她相当于拥有自己的塔斯普。"

她到达自己家乡时，一定已经疯得不轻了。她把落在地上的警察局当成自己的住处。她花了很多时间学习怎么修理和操作那些机器。她做成的第一件事是让这个建筑升到空中，这是一个自带能源储备的塔楼，在"城塌"灾难发生时，为了安全起见它才降落到地上的。塔楼差一点掉下去、她自己差一点丧命的情况一定发生过。

"在这个警察局建筑里，有一个逮捕违反交规司机的系统。"涅索斯接着讲，"她启动了这个系统，希望能捕捉到像她一样的人，某个从'城塌'事件中存活下来的人。她是这么想的，如果他可以开一辆飞车,那么他一定是个文明人。"

"那她为什么要把人困在这里,让他无助地悬浮在由锈迹斑斑的金属构成的海洋里?"

"以防万一而已,路易。这是她恢复理智的一个标志。"

路易皱着眉头看了看下面的牢房区。他们已经把那只鸟的尸骸降到一部毁坏了的金属车上了,对话官把活儿接了过来。"我们可以让这个建筑变轻一点。"路易说,"我们可以使它的重量减轻差不多一半。"

"怎么能做到?"

"把地下室去掉。但我们得先把对话官弄上来。你能说服蒲丽尔吗?"

"我可以试试。"

第二十二章　追寻者

　　哈尔罗蒲丽尔拉拉尔非常害怕对话官,涅索斯则时刻警惕,不让她走出塔斯普控制的范围。涅索斯表示,每次她看到对话官时,他都对她使用塔斯普,这样她以后看到对话官都会高兴了。与此同时,他俩都尽量避免跟对话官单独相处。

　　此时,蒲丽尔和涅索斯在别处等候,路易和对话官则趴在观看台的地板上往下看那阴暗的牢房区。

　　"动手吧。"路易说。

　　克孜人的挖掘器射出两道光束。

　　轰隆的雷声在牢房区内响起,传来阵阵回声。一个闪电般的亮点高高地出现在墙上,就在天花板下方一点的地方。这光点按顺时针的方向慢慢移动,留下一道发红光的轨迹。

　　"一块一块地切掉。"路易指挥道,"如果一下子切掉那一整块,我们会被甩出去的,就像狗身上的虱子一样。"

　　对话官顺从地改变了他当前的切割角度。

　　尽管如此,当第一块电缆和建筑塑料被割掉时,整个建筑还是东摇西晃的。路易紧紧地趴在地板上,通过那个切开的缺口,他看见了阳光、城市和人。

但直到切掉了建筑物的好几大块,他才看到了正下方的全景。

他看见一个木头的祭坛,还有一块扁平的长方形金属模型,银光闪闪的,上面有一个抛物线似的拱形。它才闪了片刻,一大块牢房的建筑材料就砸落在它的旁边,碎片飞得到处都是。一时间,它变成了木屑和皱巴巴的金属丝。而刚才看到的那些人早就跑得不见踪影了。

"有人!"他向涅索斯大声抱怨,"在一座空城的中心,距离郊外几英里远的地方居然有人! 这往返可是一整天的路程。他们在那里干什么?"

"他们来礼拜他们的女神哈尔罗蒲丽尔拉拉尔。他们是蒲丽尔的食物来源。"

"哦,那是供品。"

"当然。这有什么区别呢,路易?"

"他们可能被砸中了。"

"也许是他们当中的一些吧。"

"我想我看见蒂拉了。她的影子一闪而过。"

"别胡说了,路易。我们要不要测试一下驱动力?"

傀儡师的飞行摩托被埋在一堆凝胶状的半透明塑料里。涅索斯站在露出的控制板旁。那个凸窗将整个城市的壮丽景色呈现在他们眼前:码头,坐落在市政中心的单薄塔楼,一片向四周蔓延的灌木——那儿可能曾经是个公园。所有这一切都存在于几千英尺之下。

路易摆出一副阅兵时的稍息姿势。仿佛此时自己是一位勇敢的指挥官,叉开双腿站在船桥上,激励他的船员。受损的火箭发动机很可能一发动就会爆炸;但还是得冒死试一把。必须拦截住克孜人的战舰,不让他们抵达地球!

"这玩意儿不会管用的。"路易·吴说。

"为什么不管用,路易? 压力应该不会超出……"

"一个飞行的城堡? 看在老天的分上! 我现在才意识到这事有多么疯狂。我们肯定全都疯了! 乘坐一个摩天大楼的上半截慢悠悠地回家去?"这时,大楼开动了,路易跟跄了一下。涅索斯启动了那个推动器。

只见城市从那扇凸窗前移动而过,速度越来越快。加速度的运动减缓下来。不过它最高的时候也不超过每二次方秒一英尺。最高时速大约每小时一百英里。整个建筑虽然晃悠,但还算平稳。

"那部飞行摩托还是定位得很准确。"涅索斯说,"你会注意到,地板是水平的,而且整个结构没有一点旋转的迹象。"

"这东西还是很愚蠢。"

"管用就不愚蠢。好了,现在咱们该去哪儿?"

路易沉默不语。

"我们该去哪儿,路易? 对话官和我都没有什么打算。哪个方向,路易?"

"右舷。"

"好,正右舷吗?"

"是的。我们必须穿过那个风暴眼。然后调转四十五度左右,往反自转的方向走。"

"你是想找那个叫作'天堂'的城堡吗?"

"是的。你能找到它吗?"

"应该没有问题,路易。我们花了三个小时飞到这里,现在我们坐这个塔楼回去得走三十个小时才能到那里。然后呢?"

"看情况再说吧。"

整个景象非常生动逼真。它纯属推断和想象,但却——如此生动逼真。路易·吴在五光十色的景象中陷入了梦境。

这一切如此的生动逼真。但这是真的吗?

这一切太可怕了,他怎么突然对这个飞行塔楼失去了信心。可是塔楼在飞。用不着路易·吴做什么它就可以飞。

"那个吃叶子的好像挺服你的,愿意听你的指挥。"对话官说。

那辆飞行摩托在几英尺远处发出嗡嗡的轻响。美丽的风景从凸窗外闪过。那个风暴眼远远地出现在一旁,它瞪着大大的眼睛,阴郁的凝视令人感到十分畏惧。

"那个吃叶子的疯了。"路易说,"我觉得你更理智一些。"

"谬赞了。如果你有一个目标,我会心甘情愿地追随你。但如果会发生打仗这样的事情,应该让我知道。"

"嗯。"

"无论如何,我得知道情况,这样才能决定我们是否该介入。"

"有道理。"

对话官等着路易继续往下说。

"我们是去找连接阴影方块的那根线。"路易说,"还记得我们撞上的那根线吗? 就是我们被陨石防御系统击中后撞上的那根。后来它开始从那座悬浮城堡的城市上空掉落下来,一圈又一圈的,没完没了。大概得有几万英里长吧,比我心里打算要做的事所需要的长得多。"

"你心里在打算做什么?"

"去要那根阴影方块的连接线。多半情况下原住民会把它给我们的,假如蒲丽尔很礼貌地跟他们讨,假如涅索斯对他们使用塔斯普的话。"

"然后呢?"

"然后大家就会知道我到底有多么疯狂了。"

塔楼朝着"右舷"方移动,有如一艘空中轮船。星际飞船绝不会有这么大的内部空间。在这一点上,在已知空间中还没有任何空中船只能与之媲美。它里面有六层甲板可以上上下下,多么奢侈!

少了一些奢侈品。这座飞行大楼里的食物供应是由冻肉、不新鲜的水果以及涅索斯车上的厨房储存构成。据涅索斯说,傀儡师的食物缺乏人类所需要的营养。因此,路易的早餐和午饭吃的是用激光手电筒烤熟的肉,还有一些疙里疙瘩的红色水果。

但没有水。

没有咖啡。

他们劝说蒲丽尔找出几瓶酒类饮料来,在驾驶室里给这座飞行大楼举行了一个命名仪式,对话官很礼貌地站在一个较远的角落里,蒲丽尔戒心重重地在门口处徘徊。路易建议把这座飞行大楼叫"不可能号",没有人能接受这个名字;结果他们不得不为它举行了四次命名仪式,分别用四种不同的语言来命名它。

那饮料是……唉,是酸的。对话官喝不下去,涅索斯尝都没尝。但蒲丽尔喝了其中的一瓶,然后把其他几瓶的口封上,小心翼翼地把它们放在一边。

那命名仪式变成了语言课。路易学会了环形世界工程师语言的一些基本词汇。他发现对话官学得比他快多了，这是自然的。对话官和涅索斯都曾经在理解人类的语言、思维模式以及听说局限方面受过训练。学环形世界工程师的语言对他们来说，不过是大同小异而已。

他们停下来休息吃晚饭。还是那样，涅索斯吃自己厨房里的食物，路易和蒲丽尔吃烤肉，对话官躲到一边去吃生肉。

饭后继续进行语言课。路易很讨厌这事。别人学得都比他快，这让他觉得自己像个傻瓜。

"但是路易，我们总得学会这门语言啊。我们的速度很慢，我们得一路上寻找食物。我们需要经常跟原住民打交道。"

"我知道。但我从来也不喜欢学语言。"

黑暗降临。尽管这里离那个风暴眼很远，但乌云还是把整个天空笼罩住了，夜晚又闷又热，就像身处龙的嘴里似的。路易决定退出语言课。他觉得很累，随时都想发脾气，对自己也很没有信心。大家就由着他到一边歇着去。

大约还有十个小时他们将会穿过那个风暴眼。

他正处在焦躁不安、难以入睡的迷糊状态，这时蒲丽尔来了。他感觉到有两只手在淫荡地抚弄他，他伸出手去找。

她往后退缩，让他够不着。她用自己的语言说话，但把它简化成一种路易能听得懂的混杂语言。

"你是头儿吗？"

睡眼惺忪的路易想了一下，回答："是的，因为实际情况太复杂了。"

"让那个双头怪物把他的武器给我。"

"什么?"路易一时找不到词,"他的什么?"

"那个让我快乐的武器。我想要拥有它。从他那里给我拿过来。"

路易大笑起来,因为他听懂她在说啥了。

"你想要我吗？那你去把它给我拿来。"蒲丽尔生气地说。

傀儡师有她想要的东西。但她没有可以操纵涅索斯的东西,因为他不是个男人。路易·吴是她身边唯一的男人。她的能力可以让他屈服于她的意志。过去这一招一直很管用;她可不就是个女神吗?

或许是路易的毛发给她造成了误会。她大概把路易看成了那些浑身是毛的低等人当中的一员,但从他那干干净净的脸来看,他也许算半个工程师,仅此而已。他一定是在"城塌"事件之后出生的。没用过"青春不老药"。他一定才刚开始青春的萌动,初尝禁果。

"你说得很对。"路易用自己的语言说。蒲丽尔气得紧握拳头,因为他显然是在嘲讽,"一个三十岁的男人会是你手中的面团,任你摆布。但我比那要老多了。"他又一次大笑起来。

"那个武器,他放在哪儿?"黑暗中她靠向他,好一个可爱的充满诱惑的身影。她的头皮泛着微光;她的黑发披散在肩膀上。路易开始呼吸急促。

他终于找到想说的话:"粘在他的骨头之上皮肤之下,在其中的一个头里。"

蒲丽尔发出一个类似嗥叫的声音。她一定听懂他的话了;那玩意儿是手术植入在涅索斯体内的。她转身离去。

路易一闪念想要着跟过去。他想要她的程度比他愿意承认的要强烈。但他若迁了就她,那从此她就可以控制他了。路易不能让这样的事发生,因为她的目的跟路易的不一致。

　　风的呼啸声逐渐增大起来。路易似睡非睡……仿佛处在巫山云雨中。

　　他睁开眼睛。

　　蒲丽尔面向他跪着,像个女妖似的双腿叉开跨坐在他身上。她的手指在他胸部和腹部的皮肤上轻轻地滑动。她的臀部有节奏地动着,路易也呼应地动着。她像玩弄一个乐器那样玩弄他。

　　"我停下来的时候你会离不开我的。"她呻吟着。她的愉悦表现在声音中,但那不是一个女人从一个男人身上得到的愉悦,而是一种来自支配力量的快感。

　　她的抚摸带来的快乐像糖浆一样甜蜜。她懂得一个极其古老的秘密:每个女人天生就具有塔斯普,如果她学会如何使用它,这塔斯普的力量是无限的。她用一下,停一下,然后又用一下,又停一下,直到路易受不了乞求让他来服侍她……

　　她身上开始有所变化。尽管从她的脸上看不出来,但是他能从她那快活的低吟声中体会到,同时他也感到她身体的运动节奏起了变化。她的动作加速,路易也配合着她的节奏,快感的浪潮席卷而至,两人都欲仙欲死。

　　整晚她都躺在他身边。他们时不时会醒过来云雨一番,然后再次入睡。即使蒲丽尔后来几次其实并没有得到满足,那她也没有表现出来。至少,路易没看出来。他只知道,她不再像摆弄乐器一样摆弄自己。他们在合奏一段浪漫的旋律。

　　蒲丽尔似乎发生了某种变化。路易一直想不出到底是什么不一样了。

天已破晓,灰云密布,狂风大作。强劲的大风咆哮在这座古老的大楼周围。暴雨抽打着驾驶室那面凸窗,随风灌进更高一层的破窗。此时"不可能号"已经非常逼近那个风暴眼了。

路易穿好衣服走出驾驶室。

他在过道里见到涅索斯。他大声喝道:"你这个混蛋!"

傀儡师胆怯地说:"啥事,路易?"

"你昨晚对蒲丽尔都干了些什么?"

"请你礼貌点,路易。她试图控制你,让你听话就范,好达到她的目的。我听说了。"

"你就对她使用塔斯普!"

"在你们进行那种繁殖活动的时候,我对她使用了长达三秒钟的半强度的塔斯普。现在听话就范的是她了。"

"你这个魔鬼!你这个自私的魔鬼!"

"不要靠近我,路易。"

"蒲丽尔是一个有自由意志的女人!"

"那你自己的自由意志呢?"

"我的自由意志没受到什么威胁!她不能控制我!"

"还有别的什么事情让你烦心吗?路易,人类爱侣进行的繁殖活动我观察过很多,你们也不是第一对。我们觉得必须透彻了解你们这个种族。别靠近我,路易。"

"你没有权利这么做!"路易当然没有意图要伤害这个傀儡师。他愤怒得双拳紧握,但他并不打算把它们打出去。最终他还是控制不住愤怒地往前迈了一步——

就在这时,路易突然进入了狂喜状态。

这是他这一生所感受过的最纯粹的快乐,他心里明白,涅索斯正在对他使用塔斯普。没容自己考虑一下后果,路易就一脚踢了出去,站了起来。

他把从塔斯普得到的快乐转化成力气,并把这力气全都用上了。那力气不是很大,但他还是用上了,那一脚正好踢到傀儡师左下巴的咽喉部位。

那后果是可怕的。涅索斯发出"咕"的一声,往后踉跄了几下,关掉了塔斯普。

他关掉了塔斯普!

一时间,人类代代相传的所有悲伤都压在了路易·吴的肩头。路易转过身去,背对着傀儡师,然后离开。他想大哭一场,但比这更重要的是,他不愿让傀儡师看到他的脸。

他漫无目的地瞎逛着,心中一片黑暗。无意之间他走到了楼梯口处。

他完全清楚自己对蒲丽尔做了什么。当他悬挂在九十英尺的高度想办法保持平衡不掉下来时,他是那么热切地看着涅索斯对蒲丽尔使用塔斯普。他见过不少"电线脑";他知道对他们来说,成为"电线脑"会有什么样的后果。

被控制住!就像用来做实验的动物!她是知道的!昨晚是她最后一次勇敢地尝试摆脱塔斯普的魔力!

现在他体会到她在一直抵抗什么了。

"我不应该这么做的。"路易对自己说,"我要收回我做的一切。"即便处在绝望的黑暗中,这种想法是可笑的。已经做了的事是收不回的。

他走下那个楼梯口纯属巧合。或许他的后脑仍记得那个电击般的高潮!对此他的前脑几乎意识不到。

他来到了观看台上,风在他的周围咆哮,把雨吹向不同的方向。他总算回过一点神来了。那种失去塔斯普带来的悲哀正在消退。

路易·吴又一次发誓要永远活下去。

此刻,好长时间过去了,他才意识到这样的一个决定意味着许多的责任和义务。

"得把她治好。"他说,"但怎么治呢? 她的身体还没有出现戒断症状呢……但这也拦不住她决意要从一扇破窗跳出去啊。而我又怎么治好我自己呢?"他体内仍有一小部分在渴望塔斯普,这种渴望永远也不会停止。

那种瘾不过是一种低于阈值的记忆而已。把她锁起来,把"青春不老药"放在她身边,那记忆就会衰退的。

"该死的,我们需要她。"她对"不可能号"的动力系统了如指掌。我们少不了她。

他要做的事情只是制止涅索斯对她使用塔斯普,然后看护她一段时间就行了。当然,开始时她一定会痛苦万分的……

突然,路易的神志清醒过来,发现他眼睛一直在盯着的是什么了。

那辆车悬浮在观看台下面二十英尺的地方。那是一辆栗色飞车,设计风格简单利索,狭窄的窗子,无力地悬浮在咆哮的风中,被电磁力场困住,大家都忘了把那电磁力场关掉了。

路易又好好地看了它一次,确定那扇窗子的玻璃之后有一张脸。他大喊着冲上楼去找蒲丽尔。

但他不会说她的话,只好抓着她的胳膊把她拉下楼指给她看。她点点头,然后跑回楼上去操作那个警用陷阱调整器。

那辆栗色飞车被拉上来，挨着观看台的边缘。有个人从车里爬了出来，用双手紧紧地抓住观看台的边缘，风像魔鬼似的怒吼着。

那人是蒂拉·布朗。路易却没感到特别的意外。

第二位乘客随后出来。那人的模样实在是特点鲜明。路易忍不住大笑起来。蒂拉则一脸的惊讶和委屈。

此时他们正在穿过那个风暴眼。风咆哮着冲上那个通往观看台的楼梯，呼啸着穿过一楼的走廊，然后从上面的破窗狂啸而出。大厅里所有地方都被雨淋着。

蒂拉、她的护花使者，还有"不可能号"上的全体船员都坐在路易的卧室，即驾驶室里。蒂拉那位肌肉结实的护花使者跟蒲丽尔在一个角落里，他表情严肃，跟蒲丽尔用本地语交谈着，蒲丽尔则一边谨慎地盯着动物对话官，一边注视着那面凸窗。其他人都围着蒂拉，听她讲述自己的历险经过。

蒂拉飞行摩托上的大部分功能都被警用装置毁坏了。定位器、对讲机、声波罩，还有自动厨房等全都一下子被烧坏了。

蒂拉之所以活下来，是因为声波罩具有内置的抗波特性。当她感觉到强风突然袭来时，就立刻触碰退力场的开关，及时避免了被速度为二马赫的风把她的脑袋撕开的危险。在几秒钟之内，她把速度降低到了市区速度的上限。那个警用陷阱力场差一点把她的车毁了，还好，它顶住了。当风吹过声波罩的稳定功能区时，风力的强度就能忍受了。

但是蒂拉并没有彻底摆脱危险的状况。在风暴眼处她曾跟死神擦肩而过。这是第二次跟死神相遇，而且跟上次间隔时间这么短。她操作飞行摩托往下降，在黑暗中寻找一个地方着陆。

她看见一个瓦顶的购物中心,周围环绕着许多商店。它亮着灯光:椭圆形的门闪烁着橘红色的亮光。她的飞行摩托狠狠地落在上面,但那时她什么也顾不上了。她总算降落了。

她从车上下来,可她的车却往上升。她完全摸不着头脑。她举起双手挺直膝盖,急得直摇头。而当她抬起头时,车已经升到高空缩成哑铃的形状了。

蒂拉大哭起来。

"你一定是违反停车的规定了。"路易说。

"我不在乎是什么原因所致。我觉得——"她一时没了词,但她还是说出来了,"我想告诉别人我走丢了。但我一个人也看不到。于是我坐到一个石凳上哭了起来。

"我哭了好几个小时。我不敢走开,因为我知道你们会来找我的。然后——他就来了。"蒂拉朝她的护花使者点了点头,"他看到我在那里时非常吃惊。他问了我一些事情——我听不懂。但他还是使劲地安慰我。我很高兴他在那里,即使他什么也做不了。"

路易点点头。蒂拉会相信任何人。她必然会向一个朝她走来的陌生人寻求帮助,而且她这么做也绝对不会有安全问题。

她的护花使者很不寻常。

他是一个英雄,这点你一眼就能看出来,不必看他斗龙搏虎。你只需看他的肌肉、他的身高,还有那把黑色的金属剑就够了。他脸部特征鲜明有力,跟"天堂"塔里那个金属雕像的脸不可思议地相像。他跟蒲丽尔谈话的方式彬彬有礼,好像没有意识到她是异性。难道是因为知道她已经另有所属了?

他的脸刮得很干净。他是本地的野蛮人吗?不,这是不可能的。说他是半个工程师倒更可能。他的头发很长,灰金色的,不是太干净,发际线把他的眉骨衬托得高贵有型。他的腰部周围裹着一种短裙模样的东西,是用某种动物的毛皮做的。

"他给我食物吃。"蒂拉说,"他照顾我。昨天有四个男人想攻击我们,他用那把剑就把他们都打跑了!他才几天就学会了很多星际语的词。"

"是吗?"

"他曾经学习过许多语言。"

"这话太伤人了。"

"什么?"

"没什么。继续说吧。"

"他很老了。他服用过大剂量的像是'青春不老药'那样的东西,那是很多年以前的事了。他说他是从一个邪恶的魔术师那里得到的。他的确很老,他的爷爷、奶奶连'城塌'灾难都记得。"

"你知道他是干什么的吗?"

她顽皮地笑了笑说:"他在寻找一个东西。很久以前他曾发过誓要走到拱形的基座。他正在做这个事。他做这事已经好几百年了。"

"拱形的基座?"

蒂拉点点头。她的笑容漂亮动人,她显然理解这个笑话,不过她眼睛里还有别的东西。

路易曾在蒂拉的眼里见过爱,但从来没有见过温柔。

"你为他做这件事感到骄傲!你这个小傻瓜,难道你不知道压根儿就没有拱形基座这回事吗?"

"我知道,路易。"

"那你为什么不告诉他?"

"如果你告诉他,我会恨你的。他这辈子在这件事上花了太多的时间了,而且他做得很好。他懂得一些简单的技术,在往'自转'方向旅行的途中,他把这些技术带到环形世界的各个地方。"

"他能传播多少信息呢? 他不可能太聪明。"

"没错,他不够聪明。"从她说话的样子看,她并不在乎这点,"但如果我跟他一块旅行,我可以把很多东西教给更多的人。"

"我知道事情迟早会这样的。"路易说道。话虽如此,他还是感到心痛。

她知道这让他感到心痛吗? 她不愿意看他,"我们在那个购物中心待了差不多一天,我才意识到你们追寻的会是我的飞行摩托而不是我。他给我讲了哈尔——哈尔,就是那个女神的事,还有那个会逮捕车辆的悬浮塔楼。所以我们就奔那儿去了。

"我们待在那个祭坛的附近,等着发现你们的飞行摩托。那个建筑突然掉落下来。在那之后,追寻者——"

"追寻者?"

"他这么称呼自己来着。要是有人问他为什么,他就会解释说他正在追寻拱形基座的路上,然后会跟他们讲他一路上的历险故事……你明白了吧?"

"嗯。"

"他开始试着发动那些老车的引擎。他说这些车的司机在被那个警用力场抓住时,总会把引擎关掉的,因为那样他们的引擎才不会被烧坏。"

路易、对话官和涅索斯三个你看我、我看你,互相对视着。这意味着那些旧车中有半数以上的是可以开的!

"我们找到一辆可以开的车。"蒂拉说,"我们开着它去追你们,但没追上,我们一定是在黑暗中走丢了。幸运的是我们因为超速被那个交警力场逮住了。"

"的确很幸运。我想我昨晚听到声波罩的轰鸣声了,但我不是很确定。"路易说。

追寻者已经不再说话。他很舒服地靠着墙休息,这里原来是总督的卧室,他似笑非笑地盯着动物对话官。对话官也在盯着他。路易有种感觉,他们俩各自都在琢磨,要是跟对方打起来会是什么样子。

蒲丽尔看着凸窗的外面,一脸恐惧的表情。当风声由咆哮变成尖叫时,她全身发抖起来。

也许她见过像风暴眼这样的云层结构。小行星撞击以前也可能出现过,不过漏洞很快就被补好了,不久之后,撞击又会形成新的漏洞;当然,这种撞击事件总会记录在环形世界的录像资料里面,或是那个环形世界的模型上面。不管怎么说,风暴眼永远是令人害怕的。在那里,空气化作一股咆哮的狂风,被吸入了星际空间。风暴眼的周围是一股飓风,底部则是像浴缸出水口一样的孔洞,要是你不小心被吸进去,那就惨了。

此刻风吼叫得更凶猛了。蒂拉皱起眉毛,一副忧心忡忡的样子。"但愿这座建筑足够结实。"她说。

路易很吃惊。她的变化是多么大啊!上次通过那个风暴眼时,那个风暴眼直接威胁到她的生命,她都……

"我需要你的帮助。"她说,"我需要追寻者,这你知道的。"

"是啊。"

"他也需要我,但他有种奇怪的荣誉感。路易,我试着告诉他我跟你的事,就在我不得不把他拽进这个悬浮建筑里时。他觉得很不舒服,不再跟我睡觉了。他认为我是你的,路易。"

"你是奴隶身份?"

"我想是奴隶身份的女人。你去告诉他你并不拥有我,好吗?"

路易感觉他的喉咙一阵疼痛,"要是我把你卖给他,事情就很简单,也不用解释了。如果那是你想要的。"

"你说得对,这就是我想要的。我想跟他一起周游环形世界。我爱他,路易。"

"你确实爱他。你俩是天生的一对。"路易·吴说,"你们俩命中注定要相遇。全宇宙有上千亿对跟你们的感觉一样的情侣。"

她充满疑惑地看着他,"你是在讽刺我吧,对不对,路易?"

"一个月前,你连什么是讽刺都不知道。不,我没有讽刺你。我想说的是,那上千亿对情侣并不要紧,因为他们不是由那该死的傀儡师精心策划的实验培育出来的。"

所有人的注意力突然都转移到路易身上来了。甚至连追寻者也在盯着他,想搞清楚为什么大家都在看着他。

但路易的眼睛只盯着蒂拉·布朗。

"我们的飞船坠毁在环形世界上。"他温柔地说,"是因为环形世界是你的理想环境。你需要学习一些你在地球上或已知空间中的任何地方学不到的东西,显然是这样的。也许还有别的原因——例如,比'补生精'更好的药以及更多可呼吸的空间——但你到这里的主要原因是学习。"

"学什么?"

"痛,显然是。还有恐惧、失落。自从来到这里以后,你已经变成一个完全不同的女人了。以前,你不像活在真实世界里的人。你的脚趾头曾经磕着过吗?"

"瞧你说的。我想没有吧。"

"你的脚被烫着过吗?"

她瞪着他,想起了那件事。

"'说谎者号'坠毁是为了把你带到这里。我们旅行几十万英里是为了把你带给追寻者。你的飞行摩托正好飞到他所在的上空,又及时地闯进了那个交警电磁场,这一切都是因为追寻者是你命中注定要爱上的人。"

蒂拉对这些话还以一笑,但路易却不能笑对蒂拉。他说:"你的好运需要你多花些时间来了解他,所以动物对话官和我就倒挂在——"

"路易!"

"超过九十英尺高的空中,吊了差不多二十个小时。但还有比这更糟糕的。"

克孜人用闷雷般的声音说:"这要看你从哪个角度看。"

路易没理他,继续说道:"蒂拉,你爱上我,是因为这让你有动力参加去环形世界的远征队。你不再爱我了,因为你已经不需要我了,你已经在这里了。我也是出于同样的原因爱上你,因为蒂拉·布朗的好运把我变成了一个傀儡——

"但真正的傀儡是你。你这一辈子都会被你自己的好运操纵。天知道你是否有自由意志。你会遇上很多麻烦的,如果你想行使你的自由意志的话。"

蒂拉的脸色变得非常苍白,肩膀挺得又直又硬。她没哭,显然是在练习自我控制。她以前可没有这样的自我控制能力。

至于追寻者,他跪在那里看着他们两个,他的拇指摸着那把黑铁剑的边缘。他看不出来路易让蒂拉不高兴是不可能的。他一定还认为她是属于路易·吴的。

路易转向傀儡师。涅索斯已缩成一团,两个头塞在肚子下,仿佛要跟这个宇宙隔绝的样子,对此路易一点儿也不觉得意外。

路易抓住傀儡师的后脚踝。他发现自己轻而易举就可以让傀儡师翻过去。涅索斯比路易·吴重不了多少。

但傀儡师不喜欢这个。他的脚踝在路易的手里瑟瑟发抖。

"这一切都是你们造成的。"路易·吴说,"在你们那可怕的利己主义的驱使下。这种利己主义让我感到非常痛苦和不安,其程度不亚于你们所犯的错误。你们怎能这么强势、这么确定,又这么愚蠢,这是我无法理解的。你是否意识到,我们身上发生的一切都是蒂拉运气的副效应?"

缩成一团的涅索斯此时缩得更紧了。追寻者兴致勃勃地看着。

"你可以回家,回到你们的傀儡师世界去,告诉他们扰乱人类繁殖习惯是一个危险的生意。告诉他们,足够多的蒂拉·布朗会搞乱所有的概率法则。就连基础物理学从原子的层面上看也不过就是概率问题罢了。告诉他们,宇宙是个太复杂的玩具,不是你们这样理智谨慎的种类玩得了的。

"等我把你送回家后,你再把这些告诉他们。"路易·吴说,"但现在请你把自己打开。我需要那根连接阴影方块的线,你得帮我找到它。我们快要通过风暴眼了。出来,涅索斯——"

傀儡师展开蜷缩的身体站了起来,"你羞辱了我,路易。"

"你还敢说这个?"

傀儡师闭嘴不语,把脸转向那面凸窗,看着外面的风暴。

第二十三章　扮神妙计

现在,空中悬浮着两座塔楼,供那些敬拜天堂的原住民礼拜。

跟以前一样,祭坛广场聚集了许多人,他们有着金色蒲公英似的面庞。"我们又碰上一个神圣的日子。"路易说。他试图找到那个脸刮得干干净净的合唱团指挥,但是找不到。

涅索斯若有所思地望着那个叫作天堂的塔楼。"不可能号"的驾驶室已经跟城堡地图室的高度对齐。"上次我没有机会考察这个地方。现在我又进不去。"傀儡师悲叹道。

对话官建议道:"我们可以用那把挖掘器打开一个口,然后用绳子或是梯子把你降落到里面去。"

"我必须再次放过这种机会。"

"这不见得比你做过的那些事情更危险。"

"以前我冒险是为了获取信息。现在,对我们傀儡师的世界来说,我所获得的有关环形世界的信息已经足够多了。我现在要是去冒什么险,也只是为了能够把这些信息带回家而已。路易,你要的阴影方块线缆在那儿呢?"

路易严肃地点点头。

"自转"方向的城区，覆盖着一块黑烟般的云。它紧紧地抱成一团，压在城市的上空，就这样子来看，它的密度一定很大，而且重量也不轻。在靠近市中心的地方，一个带窗户的方尖碑突破了那云团般的大块，其余的地方则被它覆盖着。

那一定是阴影方块的线缆构成的线团，但没想到有这么大！

"我们怎么才能把它运走呢？"

路易无奈地说："我也想不出什么好招儿。走近点儿看吧。"

他们把破了吧唧的警察塔楼对着在"自转"方向的祭坛。

涅索斯没有关掉那个提升引擎。他勉勉强强地使塔楼着落到地面。曾经是监狱上方的观看台成了"不可能号"的登陆架。塔楼那庞大的体积和重量是完全有可能把观看台压碎的。

"我们得想个办法对付那玩意儿。"路易说，"戴一副用同样的线做的手套也许管用吧。要么把它卷在一个用环形世界基地材料做的线管上也行。"

"这两样我们都没有。我们必须跟原住民谈谈。"对话官说，"他们可能会告诉我们一些古老的传说、古老的工具、古老的神圣遗物等等。再说，他们已经跟这线缆打过三天的交道了，应该比我们更了解它。"

"这么说，我必须跟你们一起去找他们谈了。"傀儡师身子突然发抖起来，显然他很不愿意这么做。"对话官，你对他们的语言掌握得不够。我们必须把蒲丽尔留在这里，负责控制这座建筑的提升，万一有什么事情发生的话。除非——路易，你可以说服蒂拉的本地情人去为我们谈判吗？"

这么称呼追寻者让路易感到浑身不自在。他说："连蒂拉都不认为他聪明。让他代表我们谈判,我可信不过。"

"我也信不过。路易,我们真的需要阴影方块那根线缆吗?"

"我不知道。如果我不是因为嗑药发昏了乱说,那我们还是需要它的。要不然——"

"行了,路易。我会跟你们去的。"

"你没有必要相信我的判断——"

"我会去的。"傀儡师的身体又一次发起抖来。涅索斯的声音总是那么清楚、那么精确,从来不显露出一丝情绪,这实在让人感到奇怪。"我知道我们需要那根线。是什么样的巧合让那根线正好落在我们通过的路上? 所有的巧合都归结到蒂拉·布朗那儿。如果我们不需要那根线,那它就不会出现在这里的。"

路易顿时放松了下来。这不是因为涅索斯的话有道理,事实上它根本就讲不通。但对路易那空洞的结论来说,它总算是一个支持。因此,路易把听起来顺耳的那部分接受过来,不去计较傀儡师的话有多么不靠谱。

他们排着队依次走下登陆架,走出"不可能号"的阴影。路易带着一把激光手电筒。动物对话官带着那把奴役者挖掘器,随着走动,他身上的肌肉像液体一样波动着,他那新长出来的橘色毛皮刚半英寸长,肌肉的颤动一目了然。涅索斯两手空空,表面上看没带什么武器。是的,他更愿意用塔斯普,处在"最幕后那位"的领导位置上。

追寻者走在一边,提着他的黑铁剑,随时准备使用。他光着一双又大又重、长满老茧的脚,除了腰间缠着一块黄色的动物皮,身上也基本上是光着的。他的肌肉像波涛似的起伏着,跟克孜人的一样。

蒂拉双手空空什么武器也没带。

他们两个本来只是想待在"不可能号"上等着，但早上发生的那场讨价还价改变了他们的想法，这都是涅索斯的错。在把蒂拉·布朗卖给佩戴铁剑的追寻者时，路易让傀儡师做翻译。

追寻者很严肃地点头，愿意用环形世界生产的一颗"青春不老药"胶囊跟路易作交换，它价值相当于延长了五十年的寿命。

"我接受这个条件。"路易说。这是一个很划算的买卖，尽管路易并没打算把那颗胶囊放进自己的嘴里。不用说，这种药还没有在像路易这样的人身上做过试验，他已经服用了一百七十年的"补生精"。

后来涅索斯用星际语跟路易作解释："我不是有意侮辱他，路易，也不是想说你把蒂拉卖得太便宜了。总之，我跟他提了价。现在他拥有蒂拉，你拥有那颗'青春不老药'胶囊，你回到地球时可以好好分析它。除此以外，我提出让追寻者给我们当保镖，对付任何可能出现的敌人，直到我们拿到那根阴影方块的线缆为止。"

"你是说他将用他那把四英尺的菜刀来保护我们？"

"我请他来不过是想恭维他而已，路易。"

自然，蒂拉就坚持要跟他一起来了。他是她的男人，而他现在要亲临险境。路易怀疑傀儡师是故意设计，毕竟蒂拉是涅索斯精心培殖出来的好运人类……

离风暴眼这么近，天空自然总是阴云密布的。在中午灰白的光线下，他们排着队向着一团十层楼高的垂直黑云走去。

"别碰它！"路易叫道，他想起最后一次访问那座城市时那个牧师告诉他的事。一个女孩试图捡起那根线缆，结果几个指头被割掉了。

走近了看，它仍然像一团黑烟。透过它，能看见那被毁坏的城市、有窗户的蜂巢般的郊区平房,还有一些扁平的玻璃立面的塔楼,那些塔楼应该是百货商场,假如这里曾是一个人类居住点的话。它们被笼罩在那团黑云中,仿佛那边有什么地方着火了。

在一寸之内,你能看见那根黑色的线,但不久你的眼睛就会流泪,那根线就会消失不见。那根线细到几乎看不见。它太像"辛克莱单丝纤维"了,"辛克莱单丝纤维"是危险无比的东西。

"试试那把奴役者挖掘器。"路易说,"看看你能不能弄断它,对话官。"

一串闪亮的光出现在那团云里。

很可能这是对神灵的亵渎。你想用光来战斗?但原住民可能早有计划要消灭这些陌生人了。当那些圣诞灯一样的光在黑线构成的云团中亮起时,疯狂的叫喊声从四面八方响起。男人们披着颜色杂乱的毯子从周围的建筑物里蜂拥出来。一边尖叫一边舞剑挥棍。

这些可怜的白痴,路易心里想道。他轻轻地弹击手中的激光手电筒,调到又强又窄的光束。

光剑、激光武器之类的,在人类所有的星球上已经使用了很久。尽管路易受这方面的训练已是一个世纪前了,而且那些他准备参加的战争也从来没发生过。但是这类武器的使用规则太简单了,路易是不可能忘记的。

光束转动得越慢,切口就越深。

但路易只是迅速地在一个很宽的范围内用光束扫了一下。人们跟跟跄跄地倒下,手臂抱住肚子,满是金毛的脸毫无表情。敌人这么多,得扫快一点。切半英寸深的伤口就行,但得多切一些人。让他们慢下来!

路易觉得他们很可怜。这些疯子拥有的只是剑和棍棒而已。他们完全没有机会获胜……

但就在这时,有个人挥舞着一把剑向对话官那握着武器的手臂砍了过去,那劲头够猛,足以砍断对话官的手。对话官丢下手中的挖掘器。另一个人把它捡起来又丢掉了。他即刻毙命,因为对话官用他那只没受伤的手朝他猛地一击,又用爪子把他的脊椎骨掏了出来。第三个人抓到那把武器,转身跑掉。他没有试着使用它,只是抱着跑。路易不能用激光对付他;因为一帮人正试图杀死他。

原则之一:始终让光束扫过躯干。

到目前为止路易一个人也没杀死。现在,趁敌人在犹豫,路易把靠近他的那两个给杀了。

原则之二:不能让敌人离你太近。

其他人都在干什么?

动物对话官正在赤手空拳地跟敌人厮杀,他把那只好手当爪子用,撕开敌人的皮肉,那只缠着绷带的手是一根重棒,用来击打敌人。不知怎的,他总是能够避开那冲他劈来的剑刃,同时又能够逮着那躲在剑后的人。他被包围着,但那些原住民也不能逼近他。他是个来自外星的橘色死神,身高八英尺,长着尖利的獠牙。

追寻者手持他那把黑铁剑,不让敌人接近他。已经有三个人倒在他面前,其他的正在后退,那把剑还在滴血。追寻者是个危险的、剑术高超的剑客。原住民懂得剑的厉害。蒂拉站在他身后,在这个打斗圈中暂时还算安全,她面带愁容,有如一个女英雄。

涅索斯朝着"不可能号"跑去,一只脑袋低着,一只高高抬着。低着的那个看脚下的障碍物,抬着的那个看远处的大方向。

路易一点儿都没有被伤着,敌人只要一露面,他就挥手横扫,同时他也在尽量地帮助别人。那把激光手电筒在他的手里转动自如,就像一根绿光杀人魔杖。

原则之三:绝对不能对准一面镜子。反光盔甲会让一个激光剑客傻眼而束手无策的。这里的人显然是忘记了这个诀窍。

一个披着绿毯子的人朝路易·吴冲过来,一边大喊大叫,一边挥舞着一把重锤,摆出气势汹汹不可阻挡的架势。他的脸像是一朵长着眼睛的金色蒲公英……路易挥舞着激光横扫他的全身,但他还是继续冲过来。

路易吓坏了,立马站住,把光束集中对准那人。只见那人把重锤对着路易的头抡过来,而就在这时,他身上的袍子突然有一块被烧焦了,先是变暗,然后突然亮起绿色的火花。他滑倒在地,他的心脏被激光凿穿了。

跟激光颜色一样的衣服,其效果跟反光盔甲一样糟糕。该死的,但愿没有穿绿衣服的人了!路易把绿色的光指向一个人的脖子。

一个原住民堵住涅索斯的去路!那人的胆子一定够大的,居然攻击这样一个离奇的怪物。没容路易瞄准出击,那人就毙命了,因为涅索斯已转过身来,后腿猛地一踢,再转过身来继续向前跑。接着——

路易看到了那一幕。傀儡师冲向一个交叉路口,一只脑袋高昂着,一只脑袋低着。突然那只高昂的脑袋松垮下来,滚落到地上弹跳着。涅索斯站住,转身,然后僵在那里。

他那条脖子的末尾处变成了一段扁平的残根,鲜血从那残根中喷出,那血跟路易的一样鲜红。

涅索斯放声痛哭,那声音又高又悲哀。

原住民用那根阴影方块线给他设了圈套。

路易活了两百年了。他经历过失去朋友的滋味。他继续战斗，眼睛看到哪儿，激光剑就扫到哪儿，就跟条件反射差不多。可怜的涅索斯。下一个可能就是我了……

那些原住民已经撤退了。他们一定认为自己损失惨重。

蒂拉盯着快死的涅索斯，眼睛瞪得溜圆，用指关节紧紧地顶着牙齿。对话官和追寻者正在悄悄地退回"不可能号"。

等等，他还有一个脑袋呢！

路易拔腿向涅索斯跑去，从对话官身边路过时，被对话官一把夺过手中的激光手电筒。路易低着头，避开阴影方块线的陷阱，把身子弯得低低的，他用一只肩膀碰了一下涅索斯的侧身。涅索斯好像惊恐得正要开始乱跑呢。

路易把傀儡师按住，手摸索着找腰带。

他没有系腰带。

但他需要一根腰带。

这时蒂拉把她的围巾递给他。

路易一把抓过来围巾，打成一个环，罩在傀儡师那受伤的脖子上。涅索斯惊恐地看着那根残断的脖子，血从那单一的颈动脉中喷涌而出。他抬起那只独眼看了看路易的脸，然后眼皮一闭，昏迷过去。

路易把那个结拉紧。蒂拉的围巾在收缩，把一根颈动脉、两根主要静脉、喉头、食道一起包住。

这是在给他的脖子系一根止血带吗，医生？但那血还是止住了。

路易弯下腰，以一个消防员的姿势把傀儡师抱起来，转过身去，跑进那个破烂的警察局建筑的阴影里。追寻者跑在他的前面作掩护，当他看见敌人时，就用黑铁剑的剑尖指着敌人画圈圈。带武器的原住民只是看着他们，没有上前挑战他们。

蒂拉跟在路易的后面。对话官走在最后，手里拿着激光手电筒，哪里有可能有人藏着，他就把绿色的光线射向哪里。走到登陆架那儿时，克孜人停了下来，等在一边，直到蒂拉安全地走上了登陆架，然后——路易看到他跑开了。

他为什么要跑开？

没有时间去琢磨。路易走上梯子。傀儡师变得越来越沉，路易终于把他抱到了驾驶室里。他把涅索斯放在那辆埋在透明胶里的飞行摩托旁，伸手打开急救箱，把诊断膏药涂抹在傀儡师的脖子上，就在那条止血带下方的位置处。傀儡师的急救箱仍然通过一个带子跟飞行摩托相连着，路易之前的推测是正确的，这急救箱要比他自己的那个复杂多了。

目前厨房的控制自动地改变了它原来的设定。几秒钟之后，一条线像蛇似的从仪表板上弯弯曲曲地伸了出来，接到傀儡师的脖子上，在皮肤上找来找去最后找到了一个位置就插进去。

路易战栗了一下。这是——静脉进食。涅索斯一定还活着。

"不可能号"已经升到空中，尽管路易没有感觉到起飞的过程。对话官坐在舱梯上方的阶梯上，俯视"天堂"塔。他双手小心翼翼地捧着什么。

他问："傀儡师死了吗？"

"没有。但他失血过多。"路易在对话官身边坐下，他感到疲惫不堪和非常沮丧。"傀儡师会休克吗？"

"我怎么会知道这个？休克是一种奇怪的机制。我们研究了好几个世纪才搞明白你们人类为什么在受折磨的情况下容易死去。"克孜人的心思显然是在别的事情上。不过他还是又问了一句:"这也跟蒂拉·布朗的运气有关吗?"

"我是这么认为的。"路易说。

"为什么? 傀儡师受伤怎么会对蒂拉有好处?"

"你必须从我的角度来看她。"路易说,"我第一次看到她的时候,她是个典型的一根筋的人。比如说,呃……"

他用的这个短语勾起了一个记忆,他说:"有个故事讲到一个女孩。故事中的英雄是个中年男人,他很爱嘲笑人。出于对那个女孩的传说感兴趣,他就去寻找她。

"当他找到她时,他还是不能确定那个传说的真假。直到她背过身子来,他才明白事实的真相。因为从背后看那个女孩是空的:她只是一个女孩的面具而已,但这个面具是灵活多变的,其正面是一个女孩的全身,不仅仅是一张脸的面具。她是不会受到任何伤害的,对话官。而这正是这个男人想要的。他生命中的那些女人总是不断地受到伤害,而他一直认为那些伤害都是他引起的,久而久之他终于受不了了。"

"我完全不懂你在说什么,路易。"

"初到这里的时候,蒂拉就像是一个面具女孩。她从来没有被伤害过。她根本不算是人类。"

"这有什么不好的?"

"因为她原本应该是人类,但涅索斯想把她变成别的东西。他真该死! 你看到他都干了些啥? 他按自己的样子——他理想化了的自己的样子创造了上帝,然后又创造了蒂拉·布朗。

"她就是傀儡师做梦都想变成的那种生物。她不会受伤,甚至不会感到不舒服,除非那有益于她。

"这就是她之所以到这里来的原因。环形世界对她来说是个幸运的地方,因为这里会给她提供很多经验让她成为一个真正的人类。我估计生育彩票制造了许多像她这样的人。他们具有同样的好运。他们也可能登上'说谎者号'的,只是蒂拉的运气比他们当中的任何一个的都要好。

"还有许多的蒂拉·布朗留在地球上!以后当他们开始学会运用幸运能力时,世界将变得非常怪异。我们剩下的人必须尽快设法避免这样的命运。"

对话官问:"这些跟那嚼叶子的头有什么关系?"

"蒂拉没法感受到别人的痛苦。"路易说,"或许她需要看见一个好朋友受伤才能学会这个。蒂拉的运气不会在乎涅索斯的死活。"

"你知道我是从哪儿得到那个止血带的吗?蒂拉看出来我的需要,就给我找到了一个可以止血的东西。这大概是她有生以来第一次在紧急情况下做出正确的反应。"

"她有什么必要这么做?她的好运应该能让她避开任何紧急情况。"

"她从来不知道她可以在紧急情况下发挥作用。她从来没有多少理由让自己建立自信。以前也不曾有过这样的事。"

"实话说,我完全听不懂。"

"发现自己的局限是成长的一部分。蒂拉永远也长不大,永远也成不了一个真正的成年人,如果她没有机会面对某种真正的险情的话。"

"这肯定是人类特有的想法。"对话官说。

路易认为这句话表明对话官完全没听懂他的话。他也就不再回应了。

克孜人又加了一句："我想知道,如果我们把'不可能号'停在一个高于那座被原住民称为'天堂'的地方的话,情形又会是怎么样的。他们也许会认为那是对神的亵渎。但是我这样的考虑完全没有意义,既然所有的事情都是被蒂拉·布朗的运气操纵的。"

路易还是没看出来克孜人那么小心翼翼地拿在手里的东西是什么。"你是不是跑回去捡涅索斯掉的那个头了?如果是,别浪费时间了。我们也许不能及时地把它放在足够冷的地方,但还是可以及时地把它冻起来。"

"这不是涅索斯的头,路易。"对话官亮出一个拳头大小的东西,像是一顶小孩的帽子。"别碰它,你的手指会掉的。"

"手指?哦。"那个眼泪形状的东西的末尾削尖成一个钉子;钉子的末尾变成了那黑色连接阴影方块的线。

"我知道那些原住民一定有办法操控那根线。"对话官说,"肯定是这样,他们才能牵动那个陷阱把涅索斯逮着,所以我就跑回去看他们是怎么操作的。

"他们找到了那根线的一个末端。我猜测另外一端就是线;那根线从中间断了,是我们开着'说谎者号'冲过它时断的,但是这一端是从其中的一个阴影方块的一个插口里拔出来的。我们很幸运能得到其中的一端。"

"太对了。我们可以拖着它走。这根线应该不会被任何东西绊住,因为它能割断任何东西。"

"我们要从这儿去哪儿,路易?"

"'右舷'的方向,回到'说谎者号'那里。"

"当然,路易。我们必须把涅索斯送回到'说谎者号'上,利用里面的医疗设备给他治伤。然后呢?"

"看情况再说吧。"

他留下对话官看护那个眼泪形状的把手,自己上楼去找那剩下的电固塑料。他们用了双倍的电固塑料才把把手固定在墙上——但却找不到可以让电流通过的方法。奴役者挖掘器本可以起作用的,可是它丢了,真是令人沮丧。后来,路易在他的激光手电筒里找到了电池,那电池可以提供足够的电流让那些塑料定型。

他们让眼泪形状的把手连线的那一端暴露着,指着"左舷"的方向。

"我记得驾驶室是面对'右舷'的。"对话官说,"如果不是,我们还得重来。那根线必须拖在我们的后面。"

"这也许管用吧。"路易说。他不是很有把握……但有点是肯定的,他们不能拿着那根线。只能把它拖在后面。但愿它不会被割不断的东西绊住。

他们在引擎室找到了蒂拉和追寻者。蒲丽尔也在那儿,她正在操作那个提升引擎。

"我们俩要去不同的方向。"蒂拉直截了当地说,"这个女人说她可以把我们升到那个悬浮城堡那儿然后跟它靠齐。我们应该能从一个窗户走进那个宴会厅里。"

"然后呢?你们会被困在那里的,除非你们懂得操作那个城堡的提升引擎。"

"追寻者说他懂得一些魔法。我确信他会有办法的。"

路易根本不想做任何努力说服她放弃这种念头。他害怕阻挠蒂拉·布朗,就像他不会赤手空拳去进攻一只猛兽一样。他说:"如果你们死活也搞不懂应该怎么操作那些控制系统,就随便拉个什么或者推个什么好了。"

"我会记住的。"她笑着回答,然后几分认真地说,"好好照顾涅索斯。"

二十分钟之后,追寻者和蒂拉离开了"不可能号",他们没有做什么告别。路易想着要说点儿什么的,但始终没有说出口。有关她自己的能力,他能告诉她什么呢? 她只能通过磨难和错误来了解,在这个过程中,她的运气本身会保护她、让她活下来的。

接下来的几个小时里,傀儡师的身体变冷了,就跟死了一样。不过急救箱上的灯还亮着,真是令人不可思议。很可能傀儡师是处于某种假死的状态。

"不可能号"朝着右舷的方向前进,那根阴影方块线拖在后面,一会儿紧绷一会儿松弛地移动着。倒塌在城市中的古老建筑,多次地被那根纠缠的线切过。但是线末端的把手依然牢牢地固定在电固塑料里。

那座悬浮城堡所在的城市一直出现在地平线上。在接下来的几天里它逐渐变小,变模糊,直到最后消失不见。

蒲丽尔坐在涅索斯的身旁,既帮不上他也不愿意离开他。看得出来她很痛苦。

"我们必须为她做点儿什么。"路易说,"她完全被塔斯普控制住了,现在没了塔斯普,她就得忍受突然戒断的痛苦。她不是把自己杀了,就会把涅索斯或者我给杀了。"

"路易,你的确是不想听我的建议。"

"不,不,我想不是这样的。"

要帮助一个受苦的人,最好的方式是做一个好的听众。路易尝试这么做过,但是他听不懂蒲丽尔的话,而蒲丽尔也不想说什么。每当他一人独处时,他会痛苦得直咬牙,不过当他跟蒲丽尔在一起时,他还是会不停地试着跟她交谈。

她总是出现在他的眼前。也许避开不见她,他良心就能好过些,但她总是不愿意离开驾驶室。

慢慢地他学会了她的语言,慢慢地蒲丽尔也开始跟人交谈了。他试着跟她讲蒂拉、涅索斯还有扮神的事情——

"我以前曾认为我是个神。"她说,"我真的是这样认为的。我为什么会这么认为呢? 环形世界又不是我造的。环形世界比我要老多了。"

蒲丽尔也在学路易的语言。她说的是一种混杂的语言,是她那已过时不用的语言的简化形式:只有两种时态,基本上不用修饰语,夸张的发音。

"是他们这么告诉你的。"路易说。

"但我自己也知道。"

"每一个人都想当神。"谁都想要那种不需要负责任的权力——但路易不知道怎么用她的语言来表达这种意思。

"于是他就出现了,就是那个双头家伙。他有机器,对吗?"

"对,他有个塔斯普机器。"

"塔斯普。"她谨慎地重复道,"要是让我猜测的话,我会说是塔斯普使他成了神。现在他失去塔斯普了,就不再是神了。那个双头家伙死了吗?"

"这还真难搞清楚。他会认为死是件愚蠢的事情。"路易答非所问地说。

"头被砍掉很蠢。"蒲丽尔说。这是一句笑话。她在试着开玩笑。

蒲丽尔开始对其他事情感兴趣了:做爱、语言课,还有环形世界的风景。他们经过一些零星的太阳花地。蒲丽尔还从来没见过太阳花。他们想办法躲避那些植物疯狂地发出的、企图把他们烧死的光,他们挖出一棵一英尺高的太阳花,种在他们那座飞行建筑的屋顶上。然后他们朝着"转"的方向急转而去,避开太阳花密集的地方。

在他们的食物吃光了的时候,蒲丽尔失去了对傀儡师的兴趣。路易宣布她的上瘾治好了。

他们来到了一个村子,对话官和蒲丽尔试着到那里去耍弄扮神的把戏。路易担心地在上面等着他们,希望对话官可以把这戏演好,他很想剃光头发跟他们一起去。但他根本没有一点扮演随从的希望。他的语言能力还是不行,尽管狠狠地练习了几天。

他们带着村里人供奉给神的食物回来了。

几天过去了,几个星期过去了,他们重演着同样的把戏。他们现在非常精于此道了。对话官的毛长长了些,他再次成为一只橘毛豹,"一种战神"。接受路易的建议,他让自己的耳朵始终平贴着脑袋。

扮演神这事对对话官产生了奇妙的影响。一天晚上他说到了这个。

"扮演神并没有让我感到不安。"他说,"我不安的是没把神扮演好。"

"什么意思?"

"他们会问我们很多问题,路易。女人会问一些有关蒲丽尔的问题,这些问题由她来回答。总的来说,我既不能明白他们的问题也不能给他们提供解决问题的方案。男人也会问蒲丽尔问题,因为蒲丽尔是人类而我不是。但他们还是会问我问题的。问我问题!他们为什么要向一个外星人寻求解决他们事务的方法?"

"你是一个男性。神是一种象征。"路易说,"哪怕他是个真的神,而你是一个男性的象征。"

"胡说!我甚至连外生殖器都没有,我猜你是有的。"

"你的个子很大,样子很吓人,令人印象深刻、过目难忘。这一切自然就让你成为一个男性的象征。我认为,不彻底失去你作为神的地位,你就不能够消除你给人的这种印象。"

"我们需要的只是一个拾音器而已,这样你就可以替我回答那些奇怪和令人难堪的问题了。"

蒲丽尔做了他们意想不到的事。这"不可能号"原本是座警察局大楼。蒲丽尔在一个储藏室里找到了一套警用的对讲机设备,它含有多个对讲机,其中的电池可以从这座建筑的电源充电。他们充完电后,发现六个对讲机当中的两个还能用。

"你比我想象的要聪明。"那天晚上路易对蒲丽尔这么说,说完他犹豫了几分,他对蒲丽尔的语言所知有限,无法说出比较得体的话。"比一般的随船妓女要聪明。"(他总算憋出了这句话。)

蒲丽尔大笑,"你这个傻孩子!是你自己跟我说的,你们的船几乎跟我们的跑得一样快。"

"是这样的,"路易说,"它们比光还跑得快。"

"我认为你夸张了。"她笑着说,"根据我们的理论,这是不可能的。"

"也许我们用的是不同的理论。"

她似乎吓了一跳。路易现在已经能够看出她那不由自主的

412

肌肉运动了，而不像以前，看到的只是她那几乎没有表情的脸。她说："当一艘船需要长时间在不同的星球之间航行时，单调无聊的船上生活是会导致危险的。我们必须有各种不同的方法来娱乐船员们。要成为一名随船妓女，需要具备很多知识：有关人体的和心理的医学知识，还要对男人有爱。"路易听得目瞪口呆。蒲丽尔发出音乐般悦耳的笑声，用手这儿碰他一下、那儿摸他一下的。

　　那个对讲机系统特别好用，尽管那些耳塞是为人类而不是为克孜人设计的。路易练就出敏捷对应的能力，在战神的背后充任操纵者。每当他说错什么的时候，他就安慰自己，"不可能号"的速度虽慢，但依然超过环形世界上其他任何一种信息传播方式。他们与原住民的每次接触都是第一次接触。

　　几个月过去了。

　　地形逐渐升高，四周的景象变得荒凉起来。

　　在白天的光线下，"上帝之拳"已经看得见了，而且日渐高大起来。路易已经习惯了这样的情形。他得费很长时间才能意识到周围发生了什么新的变化。

　　他去找蒲丽尔的时候是大白天。"有些事我应该让你知道。"他说，"你知道感应电流吗？"

　　然后他说："那是一种微量的电流，可以导入大脑里，直接给人带来快感或痛感。"

　　最后他说："这就是塔斯普的工作原理。"

　　蒲丽尔沉默了大约二十分钟，然后说："我知道他有一个机器。你为什么要现在来跟我解释这个？"

　　"我们正在告别文明。在我们抵达我们的飞船所在地之前，我们不会遇到多少村庄了，甚至找不到食物来源了。在你做出下一步的决定之前，我想把塔斯普的事情告诉你。"

"做什么决定？"

"我们要把你放在下一个村子里吗？还是你想跟我们一起到'说谎者号'那里去，然后再把'不可能号'开走？我们在那里可以给你一些食物。"

"'说谎者号'里应该有我的位置。"她口气肯定地说。

"是啊，但是……"

"我厌倦了野蛮之地。我要到文明世界去。"

"为了适应我们的生活方式，你会遇到很多的麻烦的。就拿一件事来说吧，他们都像我一样留着头发。"路易的头发长了很多，也密了很多。他已经把辫子剪掉了，"你会需要戴假发的。"

蒲丽尔做了一个鬼脸。"这个我可以适应。"她突然笑起来，"你愿意一个人坐飞船回家，不要我陪着？那个橘色的大个子可代替不了女人。"

"这倒是个永远有效的理由。"

"我可以帮助你们星球的人，路易。你们的人对性爱了解得很不够。"

路易明智地岔开了话题。

第二十四章　上帝之拳

　　大地越来越干燥，空气也稀薄起来。"上帝之拳"仿佛要从他们面前逃走似的。水果已经吃完了，肉食也在减少。这是一个荒凉的、一直往上升的山坡，其最高点就是"上帝之拳"的顶点。路易曾估测过这一片沙漠的面积，它比整个地球的面积还要大。

　　大风包围着"不可能号"，从其各个角落中呼啸而过。目前他们几乎正对着那座大山的"自转"方向。环形世界的拱形闪烁着蓝光，显露出清晰锋利的边缘，天空点缀着寒光闪闪的星星。

　　对话官抬头仰望着那面巨大的凸窗，"路易，你可以从这儿找到银河核心吗？"

　　"找它干什么？我们知道我们在哪儿。"

　　"你就找吧。"

　　路易在过去的几个月里一直遨游在这片天空下，已大致可以辨认出一些星星，猜测出某些走样变形的星座。"我觉得就在那儿，就是拱形的后面。"

　　"差不多是这样吧。这么说，银河的核心跟环形世界在同一个水平面上。"

"是这样的。"

"别忘了,环形世界的地基材料是可以阻止中微子穿透的,路易。我猜它也可以阻止别的亚原子颗粒。"显然,克孜人想到了什么。

"……对。环形世界是不会受到银河核心大爆炸的影响的!你什么时候琢磨出这一点的?"

"就是这会儿。不过我知道银河核心的位置倒是有一段时间了。"

"环形世界还是会受到一些零散的辐射,边缘墙的周围会有很严重的辐射。"

"但是如果有冲击波过来的时候,蒂拉·布朗的运气会让她远离边缘墙的。"

"两万年后的事……"路易感到毛骨悚然起来,"老天爷!怎么有人会想到这么远?"

"疾病和死亡永远都是噩运,路易。根据我们的推测,蒂拉·布朗是长生不死的。"

"但是……没错。但她是不会考虑这些事的。是她的运气,像个傀儡大师似的盘旋在我们头上监视着我们。"

涅索斯像具死尸似的躺在室温的环境里,已经两个月过去了。他没有腐烂。他急救箱上的灯还亮着,甚至还不时地充电。这是他还活着的唯一表现。

路易盯着傀儡师,几分钟之后,两个想法糅合到了一起。"傀儡师。"他轻声说道。

"路易,你在想什么?"

"我在想,傀儡师是不是因为老在周围的种族当中扮演神而被叫作傀儡师的？他们一直把人类和克孜人当作傀儡来要弄，这点谁也不能否认。"

"但蒂拉的运气却让涅索斯成了一个傀儡。"

"我们全都在不同的层次上扮演神的角色。"路易对蒲丽尔点点头，蒲丽尔可能只听得懂他话中的几个词。"蒲丽尔，你和我都是这样的。对话官，你扮神的时候是什么感觉？你是一个好的神还是个糟糕的神？"

"这个我无法知道。那些人不是我的族类，尽管我曾经对人类做过大量的研究。我阻止了一场战争的发生，你应该还记得这事。我向双方指出，他们谁也赢不了。那是三个星期前的事。"

"是的。那是我主意。"

"当然。"

"现在你必须再次扮演神，这次是对克孜人。"路易说。

"我不明白你在说什么。"

"涅索斯和其他的傀儡师一直在对人类和克孜人玩弄育种的把戏。他们蓄意造成了这样的情形：让自然选择倾向于性格平和、不好战的克孜人。对不对？"

"对。"

"如果你们的氏族首领知道了这个会怎么样？"

"发动战争。"克孜人说，"一支物质储备充足的舰队会飞行两年去进攻傀儡师的世界。或许人类也会和我们结盟。毫无疑问，傀儡师对你们人类的侮辱也同样糟糕。"

"的确如此。然后呢？"

"然后那个吃叶子的就会把我们的族类灭绝，连最后的一个克孜婴儿都不放过。路易，我不打算把星星草籽诱饵器和傀儡师育种计划的事情告诉任何人。我劝你也保守这个秘密,好吗?"

"好的。"

"你说我必须对我们的人扮演神,就是这个意思吗?"

"这是一个,还有一件事,"路易说,"就是'大运号'。你还想偷它吗?"

"也许吧。"克孜人说。

"你不能这么做。"路易说,"不过我们就先假设你偷到它了吧。接下来会怎么样呢?"

"我们的氏族首领就会拥有量子二号引擎。"

"然后呢?"

蒲丽尔似乎意识到什么重要的事情会发生。她盯着他们,一副随时要站出来阻止一场冲突的样子。

"很快地我们就会拥有只需一又四分之一分钟就能走完一光年的星际战舰。我们会控制整个已知空间,会奴役我们所能遇到的每个种族。"

"然后呢?"

"然后事情就结束了。这正是我们的野心,路易。"

"不是这样的。你们会继续征服和占领。既然拥有这么好用的引擎,你们会向四面八方扩张,把你们的人稀疏地分散到各个空间,占领每一个你们发现的星球。你们占领的地盘会大到你们控制不了……而且在每一个扩张的空间你们都会遇到真正危险的东西:傀儡师的战舰;另外一个环形世界,但它正处于其文明的鼎盛期;另外一个种族的奴役者,他们才刚开始他们的扩张;长着手的邦德斯纳特奇人,长着脚的葛洛格人,拥有枪支的卡德特力诺人。"

"好恐怖的画面。"

"你已经见识过环形世界了。你已经见识过傀儡师的世界了。你们能靠傀儡师制造的引擎到达宇宙的不同空间,在你们能够到达的空间中,类似环形世界这样的文明肯定还有很多。"

克孜人沉默不语。

"不用着急,你慢慢想吧。"路易说,"好好把它想透。总而言之,你不能拿走'大运号'。如果你硬是拿走,我们所有的人都只有死路一条。"

第二天,"不可能号"越过那条很长很直的陨石沟。接下来他们转到"反自转"的方向,直接朝着"上帝之拳"开去。

"上帝之拳"已经变得很大,尽管离他们还有一段距离。它比任何小行星都大,一个大致的圆锥体,像一座顶上覆盖白雪、噩梦般膨胀的巨山。噩梦还在继续,因为"上帝之拳"还在继续膨胀。

"我不明白。"蒲丽尔说,她的样子很迷惑很不安,"我一点都不知道有这个结构存在。工程师为什么要造它? 在边缘墙处有很多这么高的山,既是装饰,更是出于实用的目的,因为它们能防止空气泄漏出去。"

"我也是这样想的。"路易说道。他没再多说什么。

那天他们一直顺着陨石沟前进,在陨石沟的尽头,他们看到了一个小玻璃瓶。"说谎者号"还待在原地,仰躺在没有摩擦力的地表上。路易使劲抑制住回到"说谎者号"的喜悦。是的,他们还不算真的回到家呢。

最后,蒲丽尔不得不让"不可能号"悬停着,这样路易才可以从登陆架上走下来。他找到了可以同时打开气密舱两个门的开关。他们往船舱内搬移涅索斯的躯体时，空气一直在他们周围沙沙作响。没有涅索斯的帮助，他们不知道如何给船舱减压，涅索斯看起来就像已经死了一样。

　　但他们还是想办法把涅索斯弄进了自动医疗室。那是个按傀儡师的体形做的棺材，正好可以把涅索斯放进去。个子高大的傀儡师的外科医生和机械师一定考虑了各种能够想象得到的情况，让这个医疗设备具有处理各种情况的功能。他们是否考虑到头被砍掉这种情况？

　　他们显然考虑到了。有两个头在里面，另外还有两个连着脖子的头，也有别的器官和身体组织，多得足够造出几个完整的傀儡师。这些东西也许都是从涅索斯身上长出来的，因为那些头上的脸看起来都似曾相识。

　　蒲丽尔从楼里出来登船，却倒栽葱似的落到地上。路易没见过有谁曾像她被吓成这样的。他从未想过要提前告诉她感应引力的事。她站起来时，脸上没有流露出什么表情，但从她的身体姿势可以看出——她已被吓得说不出话了。

　　他们总算回到家了，一切静得跟鬼一样，突然，路易像个女妖似的尖叫起来。

　　"咖啡！"他大声喊道，接着又嚷嚷，"热水！"他冲到那个卧舱，那是他以前跟蒂拉·布朗共用的。才过了一会儿，他又把头伸出来尖叫道："蒲丽尔！"

　　蒲丽尔走了过去。

　　她一点儿也不喜欢咖啡。她觉得路易一定是脑子有毛病才会吞下那苦了吧唧的东西，她把这种看法告诉了路易。

　　路易对浴室里的开关做了解释，那个淋浴喷头是一个久违的"朋友",是不可多得的奢侈。

她很喜欢那个睡盘,喜欢到发疯的程度。

对话官用自己特有的方式来庆祝到家的喜悦。路易对这克孜人的卧舱不太了解。他不知道此刻这克孜人正吃得不亦乐乎呢。

"肉!"对话官狂喜地喊道,"我不爱吃死了很久的动物的肉。"

"可你正在吃的肉是再生的肉。"

"是的,可它跟刚刚杀死的动物的肉一样新鲜!"

那天晚上蒲丽尔在休息室的沙发上睡觉。她很喜欢那个睡眠场,但她不想在上面睡觉。路易·吴三个月来头一次睡在没有重力的睡眠场中。

他睡了十个小时,醒来时觉得精力充沛得像只老虎。太阳从他脚下露出半张圆盘似的脸,光芒万丈。

他返回到"不可能号"上,用激光手电筒割开了阴影方块线缆的把手。他弄完时,把手上还粘有一些凝固的电固塑料。

他没打算就这么把缆线带回到"说谎者号"上。那条黑线太危险了,环形世界的地面太滑了。路易把那个把手拖在身后,四肢着地在没有摩擦力的地面上爬行。

他发现对话官正在气密舱里不动声色地看着他。

路易从蒲丽尔的登陆梯子走进气密舱,推开对话官往船尾走,对话官继续观察着。

在毁坏的"说谎者号"的最末尾处,有个像人腿般粗细的槽口。"说谎者号"的机翼还在的时候,机翼里那些机器的连线就是从这个口通过的。现在它被一块金属舱口盖封上了。路易打开那个舱口盖,把那个缆线把手从槽口中丢出去。

他向船头走去,时不时地检查那根线经过的位置,他在厨房里点了一根金仙香肠,拿着它走过那条线经过的路线,在香肠被线切到的地方用鲜亮的黄油漆做下记号。当他做完这一切的时候,那条几乎看不见的线在"说谎者号"内部的途径就被一条由黄油漆点连成的线标志出来了。

当那条线绷紧时,它一定会切开船内的某些部位。那条黄油漆点的连线可以让路易估计出线缆的所在范围,确保它不会把船上的维生系统割破。那些黄油漆点还有另外一个用途:警告船上所有人都离远一点,避免手指被线缆割掉或者更严重的事故发生。

路易离开气密舱,等着对话官出来,然后关上了气密舱的外门。

这时对话官问:"这就是我们回来的原因吗?"

"我一会儿再告诉你。"路易答道。他沿着众品公司生产的船壳往船尾方向走去,双手捡起那个线缆把手,轻轻地拉了一下,那根线没有动。

他转过身来,用背部使劲,使出全身的力气来拉它。那根线还是一动不动,是气密舱的门把它夹住了。

"有什么办法可以用更大的力气来拉它吗? 我不是很确定气密舱的门是否密合得足够紧了。我不清楚这根线会不会刮伤众品公司的船壳,我到现在还不清楚。不过,是的,这就是我们回来的原因。"

"我们下一步做什么?"

"把气密舱的门打开。"他说,"让那根线畅通无阻地经过'说谎者号',同时我们把线的把手带回到'不可能号'里,把它固定在里面。"他们真的就这么做了。

那根曾经连接阴影方块的线转向"右舷"的方向,细得几乎看不见。它一直拖在"不可能号"的后面走了几千英里,因为没有什么办法可以把它弄进这座飞行大楼里来。或许沿着它可以一直追溯到那个位于天堂塔之下的城市里去;在那里它蜷曲成一团黑烟似的云,这块云团也许是由几百万英里长的线组成的。

现在它进到"说谎者号"气密舱的双层门里,绕经过"说谎者号"的船壳,然后从船尾的机翼连线口出来,回到一个固定在飞行大楼底下的电固塑料团里。

"到目前为止,一切进展顺利。"路易说,"现在我需要蒲丽尔帮忙。糟糕,该死的,我忘了,蒲丽尔没有压力服。"

"她需要穿压力服?"

"我们要把'不可能号'开到'上帝之拳'的顶上去。那个大楼不是密封的。我们需要压力服,可蒲丽尔没有。看来我们不得不把她留在'说谎者号'上了。"

"开到'上帝之拳'的顶上去。"对话官重复道,"路易,光靠一部飞行摩托的马力是不能把'说谎者号'拉上那个坡的。你这是在那座悬浮大楼之外还给那个引擎增加额外的负担。"

"不,不,不是这样的。我不想带上'说谎者号'。我要做的是把那根阴影方块线拖在我们后面。除非我叫蒲丽尔把气密舱的门关上,否则它就会自己从'说谎者号'船舱中滑过。"

对话官想了想说:"这也许行得通,路易。如果傀儡师那部飞行摩托的马力不够大,我们可以切掉这个建筑的某些部分让它轻便一些。但为什么要这样做呢? 你希望在山顶看到什么?"

"我可以用一个词就跟你说清楚,不过你听了会当面嘲笑我的。对话官,如果我搞错了,我就永远不会告诉你。"路易·吴说。

他心想:我必须告诉蒲丽尔该怎么做。他用电固塑料把那个连线口封住。这样做既不会妨碍那条线从中滑过,也可以让

"说谎者号"保持几乎密封的状态。

"不可能号"不是一艘太空飞船。它的提升力来自电磁场,通过向后推动环形世界的地基而上升。环形世界的地基是"上帝之拳"的山坡;因为"上帝之拳"是中空的。"不可能号"往坡上走时自然会倾斜,因为傀儡师飞行摩托的推力是和山坡相互作用的。

对于这个问题,对话官已经找到了答案。

在旅程正式开始之前,他们都穿上了压力服。路易一边用一根吸管吸着流食,一边渴望着用激光手电筒来烤牛排吃。对话官一边吸食着再生血,一边想着自己的心事。

他们肯定不会用到那个厨房的。于是他们就把建筑物的厨房部分切除掉了,建筑物的倾斜度因而也增加了。

他们又切掉了空调室和警用设备室。把他们的飞行摩托毁了的力场发生器也拆掉了,他们是在搞清楚这些力场发生器跟建筑的提升引擎确实是分开的情况下才割掉的。有些墙壁也去掉了。但有些墙壁为了遮阳还留着,因为在阳光的直射下,温度会是个大问题。

他们一天一天地接近"上帝之拳"顶部的火山口——一个能够吞下许多小行星的巨大火山口。从火山口的边缘看起来,这不像是路易见过的受过撞击的火山口。矛尖般的黑曜石碎片形成了一个锯齿状的环。那些矛尖本身的大小就像山一样大。在两个山峰之间有一个豁口……他们可以从那里进去。

"我明白了。"对话官说,"你想进到那个火山口里去。"

"没错。"

"很好,你注意到那个豁口通道了。这山坡太陡了,我们开不上去。我们应该很快能到达那个豁口。"

424

对话官通过调节飞行摩托的推进器来驾驶"不可能号"。这种操作是必需的,因为在最后一次减轻这座大楼的重量的努力中,他们切掉了大楼的稳定装置。路易已习惯克孜人那副怪异的外表:由五个聚在一起的透明气球构成的压力服;鱼缸头盔,上面那些靠舌头控制的开关有如迷宫般复杂,把他的脸遮去了一半;还有那个巨大的背包。

"蒲丽尔,"路易对着对讲机说,"哈尔罗蒲丽尔拉拉尔,你在吗,蒲丽尔?"

"在。"

"就待在原地。我们还有二十分钟就会穿过那个豁口。"

"好的。这一刻你们已经盼得够久了。"

拱形仿佛在他们的头顶上燃烧。处在环形世界地面之上一千英里的高度,他们看见拱形是如何跟边缘墙以及扁平的地形景观融为一体的,就像一千年前第一个太空人从太空俯视地球时,发现在耶和华和祂的铁锤的锻造下,地球的确是圆的。

"我们当初怎么能知道这个。"路易·吴说,声音不是很大。但对话官抬起头,停下手中的活儿。

路易没有注意到克孜人的古怪表情。"否则我们可以省去很多麻烦。我们发现阴影方块线时应该返回来的。该死的,那样我们就可以用我们的飞行摩托把'说谎者号'拉上'上帝之拳'了! 不过,如果是这样,蒂拉就不会遇见追寻者了。"

"这又跟蒂拉·布朗的运气有关吗?"

"当然。"路易的身体抖了一下,"我一直在自言自语吗?"

"我一直在听着。"

"我们应该早知道这个的。"路易说。两个尖峰之间的距离很近。他有一股冲动,非要喋喋不休地讲下去不可。"环形世界的工程师绝不会在这儿造一座这么高的山的。如果两个边缘墙可算高山的话，那么一千英里高的山他们已经修了十亿英里长了，够了。"

"可'上帝之拳'是真的啊，路易。"

"不，不，不，它不是一座真的山，它只是一个空壳而已。往下看，你看见什么了？"

"环形世界的基质。"

"我们第一次看到它时还以为是肮脏的冰呢。真空里的脏冰！但别去想这一点。还记得你研究环形世界那张大地图的那个晚上吗？你在那张地图上找不到'上帝之拳'，为什么呢？"

克孜人没有回答。

"因为这座山不存在，这就是为什么。也就是说，在制作那张地图时，它还不存在。蒲丽尔，你在听着吗？"

"我在听着呢。我怎么会跑开呢？"

"很好。把气密舱那两个门关上。我再重复一遍，把气密舱那两个门关上。小心不要被那条线割到。"

"我们的人发明了这条线，路易。"蒲丽尔的声音中混杂着静电干扰的声音。她离开了一会儿，然后回来说："两个门都关上了。"

"不可能号"在碎片堆成的山峰之间穿过。路易已经够紧张的了，但他可能还会更紧张，但下意识里他期望在这些山峰之间看见类似大峡谷或者通道那样的东西。

"路易，你究竟想在'上帝之拳'的火山口里看到什么？"

"星星。"路易·吴答道。

克孜人顿时也变得紧张起来了，"别嘲弄我！我以所有的名誉……"

接着他们通过了那个豁口。那根本不是什么豁口或通道。

那不过是破蛋壳似的环形世界的地基材料而已,它被可怕的张力拉扯得只有几英尺的厚度,再过去,就是"上帝之拳"的火山口了。

他们往下坠落。那火山口里全是星星!

路易具有超凡的想象力。他在脑海里清晰地看到了发生过的一切。

他看见环形世界所处的星系到处都荒凉死寂,没有一艘冲压飞船,只有那颗G2恒星、一串阴影方块和环形世界。

他看见一个来自外星的物体从环形世界的近处经过,离得太近了。他看见它在星际中坠落的双曲线轨迹,他看见它的轨迹停止在环形世界的底部。

在他眼中,这个外星物体的大小差不多有地球的月亮那么大。

碰撞的最初几秒钟里,这物体一定会被电离成气态等离子体。普通流星在坠落后会很快冷却,因为其熔化的表层已经剥落。但这里的情况是那些蒸发的气体无法扩散,它被迫挤进环形世界地板的变形凹进处。这样,环形世界内部那一面的地形就被抬高并发生了变形,环形世界那精心设计的生态系统和降雨格局因此遭到了毁灭性的破坏,其影响的面积大于整个地球的面积。那一片全部变成了沙漠,在环形世界那结实得令人难以置信的地表被扯裂以便让那个火球穿过之前,"上帝之拳"已把地面抬高了整整一千英里。

"上帝之拳"?该死的,正是这样的!当初在环形世界的那个监狱里思考时,路易心里就看清这一切了。在两边的边缘墙上这一切一定能看得很清楚:一个跟地球的月亮大小相等的可怕火球从环形世界的地表爆破出来,有如一个壮汉一拳打穿一个纸箱板。

原住民应该感到庆幸,因为这次撞击对环形世界的形状造成了足够大的变化,以那陨坑的大小,完全可以让环形世界的空气尽数溢出;然而,它位于一千英里的高空中。

整个火山口内全是星星!

里面没有重力,没有什么东西需要靠提升引擎来推动。路易之前没有想到这一点。

"抓住个什么东西。"他大声叫道,"紧紧抱住它! 如果你从凸窗甩出去,就没救了!"

"当然!"对话官说。他抱住一根光溜溜的金属柱。路易也找到了一根。

"我说得对吧? 星星!"

"是啊,路易,你是怎么知道的?"

现在有重力了,一个稳定强大的拉力在拉着"不可能号"。残骸似的大楼翻了个个儿,凸窗开始朝上。

"稳住了!"路易激动地说。他扭动身体换到梁柱的右侧。"比我想象的要好! 我希望蒲丽尔会系上安全带;她这一路会很颠簸的,她得靠那根一万英里长的阴影方块线爬到'上帝之拳'的顶部。上到那个火山口的边缘,然后……"

他们抬头看着环形世界的底部。那是一个无限宽广的、像浮雕一样的表面,当中有一个巨大的圆锥形的孔洞,那是被陨石打穿的,其底部闪闪发亮。"不可能号"像一把铅锤似的垂吊在环形世界的底下,这时太阳的光线突然在火山口的底部闪了一下。

"落下去之后,我们就会跟'说谎者号'拴在一起,接下来'说谎者号'就会以每秒七百七十英里的速度抛向太空。那根线要把我们拉到一起还需要很多的时间,但是如果这不成功,我们还有涅索斯飞行摩托上的推进器。

"我怎么知道这一切？我一直都在暗示你来着。难道我没有跟你提过地形的状况吗？"

"没有。"

"这就叫我没话可说了。所有由基质构成的山峰都从岩石中显露出来，环形世界文明的衰落不过是一千五百年前的事！那是因为那两个流星穿孔破坏了风的格局。你意识到没有，我们的旅行基本上是在那两个流星穿孔之间进行的？"

"你的推理过程不太直截了当啊，路易。"

"但讲得通嘛。"

"是的。这么说我还能再看到一次日落。"克孜人轻声说道。

路易感到一阵电击般的激动，"你也喜欢看日落？"

"是啊，我偶尔也会看日落。我们还是谈谈'大运号'吧。"

"……你先前怎么说的来着？"

"如果我可以从你手中把'大运号'偷走的话，已知空间就会掌控在我们的人手里，直到与另一个更强的种族发生冲突。那样的话，我们将会忘记过去的苦难带给我们的教训，忘记应该与外星人和平共处。"

"没错。"路易面对着黑暗说。那根偷来的阴影方块线的拉力现在很稳定了。"说谎者号"一定已经在"上帝之拳"那十度角的斜坡上爬了。

"我们的扩张也许到不了那么远，因为地球上有许多蒂拉·布朗，他们的运气会保护地球的。但是为了荣誉，我愿意做此尝试。"动物对话官说，"我怎么能够带领我的族类离开战争的荣誉之途呢？克孜人的神会责骂我的。"

"我警告过你，扮演神灵是件痛苦的事。"

"很幸运,这种困难局面还没有出现。你说过,如果我夺走'大运号'的话,我会把它毁了的。这个风险太大了。何况我们还需要傀儡师的超光速引擎来逃避银河核心爆炸产生的辐射呢。"

"说得很对。"路易说。如果这个克孜人打算驾驶"大运号"进行超光速飞行,他肯定会让飞船陷入邻近的引力井中。想到这点,路易问道:"如果我是在说谎呢?"

"我可不指望自己的智慧能胜过像你这样的人。"

阳光再次在"上帝之拳"的火山口闪现。

"想想我们抄了多少近路。"路易说。五天走了十五万英里,同样的距离我们原来需要走两个月。这只是横穿环形世界的近路的七分之一而已。蒂拉和追寻者认为他们还有很长的路要走。

"傻瓜。"

"我们永远也看不到边缘墙了。他们会看到的。我在想,我们还错过了什么? 如果环形世界的冲压引擎飞船曾经抵达过地球,它们或许会装上一些蓝鲸和抹香鲸带回环形世界来,在我们还没有导致这些动物灭绝之前。我们一直没有机会看看那里的海洋。

"他们又会遇见什么人? 一个文化延伸的方式是无穷无尽的。还有那里的空间,环形世界如此之大……"

"咱们不能回去。路易。"

"是的,当然不能。"

"等咱们能把那些秘密带回各自的世界,等搞到一艘完好无损的飞船再回去。"